庫 NV
1〉

暗殺者の正義

マーク・グリーニー
伏見威蕃訳

早川書房
7173

ON TARGET

by

Mark Greaney

Translated by
Iwan Fushimi

First published 2013 in Japan by
HAYAKAWA PUBLISHING, INC.
This book is published in Japan by
arrangement with
TRIDENT MEDIA GROUP, LLC
through THE ENGLISH AGENCY (JAPAN) LTD.

伯母ドロシー・グリーニーに捧げる
一生のあいだ愛し、支えてくれたことに
（それから、汚い言葉ばかり書いてごめんなさい）

謝　辞

カレン・メイアー、ジョンとワンダ・アンダーソン、デヴィン・グリーニー、ミリヤ・レデズマ、トレイとクリスティン・グリーニー、ジョンとキャリー・エコルズ、ニコール・ロバーツ、デイヴィッドとスーザン・レスリー、クリスとミシェル・バーキー、ボブ・ヘザリントン、エイプリル・アダムズ、デイナとナンシー・アダムズ、ジェフとステファニー・ストゥヴァル、キース・クレグホーン、ジェニー・クラフトに、たいへん感謝している。

スヴェトラーナ・ガネア、ギャヴィン・スミス、ジェイムズとレベッカ・イェーガー、ジェイ・ギブソン、アラン・ウェブ、ポール・ゴメスをはじめとする、テネシー州カムデンのタクティカル・レスポンス社の幹部・支援スタッフにもお礼申しあげたい。ウェブサイトgetoffthexのすべての男女に感謝する。ありとあらゆる知識をさずけてくれ、言葉に尽くせないくらい役に立った。

強面《こわもて》の編集人トム・コルガンとしたたかなエージェントのスコット・ミラーにもお礼をいいたい。きみらは最高だ。

MarkGreaneyBooks.com

暗殺者の正義

登場人物

コートランド・ジェントリー…………グレイマンと呼ばれる暗殺者
ザック・ハイタワー……………………CIA特殊活動部特殊作戦グループのチーム指揮官シエラ・ワン。ジェントリーの元上官
デニー・カーマイケル…………………CIA国家秘密本部本部長
ブラッド…………………………………ザックの部下。シエラ・ツー
ダン………………………………………同。シエラ・スリー
ミロ………………………………………同。シエラ・フォア
スペンサー………………………………同。シエラ・ファイヴ
グリゴーリー・イワノヴィッチ・シドレンコ（シド）……ロシア・マフィア
ドゥーガル・スラッタリー……………殺し屋
バクリ・アブブード……………………スーダンの大統領
ゲンナジー………………………………イリューシン Il-76 M F の機長
エレン・ウォルシュ……………………国際刑事裁判所の特別捜査官
マリオ・ビアンキ………………………国際救援組織の運営者
ビシャーラ………………………………同組織の荷役作業員
ムハンマド………………………………警官。FSBの情報提供者
アドナン…………………………………ヌビア人の少年
サー・ドナルド・フィッツロイ………グレイマンの元調教師《ハンドラー》。民間警備会社の経営者

プロローグ

湿った朝の大気のなかで膨《ふく》れあがった黒雲が、アイリッシュ海に低く垂れ込め、漁船の板張りの前甲板に立つ刺客《しかく》を空から追っていた。岸から何海里も離れた沖合にいたときには、セグロカモメが数匹、船のまわりを飛んで、ギャアギャア鳴いていた。漁船はいま、港への水道をたどっている。いまや十数羽が頭上や周囲に群がり、白い翼で霧を乱していた。

海鳥の群れは、漁船に金切り声を浴びせ、暗殺者がこれからアイルランドに上陸すると、けたたましく警告していた。

だが、その警告は、霧にまぎれた。

漁船が港の船溜まりにはいったのは、午前八時前だった。乗組員ふたりのほうをふりかえることもなく、刺客は甲板から桟橋《さんばし》におりた。その全長一二メートルの〈ローチン〉製漁船が公海上でリトアニア船籍の貨物船と落ち合ってその男を拾ってから三時間の船旅のあいだ、言葉はひとことも交わされなかった。男はずっと甲板にいて、前後に歩きまわり、波が騒いでいる四方の海に油断なく目を配っていた。フード付きの黒いレインコートが、塩辛い飛沫《しぶき》や驟雨《しゅうう》や操船している親子の詮索《せんさく》の目から、男を護っていた。厳重に指示されたとおり、船旅のあいだずっと、親子は操舵室を出なかった。男を乗せ、そばに寄らないようにして、ダブリンのすぐ北にあるハウス港にひきかえす。この奇妙な漁獲を届けたら、報酬をたんまりもらい、口を拭《ぬぐ》う。

刺客は海辺の村を抜けて、小さな鉄道駅へ行き、ダブリン中心部のコノリー駅までの切符を買った。三十分の待ち時間をつぶすために、駅の階段をおりて、地階のパブへ行った。〈ブラディ・スクリーム〉は、港の漁師向けにこってりしたアイルランド風朝食を出す店で、細長い店内は席が半分以上埋まっていた。男たちが卵、ソーセージ、ベイクトビーンズをほおばり、それをすべて、一パイントの泡立ったどす黒いギネス・スタウトで流し込んでいた。刺客は、なじみのない環境に溶け込むすべを心得ていた。不機嫌にうなり、外国のなまりに気づかれないように手ぶりで、まわりの客とおなじものを注文した。がつがつと食べてビールを飲むと、〈ブラディ・スクリーム〉を出て列車に乗った。

三十分後には、重い足どりでダブリンを歩いていた。茶色の顎鬚《あごひげ》をもじゃもじゃにのばし、紺のワッチキャップで耳や額を覆《おお》い、首にはマフラーを巻いていた。手袋をはめた手を、濃紺のピーコートのハンドウォーマー・ポケットに突っ込み、凍てつく空気から護っていた。肩に吊った小さなカンバスのバッグが、歩みにつれて揺れた。駅から南へ進み、リフィ川の船着場で右に折れて、川沿いの道をたどるうちに、氷雨が降りはじめた。

刺客は歩きつづけた。

早くこの雑事を片づけたいと思っていた。海上では気が休まらなかったし、オコネル・ストリートに近づくにつれて、朝の人だかりが増してきたため、いまも落ち着かない感じだった。

だが、このダブリンには、ある人物がいる。その男を葬り去るべきだと、金と影響力を持つ人間が判断した。

それを果たすために、コート・ジェントリーはここに来た。

1

薬局でジェントリーは、アセトアミノフェン（鎮痛剤）とミネラルウォーターを買った。数カ月前に負傷した。太腿《ふともも》の貫通銃創と、腹の刺創。痛みは一週間ごとに和らいだ。肉体には、信じられないほど強い治癒力があった。精神力はそれよりも弱かった。薬と注射の依存症になっていた。バイコディン、オキシコンチン、デメロール、ディローディド。腹の傷を洗滌《せんじょう》して縫合《ほうごう》手術を行なったあとで、ニースの外科医がずっと薬を供給し、ジェントリーは毎日飲みつづけていた。だが、貨物船に乗るときに、わざと薬は置いてきた。これで一週間、薬なしでやってきた。みずからに課したその禁断療法のせいで、気分は最悪だった。

アセトアミノフェンは、麻薬作用の強い薬の代用にはならないが、それでも薬を飲むという儀式で気持ちが安らいだ。

漁船をおりてから三時間後、川の八〇〇メートル北のパーネル・ストリートからはいった狭い横丁にある、中国人経営の安ホテルでチェックインした。部屋は暗く、じとじとしていて、カビと料理用の油のにおいがしていた。二階下の中華料理店から、そのいやなにおいが通風管を通して流れてくる。汚れた窓を横殴りの雨がひっきりなしに叩いているが、汚れを洗い流すにはいたらない。油汚れが、ガラスの内側にべっとりとついていた。

ジェントリーは、まんなかがくぼんだマットレスに仰向《あおむ》けになり、天井を見つめた。考えがまとまらない。一週間以上も船に乗っていたせいで、前後に揺れたり、ゆっくりと上下しないのが、奇妙に思える。

眠りに落ちるまで、何時間もかかった。頭のそばで、氷雨が窓ガラスに絶え間なく当たっていた。

午後三時ごろ、ジェントリーは小さなホテルの中華料理店にいて、麵《めん》と豚肉を食べ、買ったばかりの携帯電話でインターネットに接続していた。ウラル山脈のアドベンチャー・ツアーを販売しているウェブサイトの掲示板にアクセスし、パスワードを打ち込んで、従業員のフォーラムにログオンした。さらにパスワードを入力して、ほかにひとりしか参加していないスレッドにエントリーした。

生ぬるいオレンジジュースを飲みながら、親指で携帯電話を操作した。

［ここに来た］

数秒後に、携帯電話の小さな画面が変わった。フォーラムでだれかが応答した。

［バンコクにだな？］それは発信者の身許を確認するための暗号だった。ジェントリーの身許は、つぎの応答で確認される。

「いや、シンギポールだ」綴《つづ》りのまちがいで、チェックが完了する。

「楽しい旅だったんだろう、友よ？」と、つぎの応答があった。ジェントリーはそれを見てから、上の部屋の窓とおなじぐらい油でぎとぎとしている揚げワンタンをかじった。

あきれて天を仰ぎたくなるのを我慢した。

楽しい旅どころではなかったし、グリゴーリー・イワノヴィッチ・シドレンコは、ジェントリーの友ではなかった。ジェントリーに友人はいない。西側にはシドという呼び名で知られているシドレンコにも、友人はいない。シドはロシア・マフィアで、サンクトペテルブルクでは大親分のひとりだった。違法賭博、麻薬、売春、暗殺を仕切る組織を動かしている……アメリカ人刺客のコート・ジェントリー、別名グレイマンは、やむをえない事情があって、シドに雇われていた。

うわべはおなじ仕事でも、シドはサー・ドナルド・フィッツロイとはまったくちがう。フィッツロイは、ジェントリーがＣＩＡに解雇通知《バーン・ノーティス》をいい渡され、〝目撃《シュート・オン・》しだい射殺《サイト》〟指令が出されて、アメリカを脱出したあと、何年も調教師《ハンドラー》としてジェントリーを使った。ジェントリーを配下にすると、フィッツロイは悪党どもを斃《たお》すまっとうな仕事をあたえ、たっぷりと報酬を払った。自分の家族を警護させたこともあった。だが、窮地に追い込まれたフィッツロイは、ジェントリーを裏切った。その後、フィッツロイは謝罪し、裏切りの報いに命を差し出すとまでいったが、二度と信じることはできないと、ジェントリーにはわかっていた。

もうだれも信用できない。

シドは人間のくずだが、わかりやすい悪党だ。その二枚舌のロシア人がこれっぽっちも信用できないことはわかっていたが、この稼業でもっともうまみのある殺しの仕事をくれる。それに、正当とされる殺しか、せめて〝道義的中立〟というカテゴリーで正義の側にどうにか収まっている殺ししか引き受けないという、ジェントリーの独自基準を受け入れている。

そういうわけで、ジェントリーはアイルランドに来た。

今回のダブリン行きは、シドに依頼された最初の作戦だった。ターゲットの身上調書を読んで、仕事をやることに同意し、殺しの報酬の安さについてオンラインで議論し、しぶしぶ引き受けた。

戦闘態勢を保つ必要がある。作戦休止期間と傷と薬のせいで、体がなまっていた。しかも、ジェントリーは、だらけた状態でいることがぜったいに許されない人間だった。

ターゲットの身上調書の重要な部分を、ジェントリーは暗記していた。それが暗殺作戦前の標準作戦要領《SOP》だった。氏名：ドゥーガル・スラッタリー。年齢：五十四歳。国籍：アイルランド。背丈：長身。体型：肥満。若いころはボクサーだったが、アイルランドのボクシング界の層が厚い中堅どころから脱け出せなかった。やがて、腕ずくの仕事についた。ダブリンのナイトクラブの用心棒。そこから手をひろげて、地元シンジケートの手荒な仕事をやって、仕事をサボるポーランド人売春婦を殴ったり、ノルマを果たせないトルコ人麻薬売人同士を鉢合わせさせたりした。そのうちに低レベルの殺しもやるようになった。ギャング同士の抗争など、たいしたものではなかったが、やがてちょっとした用事でヨーロッパ大陸に派遣された。アムステルダムでスラッタリーは、節くれだった拳でボディガードふたりの顔を叩き潰してから、ボスの宿敵に鉛玉をしこたま浴びせるという、大手柄をたてた。

それをきっかけに、スラッタリーは殺しの請負人の第二階層（二線級）へと昇進した。アンカラ、サルディニア、コルカタ、タジキスタンで、暗殺をやった。単独ではやらないことに、ファイルを見てジェントリーは気づいていた。スラッタリーは黒幕として作戦を指揮していたわけではなかったが、履歴書にはいくつか感心させられるような殺しもあった。道義的な意味では感心しない。滅相《めっそう》もない。刑事ひとり、廉直なビジネスマンひとり、ジャーナリストもひとりかふたり殺したとされている。だが、派手さはなくても、作戦自体が能率よく実行されていることは評価できた。

とはいえ、最後の殺しは六年前だった。その後、スラッタリーに関するシドの調書はどんどん内容が希薄になっている。憶測をもとにした意見がいくつか書いてあるのを除けば、スラッタリーがそれ以来、地元のアイリッシュ・ミュージック・バンドで太鼓を打っているということしかわかっていない。そのバンドは、ダブリンの観光地テンプル・バー地区で、一週間に五夜、演奏しているという。

抹殺指令に名前を書き込まれるようなたぐいの仕事とは思えない。

今回は道義的には中立の作戦だと、ジェントリーは判断していた。スラッタリーは殺し屋だが、それはこちらもおなじだ。ちがいは、ターゲットを選別することだけだ。こちらには、自分の行為は超法規的な殺人でなければならないという基準がある。スラッタリーにはそれがない。シドによれば、スラッタリーはいま、イタリア人が牛耳っている国際犯罪組織の小売部門を担当しているという。つぎの犠牲者は、いうことをきかない売春婦か、マフィアにみかじめ料を払わないレストランの店主というところだろう。
ドゥーガル・スラッタリーを殺したところで、世界の邪悪なありようが改善されるわけではない、とジェントリーは思った。だが、殺しても損はないことはたしかだ。
ドゥーガル・スラッタリーを名指ししていないだれかにとっても、損はないはずだ。
［受信しているか？］シドの前の書き込みから、三分が過ぎていた。ジェントリーは、しばし任務から気を散らしていた。携帯電話の小さな画面に注意を集中しようとした。
［受信している。問題はない］
［時間はどれくらいかかる？］
［わからない。今夜状況を判断する。最初の万全なチャンスにやる］
［わかった、友よ。早く片づけてくれ。あとの仕事が控えている］
つねにあとの〝仕事〟があることは、ジェントリーにもわかっていた。だが、その〝仕事〟はたいがい、受け入れられないものだろう。〝あとの仕事〟があるかどうかを判断するのは、ジェントリーの側だった。しかし、シドにそれを指摘するのはやめて、［わかった］とだけ答えた。
［朗報を楽しみにしている。さよなら《ダスヴィダーニャ》、友よ］
ジェントリーは、ログオフした。携帯電話の電源を切り、ピーコートの脇ポケットに入れ

た。食事を終えて、代金を払い、ホテルを出た。

夕刻、ジェントリーはグラフトン・ストリートの界隈《かいわい》を歩きまわった。現地の服装や独特の癖を一時間にわたって観察し、自分のものにしようとした。練度の高いプロフェッショナルには、難しいことではない。ダブリンは、ポーランド人、ロシア人、トルコ人、中国人、南米人の多い国際都市だ……アイルランド人もちらほらいる。まねしようにも、外見も歩きかたもふるまいも、いちようではなかった。それでも、ジェントリーはドーソン・レーンの古着屋に寄り、ショッピングバッグを持って出てきた。百貨店の化粧室で、擦《す》り切れたブルージーンズ、フード付きスウェットシャツ、黒いジージャンに着替えた。衣装一式の仕上げは、黒い運動靴と、もとからかぶっていた紺のワッチキャップだった。

日が暮れたころには、群衆といっしょに歩いている現地の人間になりきっていた。一連の警戒手段を講じた。来た道を逆にたどり、DART（ダブリン地域高速鉄道）も何度か乗りおりした。すべて、尾行の有無を確認するためだった。ドゥーガル・スラッタリーに関心を持っている人間はほとんどいないだろうが、コート・ジェントリーの命を付け狙っている人間は、この世にごまんといる。ジェントリーはそれを肝に銘じ、この作戦を大局的に捉えようとした。スラッタリーを殺すのは、第二の目標《PERSEC》にすぎない。第一の目標は、いつもどおり、自分がもう一日生き延びることだ。自分の身の安全を、たえず思考の最前線に置かなければならない。

尾行がついていないと納得がいくと、ジェントリーはリフィー川南岸のテンプル・バー地域へ向かった。

午後十時には、オリヴァー・セントジョン・ゴガーティのバーにいた。水曜日の夜だというのに、観光客向けのバーは大入り満員だった。アメリカ人、ヨーロッパ大陸の人間、アジア人。バーにいたアイルランド人は、女バーテンとバーテンとバンドのメンバーぐらいのものだった。

ここ数カ月、ジェントリーは音楽がやかましい安酒場のたぐいには、ほとんど行かなかった。フランス南部で、ずっと身を隠していた。山の斜面にある小さな村の小さな山小屋で、狭い屋根裏部屋に住み、角の市場に缶詰の食料やミネラルウォーターを買いに行くだけで、そこより先には出かけなかった。医師の診察を受けにニースへ何度か行ったときですら、おとなしくしていた。冬季なので、観光シーズンには客があふれているプロムナード・デ・ザングレのナイトクラブやキッチュな店は、ほとんど客がいないか、閉店していた。ジェントリーには、そのほうが好都合だった。いっぽう、オリヴァー・セントジョン・ゴガーティのバーは、ジェントリーの標準の諜報技術《トレードクラフト》にとっては、忌むべき場所だった。女バーテンに早くも名前をきかれたし、隣の席のイギリス女ふたりが会話に引き込もうとした。ジェントリーは誘いを無視して、ギネスをちびちび飲みながら、店内に目を配り、四ミリグラムのディローディドがあれば気が安まるのにと思った。そこでまた、しっかりして、仕事に意識を戻せと、自分を叱りつけた。

この世には、二種類の人間がいる。それだけだ。羊か狼。ジェントリーは狼で、自分でそれを知っていた。この数カ月のあいだにすこし軟弱になったが、狼はいつでも狼だ。百匹の羊に囲まれてそのバーにいると、これまでになくそれがひしひしと感じられた。自分のように脅威はないかと探している人間は、どこにもいない。逃走経路をたしかめ、頑健そうな男に目をつけ、フロントウィンドウのガラスの種類を見届けている人間は、このなかにはひとりもいない。街に出ている警官が手薄なことや、裏通りの照明の状態に気づいているものは、ひとりもいない。鏡に映る自分の姿が店内のあちこちから見えない席を選ぶものもいない。

必要とあれば一目散《いちもくさん》に逃げる計画を立てているものは、ひとりもいない。

切羽詰《せっぱつ》まったら周囲の人間をだれかれかまわず殺す計画を立てているものもいない。

たしかに、ジェントリーは羊の群れのなかにいたが、じつは店内にはもう一匹、狼がいた。

シドの身上調書によれば、ジェントリーはこの手の事柄にはうといが、客の反応からして、かなり伝統的《トラッド》な五人編成で、ステージの太鼓打ちも、やはり冷酷な男だった。そのバンドは、かなりうまいのだろう。ステージの横のほうのベンチに座っている白髪の大男が、バウロンというアイルランドの伝統的な手持ちの太鼓を手で打っていた。音楽の精妙さを捉えようとするかのように、顔を伏せ、身を乗り出して、真剣に打っていた。ジェントリーの目には、中年の殺し屋というよりは、中年のミュージシャンのように見えた。〝本業《デイ・ジョブ》〟から遠ざかって久しいのかもしれない。その隣の痩《や》せた若者がマイクの前でティン・ホイッスルを吹き、ギタリストふたりが和音をかき鳴らしながらデュエットすると、羊の群れは熱狂した。歌詞はほとんどジェントリーには聞き分けられなかったが、美しい若い女と、ジャガイモの不作と、酔っ払って死んだ亭主の物語のようだった。

ジェントリーは、ギネスを飲み干して、店を出た。

2

ドゥーガル・スラッタリーは、午後十一時半にバンド仲間に別れの挨拶《あいさつ》をして、豊かな白髪頭にドネガルウールのウォーキング・キャップをかぶり、革ケースに入れた太鼓を肩にかついで、オリヴァー・セントジョン・ゴガーティの店を出た。晴れた寒い晩だった。バーで演奏してきた無数の夜や、その他のいつもの夜と、なにも変わりがない。フラットに帰る前に、一パイントひっかけようかと思った。歩いて数分のところに、パブが三十五、六軒あるが、フラットはピアース駅の反対側で、一キロ半ほど離れている。いつもどおりに、地元のなじみの店で寝酒をやることにした。

スラッタリーは、足をひきずって歩いていた。膝が悪い。というより、いっぽうの膝が悪く、反対の脚の膝はもっと悪い。ただ、両方の脚を交互にひきずるわけにはいかないので、関節が弱っている二本のうちでましなほうの脚に体重をかけて、肥った体で寒夜の街をよろよろ歩いていった。

大柄なスラッタリーが、〈パードリク・ピアース〉にたどり着くまで、三十分近くかかった。店名は、一九一六年のイースター蜂起を指揮してイギリス軍に処刑された、アイルランドのカトリック指導者にちなんでいる。忠実なカトリック系のパブで、反乱軍の写真や遺物が、小さな店のウィンドウに飾ってある。

スラッタリーが脚をひきずりながらはいっていって、コートとバウロンを隅の席に置き、バー・カウンターへ行くと、早くもタップからギネスが注がれていた。

コート・ジェントリーは、暗い戸口を見つけて、玄関先の階段に座った。これほど歩いたのは数カ月ぶりで、太腿《ふともも》とふくらはぎの筋肉が痛くなったことに驚いた。去年の十二月に弾丸に引き裂かれた右脚の傷跡が、かすかにうずいたような気がした。それに、バイコディンがあればと思ったが、麻薬性の薬を飲んだら戦闘態勢を保つのが難しいとわかっていた。だから、そこにじっと座り、向かいのパブの出入口を眺めていた。今夜は偵察だけだ。ターゲットを家まで跟《つ》けて、そのあと、いつどこで行動するかを判断する。

パブの店名は〈パードリク・ピアース〉。表から見たかぎりでは、ちっぽけな酒場だ。座って飲める店は、ここまでのあいだに数え切れないほどあったのに、まっすぐ来たところを見ると、スラッタリーの行きつけのパブにちがいない。ダブリンは、住民ひとりあたりのパブの数が、世界のどの街よりも多い。ターゲットがビールを一杯か二杯飲むあいだ、しばらくパブの出入口を見張ることになったのは、意外でもなんでもなかった。

ジェントリーは、こわばった体で立ちあがった。筋肉をほぐさなければならない。体が冷えているだけではなく、痛かった。それに、路地か便所を見つけなければならない。パブの脇の狭い路地なら、自分が成りすましている地元の若者が立小便をしているのを見られても怪しまれないだろうとわかっていた。それで、だれもいない通りを渡り、暗がりへ進んでいった。そこでにおいを頼りに、ゴミ容器の横の壁に近づき、ベルトをゆるめたが、すぐにあわてて締め直した。路地のずっと先の音に、注意を呼び醒《さ》まされた。裏口から男がふたり出てきた。一五メートル向こうで細い光が射し、建物のなかから話し声が聞こえた。男ふたりは裏の壁に向かって立ち小便し、近くの闇に見慣れない男が立っているとは知る由《よし》もなく、一分とたたないうちになかに戻っていった。

　ふたりが出てきたのは、〈パードリク・ピアース〉の裏口にちがいない。つまり、店は思ったよりも広い。煉瓦《れんが》の壁に向けて用を足してから、ジェントリーは裏口へ歩いていった。ビリヤードのキューが球を打つ音や、不機嫌な声が奥から聞こえた。耳に届きはするが、言葉は聞き取れない。前方を見ると、路地が脇道に通じていることがわかった。スラッタリーはもうそこを通って立ち去ったかもしれない、と思った。ひょっとして、こちらに尾行をつけたかもしれない。だが、テンプル・バーから三十分歩くあいだに、そういう気配はまったくない。

　くそ。今夜は偵察をやめて、あすもう一度やるか、それともパブにはいっていって、スラッタリーがまだいるかどうかをたしかめるしかない。店内はかなり広いようだから、正体がばれるおそれはほとんどないだろう。音から判断して、客は数十人いる。それに、目立たな《グレイ》い男《マン》の異名をとるジェントリーは、屋外だけではなく屋内でも周囲に溶け込むことに長《た》けていた。パブの正面にひきかえし、ジージャンの下で首をすぼめて、背を二、三センチ縮めてから、〈パードリク・ピアース〉のドアを押しあけた。

パブにはいったとたんに、重大な過ちを犯したと気づいた。とんでもなく狭い店だった。裏で音が聞こえたビリヤード場は、パブの奥の壁で仕切られ、ドアに〝会員専用〟と書かれた大きな札がかかっていた。ジェントリーがはいったところは、狭いバー・カウンターとテーブル三脚のほかに、壁ぎわに個室がいくつかあるだけだった。ジェントリーはぶらぶらとバーに近づいて、止まり木《スツール》に腰かけた。右にも左にも目を向けず、ただ財布を出して、奥の酒瓶をまっすぐ見つめた。十数人の客の視線が感じられたが、スラッタリーが店内にいるかどうかは、まだわからなかった。

店も常連客も、棘々《とげとげ》しくすさんでいた。ジェントリーはすぐさまそれを察した。害意があたりに満ちあふれていた。

よそ者が来るところではない。

ようやく、ジェントリーはバーの奥の鏡を見あげた。ドゥーガル・スラッタリーや、スラッタリーとおなじテーブルの若者ふたりも含めて、客全員が鏡ごしにこちらを睨《にら》んでいた。

物騒な連中だな、とジェントリーは思った。

鏡に貼ってある注意書きが、目に留まった。〝歌は禁止〟。

剣呑《けんのん》な店。

くそ。

バーテンが、新聞の上から長いあいだジェントリーを見ていたが、ようやく新聞を置き、赤毛の両眉をかすかにあげた。

「ギネス、パイントで」と、ジェントリーはいった。

スラッタリーは、ビールをちびちび飲みながら、先刻行なわれたクロンターフ対ソーモンドのラグビー試合のひどい判定について、若者ふたりがのんきに文句をいっているのを聞いていた。自分はワンダラーズのサポーターなので、クロンターフがろくでもない審判のせいで割を食っても、いっこうに気にならなかったが、若い常連ふたりとおなじテーブルで飲んでいるのは楽しかった。ドアがあく音を聞いて、目をあげた。これから一パイント飲むには時間が晩《おそ》すぎるが、そういうやつがいないわけではない。首《こうべ》をめぐらし、バーに向かっているよそ者を目で追った。

即座に、テーブルの相客ふたりのことを、意識から追い出した。

ドゥーガル・スラッタリーの巨体の内側で、半鐘がガンガン打ち鳴らされた。一・五キロメートル西にあるクライスト大聖堂の釣鐘《つりがね》なみの馬鹿でかい音だった。〈パードリク・ピアース〉によそ者がいること自体、かなり怪しいが、あの男は先ほどオリヴァーの店でも客のなかにいた。それに、若くて引き締まった体つきだし、こともなげな態度なのが、どうも気に食わなかった。

このあたりの人間ではない。たしかに服装はそれらしいが、なぜかちがうとわかる。男がバーの止まり木に腰かけたとき、スラッタリーは服の下に武器が隠されている気配はないかと、じっくり観察した。拳銃の輪郭《りんかく》はないか。腰に着装武器《サイドアーム》をつけていて、座るときに、腰にかかる重みとバランスをとる独特の動作をしていないか。なにも見当たらなかったが、よそ者の右半分は蔭《かげ》になっている。

男が注文するのを聞いた。〝ギネス、パイントで〟——外国人ぽいところ、おかしなふしはない。アイルランド人のようにも聞こえるが、声が低くて小さかった。

警官か？　国際刑事警察機構《インターポール》か？　五、六カ国の警察が、手枷《かせ》足枷をつけて聖なる島から連行したいと思っていることはわかっている。ちがう。あいつは警官らしくない。その手の稼業にしては、あまり緊張していないように見える。

それに、ギネスの注文のしかたを心得ているのは、たいしたものだ。秘訣《ひけつ》を知らない外国人は、グラスがカウンターに置かれたとたんに手をのばそうとする。基本的な過ちだ。スタウトはふたつの段階に分かれて注がれる。泡が落ち着くまで、バーテンは二分ほど待つ。そのあいだ、グラスは客がじれるくらいそばに置かれる。客がつい手を出して、無知をさらけ出す、という寸法だ。

だが、このよそ者は、作法を心得ている。

男が鏡ごしに視線を一閃《いっせん》させたのを、スラッタリーは捉えた。冷たい目が一瞬、さっと動いた。常連客が全員、よそ者を睨んでいた。スラッタリーは、それをひとしきり眺めてから、バーテンに注意を戻した。バーテンのジョージも、よそ者がいるのが気に入らないという顔をしていたが、ギネスを注いで金を受け取り、また新聞に顔を埋めた。

スラッタリーは、相客ふたりのほうに身を乗り出した。小声で話しかけた。ふざけて好意を示しているように見せかけていたが、笑みのかけらもなく言葉を発した。

「おい、おまえら。ママに寝かしつけられる前に、今夜、ちょっと暴れてみないか？」


正体を見破られたことに、ジェントリーは気づいていた。止まり木に腰かけたまま、ギネスを見つめた。体は力を抜いているように見せかけていたが、意識は緊張し、スクールバスのなかとたいして変わらない広さの店内で、十数人を相手にまわす手順をおさらいしていた。ナイフを持っているやつがいることは、まちがいない。ブラス・ナックルも持っている可能性が高い。バーの蔭に、水平二連銃身を短く切ったショットガンがあるかもしれない。ジェントリーには、ウェストバンドのホルスターに収めた拳銃があったが、防御用武器としてはあまり役に立たない。ロシア製のマカロフ・セミ・オートマティック・ピストル。上着のポケットに入れてある減音器《サプレッサー》を付ければ、有効な暗殺用武器になる。しかし、三八口径弾では、有効な敵阻止力《ストッピング・パワー》は期待できない。弾倉には八発しかなく、店内のたくましい肉塊の群れを片づけるには、情けないほど力不足だ。それに、マカロフは弾倉着脱機構の使い勝手が悪い。いざとなれば、アイルランド野郎数人に血みどろの風穴をあけることはできるが、やる気満々でいっせいに飛びかかってこられたら、こてんぱんにやられるだろう。

ギネスをごくごくと飲んだ。一パイントがこれほど多く思えたことはない。店を出て暗い通りに戻るには、飲み干さなければならないが、ぜったいに無理だと思った。うしろでスラッタリーが相客になにやらささやいているのが聞こえた。ジェントリーは、鏡を覗くのを控えた。オリヴァー・セントジョン・ゴガーティの店で、スラッタリーに姿を見られている。それはまちがいない。だからいま、危機と見て、仲間を引き入れようとしている。うまくすると、スラッタリーは店を出て、表で戦いを仕掛けるかどうかするだろう。その場合、仲間に暗がりに隠れるよう命じ、いっしょに立ち去るはずだ。まずいのは、いまここでそれをやられることだ。スラッタリーが立ちあがり、あのよそ者を店のウィンドウからほうり出したやつに、一年ずっとギネスをおごると宣言するにちがいない。

くそったれめ、ジェントリーは心のなかで毒づいた。フランスで傷を癒《いや》したあと、戦闘態勢を取り戻したいと心底思っていたが、こんなはめに陥ってしまった。

ジェントリーは、立ちあがろうとした。ギネスがまだ半分残っていたが、自分の脚で歩いてこの店を出るには、いましかチャンスがないと判断した。スラッタリーが計画を固める前でないといけない。だが、止まり木から腰をずらして立つ前に、バーテンが新聞をおろした。

「そのビールが気にいらねえのかい？」

胸が分厚い六十がらみの赤毛のバーテンは、よそ者とスラッタリーのあいだに邪悪な呪いが漂っているのを察したようだった。

ジェントリーは、あまり言葉を交わしたくなかった。座り直すふうをよそおい、黙って止まり木に腰を戻し、グラスを持ちあげた。バーテンのほうにグラスを傾け、またごくごくと飲んだ。「いや、うまい」といった。アイルランド人らしく発音したつもりだったが、自信はなかった。

左手のターゲットのテーブルにいたふたりが、立ちあがって店を出た。ジェントリーのうしろのテーブルでも、ふたりが立ちあがった。鏡で動きを追っていると、そのふたりが近づいてきて、脅しつけるように左右の止まり木に腰をおろした。

左の男が、最初に口をひらいた。アイリッシュ・ウィスキイと煙草《たばこ》のにおいがする息が熱かった。

「おめえ、どっから来た？」

ジェントリーは、正面を向いたままでいた。アイルランドなまりをまねるのをやめた。

「マースク海運の貨物船に乗ってる、夕方に着いた。あすの朝には出航だ」

「どっから来たんだよ？」もうひとりが、おなじことをきいた。

「いっただろう」

「貨物船で生まれたのかよ？　どっからっていうのは、どこの生まれかってことだよ」

「おまえら、邪魔しないで、そのひとがゆっくり飲めるようにしてやれよ」声をかけたのは、ドゥーガル・スラッタリーだった。すでに立ちあがっていて、脚をひきずりながらバーに来て、鏡ごしに目を合わせた。「新顔を見るのもいいもんさ。旅人でもな。こいつらのことは気にするな、友よ」

きょう、みんなに〝友〟と呼ばれるのは、どういうわけだろうと、ジェントリーは思った。

3

五分後、ジェントリーは〈パードリク・ピアース〉を出た。よそ者を常連ふたりから救ったあとで、スラッタリーが先に店を出ていた。常連ふたりは、無言でテーブルに戻った。バーテンは、その間ずっと、新聞から顔をあげなかった。

ジェントリーは、暗がりを巧みに伝いながら、ピアース・ストリートを東へ進んだ。太鼓を肩にかつぎ、脚をひきずって歩いているスラッタリーとは、一〇〇メートル弱の距離を置いていた。

なにもかもが急転した。パブにはいるというジェントリーの決断のせいで、作戦全体が加速した。はじめに予定していたような穏やかな偵察は、もう望めない。ターゲットはびくついているから、逃亡するか、あるいは防御を固めるだろう。たった独りの敵による襲撃が差し迫っているとき、それを阻止するには、高度の諜報技術など必要としない。逃げるか、幌馬車で円陣を組み、銃を配ればいいだけだ。『暗殺を防ぐ方法』教本の一ページ目に書いてある。スラッタリーがそれを読んでいることはまちがいない。

グレイマンとして殺しの契約を完遂するのであれば、今夜、やらなければならない。スラッタリーが右に曲がり、薄汚い共同住宅群のあいたままの門からはいった。傾斜した駐車場を玄関ドアに向けて登りはじめたときも、ふりかえらなかった。ジェントリーは、暗がりをなおも進み、獲物に近づいた。付け狙われていることを獲物は知っている。だが、いますぐに襲われるとは思っていないかもしれない。

黒いラガーシャツを着たがっしりした若者が、四、五メートル前方の大きなゴミ容器の蔭から出てきた。ジェントリーは、歩をゆるめ、立ちどまり、両手を脇に垂らした。〈パードリク・ピアース〉でスラッタリーと相席していたうちのひとりだ。若者が、脚のうしろから長いチェーンを出し、振子みたいにゆっくりとふりはじめた。

「おいらの仲間を跟《つ》けてるのはどういうわけだ？」アイルランドなまりがひどく、聞き取りにくかったが、そんなことは関係なかった。ジェントリーは聞いていなかった。もっと小さな音がしないかと、神経を集中していた。いまにもうしろから近づいてくる足音が聞こえるのではないかと、耳をそばだてた。こいつの相棒がどこかにいて、うしろから襲おうとしていることはまちがいない。ヘッドロックをかけるか、それとも、むき出しの首にチェーンか鉄棒を叩きつけようとするはずだ。殺しの契約を請け負う超一流の刺客のジェントリーは、もっと敵意が強く、訓練も装備も行き届いている敵を相手にすることが多い。しかし、身分を偽装して波止場で働いたり、がらの悪い街の汚らしい界隈《かいわい》で怪しげな酒場を出入りするときに、頭のとろいごろつきが素手や鈍器で喧嘩《けんか》をするのをさんざん見ていたので、そういう連中の手口は頭にはいっている。

どこにいようがおなじだ。喧嘩には万国共通の言葉のようなものがある。

黒いラガーシャツの男が、またなにやら叫んだ。こんどはまったく意味がわからない。そのとき聞こえた。低い足音。うしろから近づくにつれて大きく、間隔が短くなる。ジェントリーは、黒シャツのラグビー・ボーイをまっすぐに見つめ、うしろから飛びかかろうとしているやつがいることなど露知らぬふうをよそおった。ぎりぎりの一瞬まで。

足音がかなり近づいたところで、ジェントリーは電光石火のごとく動いた。数カ月ぶりの力と力の衝突だった。身を沈め、体をまわし、脇に動くのを、ひとつの動作でやった。オレンジ色のラガーシャツを着たスキンヘッドの若者の動きが、ぼやけて見えた。曲がった鉄筋が、四分の三秒前にジェントリーの背中があったところで空《くう》を切る。若者の体のモーメントに鉄の重みとふった勢いがくわわり、ターゲットに一撃をかわされたことを頭脳が理解したあとも、動きがとまらなかった。若者をやりすごすと、ジェントリーはすばやく身を起こし、たたらを踏んでいる相手を左手でちょうどいい位置に押しながら、固めた拳をエンジンのピストンなみの速さで闇夜に突き出した。若者の右耳の下に拳が命中し、顎の骨が折れた。制御を失ったまま突き進むあいだに、若者は意識を失った。

鉄筋が通りに落ちてガタンという音をたて、つづいて若者が胸から倒れ、手足をばたつかせながら転がり、相棒の足もとでとまった。

動いていない。転倒したときにアスファルトの路面ですりむいた顔の血が、コバルト色の街灯の光を浴びて輝いた。

黒いラガーシャツの若者が、チェーンをがむしゃらにふりまわしていた。相棒のようすを見るために視線を伏せてはまた、さっと見あげている。相対している顎鬚の男への怒りと恐怖が、おなじくらいの分量、目に宿っていた。腕を垂らし、目と肩の力を抜いて、ジェントリーは若者に近づいた。

これこそがジェントリーの本領だった。

チェーンがうなり、前にのびた。

ジェントリーは、チェーンの軌道に跳び込んで、あっさりと左手でつかみ、強く引いた。ラガーシャツの若者がバランスを崩したところを、たぐり寄せた。

右手で槍のように喉を突き、若者を仰向《あおむ》けに倒した。気道が内出血を起こして腫《は》れたために、道路に転がった若者が、息を詰まらせ、喉をぜえぜえ鳴らした。すぐ上にしゃがみ込んだ相手を、若者は見つめた。口をひらいたとき、そのアメリカ人の声は穏やかで、落ち着き払っていた。まるでこの闇討ちをもくろんだのは、自分のほうだったとでもいうように。

「スラッタリーの部屋の番号をいえ。一度しかきかない」

四分後、クイーンズ・コート・コンドミニアムの六六号室の掛け金をかけていないドアが、拳銃のサプレッサーの先端によって押しあけられた。サプレッサーのうしろには、ロシア製のマカロフ・セミ・オートマティック・ピストルがあった。マカロフのうしろには、グレイマンがいた。五感を鋭敏に働かせた。誘うようにドアがあいていたから、なおさらだった。

何者かがやってくるというのを承知している人間にしては、奇妙なことをする。

ドアの向こう側は照明の明るいリビングで、ジェントリーはターゲットのいどころを思案するまでもなかった。スラッタリーは、狭いリビングのまんなかに据えた質素な木のテーブルを前に、ドアに顔を向けて座っていた。アイリッシュ・ウィスキー一本と、ショットグラス三客が、テーブルに置いてある。スラッタリーがシャツを着替えていることに、ジェントリーは目を留めた。襟ボタンをはずして、黒地に紺のラガーシャツを着ていた。太い腹のあたりがきつそうだ。贔屓《ひいき》チームのラガーシャツなのか？

スラッタリーが、かなり長いあいだ、ジェントリーを見あげていた。ショットグラスを一客持ち、逆さに伏せた。客がふたりくるはずだったのだ。道路に倒れているあのふたりにちがいない。気を取り直したスラッタリーが、もう一客のグラスを手にした。「一杯どうだ、若いの」不安になっていると見えて、声がうわずっていた。

ジェントリーは、部屋のなかにすばやく目を配った。その間も、ターゲットの額に銃の狙いをつけていた。低い声に、静かな確信をこめていった。「両手はおれに見えるところに置け」

スラッタリーが従った。「ふたりを殺したのか？」

「ラグビー・ボーイか？　いや、だいじょうぶだ」つけくわえた。「そのうち回復する」

スラッタリーがうなずいた。「造作なかったんだろう？」

「まあ、そう手間はかからなかった」

「あいつらは、酔っ払ってなかったら、争う勢いもないさ。座らないか？　いいウィスキイがある」

ジェントリーは、五感を敏感にして、脅威はないかとなおも部屋のなかを探した。ターゲットは、こうなったのを妙にあきらめているふうだが、それが欺瞞《ぎまん》なのかもしれない。

「結構だ」

スラッタリーが、また肩をすくめた。「それじゃ、先に一杯飲ませてもらうよ」答を待たなかった。〈オールド・ブッシュミルズ〉をショットグラスに注ぎ、ひらいた喉にほうり込むと、グラスを目の前に置き、注ぎ直した。

ジェントリーは、窓ぎわへ行った。途中で天井の明かりを消した。闇にくるまれ、通りを見おろした。

スラッタリーがいった。「だれも来ない。あんたが会ったあのふたりだけだ。まだ歩けるとしても、こっちには来ないだろう。誓ってもいい」

ジェントリーは、寝室、バスルーム、キッチンを調べた。だれもいない。スラッタリーは、ドアに面してテーブルの前に座っている。またウィスキイをあおった。グラスに注ぎ直した。

辛抱強く待っている。

ジェントリーが前に戻ってくると、スラッタリーはウィスキイの瓶を片手で握り、客人のほうに傾けた。「ほんとうにひと口やらないか？　仕事をやってたころ、こいつにはずいぶん助けてもらった」ジェントリーはかぶりをふった。ターゲットに完全に神経を集中し、マカロフを構えた。ドゥーガル・スラッタリーが、早口にいった。「なあ、あんたがやらなきゃならないのはわかってる。文句はいわない。おれも前はその仕事をしてたから、裏の裏まで知り抜いてる。ひとつだけ聞いてくれ。頼みがある。おれには子供がいる。もう三十ぐらいだから、子供とはいえないな。ゴールウェイにいる」

「おれがそんなことを気にするように見えるか？」

「ダウン症なんだ。いい子だが、自分の面倒がみられない。母親はいない——ベルファストでフェラチオ専門の売春婦だった。二十年くらい前に、麻薬のやりすぎで死んだ。息子は民間施設に入れてある。家族はおれひとりだ」

「知ったことじゃないね」

「おれはただ、国の施設に入れられなくてもすむように、金を送りたいだけだ」

ジェントリーは、マカロフの撃鉄を親指で起こした。

スラッタリーが、いっそう早口になってつづけた。「金がないと、国の施設に送られる。ひどいところなんだよ。息子はおれの人生の償《つぐな》いなんだ。おれの命はくれてやるが、代償を息子に払わせるのはやめてくれ」

ドアからはいったときに、この男の頭に一発撃ち込むべきだったと、ジェントリーは気づいた。

「みんな、だれかしらをあとに残していくんだ。助けてやることはできない」

「ちがう、おれを助けなくていい。息子を助けてくれ。二十四時間だけほしい。たった一日でいい。銀行か両替商を襲う。午後にドーソン・ストリートのあちこちに寄る現金輸送車がある。急ぎ働きをやる方法は、いくらでもある。一発当てる時間さえくれれば、息子が施設にずっといられるように金を送る。あんたが来ると知ってたら、もっと早くやってただろうが、不意討ちをくらった。だいぶ前に仕事をやめてたから、もう足を洗えたと思ってた。なあ、おれは逃げない。あすの午後、ゴールウェイの施設に有り金をぜんぶ送金してから、ここに帰ってくる。あんたに殺られるために。おふくろの墓に誓う。あんたはおれの頭の皮を剝《は》いで金をもらう、こっちはおれが死んだあとも息子が面倒を見てもらえるように金を手に入れる。あんたのいうとおり、ここにじっとしてるだろうが。逃げない。戦いもしない。もういいんだ。あんたにこの身をゆだねて、息子がまともな扱いを受けるよう算段するのに、たった一日くれって頼むだけだ。まっとうな判断をお願いしますよ」いまにも泣きそうだった。絶望している。ほんとうの話にちがいないと、ジェントリーにはわかっていた。

それでも、ジェントリーは心を鬼にした。マカロフを目の高さまで持ちあげた。「悪いな、あんた。そういうわけにはいかないんだ」

スラッタリーが涙ぐみ、ウィスキイをもう一杯飲み干した。こんどは注ぎ直さなかった。

「あんたには情けがあると思ったんだがね。見込みちがいだった。それじゃ、息子は国の施設行きだな」うっすらと笑った。「だが、全戦全敗ではない。シドがいつの日か、あんたを付け狙う人間を送り出すとわかっているのが、せめてもの慰めだな」

ジェントリーは、マカロフをわずかに下げた。

「シドが？」

「あんたはシドの新しい手下だろう？　おれは古い手下だったのさ。だから、あんたはいま、自分の未来を目にしていることになる。組織にあんたの居場所をこしらえるために、シドはこのつまらないお使いをいいつけたんだよ。おれと交替するためのオーディションというわけだ」ジェントリーがしばらく声を失っていると、スラッタリーの涙ぐんだ目が大きく見ひらかれた。「シドはあんたにそれをいわなかったんだな？　まったくろくでもない野郎だ！　おれを殺したいと思っているやつの仕事を、シドが請け負ったと思っていたんだな？　いや、ちがうね。これがシドのやり口なんだ。一切合財《がっさい》」

ジェントリーは、マカロフをさらに下げた。「理由は？」

スラッタリーが、ショットグラスに注ぎ直して、腹の奥にウィスキイをほうり込んだ。

「五年前のことだが、シドがおれのところに来た。そのころおれは……べつのロシア人の仕事をやってた。おれの仕事ぶりが気に入ったとシドがいった。自分のところで働かないか、と。うますぎる話なので、〝なにか裏があるのか？〟とおれはきいた。シドがおいしい契約をとってるのは、だれでも知っていたからな。あんたがほしい仕事をいまやってるやつを消さなきゃならないだけだと、シドがいった。自分で空きをこしらえろってわけだ。そいつは古株のイスラエル人で、長居して嫌われたらしい。わけは知らない。とにかく、そのユダ公を片づければ、シドの厩舎《きゅうしゃ》で一番手の種馬になれるといわれた」

「それで殺したのか」

「あたりまえじゃないか。おれたちの稼業では、いまこの瞬間が肝心なんだ。それがいま、おれは年取って、体もガタガタになって、もうでかい殺しの契約はできない。前みたいに稼げないようになったおれを廃棄処分にするために、シドはあんたをよこした。おれが新聞やインターポールに電話して、やつのことをしゃべる可能性が一パーセントでもあるようなら、念のため消しちまったほうがいいっていうことなのさ」

ジェントリーは、愕然《がくぜん》とした。シドは、ターゲットの殺しの契約そのものについて、嘘をついていた。よそから依頼されたのではなく、この男を殺すことは、シド自身の利益に結びついていたのだ。気を取り直し、シドがよこしたスラッタリーの身上調書の、もっとも忌まわしい部分を思い出そうとした。「あんたが以前、何度か汚い殺しをやったと、シドはいっていた」決意をあらたにして、またマカロフを構えた。

スラッタリーが、心底驚いたというように、小首をかしげた。「汚い殺し？　なにをいうかと思えば。きれいな殺しがどこにある？」

ジェントリーは、一瞬の間を置いた。「罪もない人間を殺したことだ」

「馬鹿をいうな。シドの話をもとに、おれを裁こうっていうのか？　笑わせるぜ。いいからさっさと片づけてくれ。おれの顔面に一発撃ち込んだら、せいせいするだろうよ！　汚い殺しだと？　罪もない人間だと？　あんたはこの神に見放された惑星を穢《けが》してきた殺し屋のなかでも、最低の偉ぶったクソ野郎だよ！」

スラッタリーが鼻の穴をふくらませて、小さなマカロフの銃口に取り付けられた減音器《サプレッサー》を睨みつけた。目に酔いが現われていたが、恐怖の色は微塵《みじん》もなかった。

長い間を置いて、ジェントリーはマカロフを脇におろした。木の椅子を引いて、スラッタリーの向かいでゆっくりと腰をおろした。

「一杯もらったほうがよさそうだ」

スラッタリーは、ジェントリーから視線をそらさずに、ふたりのショットグラスに注いだ。

4

十分後には、ジェントリーはマカロフをホルスターにしまっていた。目の前の男は殺さないことにした。それを本人に告げた。スラッタリーは口もとをゆるめたり、安堵《あんど》の息を吐いたりしなかったが、片手を差し出した。ふたりは握手をした。街灯の光が射し込む狭い部屋の薄暗がりで、ふたりはほとんど言葉も交わさずに座っていた。ジェントリーは、スラッタリーが安心できるように、両手を木のテーブルに置いていた。

しばらくして、スラッタリーがいった。「シドはあんたに腹を立てるぞ」

「取り決めがある。おれがやってもいいと認めた殺しだけをやるといってある。やつがまちがった情報をよこしたときは、やめる権利がある。あんなやつはくそくらえだ」

スラッタリーが、〈オールド・ブッシュミルズ〉を持ちあげた。

「それに乾杯。シドめ、くそくらえ！」

「やつは、ほかの人間をよこして、あんたを狙わせるだろう」

「ああ、そうだろうな。あんたにこのまま仕事をさせて、おれを片づけてもらったほうがいいかもしれない。そのほうが面倒がない」

ジェントリーはいった。「ただの頼まれ仕事はやらない」

大男のアイルランド人が、腹の底からおかしそうに笑った。「一本とられたな。つぎの殺し屋が来るころには、あのふたりが退院しているだろう。シド・くそ・シドレンコが、ふたりの手に負えるようなやつをよこすのを願うしかない」

ジェントリーは、くすりと笑った。「それは難しいな」

スラッタリーが、〈オールド・ブッシュミルズ〉を自分のグラスに一杯注ぎ、それから、ふと思いついたように、ジェントリーの前にショットグラスを押しやり、注ぎはじめた。

ジェントリーは、とめようとした。「いや、結構だ」

スラッタリーは注ぎつづけた。「三杯目だ、若いの。三杯目で男になれるんだ。ほんとうの話だよ」

ジェントリーは、肩をすくめて首をふり、強い酒が体がほしがっている痛み止めの代わりになることを願いながら、ショットグラスに手をのばした。「街を離れることを考えたほうがいいんじゃないか。ほとぼりが――」

テーブルが浮きあがって、ジェントリーの顔に迫った。ショットグラスをつかむ前に、それが口に激しくぶつかり、つづいて木のテーブルの縁が顎にまともに当たった。首ががくんとうしろに動いて、ジェントリーは椅子から仰向《あおむ》けに吹っ飛んだ。

スラッタリーがテーブルをひっくりかえして、ジェントリーの上にほうり投げたのだ。スラッタリーが、テーブルを飛び越えて、ジェントリーが床に倒れ込む前に跳びかかり、肉付きのいい両手で、筋肉が盛りあがっているジェントリーの首をつかんだ。

ジェントリーは叫ぼうとしたが、声が出なかった。親指二本が喉に食い込み、喉仏を圧迫して、押し潰そうとしていた。テーブルがぶつかった衝撃でぼうっとしていたが、とっさに首を激しくまわして、相手の絞める力を弱めようとした。片腕をのばして、手を両方とも払いのけようとしたが、大柄なスラッタリーの腕は、びくとも動かなかった。

「やめろ！」喉からどうにか声を発した。ジェントリーは本心から、ドゥーガル・スラッタリーを生かしておく気になっていた。スラッタリーは、それを信用しなかったか、あるいはなにかの理由で、シドがこの殺し屋を説得して、もう一度差し向けると思ったのだろう。そして、いまここで、勝ち目があるときに、先手を打ってそれを防ごうとしたのだ。

仰向けになり、大男のアイルランド人にのしかかられて、両手で絞め殺されかけていたジェントリーには、たったひとつしか手がなかった。靴の踵《かかと》でつっぱって、安物のリノリウムの床をずるずると動き、狭いフラットのドアに曲げた脚が届くまで、上のスラッタリーごと体の向きを変えた。喉を万力のような力で絞めている手を押しのけようとしながら、ドアを歩くような感じで、足をあげていった。一五センチ、六〇センチ、九〇センチ。そうやって腰のあたりを浮かし、スラッタリーのすさまじい重みを顔と肩の上に移動した。渾身の力をこめて、親指の付け根でドアを蹴とばし、無様な三角倒立をやった。スラッタリーが上で宙返りして、手が喉から離れた。ジェントリーは裏返しのテーブルに膝から着地し、跳びのいて、ひっくりかえった元ボクサーのがむしゃらなパンチから逃れた。

一秒後には、ふたりとも立っていた。ジェントリーは、スラッタリーを見た。肥った顔が真っ赤になり、汗が光り、目が怒りで血走っている。ゲール語とおぼしい、ジェントリーにはわからない言葉を叫んだ。

これは行きちがいで、おれは出ていくと、ジェントリーはいいたかったが、どうにもならなかった。スラッタリーが一歩踏み出し、ジェントリーの左頬に向けて右ジャブを繰り出し、それが軽く当たった。刺されたような痛みに、ジェントリーは愕然とした。たちまち涙が出て、視界が曇った。

たるんだ体つきなので見くびっていた相手は、獰猛《どうもう》な力と目もくらむような速さを備えていた。観察の甘さの代価を命で払うはめになりかねなかった。

ジェントリーは、隅にしりぞき、マカロフを抜くいとまがあるだけの距離をあけたが、ホルスターは空《から》だった。三点倒立をやったときに落ちたにちがいない。さかさまのテーブルか壊れた椅子の下のあたりにあるはずだ。

スラッタリーが、ジェントリーのホルスターが空なのに気づいた。荒々しい狂ったような笑みが、サクランボみたいに真っ赤な顔にひろがった。「おまえは死んだも同然だ、若いの」スラッタリーが、またジャブを放った。ジェントリーは身をそらしてよけたが、顎をかすめた。

つぎは左フックだった。上半身と両脚の体重を移動して、全身の力をこめたパンチが、襲いかかった。ジェントリーはそれをブロックしたが、それでもノックダウンされた。拳は命中しなかったが、前腕で衝撃を吸収しただけで、ジェントリーは狭いリビングに転がった。両膝をつき、壁ぎわでとまった。

すばやく立ち、相手のジャブを見て、どうにかかいくぐった。指一本でみぞおちの急所を突いて応戦し、さらに足の甲で股間を蹴った。

スラッタリーは動じなかった。「汚いまねしやがる。女みてえな喧嘩だな」

そのとき、ジェントリーはスラッタリーの弱点に気づいた。夜陰のなか、脚をひきずりながら歩くスラッタリーを跟《つ》けたとき、左膝に体重をかけるのがつらそうだった。スラッタリーの左膝の内側を思い切り蹴ると、外側にガクンと曲がった。スラッタリーは悲鳴をあげたが、倒れなかった。

それどころか、ジェントリーの反撃でつぎの手を悟ったとでもいうように前進した。

ジェントリーが右に体を沈めてよけたとき、スラッタリーの右の拳が左耳のすぐ上の空気を切り裂いた。ジェントリーは、精いっぱいの速さで接近し、跳《はや》びあがって右腕をスラッタリーの左肩の上に置いた。そして、目にもとまらない完璧な早業《わざ》で、右腕を上にのばし、右肩を前にして半身になり、掌《てのひら》を内側にした。その手がスラッタリーの首のうしろをまわり、向かって左側から顔の前に出てきて、鉤《かぎ》のように喉をひっかけた。そして、ラガーシャツの右襟をつかみ、引き戻して、左手にそれをあずけた。

「男らしく戦え。このくそ――」

スラッタリーの言葉が、喉を詰まらせたゲボッという音に変わった。ジェントリーは、首絞めの道具のように襟をねじって、本人のラガーシャツで首を絞めていた。右腕はスラッタリーを情熱的に抱擁しているみたいに首を抱き、両脚で背中を締めつけて、左手で襟をぐいぐいとひっぱり、スラッタリーの肥った喉に食い込ませていた。

気道を失ってうろたえたスラッタリーが、傷めた膝に体重をかけるたびによろけながら、部屋のなかを動き、ジェントリーの背中をガラス窓に叩きつけ、石膏《せっこう》ボードにひびがはいり、馬鹿でかい口髭をはやした素手のボクサーを描いた安物の模写のリトグラフが床に落ちるほどの激しさで、壁に激突させた。つづいて、体をまわし、厚い木のドアに、横ざまにジェントリーを叩きつけた。

そのとき、もののぶつかる音や、荒い息や、わめき声のなかで、ドアを強く叩く音が聞こえた。女が必死で金切り声をあげ、スラッタリーさん、だいじょうぶですか？　助けを呼びましょうか？　ときいていた。スラッタリーは、口がきけなかった。左手でドアの掛け金をつかもうとしたが、肺から酸素が失われて、力が抜けていた。スラッタリーの指が一本、掛け金にかかったところで、ジェントリーはうしろに右手をのばして、閂《かんぬき》をしっかりとかけ、両脚で押してドアから離れた。

部屋のまんなかで、ふたりはからみ合ったまま勢いよく倒れた。

スラッタリーはまだ息ができなかったが、戦う余力がまだかなり残っていて、両脚を梃子《てこ》にして、ジェントリーの上に乗ろうとした。だが、ジェントリーは離れなかった。そうはさせない。勢いをつけて転がりつづけ、ふたたびターゲットにまたがった。

三十秒のあいだ、狭い部屋の壊れた家具や装飾品が散らばるなかで、ふたりはうめいたり蹴り合ったりしていた。ジェントリーは、両脚でスラッタリーの片腕を押さえつけていたが、反対の腕が背中や頭のうしろを何度もがむしゃらに殴りつけていた。

スラッタリーは、頭突きをもやろうとしたが、すでにおたがいの頭がぴたりとくっついていて、顔を引いて勢いをつけるだけの隙間がなかった。

やがて、抵抗が弱まった。そして、抵抗が熄《や》んだ。

ジェントリーは、なおも相手の喉を絞めつけていたが、すこし身を離して、顔を見た。目の玉が飛び出し、顔が信じられないくらい赤くなって、ウィスキイと酢と体臭のにおいが入り混じった汗をかいていた。ジェントリーはスラッタリーにまたがり、ショットグラスで切った唇から血を滴《したた》らせていた。スラッタリーの額に赤い点々が散り、目に流れ込む汗の細い流れを赤く染めていた。

飛び出した目が、弱々しく瞬《まばた》きをした。

ジェントリーは、ラガーシャツで絞めている力を、すこし弱めた。スラッタリーがすばやく息を吸い、吐きそうになって、喉をぜえぜえ鳴らした。

ジェントリーは、スラッタリーと顔を突き合わせるようにしていた。情け容赦のない戦いに疲れ果て、あえぐように言葉を発した。「息子のことだが……ダウン症の。ほんとうか？」

スラッタリーは舌が充血して腫《は》れ、喉がつかえそうになっていた。血の混じった痰《たん》を吐いた。「誓う」

ジェントリーはうなずいた。自分の額の汗を拭《ぬぐ》った。過呼吸を起こしかけていて、なおもあえぎながらいった。「いいだろう……わかった。心配するな。おれが手配してやる。息子はだいじょうぶだ」

飛び出しそうな目が、ジェントリーに向けられた。目をしばたたき、血と混じった涙が顔の左右を流れ落ちた。スラッタリーが鼻汁を流しながらすすり泣いた。うなずいた。締めつけられた喉から声を発した。「そいつは助かる。借りは返す。あんたは情けがある。いいやつだ」

「ああ」ジェントリーは、スラッタリーの額に指先を当てた。「おれはそういう男だ」ぐしょ濡れの白髪をそっとなでつけてやった。

スラッタリーが、もう一度うなずいた。

「おれは聖人だよ」

すばやいひとつの動作で、ジェントリーはそばの床に落ちていたマカロフをすくいあげ、肉付きのいい喉にサプレッサーを食い込ませて、顎に一発撃ち込んだ。舌と口蓋《こうがい》と鼻腔《びくう》を貫通した弾丸が、脳に達した。三八口径のホローポイント弾が、五十四歳のアイルランド人の頭蓋《ずがい》のなかで踊り、左耳の奥でとまった。スラッタリーの飛び出した目から生気が失せ、死んだあとも見ひらいたままになった。

ジェントリーは、スラッタリーの胸からおりて、死体の隣の床に仰向けになった。疲れ果て、気力も失せ、エネルギーも感情も尽きていた。殴られた顔が痛かった。去年の冬に刺された腹と撃たれた脚も痛む。

ジェントリーとスラッタリーは、狭い部屋の家具の残骸《ざんがい》のなかに横たわり、低い天井を茫然と見つめていた。

5

岸まで八〇〇メートルのところで、上陸用の小型モーターボートは霧の層から出た。霧にまぎれて見えないが、後方では、ジェントリーがエメラルド島とも呼ばれるアイルランドを出入りするのに使ったリトアニア船籍の貨物船が、すでに船首を北に向けて、機関全開で母港を目指している。小さなモーターボートの船首に立つジェントリーは、前方のグダニスク造船所の桟橋《さんばし》に目を凝らした。乗客は、ジェントリーただひとりだった。

なおも衛星携帯電話に向けて話をつづけた。

「パウルス、はっきりさせておきたい。あんたの手数料を引いた全額が、この患者のところへ行くようにしてくれ。やりかたはどうでもいい。とにかくやってくれ」

「お安い御用だ。小さな信託基金をこしらえればいい。定期的にその施設に送金されるようにする。あんたに頼まれたとおり調べてみた。アイルランドでは、そういう状態の人間向けの最高の施設だ」

「よかった」

相手が間を置いた。ジェントリーは、気まずさを察した。「その。サー・ドナルドに連絡する必要があることは、わかってくれ」

「いいだろう。しかし、どのみち話をするのなら、これを伝えてくれ。この金は彼のじゃない。おれの金だ。この子供のものだ。手をつけるようなことがあったら……おれは――」

「ヘル・ルイス。サー・ドナルドを脅迫するのはやめてほしい。わたしはサー・ドナルドに雇われている。あなたが口にしたことをすべて伝える義務がある――」

「だからいうんだ。一言半句、漏らさずに伝えろ。この口座に手をつけたり、なんらかの方法で調べたりしたら、やっこさんの家に行くと」

「ヘル・ルイス、どうか――」

「伝言はわかったな、パウルス」

「彼があなたの望みをかなえることはわかっている。口座は取り決めどおりに手配する。いつもの手数料をその基金にも当てはめる」

「ありがとう《ダンケ》」

「どういたしまして《ビッテ・シェーン》。サー・ドナルドは、あなたがたいそう気に入っているようだ、ヘル・ルイス。どうして袂《たもと》をわかったのか知らないが、いつか会ってじっくりと話を――」

「あばよ、パウルス」

むっとしたような間があった。丁重な別れの言葉。「さようなら、ではまた《アウフ・ヴィーダーゼーン》、ヘル・ルイス」

ジェントリーは、カンバスのバッグに衛星携帯電話をしまった。それから、前方のあらたな脅威に注意を集中した。

三〇〇メートル弱の距離から、それに気づいていた。桟橋の黒い大型車一台。距離二〇〇メートルほどで、車に寄りかかっている男たちが見分けられた。全員、ダークグレイの服を着ている。一五〇メートル以内に近づくと、四人いるとわかった。五〇メートルほどになると、スラヴ系だと見分けられた。スーツを着ている。車はリムジンのたぐいだ。

シドの手下にちがいない。迎えにきて、車に乗せようとしているのだ。ジェントリーは、ひどく腹が立った。グダニスクで船をおりて、ポーランド沿岸でしばらく身を隠し、じゅうぶん用意ができたところで、ウラル山脈ツアーのウェブサイトでシドに連絡するつもりだった。前の調教師《ハンドラー》のサー・ドナルド・フィッツロイは、仕事中にじかに会うようなことは、ぜったいにしなかった。だが、こんどハンドラーになる予定のシドは、こういうごろつきどもをよこした。主君の王座の前でひざまずかせるために、こっちに付き添って穏便に連れていくよう命じられているにちがいない。

「冗談じゃない」二五メートル以下に近づくと、ジェントリーは悪態を漏らした。男たちが、リムジンのボディから身を離した。煙草を投げ捨て、地面で揉《も》み消している。首にかけている金のチェーンが、ギラリと光った。ロシア・マフィア。そうに決まっている。ボートが着岸したときにジェントリーを逃がさないように、男たちが桟橋の端へ出てきた。

まるでそう見える。

ジェントリーは、上陸地点のまわりを見て、逃げ道がないかどうかを探した。

なにもない。くそ。

揺れているモーターボートから、浮き桟橋におりた。ごろつき四人の真正面に立つ。言葉は交わされなかった。男性ホルモンが充満している男五人の目つきだけが、伝達の手段だった。いずれも仕事中で、自分から望んでここに来たわけではない。ジェントリーの以前のCIA特殊活動部《SAD》（CIAの特殊作戦部門で元特殊部隊員が多数を占める）には、ザック・ハイタワーというもとSEAL隊員の口汚い教官がいて、それを〝アイ・ファック〟と呼んでいた。下品ないいかただが、男たちが相手を品定めしながら、冷たい凝視で自分の力と勇猛さを放出している状況を、正しくいい当てている。

ジェントリーは、ピーコートの前をゆっくりとあけて、腰の三八口径マカロフのグリップが見えるようにした。若いロシア人が進み出て、ホルスターからマカロフを抜いた。まるで自分がその拳銃を見つけ出したとでもいうように、リバースドローで引き抜くときに、ジェントリーに冷笑を向けた。それから、体の前とうしろを軽く叩いて、ポケットからナイフを出し、自分のポケットに入れた。ジェントリーが肩にかけたカンバスのバッグを調べて、衛星携帯電話を出し、それもポケットに入れたが、ほかに興味を惹《ひ》くようなものは見つけられなかった。グレイマンを武装解除したと納得すると、うしろにさがり、いらだたしげに手ぶりで招きよせて、リムジンのほうへ連れていった。

ジェントリーは、肩からバッグをおろし、ひとりに向かってほうり投げ、運ばせようとした。がっしりした男の胸にバッグが当たったが、そのまま前の地面に落ちた。〝アイ・ファック〟は揺るがず、消えもしなかった。

しかたがない。ジェントリーはにやりと笑って歩を進め、くすくす笑いながらバッグを拾うと、黒いリムジンに歩いていって、後部ドアをあけ、乗り込んだ。

一時間後には、空にあがっていた。レフ・ワレサ国際空港で、ホーカービーチクラフト4 00小型ビジネス・ジェット機が、一行を待っていた。ジェントリーの見たかぎりでは、パスポートの確認や税関の審査は行なわれなかった。とにかく質問もされず、書類の提示ももとめられなかった。ホーカービーチクラフトは、雨雲を抜けて急上昇し、午前十時ごろのポーランドの晴れた空に出た。七人乗りのキャビンに、桟橋に迎えにきた四人とジェントリーが乗っていた。その連中が食べ物と酒がある場所を教え、ブロークンな英語で、フライトはたった二時間だと告げた。どこへ行くのかはいわなかったが、それはわかりきっていた。

ジェントリーにはわかっていた。ボスのところへ連れていかれるのだし、ボスはロシアのサンクトペテルブルクにいる。

シートに背中をあずけ、緊張を解いて、ミネラルウォーターを飲みながら、シドの手下のおしゃべりに耳を傾けた。十数年前にはロシア語がかなりできたのだが、いまではかなり錆《さ》びついている。だが、目を閉じて周囲の男たちのたわいもない話に一時間以上も神経を集中していると、外国人を寄せつけないその言語に、脳がふたたび同調しはじめているように思えた。

シドもその手下も、ロシア語はひとこともわからないと思っているはずだ。それにはある程度の確信があった。この先、相手のその迂闊《うかつ》さを利用できるかもしれない。

ホーカービーチクラフトが片翼を下げて、降下を開始し、正午過ぎに着陸した。降下中に左翼側の窓からフィンランド湾が見えて、雇い主のもとへ連れていかれるのだというジェントリーの推測が裏付けられた。空港にも見おぼえがある。ルジョーフカ空港は、セントピート(サンクトペテルブルク)の東にあって、主要国際空港のプルコヴォ空港よりも市中心部から遠く、不便だが、ジェントリーは何度か使ったことがあった。

十年かそれ以上前の古い時代に、ジェントリーは単独で行動するCIA工作員として、偽装身分で独り外国で暮らしていた。理屈の上では、友好国にせよ敵国にせよ、地球上のどこでも任務につく可能性があったが、じっさいには旧ソ連圏内でもっぱら活動をつづけていた。ロシア、ウクライナ、リトアニア、グルジア、タジキスタン——CIAが独立資産《アセット》プログラム(AAP)の工作員を東側の敵国に送り込み、武器や核兵器の秘密を売買する人間を尾行させ、追跡させ、場合によっては暗殺させていたのには、もっともな理由があった。一時期、破れた鉄のカーテンの奥から出してきて売る価値がある品物は、もと悪の帝国に残されていた核戦争向けの遺物だけだった。その時期、ジェントリーをはじめとするAAP工作員が命じられる潜入工作任務は、それに関するものばかりだった。ターゲットを追い、活動を報告し、場合によってはターゲットの家に盗聴器を仕掛けたり、知人を買収したり、罪に陥れるための物証を仕掛けたりした。

場合によっては、ターゲットを殺す。

だが、それは九〇年代のことだ。古きよき時代。

9・11前の時代。

それ以降、ジェントリーがサンクトペテルブルクに来たのは、たった一度だけだった。二〇〇三年一月で、そのときには、CIA特殊活動部特殊作戦グループ《SADSOG》の特殊作戦支隊GS《ゴルフ・シエラ》に属していた。特務愚連隊《グーン・スクワッド》とも呼ばれるこの組織は、テロリストやその協力者を世界各地で狩る非合法の軍補助工作作戦を行なっていた。ジェントリーとグーン・スクワッドの面々は、CIAのジェット機でルジョーフカ空港に着陸した。チームの一部は田園地帯の隠れ家に残り、ジェントリーとザック・ハイタワーが、ネフスキー地区の高級ホテル群から数ブロック離れた、ぼろぼろの安アパートに陣取った。そして、サンクトペテルブルク入りしてから三週間目に、グーン・スクワッドは膨張式のゾディアック急襲艇に乗り、サンクトペテルブルク港を出た貨物船を襲撃した。イラクのサダム・フセインに宛てた核物質が積み込まれているということだった。しかし、積まれていたのは通常兵器で、ドカーンと爆発することはあっても、大規模な破壊をもたらすものではなかった。ザックは、そのときそれを衛星携帯電話でCIA本部《ラングレー》に報告した。武器はそのままにして、貨物船からおりて、ロシアから脱出しろ、と命じられた。愕然としたが、それがある程度賢明だったことが、あとでわかった。それらの品物はイラクのバスラで〝発見〟され、ロシアの梱包材も含めてメディアに公開された。貨物船はイラクまで追跡され、陸揚げされた貨物も衛星で監視されていたのだ。武器を発見した海兵隊は、どこを探せばいいかをあらかじめ教えられていて、政治的苦境に陥ったロシアは、アメリカのイラクでの任務を多少なりとも是認した。たいした支援ではなかったが、いくらかは役に立った。

それは政治で、政治はグーン・スクワッドの正式任務ではなかった。ジェントリーは気分が悪かったが、上官のザックが当時いったように、気分をよくするためではなく、仕事をやるために給料をもらっているのだ。

シドの飛行機をおりたジェントリーは、黒いストレッチ・リムジンまで駐機場を一〇〇メートルほど歩かされた。お守りの連中が、ジェントリーを前の席に乗せた。ひとりがいった。「前に乗れ。うしろは要人用《VIP》だ」地元のAMラジオが受信できそうなくらい、首に巻いているチェーンから歯の詰め物まで金属だらけだった。「おまえはただの人《P》だよ」大声で笑い、仲間にそれをロシア語でくりかえすと、仲間も笑った。

ジェントリーは肩をすくめて、フロントシートに座った。VIPでもなんでもないお守りたちが、豪華な後部に乗った。警備態勢《セキュリティ》をなおざりにする馬鹿な行為だ。ジェントリーは初老の運転手とふたりきりになれる。どうやらシドの用心棒たちは、よっぽど血のめぐりが悪いようだ。

サンクトペテルブルクに向けて西に車を走らせているあいだ、自力で空港まで戻らなければならなくなった場合に備えて、ジェントリーは道すじの情報をできるだけ得ようとした。今回の旅は、できるだけ早く切りあげたかった。ここまで連れてこられるのは取り決めに反しているから気に入らないというのに三十秒、実行したばかりの殺しにごまかしがあったのが気に入らないというのに三十秒、仕事からおりるというのに十秒ほど。金のチェーンをじゃらじゃら付けているスキンヘッドの間抜けどもがとめようとしたら、シドの組織には埋めなければならない空きがいっぱいできることになる。

だが、結局、ジェントリーの思い描いたようには、事が運ばなかった。

6

車に乗って一時間、ジェントリーが連れていかれたところは、サンクトペテルブルクの北郊外にある広壮な屋敷だった。その地域には行ったことがなかったし、地図でこの家は見つけられないだろうと判断した。道路は広く、並木があり、どの家も敷地が広大で、景観設計がほどこされている。建物は古くて荘重だった。

リムジンが私道に曲がり込むと、ジェントリーはすぐさま前方の屋敷に注意を集中した。遠くからでも息を呑むようなすばらしさだった。建築物として見るなら、まさに壮麗だといえる。

しかし、近づくにつれて、この家の景観設計や手入れは、シドの間抜けな用心棒どもがアルバイトでやっているのかもしれないと思えてきた。警備態勢とおなじで、まったくお粗末だった。軍隊の小規模な駐屯地よろしく、敷地のあちこちにテントが張られ、焚《た》き火がくすぶり、若い衆があちこちに立って、ほとんどなにもやっていない。泥だらけで整備もろくになされていない四輪駆動車数台が、私道の左右の禿《は》げた芝生にとまっている。

屋敷の正面はペンキがはがれかけ、砂利の車まわしは空き瓶や煙草の吸殻などのゴミに覆《おお》われていた。リムジンをおりたジェントリーが連れていかれたところは、寮母が神経衰弱で逃げ出した大学の独身寮のキッチンみたいだった。流しには皿が何枚も重ねてあって、平らなところはすべてプラスティックのトレイが積んであり、ウォトカの空き瓶が貧乏臭い現代風なガラスの装飾よろしく、床を縁取っている。

　ジェントリーはそんなにきれい好きではないが、このキッチンでは夏に野生生物がどれだけはびこるのだろうと思わずにはいられなかった。キッチンの薄い窓から凍てつく隙間風がはいってくるので、いまは虫もあまり栄えていない。それに、家のなかと外をうろついている肥った猫を四匹見ていた。毛むくじゃらの害獣は、あの猫たちが食いとめているのだろう。

　キッチンの先で、螺《ら》旋《せん》を描く広い階段を昇り、ふたつ目の踊り場に出た。男たちが階段に座って、携帯式のビデオゲームをやってたり、携帯電話でしゃべったり、新聞を読んだり、煙草を吸ったりしている。いずれもサブ・マシンガンを膝に置いているか、セミ・オートマティック・ピストルを収めたショルダー・ホルスターを腋に付けている。何人かはロシア・マフィアのお決まりのスーツを着ていたが、あとはたいがい迷彩か陸軍風のグリーンの作業着だった。といっても、統一のとれた制服ではない――サバイバリストかハンターが着るような服だ。

　それに、全員がスキンヘッドだった。ほとんどが悪意をこめてジェントリーを睨《にら》んだ。長い髪と顎鬚が、おなじ種族ではないという目印なのだろう、とジェントリーは推察した。ひょっとして、自分たちの悲惨な暮らしの原因だと見なしている特定の民族集団の一員だと思っているのかもしれない。

どうでもいい、と思った。額に痣《あざ》ひとつこしらえずに、こいつらを五人ぐらい叩きのめせる。

自分の男くさい自信過剰には、ひとつだけ問題があると気づいた。これまで敷地内で見た男たちの数は、その十倍を超える。

シドの警備態勢では、明らかに質よりも量が重視されている。

ようやく、金めっきの巨大な両開きの扉を通り、執務室の控えの間にはいった。デスクの向こうに、男の秘書が座っていた。身だしなみがよく、この王様の肥溜めのあちこちでぶらついている五十人内外のひょうきん者の何万倍も有能だということが、即座に見てとれた。

「上着をお預かりしましょうか？」立ちあがり、デスクの向こうから出てきた秘書が、英語できいた。

「長居はしない」

秘書はちょっと面くらったようだったが、みごとに立ち直った。「どうぞお好きなように。あのドアからはいってください」愛想のいい笑みを浮かべて手で示したが、用心棒四人にはこういった。「こいつから離れるな」ロシア語だったが、ジェントリーにはわかった。

また金めっきの扉があり、奥は暗い広間で、木の床の突き当たりにある巨大なデスクの右側に暖炉があった。その炎が、唯一の明かりだった。部屋にはなにも家具がなく、暖炉で薪《まき》がはぜていても、食肉用冷蔵庫みたいに寒かった。大聖堂のように音が反響した。ジェントリーは、デスクについている男のほうへ、闇のなかを歩いていった。

「ようやく会えてまことに結構、ミスター・グレイ」シドことグリゴーリー・イワノヴィッチ・シドレンコの声だと、ジェントリーにはわかった。甲高《かんだか》く、鼻にかかっていて、なぜか顔によく合っている。小柄で目が小さく、細面《ほそおもて》だった。眼鏡《めがね》もその体とおなじように華奢《きゃしゃ》に見えた。

だが、ジェントリーの予想よりもずっと若かった。健康そうには見えないものの、四十代なかばだろう。痩せた顔は、食べ物が足りないせいのように見えるし、暗がりでも頬がくぼんでいるのがわかった。

シドが、ジェントリーのほうに手を差し出した。ジェントリーは知らん顔をした。グダニスクに着いたときから、見抜いていた——用心棒、自家用機、リムジン、邸内の武器、態度——なにもかもが、自分の権威と相手への支配力を見せつけるための演出だ。小男はえてして体が小さいのを短所だと思い、権力を握ると、それを補おうとして、大げさなくらいこういった力を誇示する。よくあることで、何度も経験している。だが、こちらが戦況で優位にあることを示すには、力に力で対抗しなければならない。

「取り決めたはずだ。顔を合わせないと。あんたはその取り決めを破った。おれはあんたが支配している他の連中とはちがう。金のチェーンをつけて、ガンオイルもろくにくれていない武器を持った三流の手下でおれを脅そうとしても、そうはいかない。おれが進んでここへ来たのは、それをいうためだ。それから、やめるというためだ」

ジェントリーを囲んでいた若い用心棒たちには、英語はわからなかったが、怒りのこもった攻撃的な口調を聞いて詰め寄り、指示を仰ごうと親玉のほうを見た。シドが片手をあげて押しとどめ、部屋の隅へ四人を箒《ほうき》で掃き寄せるような仕種《しぐさ》で、指先をふった。四人がそれに従い、うしろで足音が遠ざかるのが、ジェントリーに聞こえた。

シドは、ジェントリーの視線をはずさなかった。そのままゆっくりとデスクの向こうへあとずさり、腰をおろした。ゴールドリーフ・グラスから紫色の紅茶をひと口飲んだ。ジェントリーは相手を脅しつけたつもりだったが、ロシア・マフィアの親玉の口から出た言葉は穏やかで、ふるえているようすはまったくなかった。

「酸を入れた水槽で生きたまま煮られた男を見たことがあるか？」

「答が聞きたいのか？」

「やったのはわたしの仲間だ」客人の恐怖を静めようとするように、シドが片手を差し出した。「わたしはやったことがない。国有企業の競売がはじめられた直後で、たしか一九九三年だったと思う。わたしは、モスクワのあるギャングに雇われた会計士や弁護士のチームで仕事をしていた。そのギャングは、新興財閥《オリガルヒ》ではなく、ずば抜けて頭がいいわけでもなかった。しかし、なによりも金が好きで、いくつかの百貨店の経営に強引に割り込み、共同経営者を脅して追い払ったり、殺したりした。それはともかく、社員のだれかが自分の合法的な会社から金をかすめ取っているとその男が判断し、われわれを全員、オデッサの別荘《ダーチャ》に呼びつけた。非常に恐ろしい男たちが、そこでわれわれを待っていた。特殊作戦部隊《スペツナズ》の工作員たちが、副業でその馬鹿なギャングの手先になっていたんだ。われわれは――ぜんぶで九人いた――納屋に連れていかれて、裸にむかれ、線路の枕木に鎖で縛りつけられた。二日のあいだ、殴られ、冷たい水を浴びせられた。十月の話だよ。二日目の夜に、われわれの雇い主のギャングが納屋にはいってきて、ひとりが口を割れば、あとの八人が助かるといった。だれも口をきかなかった。それから十二時間、殴られつづけた」

シドが話をしているあいだに、ジェントリーは部屋を見まわした。

「三日目に、ひとりが死んだ。顔は憶えていない。思いちがいでなければ、政府の規制の専門家だった。ギャングがまたやってきて、おなじことをいった。やはりだれも口を割らなかった。全員殺されるだろうと思ったが、生き残ったわれわれにとって幸運なことに、いまやオリガルヒとなったそのギャングには、ユダヤ人への根強い不信感があった。堆肥《たいひ》と血にまみれて転がっているわれわれのなかに、割礼《かつれい》をほどこしている男がひとりだけいるのに、そいつが気づいた。ナタン・ブリコフという男だ。その男はユダヤ人で、金をちょろまかしたのだと、ギャングが結論を下した。そして、木の水桶が、表から運び込まれた。鉛入りペンキをはがすのに使う溶液がはいっていた。強力な薬品だ。ナタンは水桶のそばの地面にほうり出された。一時間近く、スペッツナズの拷問係たちが、藁《わら》の上で身もだえしているナタンに、シャベルで酸をかけつづけた。ナタンの体が真っ赤になり、やがて水ぶくれができて皮膚がはじけ、全身むごたらしい腫《は》れ物に覆われた。あとの七人は、それを無理やり見せられた。そのうちに男たちは、シャベルで溶液をかけるのに飽きた。こんどは干草の梱《こり》を持ちあげるのに使う鉤《かぎ》を持ってきて、ナタンの腕と脚に突き刺した。そうやってナタンの体を持ちあげて、酸のなかに落とした。ナタンの友人や同僚だったわれわれは、ナタンが早く死ぬことを願った。自分たちのため、ナタンのために。ナタンのあの悲鳴は忘れられない。とうとうナタンの溶けた顔が酸に沈んで、浮かんでこなかった。おぞましい経験だった」

シドがその話を楽しんでいることに、ジェントリーは気づいた。なんともいいようがなかったので、こういった。「そのギャングから盗むというのは、いい考えではなかったようだな」

シドが肩をすくめ、紅茶のグラスをとりながら、あっさりといい放った。「ああ、ナタンにまったく罪はない。金を使い込んだのはわたしだ。その後、自分がビジネスをはじめるのに使った。雇い主のギャングは、生き残ったわれわれ七人を解放した。ご本人は、九四年に、モスクワでスーツを試着しているときに背中を撃たれて死んだ」

ジェントリーは、溜息を漏らした。「その話にはなにか勘所があるのかな？　あるとしても、おれにはわからない。それとも、それを聞いて怖がらないといけないのかな？　ちっとも怖くないんでね」

7

「勘所は、わたしがどういう人間か、きみにわかってもらいたいということだ。わたしはきみの友だちにもなれる。友だちになりたいんだ。しかし、わたしの家に来て、いまみたいな口をきいたら、敵になるかもしれない。わたしが愛想よくしたからといって、つけあがってわたしの家で無礼なまねをしてはいけない。ここまでになったのは、わたしがそれなりの人間だからだ。最初からこんな地位にいたわけではない。ロシアで成功するには、知恵と残忍さというふたつの事柄が、おなじ分量必要なんだ。さっきの話のギャングは、残忍だった。人間をああいうふうに始末するのは効果的だ。しかし、スーツを買うときに撃ち殺されるとは……自分の残忍さが、どういう形で返ってくるかを、理解するだけの知恵がなかった。逆に、わたしのような会計士は、成功に必要な知恵があるから犯罪に手を染めるわけだが、政府組織の腐敗や、どんな代償を払ってでも金を手に入れようとする血なまぐさい争いや、激しい抗争がくりひろげられている過酷な環境では……会計士型の犯罪者は、残忍な馬鹿者よりも早く、チェス盤から一掃された。

頭脳と度胸の両方を兼ね備えている人間はいなかったのだ、とわたしは気づいた。新ロシアでは、ビジネスの頭脳と武力抗争の度胸を兼ね備えている人間が生き延び、栄える。わたしにはその頭脳がある……それはわかっている。だが、度胸のほうはどうか？　それを育てるにはまだ時間がかかる」

「それで、あんたは雇った人間を酸にほうり込むのか？」

「いや、雇った人間をわたしは手厚く遇している。気がついたかどうか、彼らはネオナチだ。ただの楽しみで移民を暴行する。きみの肌の色と髪で、カフカスあたりの出身だと見なしたはずだ……だから、好かれないと覚悟しておけ。ほんとうに、わたしはその連中を脅しはしない。好きなように暮らさせ、このうちを自由に使わせている。報酬もたんまり払っている」

「金のチェーンで？」

シドが笑った。ほんとうにおもしろがっているようだ。「ハハハ。ちがう。金のチェーンでじゃない。ユーロだ。以前はドルだったが、時代は変わるね。そんなふうに怒ってここへきて、もうわたしの仕事はしないといってもいいがね、ミスター・グレイ。きみの必要とするもののためには、わたしがほかのだれよりも役に立つと思うよ」

ジェントリーの左手、シドの右手の壁に、金縁の巨大な絵があった。煙っている空気のなかで、ヨシフ・スターリンの角ばった顔と射抜くような目が、ジェントリーを睨《にら》み返した。

「すてきな絵だ」シドのデスクの前にあった、背もたれが高い座り心地の悪い木の椅子に、ジェントリーは腰をおろした。

シドが、そこにあるのにはじめて気づいたとでもいうように、スターリンの肖像画を見つめた。「ああ。あれがかもし出す威厳を、わたしは敬っている」

「守旧派のようには見えないが」

「というと?」

「共産主義者のことだ。あんたみたいな億万長者のギャングはみんな、他の文明社会にいるのとおなじ資本主義者の貪欲なブタなのかと思っていた」

シドが口をあけ、喉の奥を鳴らして甲高《かんだか》い笑い声を発した。「いやいや、わたしも貪欲なブタだが、イデオロギーに染まってはいない」そういいながら、肖像画を見つめた。「ヨシフおじさんは、たしかに恐ろしい男だったが、だれよりもすばらしい言葉を残した。〝死がすべてを解決する〟——」

ジェントリーが、そのあとを受けた。「〝人間がいなければ、問題はない〟」

シドが、わが意を得たりとばかりに、にっこり笑った。「当然、知っているだろうな。きみにとっては綱領のようなものだ。ちがうか?」

「ちがう」

シドが、肩をすくめた。「では、事業の信条か?」ジェントリーが答えるのを待たずにつづけた。「スターリン、ロマノフ家、大祖国戦争、現在のロシアにはびこるスキンヘッドのナショナリスト。わたしはすこぶる恐ろしいものが大好きなようだ。残忍な力の愛好家なんだ。同胞に死や苦難をもたらすことができる人間は、金持ちや有名人や善人よりも強大だ」

「あんたの事業の信条か?」

「そうでもない。趣味に近い。わたしのビジネスの業種は、たいがいもっと穏やかだよ。売春、マネー・ロンダリング、車泥棒、クレジット・カード、麻薬……金を稼いでいることはたしかだが、ほんとうに愛着があるのは、金ではない。きみが精を出して営《いとな》んでいる産業で大立者になれば、なによりも大きな満足を味わえるだろうね。死の産業のことだよ。わたしはロシア人だ。どん底と荒廃、それがロシアの歴史だ。苦しんでいるものは多く、わずかな人間がその苦しみをひろげている。わたしはそちらになる道を選んだ。嫌なことだが、もうひとつの道よりはましだろう?」

ジェントリーは、黙っていた。常軌を逸した人間のもとで働くのには慣れている。ともに働くこともあれば、関わりを持つこともあり、敵対することもある。この異常なロシア人は、ジェントリーがプレイしているコースでは、それ以下でもそれ以上でもない、並《パー》みのできだ。

シドが、なおもしゃべっていた。「きみはわたしの器械、道具だ」

「おれが納得すれば」

シドが、にやりと笑った。「そう。納得すれば。だから、きょうここへ連れてこさせた」

「おれをすくみあがらせるためじゃなかったのか?」

「すくみあがったか?」

「いや、これっぽっちも」

シドがまた笑った。「そうか。それじゃ、ほかに用事があってよかった。仕事がある」紫色の紅茶をゆっくりと飲み、本題にはいるのを示すように、デスクに身を乗り出した。「いまこの世でもっとも殺したい人間がいるとしたら、だれかな？」

「グレグ・シドレンコ」

シドが笑った。ジェントリーは笑わなかった。シドのふざけた表情が、薄笑いに変わった。

「地球で最高の刺客《しかく》が、わたしを殺したがっている。怖がらなければならないんだろうな。だが、怖くはない。なぜなら、新しいターゲットの名を聞いたら、きみはわたしに感謝し、わたしたちは最高の友人になるからだ」

ジェントリーは立ちあがり、くるりと向きを変えた。ドアのそばにいた四人が、たちまち壁から背中を離し、近づいてきた。ジェントリーは、シドにいった。「おれは帰る。こいつらがとめようとしたら、怪我をすることになる。黙って見ていれば、あんたは無事でいられるだろうが、ごろつきどもをあらたに雇わなければならなくなるぞ」

「バクリ・アブブード大統領」シドが名前を叫び、細長い広間に声がこだました。ジェントリーは、ぴたりと足をとめた。すぐにはふりかえらなかった。

ジェントリーはいった。「厄介なのはかまわないが、見込みがないのはだめだ。アブブードは成功の見込みがないターゲットだ」また歩きはじめた。

「ふつうならそうだ。しかし、潜入の手段があり、スケジュールをつかんでいて、近づくこともできる。脱出路もある」

ジェントリーは、馬鹿にするように笑った。「それじゃ、自分でやればいい」

「簡単だとはいっていない。だが、きみなら……きみならできる。とにかく計画を聞いてくれ。むろん、気に入らなければ、そこで断わってもかまわない。だが、満足してもらえると信じている」

ジェントリーは向きを変えて、デスクのほうへ数歩ひきかえした。「スーダン大統領バクリ・アブブードは、自分がお尋ね者だというのを知っている。ダルフールのジェノサイドの件で、ハーグの国際刑事裁判所《ICC》が逮捕状を出している。追われる身とはいえ、ボディガード多数に囲まれ、国家警察部隊、情報機関、陸軍、空軍、海軍を牛耳っている……スーダン全土を支配しているんだ。ひとりで殺《や》れるわけがないだろう」

シドが、また紅茶をゆっくりと飲んだ。「アブブードの陸軍向けの軍需品を積んだロシアの輸送機が、九日後にベラルーシを発《た》つ。目的地はスーダンの首都ハルツーム。秘密便だ。積荷目録も乗客名簿もなく、税関を通らず、なんの問題もない。その四日後の四月十日は、アブブードの誕生日で、いつも生まれ故郷のサワーキンという街で過ごす。古代からの港湾都市で、駐屯地はなく、政府の重要施設もない。アブブードは、二十数人の近接警護班とともに、そこへ行くはずだ。警護はそれだけだ。アブブードの農場は警備が厳重だが、滞在中は一日に三度、地元のモスク（イスラム教礼拝所）へ行く。朝、つまり夜明けには、モスクの光の塔《ミナレット》に登って、礼拝時刻を告げるムアッジンをつとめる。サワーキンには、古代ローマの遺跡の塔や建物もある。スナイパー・ライフルを持った有能な男なら、格好の射撃位置をあちこちで見つけられるはずだ。そうだろう？」

「さあな」ジェントリーのいらだった口調は芝居で、じっさいは話に耳をそばだてていた。

「ミスター・グレイ、きみの口座にあす二百万ドルを送金する。九日後にスーダンへ向かうその輸送機に、きみを乗せる。気づかれずに空港施設を脱け出せるように手配りする。サワーキンまで車で送る人間もいる。任務を完了したなら、それから一週間後に、おなじ手配りで、現地の連中とやりあわずに空港まで戻れるようにする。ロシアのジェット機で、ロシアに帰る。帰ったら、さらに二百万ドルが、きみの口座にはいっている」

「四百万ドルか。それにそっちの取り分が上乗せされている。あんたに依頼した利害関係者《パーティ》は、アブブード大統領抹殺によっぽど大きな関心を抱いているんだろうな」

「まさにそのとおり」

「だれに頼まれた？」ジェントリーは、座り心地の悪い椅子に戻った。

シドが首を傾げたが、驚いたふうはなかった。「金を払う人間にはふつう関心は持たないし、金をもらってきみが罰する相手が、罰せられるべきかどうかは、気にしないということだが」

「今回の契約のあと、あまり信頼を寄せられる気分ではなかったんでね」

すると、シドが、心底びっくりした顔になった。「スラッタリーのことか？　わたしが教えたとおりの人間だよ」

「しかし、金を払う人間は、あんたがいったような人間ではなかった」ジェントリーは、にべもなくそういった。

シドは、その言葉を慎重に推し量っていた。考えるあいだ、小さな目が裏返りそうなくらいぐるぐる動いていた。暖炉の薪《まき》の火明かりが、瞳にちらちら揺れていた。反論するか、それともわけがわからないふうをよそおったり、否定したりするだろうと、ジェントリーは見ていた。だが、シドは両手をあげて、おとなしく降参し、肩をすくめた。「ああ、そのとおりだ。きみを騙《だま》した。悪かった。きみの質問の答だが、ほかならぬロシア政府がアブブードの死を願っている。政府が金を出した。殺しの契約を依頼した。むろん、仲介人を通してだが」

「また嘘をつくのか。アブブードと良好な関係にあるのは、たった二カ国、つまりロシアと中国だけだ。どうしてロシアが――」

「ロシアとスーダンの関係は、中国とスーダンの関係ほど良好ではないからだ。三年前に中国は、ダルフール砂漠での採掘権拡大を認められた。ブロック12Aと呼ばれる、格別に広大な鉱区だ。当時、モスクワは無頓着《むとんちゃく》だった。チャド国境に接する、ただの砂漠の叢林《そうりん》地帯だったからだ」

「だが、中国は重要資源を発見した」

「ただの重要資源ではない。なによりも強力な重要資源だ」

「石油だな」

「そうだ。それも莫大な量だ。こうして話をしているあいだにも、中国はブロック12Aのあちこちでせっせと働いている。装備や専門家を送り込んでいる。採掘がすぐにはじめられるだろう。アブブードがそれを許可した。だが、アブブードを取り除くことができれば、新政権は中国をブロック12Aから追い出して、鉱区をロシアに渡すと、アブブードとおなじ党に属するスーダン議会の有力議員たちが約束している。ロシアとスーダンのいずれもが利益を得られる取り決めを結ぶということだ」

「スーダンが中国とすでに取り決めを結んでいたら、新大統領はそれを無視できないだろう」

シドが、一瞬ジェントリーに失望したというような目を向けた。ジェントリーの質問が、あまりにも世間知らずだといいたげに答えた。「アフリカの話なんだ」

ジェントリーはうなずいた。「それで、新大統領は、ダルフールの虐殺をどう処理する？」

「たしかなことはいえない。それを肝に銘じておいてくれ。ただ、アブブード大統領がいなくなれば状況が改善されるというのが、論理的な推理だ。アブブードにはカルト集団がついていて、そういう取り巻きが命令を実行している。アブブードとおなじような後継者はいない。それに、ブロック12Aがあるダルフールは、打ちひしがれた不幸なひとびとの絶滅うんぬんとはべつの問題で、いっそう重要な地域になったわけだよ。アブブードの後継者は、ジェノサイドを終わらせるかもしれない。国連の注意をよそに向けさせ、欧米の金をそっちで無駄遣いしてもらうためにね」シドが、にやりと笑った。「そこへわが国が登場するわけだ」

ジェントリーはなにもいわず、スターリンの肖像画の下で薪がはぜている、左手の暖炉を眺めていた。

シドが、なおも話を進めた。「つまり、きみの行為はきわめて強大な力を持つきわめて悪い人間を、この地球から取り除くことになる。それに長い目で見れば、十年以上もスーダンでつづいているジェノサイドを終わらせることができるかもしれない」

「どうかな」炎を見つめたままで、ジェントリーはつぶやいた。シドがジェノサイドや地球上の邪悪な人間など、どうでもいいと思っていることは、見え透いていた。作戦の刺激的な面を刺客《しかく》の意識に刷り込もうとしているだけだ。こっちをよっぽどお人よしだと思っているにちがいない。

デスクの向こうで、シドが笑みを浮かべた。「わたしを信頼してくれるとうれしいんだが、付き合いはじめたばかりだからね。時がたてば信頼が生まれると思う。それまでは、この問題を自由に調べてくれていい。自分で調査すればいい。いいホテルに案内する。用意した資料を夜に見ておいてくれ。重要関係者《プレイヤー》や提携関係のことを知り、地図を検討してほしい。明朝ここに来て、答をいってくれ。きみが正しい決断を下すと確信している。そのあと、きみの要求を満たすよう、ただちに作戦準備を開始する」

ジェントリーは、ゆっくりとうなずいた。「あんたの手下だが……おれのそばを離れないように命じられているんだろう?」

シドがにやりと笑ったが、目は真剣だった。「そう思っていてくれ。サンクトペテルブルクは、勝手を知らない人間には安全な場所じゃない。彼らが目配りする」つづいて、両眉をあげ、頬のこけた顔に茶目っ気のある笑みを浮かべてこういった。「今夜はやることがいっぱいあるだろうが、お相手《コンパニオン》を用意してもいい。これまでずっと、働きづめだっただろう。べつに外聞の悪いことじゃない……つぎの作戦の前にちょっと遊んでおくのも」

「売春婦のことか？」

「コンパニオンだよ」

ジェントリーが、肩を落とした。こういうことにも対処しなければならない。「シド、頼むから売春婦を部屋によこさないでくれ」

「ご随意に、ミスター・グレイ。気持ちが明るくなるかと思ってね」用心棒たちにロシア語でなにかをいい、いい終えてからいっしょに笑った。ジェントリーには、ひとこともわからなかった。シドが手をふり、会見を終わらせた。「それじゃ、あした」

8

ジェントリーは、ほかに客のいないロシア料理店でひとり食事をした。ジェントリーは奥の席に座った。客がはいりづらいように、お守りの用心棒たちが表を向いて座っていた。ウェイターたちも固まって座り、むっつりした顔で煙草を吸っていたが、だれも文句はいわなかった。食事を終えると、ネフスキー大通りの〈コリンシア・ネフスキー・パレス・ホテル〉に連れていかれた。搬入口にリムジンがはいり、シドの手下五人に囲まれて、通用口からはいった。業務用エレベーターで一行は十二階に行き、照明が明るい廊下を進んで、角の部屋へ行った。ジェントリーは、ジュニアスイートに入れられ、お守りがひと晩中ドアの外と隣の部屋にいるといわれた。七時に起こされて、朝食を食べ、それからシドの屋敷へ車で戻って、答をいうという段取りだった。

スキンヘッドの若者が、出ていってドアを閉めた。

ジュニアスイートにしては豪華だったが、悪趣味だった。それに、シドの手下が設備をいじくっていることがはっきりしていた。広いリビングから細長いバルコニーに出られる。電話がないことが、すぐにわかった。リビングから廊下を進むと、広い寝室がある——そこにも電話はなく、やはり広い現代的なバスルームが隣にあった。洗面台には洗面化粧用品がふんだんに置いてある。サッカー・チームが夜の街にくり出す前に使えるほどの量だった。ベッドには着替え。多色使いのシルクのトラックスーツ――黒地に太い紫の縁取りがある、ベロアの襟の下は金色のV字形だった。鉄のカーテンの蔭にあった国ならではだ。よその国にあったら、さぞ醜悪に見えるにちがいない。

居間に戻ると、書類、本、パンフレットが高く積まれ、ページをひらいたり、栞《しおり》を挟んだりして、すぐに目を通せるようになっていた。自分がスーダン、ロシア、中国、ダルフール砂漠のブロック12Aについていったことが裏付けられるように、シドが用意した資料だ。

ジェントリーは宿題は無視して、バルコニーに出ると、眼下の道路のひどい渋滞を眺めた。一分かけてホテルの周囲を監視し、まぶしい街灯に目を細めて見おろしていた。それから、バスルームへ行った。スプレー式のシェービング・クリームとハンドタオルを持ち、ジャケットのポケットに入れてから、バルコニーに戻った。軽やかな身のこなしで手摺《てすり》をまたぎ、もういっぽうの脚も外側に引き寄せた。バルコニーのそばの壁に取り付けられた、凝った装飾の雨樋《あまどい》を体を揺すりながら伝いおりて、下の階まで行くと、勢いをつけるために体を振子のように二度ふり、脚を勢いよくあげた。たちまち十一階のバルコニーに着地していた。部屋はふさがっているとわかった。明かりがついていたし、服が散らかっている。だが、だれもいないようだった。食事に出かけているのかもしれない。バルコニーのガラス戸は鍵がかかっていた。ジェントリーはシェービング・クリームの容器をふってボタンを押し、白い泡をガラス戸の把手《とって》のそばにかけた。容器が空《から》になったときには、シェービング・クリームがディナー皿ほどの大きさに、ガラスを厚く覆っていた。右手をタオルでくるみ、厚い泡ごしにガラスを殴ると、ひびがはいる音は聞こえたが、ガラスが散らばるガシャンというけたたましい音はしなかった。泡が衝撃音を吸収し、タイルの床にガラスが落ちる音もくぐもっていた。タオルをはずして、手をなかにいれ、掛け金をはずした。

　部屋にはいり、スーツケースのなかの服を調べたが、サイズが合うものがなかったのでがっかりした。がっかりしたが、意外ではない。ジェントリーの人生では、いとも簡単なことなどなにひとつなかった。どんな企てでも、障害がひとつもなしにやり遂げることなどありえない。ドアをあけて部屋を出ると、廊下を階段に向かった。四階下へおりてから、廊下を進んでべつの階段を使い、ロビーに出た。スタッフ以外立入禁止のドアを見つけて、洗濯室へ行った。はいるとき、だれにも見とがめられなかった。

　十二階のバルコニーを軽快に乗り越えてから三十分後に、ジェントリーはべつの服に着替えて、〈ネフスキー・パレス〉から四〇〇メートル離れた小さな安ホテルにはいった。前にサンクトペテルブルクに来たときに、そこを使ったのを憶えていた。二〇〇三年、サダム・フセインの武器を満載した貨物船を乗っ取るために待機していたときに、グーン・スクワッド指揮官のザック・ハイタワーといっしょに泊まった、目立たないホテルだった。当時もかなり薄汚れていたが、一軒だけひっそりと建っている。それに、狭い袋小路の奥にあるので、出入りする人間をすべて見張ることができる。

ジェントリーは年配の女に、ユーロでひと晩の宿賃を払った。パスポートの提示をもとめられたが、ジェントリーは肩をすくめて、二十ユーロ札二枚をひろげてみせた。女も肩をすくめ、札を受け取った。通りに面した二階の部屋がいいとジェントリーがいうと、女が狭い階段を案内し、共同便所の前を通って、肩幅ほどしかない二階の廊下を進んでいった。一歩ごとに床板がきしんだ。鍵を差し込んでドアをあけると、女は向きを変えて、一度もふりかえらず、とぼとぼと廊下をひきかえしていった。

〈ネフスキー・パレス〉でスキンヘッドのごろつきどもに囲まれているよりは、ここで一夜を過ごしたかった。眠り、ベッドに横になって、さっさと逃げるか、それともシドの仕事を引き受けてスーダンに潜入するか、方策を考えたかった。スイートに戻り、書類をざっと見て、肚《はら》を決めるという手もある。

暗い部屋にはいり、明かりのスイッチをはじいた。つかない。くそ壺だ。いらだってかすかな溜息をつくと、ビニールのカーテンごしに射し込む街灯の暗い光を頼りに、手探りで進んだ。小さなツインベッドをまわってカーテンを引き、部屋のなかを見まわした。

弱い明かりのなかで、男五人がこちらを向いて立っていた。彫像のようにぴくとも動かない。壁ぎわに陣取っているが、二、三歩しか離れていない。

心臓がひとつ打つあいだに、戦うか逃げるかを選ぶ反応が働き、ジェントリーは攻撃した。身をかがめて、いちばん右手の男に向けて突進し、体当たりした瞬間、相手の両腕がジェントリーの後頭部に激しくふりおろされた。ふたりはいっしょに壁に激突した。うしろからべつの男が襲ってくるにちがいないので、ジェントリーは左脚を持ちあげ、見当をつけて股間を蹴った。だが、太腿の内側に当たり、決定打にはならなかった。からみ合っている男の顎を掌《てのひら》で強く突いたとき、宙を舞った体が右側から激しくぶつかってきた。掌が相手の顔に当たると同時に、ジェントリーは身を翻《ひるがえ》し、ベッドに仰《あお》向《む》けに倒れ込んだ。べつのふたりが脚をつかんで、ジェントリーを押さえ込もうとした。

ジェントリーは、あいたほうの腕で、迫ってきた男のみぞおちに荒々しいパンチを見舞った。男が黒い服の下にケヴラーのベストをつけているのが感触でわかり、ダメージをあたえられなかったと知った。

もがき、戦っているうちに、襲ってきた男たちは有能だと、はっきり気づいた。いや、有能どころではなく、すこぶる優秀だ。動きが速く、力強く、練度が高い。さらに重視すべきなのは、彼らが協力して動き、叫んだり、悲鳴をあげたり、逆上したりしていないことだった。ジェントリーは小柄な男の頭の横をしたたかに肘打ちし、男がヘッドボードにぶつかって、木の床に転げ落ちた。しかし、負傷した仲間の位置をすかさずべつの男が穴埋めし、必死で自由の身になろうとするジェントリーの腕や脚や首を、全員の体重で押さえつけた。

ジェントリーが左に目を向けると、ひとりが闇のなかからなにかを取ってきて、周到な自信をこめて近づいてきた。薄い金属の鋭い輝きと、透明なプラスティックの短い筒が見えた。薄明かりのなかでも、注射器の輪郭《りんかく》がわかった。針が近づいた。それを皮膚に突き刺そうとしている男を阻止しないかぎり、注射器に仕込まれているなんだかわからない毒物が血管を流れることになる。

ジェントリーはそのとたんに、彼らはＣＩＡ特殊活動部《SAD》の軍補助工作員だと見抜いた。全員が現場工作員のチームだ。窮地に追い込まれたと悟った。抹殺命令が出ている。何年も追跡をかわしてきたが、ついに発見された。

遅かれ早かれ、そうなるものだ。

ジェントリーは、つかのま左腕の力を抜いて、それを押さえていた男が揉《も》み合いからひと息つけるようにした。その計略が功を奏し、ジェントリーはずっと腕を引いて男の手から抜き、脇にくっつけた。自由になった手を突き出し、注射器を持っていた男の顔にすさまじいジャブをくらわした。男の首がうしろにガクンと倒れて、鼻を押さえながら、仰向けによろけた。だが、ジェントリーの左脚を押さえていた工作員が、手をのばして床から注射器を拾い、ジェントリーの太腿《ふともも》に針を突き刺して、プランジャーを押した。ジェントリーはじたばたして逃れようとしたが、だめだった。

「くそったれめ！」ジェントリーは叫んだ。なにを注射されたのかはわからなかったが、なにをやろうが、もう戦いには敗れたのだ。

すぐさま動くのをやめた。無駄だ。死んだも同然だ。

六人目の男が、部屋にはいってきた――ゆっくりと。だが、威張った歩きかただった。ジェントリーは、その男に注意を集中しようとしたが、早くも薬物が中枢神経に作用していた。なにを投与されたにせよ、強力だった。毒物や体を動けなくする麻酔はさんざん使ってきたので、強力な効果の鎮静剤を打たれたのだとわかった。筋肉がゆるんでいる。体が溶けてマットレスに沈み込んでいるような心地がした。

あらたにはいってきた男が、ジェントリーのほうに身をかがめ、あとの連中がベッドからおりた。五人のうちふたりが倒れていて、三人がそのふたりの傷を落ち着いて手当てした。暗い部屋に現われた六人目の男は、不思議そうにジェントリーをただ見おろしていた。血中の薬物のせいで気が遠くなりそうになるのをこらえて、ジェントリーはその男に目の焦点を合わせようとした。一瞬、顔に見おぼえがあると思ったが、眩暈《めまい》に襲われて、意識からその映像がゆらゆらと流れ去った。

見おろしている男が口をひらいた。「やあ、コート」

ぼやけた意識のなかで、ジェントリーはその声を聞き分けた。男がジェントリーの両頰をつまんで、口をあけさせた。突き出した舌の脇から、唾液《だえき》が顎に流れ落ちた。

「二十秒で意識を失う」男が、周囲の五人に向かっていった。そして、ジェントリーに目を戻した。「見え透いているな。ホテルを抜け出してここへ来ると、わかっていた。この八年間、旅のお役立ち情報をまったく仕入れていなかったのか?」にやりと笑った。「それがまずかったな。おれはたまたまこのくそ壺を憶えていたんだ」

仲間のほうを向いた。「S《シエラ・シックス》6は、昔からツイてないやつでね。プッシーの雨が降ってるときでも、コート・ジェントリーにはちんぽこが当たると、よくいったもんさ」

S《シエラ・シックス》6?

闇に落ちていくとき、ジェントリーは痺《しび》れた口を動かし、光が完全に消える前に、ひとつの言葉をささやいた。

「ザックか？」

9

「おれを憶えているんだな、ジェントリー？」

ジェントリーは、自分の名前がジェントリーだということすら憶えていなかった。意識が戻ると、目を大きくひらき、ずっと意識があったのか、それともいま目を醒《さ》ましたのだろうかと考えた。死んでいないことはたしかだが、あとはよくわからない。寒かったので、下に目を向けると、上半身は裸で、下着一枚で椅子に座っていた。四方は壁で、手首をうしろで縛られている。四人の男がまわりに立ちはだかり、悪意がまざまざと感じられたが、薬物がまだ体内をめぐっているせいで、彼らの顔はまだぼやけていた。ノースキャロライナ州ハーヴィー・ポイントで、CIAの極秘独立資産開発プログラムの訓練を受けたとき、手先の器用さ、敏捷性《びんしょうせい》、認知力をテストし、改善するために、精神に影響をおよぼす二十五種類ほどの薬物を注射され、摂取し、吸引した。一度などは、ベルセドで完全に感覚を失ったまま、三階まで縄梯子《なわばしご》を昇り、ロックピッキングをやった。もっとも、それをやった記憶が、二十分後にはまったく消えていた。アヘンその他の麻薬についても訓練で学んでいたが、今回は、とんでもないドジを踏んだということ以外には、なにもわからなかった。

強い薬を三週間近く飲んでいないことに、突然思い至った。南フランスでかかった鎮静剤中毒は、どうやら克服したようだ。いまこの薬物を無理やり体内に入れられたせいで、問題を乗り越えるためにせっかく努力したのが、水の泡になるかもしれないと思った。

むろん、この連中のうちのひとりが、やるべきことをやり、こっちの脳みそに弾丸を一発撃ち込めば、中毒問題は一気に治癒《ちゆ》する。

死はすべてを解決する。

四人のうち三人は、小さなドアから出ていき、言葉を発したひとりだけが残った。「ちょっと待て」立っている男がいった。「点滴をはずしてから、何分もたっていない。じきに薬が切れる。おれの声がはっきりと聞こえたら、教えてくれ。いいな、きょうだい」

顔を見る前から、ジェントリーには声の主がわかっていた。薬物と戦い、首をふって、頭のなかのもやもやを追い払おうとした。強く瞬《まばた》きをした。そのときわかった。目をすがめ、小首をかしげた。「あんたを一度殺したことがなかったかな？」

「いや、コート。おまえがおれを殺すわけが、どこにある。あのときはちょっとした誤解があった。たいしたものじゃない」

「ハイタワー。ザック・ハイタワー」本人が自分の名前を知らないとでも思っているような口調で、ジェントリーはいった。意図したほどには、言葉がうまく口から出てこなかった。

「痛いか？」立っている男がきいた。

「いや……痛くない」

「それじゃ、痛くしてやろう。よく聞けよ、きょうだい。おれはこの瞬間を四年も待っていたんだ。おまえにも楽しんでもらおう」ジェントリーの顔の前で、指を鳴らした。「聞こえているか？　すごいぞ。さて……これはポール・リンチの分だ」ザックが、ジェントリーの顎を殴りつけた。

目の前で星が炸裂し、ジェントリーは椅子から転げ落ちた。

「ちくしょう！」ジェントリーはいった。

「ちくしょう！」ザックがいった。ジェントリーが目をあげると、痛かったとみえて、ザックが拳を押さえていた。ジェントリーは下唇をなめて、血を吐き出した。ザックがジェントリーの髪をつかみ、椅子に戻した。薬物のせいでジェントリーの動きは鈍っていたが、殴られたおかげで、五感がかなりはっきりしはじめていた。

「それから、これはな、コート、ディノ・レダスの分だ」ザックが、ふたたびジェントリーの顔を殴った。ジェントリーは、またもや床に倒れた。左目がすぐさま腫《は》れるのがわかり、ザックがまた痛みに悪態をついた。

ややあって、ジェントリーはいった。「レダスはおれを殺そうとした。あんたらみんなが、おれを殺そうとした！」

「汚い口を閉じてろ、ジェントリー！　まだ終わっちゃいない」

ジェントリーは、転がって膝をつき、バランスをとって、ザックの手を借りずに椅子に戻った。左目はほとんど閉じて、涙が流れ、視界がよけいぼやけていた。「レダス、リンチ、モーガン、あんた。四人でおれを襲った！　どうすればよかったというんだ？　黙って殺されればよかったのか？」

「そのほうが手間が省けた」ザックがいった。「キース・モーガンの女房は、きっと恩に着ていたさ」ジェントリーの頭に左手を叩きつけた。前ほど激しい打撃ではなかったが、殴ったあとで冷やすために、手をふった。

　ジェントリーはよろめいたが、倒れはしなかった。口に溜まった血を床に吐いた。「手の数より死んだくそ友だちの数が多くて、あいにくだったな」

「あいつらはおまえの友だちでもあったんだぞ、コート！　おまえに殺される前は！」ザックがまた左の拳を固め、ジェントリーに殴りかかろうとして近づいた。

「いいかげんにしろ！」ジェントリーは叫んだ。「制裁のことは知っている。〝目撃しだい《シュート・オン・》射殺《サイト》〟指令が出ている！　そんな殴りっぷりじゃ、ひと晩かかっちまうぞ！　さっさと銃を出して、仕事をしろ！」

　ザックが、ジェントリーの顔の上で拳をとめた。そして、ゆっくりとその拳をおろした。口もとをひきつらせた。のろのろとうなずいた。腰のうしろに手をのばし、ニッケルめっきの短銃身《スナッブノーズ》のリヴォルヴァーをウェストバンドから抜いた。

　ザックが、拳銃をくるりとまわし、ジェントリーの額に押し当てるまでを、一動作でやってのけた。

　ジェントリーは目をしばたたき、頬をひくつかせたが、やがてザックの顔と拳銃の小さな銃身を見つめた。「理由を聞かせてくれないか。こうなったらなにも問題はないだろう」

ザックはその言葉を聞いたふうもなく、ジェントリーの額にぴたりと狙いをつけていた。五秒、十秒、二十秒が過ぎた。やがて口をひらいた。「ひとことといっておく。シックス、このあと、おまえの人生が……どうなるか知らないが……いまからは、なにもかも……おれからの贈り物だ」残忍な色を目に宿して、ザックが拳銃をおろし、腰のうしろに戻した。

ジェントリーは、右目に流れ込んでいた汗を瞬《まばた》きで払い落とした。

ザックが両手を腰に当て、自分の捕らえた男をしばし見おろしていた。火花を散らすようなやりとりと力をこめて殴ったせいで息を乱したまま、ザックがたずねた。「おれに会えなくて淋《さび》しかっただろう、コート？」

ジェントリーは目をしばたたき、おずおずといった。「頭の風穴なみにな」

ザックが、ゆがんだ笑みを向けた。「いつでも会えたのにな」

そういい捨てると、ザックが部屋を出ていった。ジェントリーはその隙に気を静めて、周囲のようすを見きわめようとした。部屋が狭く、家具がなにもなく、ペンキが厚く塗ってあることからして、船室だとたちまち気づいた。壁から低いうなりが聞こえるから、機関室の近くだろう。水の動きは感じられないが、平衡感覚がすっかり狂っているから、それはあてにならない。

ザックが、氷を入れた透明のポリ袋と、小さなツールナイフを持って戻ってきた。ジェントリーのうしろにまわり、手慣れた仕種で、手首を縛っていたプラスティック製手錠を切った。そして、廊下からべつの椅子を持ってきて、耳障りな音をたてて床を引きずり、向き合って座ると、氷の袋をジェントリーの膝にほうった。ひろがりはじめていた痛みを抑えるために、ジェントリーはすぐさま氷の袋を目と口に当てた。

右目でザックの顔を見た。存在を知るものが非公式に特務愚連隊《グーン・スクワッド》と呼んでいる、ＣＩＡのＧＳ《ゴルフ・シエラ》部隊で最後にいっしょに働いてから、四年たっていた。ザックはＳ１《シエラ・ワン》すなわちチーム指揮官だった。ジェントリーは、もっとも若くて後任のＳ６《シエラ・シックス》だったが、つねに先頭を切って戸口から突入した。ザックはもう四十なかばのはずだが、双眸《そうぼう》は赤ん坊のような明るいブルーだった。ガリガリに痩《や》せていて、顎が角ばっている。髪は昔ながらの軍隊式に、てっぺんだけがすこし残るように刈りあげている。薄茶がかったブロンドに、いまは銀色が混じっている。身長は一八五センチ、体重は九〇キロ。余分な脂肪はまったくない。広い胸で空気をかきわけるように、自信たっぷりの歩きかたをする。テキサスに生まれ育ち、大学では野球の選手で、卒業後に海軍にはいり、語りぐさになっているＳＥＡＬチーム６に十年いてから、軍補助工作員としてＣＩＡ特殊活動部にくわわったというザックの履歴を、ジェントリーは知っていた。ザックは頭がよく、不屈で、自信があり、女性にかなりもてるし、男にも人気がある。

要するに、典型的なＳＥＡＬだ。

「これまでどうしていたんだ?」拳が腫《は》れている手を見おろしながら、ザックがきいた。ジェントリーは一瞬、椅子から跳び出して、ザックの喉笛を突こうかと思ったが、まだ体に薬物が残っているので、動きが鈍いはずだとわかっていた。ザックは襲われるのをまったく心配していないようだったので、血液をまだ流れている薬物の作用を心得ているにちがいないと、ジェントリーは判断した。

「山あり谷ありだよ」

「噂では、うまくやっているそうじゃないか。おまえはこの四年間、年に三度か四度の作戦をやってきた。世界中で。だいぶ貯金ができたと、巷《ちまた》ではささやかれている。アブバケル兄弟をふたりとも消したのはおまえだと、CIA本部《ラングレー》では見ている。ひとりはシリアで、もうひとりはマドリードで。フランスの情報機関は、おまえと人相風体がほぼ一致するやつが、去年の十二月にスイスやフランスの半分を荒らしまくったといっている。ウクライナ人どもは、キエフでおまえがあの事件を起こしたと触れまわっている。おまえがやったんだろう？」

「耳にはいることをなにもかも信じるのはよせ。おれをどうやって見つけた」

ザックが、肩をすくめた。「シドレンコの配下の携帯電話を、エシュロン（アメリカ、イギリス、カナダ、オーストラリア、ニュージーランドの五カ国による通信傍受協力体制の暗号名。アメリカではNSA〔国家安全保障局〕が担当する）が探知した。おまえに暗号名をつけていたのに、馬鹿なやつが秘話じゃない通話で〝セールイ・ムシシーナ〟と呼んだ」

「灰色の男《グレイマン》」ジェントリーは、腹立たしげに溜息をついて、その言葉を訳した。「最高だな」

「ロシア人《イワン》どもは頭のできがちがうよ」ザックが、皮肉たっぷりにいった。「おまえがきょうボスに会いにくるとしゃべっていた。NSAがラングレーに報告し、ラングレーがおれに任せた」

ジェントリーはうなずいた。「〝目《S》撃しだい《O》射殺《S》〟だろう、ザック。その前に殴りたいから、薬を打ってここへ連れてきたのか？」

「いや、SOSは公式に保留になった。おまえとおれが話をするあいだはな。叩きのめしたのは、個人的な恨みを晴らしたんだ」

「あれで叩きのめしたつもりか？」

「まだ終わっちゃいない」

ジェントリーは、茶色い眉を寄せた。「ヴァージニアで、あんたを至近距離から撃った。四四口径で。窓から仰向けに二階下まで落ちるのを見た」

ザックが、歯をむき出して笑った。顔は笑っていても、うれしそうではなかった。「思い出したくもない。弾丸はベストが食いとめたが、エアコンの室外機の上に落ちた。骨盤二カ所を骨折した。鎖骨と肋骨《ろっこつ》もかなり痛めた」その出来事を思い出して顔をしかめたが、なにかが頭に浮かんだようだった。「おまえがデリンジャーを隠し持っていたとは、まったく知らなかった」

「教えてやる理由もない。黙っていてよかった」

ザックが、肩をすくめた。「それは立場にもよる。正直いって、おれは知っていたほうがありがたかったがね」

「それじゃ、どうしてああいうことになった？　おれがなにをしたというんだ？」

ザックが、答はわかりきっているというように肩をすくめた。「上層部からの抹殺指令だ。事情はわかるだろう」

「いや、まったくわからないね。おれがどんな悪いことをやった、ザック？」ジェントリーは、物悲しげにいった。

ザックが、また肩をすくめた。「さあ。おれはただの働き蜂だ。あんたを抹殺しろという命令が出て、その日、仕事に出かけた。いつものように」

「嘘だ。理由は聞いたはずだ」

「青くさいな、若造。命令に従うのに理由なんかいらない。おれはおまえとはちがって、物思いにふけったり、自分を反省したりしない。いつも笑顔で、毎日の嫌な仕事を片づける」

もとチーム指揮官のザックが嘘をついていることが、ジェントリーにはわかっていた。CIAが説明もなしにSAD現場チーム指揮官に部下を消す命令をあたえるはずがない。だが、聞き流すことにした。「今夜おれに襲いかかったあの連中が、あんたの新しいグーン・スクワッドなんだな？」

「そんなところだ。もうG《ゴルフ・シエラ》Sじゃない。W《ウイスキイ・シエラ》Sだ。だから、おれはいまもS《シエラ・ワン》1なんだがね。お役所の厳密な定義では、前のチームとはちがう構成だ。任務も交戦規則も、ちかごろはもっと窮屈になってる。しかし、発想はほぼおなじだよ。新しい部下は、もとSEALふたり、もとデルタひとり、以前にCIAの非合法作戦のために引き抜かれた特殊部隊員ふたりだ。すこぶる優秀だが、コート・ジェントリーほどの器じゃない。おまえは今後も、おれにとっては最高の突入隊員《ドア・キッカー》だ」笑みを浮かべた。「トッドをひどくやっつけたな。鼻がつぶれて、顎がはずれたぞ」

「悪かった」とジェントリーは答えたが、本心ではなかった。

「そんなこともある」ザックが、肩をすくめた。やはり本心ではないことが、見え透いていた。

「それで、おれがここにいるわけは？」

ザックが、氷を入れたポリ袋に手をのばし、ジェントリーの顔から取って、自分の腫《は》れた拳に載せた。「アブブード。バクリ・アリ・アブブード大統領」

10

「アブブードがどうした？」

「シドの作戦で、そいつを殺るんだろう」

とぼけてもむだだと、ジェントリーにはわかっていた。ＣＩＡがそこまで知っているとしたら、シドの作戦について、現時点で知らされていることよりも詳しく知っているにちがいない。「まだ引き受けたわけじゃない」

「ああ、まあ、引き受けるだろうよ。おれたちがやれというから」

「あんたらがなにをいおうが、おれには関係ない」

「おれの売り口上をよく聞けよ、若造。やるか、それとも抹殺指令か、ふたつにひとつだ。なら、やるだろう？」

ジェントリーは、氷のポリ袋を取り返して、顔の下のほうに当てた。痣《あざ》ができた目のまわりではなく、痛みがひろがっている口もとを押さえた。ポリ袋の下から、声を発した。「聞こう」

ザックが、身を乗り出した。「状況はこうだ、若造」ジェントリーは三十六になるが、八年前にはじめて会ったときから、ザックに若造呼ばわりされている。「シドレンコの仕事を引き受け、ロシア人を利用してスーダンに潜入してほしい。やつらには、おまえを送り込むしっかりしたお膳立てがある。ＣＩＡ《エージェンシー》の輸送・兵站《へいたん》資産《アセット》を使わずにわれわれがまとめあげられる手段よりも、ずっとましだ。ＣＩＡの資産を使うのは許されていない」

「そのあとは？」

「アブブードを暗殺するふりをつづけ、どたんばで拉致《らち》する」

「アブブードを拉致するのか？」

「そのとおり」

「そのあとは？」

「おれと部下に引き渡せ。おれたちも現地にいる。姿は見せないが、近くに。アブブードを引き渡したら、おまえはおれのチームといっしょに海から隠密脱出する」

「アメリカはどうしてアブブードを捕らえたがっているんだ？　政府はダルフールの件の決着をつけたがっているし、アブブードはジェノサイドのただひとりの首謀者といえる人間だ」

「たしかにな。しかし、合衆国大統領《POTUS》は、アブブードを国際刑事裁判所《ICC》に送ろうと考えている。すんなりと献上たてまつるわけだ。三年前から、アブブードにはＩＣＣの逮捕状が出ている」

「それは知っているが、殺したほうが手っ取り早いし、きれいに片がつく。ＣＩＡもとばっちりを受けない。ロシア人に頼まれたとおり、おれが殺したほうがいいんじゃないか」

ザックが、くすくす笑った。「そうだな、コート。どんな病気だろうと、おまえの処方箋《しょほうせん》は頭に鉛玉を二発くらわせることだからな。しかし、ワシントンDCも最近は時代が変わってね、きょうだい。大統領とホワイトハウスの側近はみんな、国際機構を増強しようとかなんとかぬかして、ヨーロッパにいい顔をしたがるんだ。やつら、手柄をあげたいんだよ」

ジェントリーには、にわかには信じられない話だった。「馬鹿も休み休みいえよ。ホワイトハウスがアブブードの命を救いたいのは、ヨーロッパに引き渡したいからだと？」

ザックが、肩をすくめた。「それだけじゃない。借りを返すとか、恩を売るとか、いいかたはごまんとあるだろう。おれのような下っ端の考えることじゃないが……だいたい……そういうことだ」

ジェントリーは、首をふった。「時代は変わったな」

「ああ、そうとも。五年前には、殺さなきゃならないやつは殺した。ICCなんか関係ない。いいか、おれもおまえとおなじ意見だ。相手が国連だろうがどこだろうが、アブブードを拉致して引き渡すなんて、手間がかかるだけだ。しかし、ラングレーのだれかが、ホワイトハウスのだれかを説得し、そのだれかがPOTUSを説得した。アブブードの身柄を拘束してICCに送り届けるのに、ぜったいに成功する手段があるし、計画どおりいかなくてもCIAがとばっちりを受けない、と」

「その手段がおれか」ジェントリーはいった。

「そういうこと。ある程度以上の規模の情報機関はすべて、ＣＩＡがグレイマンを殺したがっているのを知っている。だからおまえは、ＣＩＡが関係を否認するのにもっともうってつけだし、否認がもっともらしく聞こえる。この取り引きがまずい結果になっても、ＣＩＡの作戦だとは疑われない」

「ＣＩＡの発案か？」

「一〇〇パーセントそうだ。ＳＡＤはこれまでのところ、われわれの意に反して、時機を待って動かないということが多かった。ＣＩＡの無人機は高度三万フィートを飛行し、ヘルファイア・ミサイルであちこちの悪党どもを排除しているが、ウィスキイ・シエラのような軍補助工作チームは待機ばかりだ。ホワイトハウスは、われわれのやることすべてを制約してきた。訓練制度にも支障をきたしている。われわれはテロリストを殺していない、友好国では活動していない、柔らかいトイレットペーパーでないと尻も拭けない始末さ。特殊活動部《SAD》はこの作戦を進めて、軟弱になったＣＩＡでも、特殊作戦グループ《SOG》がいまなお健在であることを、大統領に示す必要がある。おまえは、いわばおれたちの代理となって、リスクを負い、アブブードをおれたちに渡す。おれたちはアブブードを司法省に渡し、司法省がＩＣＣにアブブードを渡して感謝される。アブブードにリボンを結んでプレゼントされたヨーロッパのホモ仲間が熱烈な愛情を示すのを見て、大統領とリスク嫌いのできの悪い側近どもは、ＳＡＤにもっと仕事をやらせてみるかと思う。無人機には、拉致はできないからな。いまのところはだが」

「シドレンコのほうはどうする？」

「おれたちがうまくやれれば、おまえはおれたちがアブブードを拉致する作戦の際に殺されたとシドは思うだろうよ。おまえもあのキャビア食いのいかれた野郎の仕事は、二度とやりたくないんじゃないのか。他のロシア・マフィアとくらべても、グレグ・シドレンコとネオナチの手下は、とびきりいかれたやつの集まりだ」

ジェントリーは、首をかしげた。「あんたたちが引き渡しのために現地に行くのに、どうしてCIAにとばっちりが行かないとわかる？」

ザックが首をふった。「細かい話をしよう。おれたちはほとんど公海上にいて、目立たないようにしている。上陸するのは作戦のときだけだ。厄介な拉致はおまえがやり、おれたちは支援する。CIAスーダン支局には、サワーキンに住む情報提供者がいて、アブブードのサワーキン行きのスケジュールを知っている。その男は、非常事の不測事態対処計画を組む立場で、大統領のボディガードが受けている作戦命令や戦術も知っている」

「それがおれにどう役立つ？」

ザックが頬をゆるめた。「警護班には、アブブードが朝にモスクまで歩くときに襲撃にあった場合の決まった手順がある。モスク前の広場にいるときに脅威があれば、地元の銀行にアブブードを連れていき、金庫室にこもって、応援が到着するのを待つ」

「それで、脅威のたぐいがあると思わせる方法があるわけだな？」

「スーダン支局にはそれができる。支局の抱えているスーダン解放軍の百人規模の部隊が、四月十日日曜日の午前六時三十五分にサワーキンを攻撃する。アブブードと取り巻きが広場に到着する時刻だ。大統領と近接警護班の一部が、銀行にはいる。むろん無人のはずだ」

「だが、無人ではない」

ザックが笑みを浮かべ、強くうなずいた。「そうさ。おまえがそこにいて、警護班を無力化し、アブブードを拉致して、街から連れ出す。そのあいだ、スーダン解放軍はしばらくなにかを吹っ飛ばしたり、跳びまわったりして、地元住民とアブブードの警護班の残りを攪乱《かくらん》する。おまえはおれと落ち合い、アブブードを渡す」作戦のせいでザックは、見るからに興奮していた。説明をはじめてから、両手も体も動きどおしだった。

ジェントリーは、黙ってじっと座っていたが、やがてこういった。「ここでおれが拍手しないといけないのかな？」

「よくできた計画じゃないか、シックス。ノクターン・サファイア作戦と、おれたちは呼んでいる」

「うれしくて脚がガクガクしてきたよ」ザックの熱意にも動じず、ジェントリーは皮肉っぽくいった。

「だがな、最高のお楽しみは、あんたに提案することを承認された取り引きなんだ」

ジェントリーは、もとのチーム指揮官をしげしげと見てから、口をひらいた。「ＣＩＡは四年もおれを遺体検視台に載せたがっていた。おれが興味を持つような提案がどこにある？」

「まず、検視台はなしだ。猟犬は呼び戻す。CIAだけじゃない、インターポールもだ」

「インターポールなんか怖くない」

「わかっている。おまえはそう簡単に怖がりはしない。前からそうだった。だが、グレイマンが怖れているものを、おれは知ってる」

「それがなにか、教えてもらおうじゃないか、ザック」

「グレイマンが怖れているのは、おれたちだ。おれたちの手から逃れたいだろう？　〝目撃しだい射殺〟指令から逃れたいだろう？　おまえの暮らしがどんなものか、おれは知っている。グレイマンはジェイムズ・ボンドまがいの派手なスパイで、ジェット機に乗って世界中を旅し、最高のクラブのパーティに出たり、コートダジュールでやんごとないひとびととマティニを飲んでいると、みんなは噂している。だが、おれは現実を知ってる。逃亡生活。くそまみれの街から街へ。だれにも愛されず、好かれず、親しいものもいない。おれみたいないかれた野郎が追ってこないかと、いつも暗がりを覗き込む。ゴキブリだらけの木賃宿の階段で、缶詰の豆を食べる。すぐ近所では、タキシードを着た連中が〈フォー・シーズンズ〉でロブスターテイルを食べてるっていうのに」

みごとに正鵠《せいこく》を射た言葉だったが、ジェントリーはそれを認めてザックを満悦させるつもりはなかった。

「豆は好きなんだ」

「嘘だね。そんな生活をおまえはこれっぽっちも好きじゃない。好きなのは仕事だけだ。仕事イコールおまえだ。そのほかは、その場しのぎの嫌なことばかりだ。おれは真相を知ってるんだよ、シエラ・シックス。グレイマンになるなんて最低だ」

「当ててみようか。あんたはおれをそこから救い出しにきてくれた」

「図星だ。おまえに仕事をつづけさせてやる。おれたちに追われることもなくなる」

「仕事？　だれの仕事だ？」

「CIAに決まってるじゃないか」ザックが手をのばして、ジェントリーの顎を持ち、左右に動かした。「そういう話をしてきたつもりなんだがね。すこし強く殴りすぎたかな？」氷のポリ袋を取り、自分の手に当てた。

ジェントリーはいった。「あんたのためにスーダンの仕事はやるが、そのあとでフルタイムの仕事をくれるっていうのか？　この四年間をなかったことにして？　なにもかも、昔のやりかたに戻して？」

「ちがう。下請けをやってもらうといってるんだ。ラングレーは手を汚さない。それに、報酬は政府の給料よりずっと多い」にやりと笑った。「おれたちは、あんたを復帰させたいんだ」そこでまた肩をすぼめた。「いや、いい直そう。ラングレーにデスクや駐車場のスペースは用意できない。おまえのような人間には、そんな待遇はない。グレイマンを使っていることを、CIAは認めない。だが、〝シエラ・シックスの野郎が、どこかのちっぽけな街でヒモや麻薬密売業者のための殺しなんかやっていないで、いまここにいてくれたら〟と、だれもがいうような状況に出くわすことがある。ほんとうに、おまえがいなくて淋《さび》しいと思うことがあるのさ」

ザックが、間を置いてからつづけた。「おまえはいつだって最高だった。おまえには生きていてもらいたい、コート。よその国旗のもとで汚れ仕事をやってくれ」

「スーダンの仕事が終わったあとで殺されないと、どうしていえる？」

「おれたちがおまえを必要としているからだ。証人保護プログラムを適用するからアイオワで水仙を栽培してくれと頼んでるわけじゃない。おまえがいまやってることをつづけてくれと頼んでいるんだ。寒い国で暮らしてもらうし、うわべはいまもおれたちがおまえを付け狙っていることにする。いいか、おまえにはこういうろくでもない稼業しかできないし、おまえが二〇〇六年にドジを踏んだにもかかわらず、おまえにはまだ使い道があるとCIAでは思っている。政府は近ごろSADに汚れ仕事はやらせない。だが、今回の一件を上手にやれば、汚れ仕事をおまえにやらせておれたちが支援するという形ができる。隙がないとはいえない。売春婦にコカイン中毒をやめろっていうようなもんだ。おれのいう意味はわかるな？」

ジェントリーは、ゆっくりと首をふった。「いや、よくわからない」

「おまえは万事に冷笑的なふりをしてるが、本音はわかってる。おまえは愛国者だ、若造。おまえは赤、白、青の小便を垂れる。ホワイトハウス、おれ、おまえ、それぞれが必要に迫られている。三者とも、あとの二者の助けが必要だ」にやりと笑った。「全員が得をする」

そのあと、実行される予定の作戦のことに話題が移った。ザックは、ジェントリーの投げた質問すべてに答を用意していた。検討すべき作戦上の細目がなくなると、ジェントリーは氷のポリ袋を取り返して、腫《は》れた顔に当てた。ザックが、物欲しげにポリ袋を見たが、奪おうとはしなかった。ポリ袋に顔を隠して、ジェントリーはいった。「この取り引きについて、あんたよりも上の人間の話が聞きたい」

「たとえば、だれだ?」ザックがきいたが、驚いたふうはなかった。

「マシュー・ハンリーあたりでどうだ。おれたちの前の管理官だったから、いまごろはSAD の部長じゃないのか。もっと出世していなければ」

「マットはSADをやめた。南米でデスクワークをやっていると聞いた。パラグアイだったかな?」

ジェントリーは、怪訝《けげん》な顔をした。「非合法作戦《ブラック・オプ》では天才的だったのに。なにがあった?」

「馬鹿野郎、おまえのせいだよ。部下の突入隊員のひとりが逆上して、自分のチームの仲間を撃ち殺したんだから、出世できるわけがないだろう」

「それじゃ、それもおれのせいか?」

「歴史は勝者が書く。おまえはこれまでなんとか生き延びたかもしれないが、CIAはびくともしないし、おまえがどういう理由でなにをやったかを記録するのはCIAなんだ」

ジェントリーはしばし考えた。ようやく、さっきの言葉をくりかえした。「あんたよりも上の人間の話が聞きたい」

ザックがうなずいた。「いいだろう。待ってろ。すぐに戻る」
ジェントリーは、服を返された。それを着て、じっと待った。

11

一時間ほどして、ザックの部下ふたりが、ジェントリーが入れられていた部屋に戻ってきた。それまでずっと、ジェントリーは顔を氷で揉《も》み込むようにしていた。痣《あざ》ができたのを、ロシア人の仲間兼見張りにどう説明したものかと思案した。ザックの部下ふたり――大男の黒人とすこし年を食った白人――が、水や蒸気の管がある狭くて天井の低い昇降口を通り、狭い階段を昇って、上の甲板の部屋にジェントリーを連れていった。くそでもくらえという目つきと、部屋に押し込むときにたくましい体をぶつけたことから、ひどく嫌われているのは明らかだった。この屈強な男たちのひとりの顔を叩き潰したから、これからも好かれることはないだろうと、ジェントリーは気づいた。

そんなことは、どうでもよかった。今後の任務で全員が協働することになるとしても、友だちがほしいわけではない。こいつらはこっちとおなじプロだし、作戦が優先されるはずだ。仕事をやるのに、おたがいに好きになる必要はない。

新しい部屋で席につくと、目の前のデスクに画面がブルーのモニターがあるのに目を留めた。ほどなく、腰のケースに衛星携帯電話をしまいながら、ザックがはいってきた。

「よし。上の人間と話をさせてやる。この作戦に正式に参加し、おまえが何者かを知っている。ただし、おまえは〝その他〟にも分類されず、CIA職員でももと職員でもアメリカ市民でもない。外国籍の工作員で、今後もそういう扱いを受ける。暗号名は前のグーン・スクワッドのときとおなじ、シエラ・シックスだ」

ジェントリーはうなずいた。

「それから、アブブード大統領の暗号名はオリックスだ」

「オリックスとはなんだ?」

「おれもそれをきいたよ。アフリカの羚羊《れいよう》のことらしい」

ジェントリーは、肩をすくめた。この手の暗号名を使う手順は、長年の習性になっている。グーン・スクワッドにいたころ、シエラ・シックスのほかに文字どおり数十種類の暗号名を任務ごとに使用した。ザックのもとで勤務する前、独立資産プログラムでの暗号名は違反《ヴァイオレイ》者《ター》だった。コンピュータが無作為に選んだはずだったが、ヴァイオレイターという暗号名は、気味が悪いくらいぴったりだった。コロンビア人麻薬輸送業者三人を殺し、第二級殺人三件で終身刑を受けていたジェントリーを、CIAはフロリダの重罪刑務所から連れ出して、拒むことができない仕事口を示した。

自分をヴァイオレイターと名付けたのがコンピュータだったということを、ジェントリーは片時も信じられなかった。

目の前の画面が、息を吹き返した。

グレイのスーツを着て、〈ブルックス・ブラザーズ〉のネクタイを太いウィンザー・ノットに締めている男の映像。六十過ぎで、細い眼鏡が鼻の下のほうにずり落ちている。その顔といかにも軍人らしい風采《ふうさい》。つぎの瞬間、ジェントリーはその男がだれであるかに気づいた。びっくりした。ショックを受けたといってもいい。

「シエラ・シックス。わたしがわかったか？」きびきびしたそっけない声だった。笑みもなにかの感情も見られない。

ジェントリーは、すかさず答えた。「イエッサー」ザックの顔を見た。ザックがにやりと笑い、両眉をあげた。この人物とのテレビ会議を設定できる職権があるのを自慢している顔だった。

その男はデニー・カーマイケル、CIA国家秘密本部（NCS）の現本部長で、先ごろまでSAD部長だった。CIAでは伝説的人物で、極東アジアの専門家として、長年、香港支局長をつとめていた。

要するに、デニー・カーマイケルはCIAの秘密活動部門のトップだった。今回の任務の重大さを、ジェントリーは悟った。しかし、ふつうならこの手の汚れ仕事に、アメリカのインテリジェンス・コミュニティのお偉方の指紋が残ることはない。

「オリックスの身柄を引き渡すという尋常ならざる作戦について、シエラ・ワンからわれわれの提案の説明を受けたものと思う。ノクターン・サファイアの詳細について再確認する用意がある」

「イエッサー」ジェントリーは答えた。それしかいうことが思いつかなかった。組織の最上層部の人間と話をしたことは、これまで一度もなかった。まるでスターに会って感激しているみたいだった。奇妙な感じだった。二〇〇六年に発せられた〝目撃しだい射殺〟指令にサインしたのは、カーマイケルにちがいないから、二重に奇妙に思えた。

ザックが説明した計画を、カーマイケルがかいつまんで話した。ただし、表現はずっと遠まわしだった。ジェントリーは、ザックがいったようにアブブードを〝拉致する〟のではなく、〝強制的に身柄を拘束する〟。ザックがいったように〝ボディガードの鼻にホローポイント弾を一発か二発撃ち込む〟のではなく、〝アブブードの警護班の脅威をすべて無力化する〟。

この産業の労働者と経営陣の日常的な表現が異なっているのは、しごくありふれた現象だった。ジェントリーは、カーマイケルのような人間の話よりも、ザックの同類の話を聞くほうに慣れていたが、使われる言葉の世間的な差し障りのなさ《ポリティカル・コレクトネス》に結果が左右されるわけではない。遠慮会釈のないいいかたをしようが、感じのいい言葉で表現しようが、作戦そのものはおなじなのだ。

何人もが死ぬ。

カーマイケルがしゃべっているあいだ、ザックは船の隔壁にもたれて、その言葉数が多いのを揶揄《やゆ》するかのように、手をひらいたり閉じたりしていた。だが、それを除けば、礼儀正しくしていた。

　作戦の説明を終えたカーマイケルは、グレイマンにとってもっとも重要な取り引きの話に移った。「きみがわたしたちのためにこれをやれば、シエラ・シックス、きみを抹殺する作戦は消滅する。つまり、きみに対する既存の局内の制裁もしくは指令は取り下げられる。インターポールの既存の逮捕令状は取り消される。局の外国情報機関へのきみに関する既存の連絡は消去される。きみに関するエシュロンなどのデータ収集を取りやめるよう、CIAからNSAを通して要請する。その他の細かいことも処理する。FBI、統合特殊作戦《JSOC》コマンド、移民関税執行局、商務省……アメリカの連邦機関の要注意人物ではなくなる」

　JSOC《ジェイソック》が捜索に関係していたことを、ジェントリーは知らなかった。そうなると、〝ザ・ユニット〟ことデルタ・フォースにも追われていたことになる。ザ・ユニットはたいへんな強敵だ。いっぽう、商務省はそれに比べたら、恐ろしくもなんともない。

　ジェントリーはいった。「了解しました」

「よろしい。では話は決まったな」

「全体の事情を説明していただけませんか？」

　カーマイケルは、すこしむっとしたようだった。無法者と取り引きするのに不安を感じているのは察しがつく。しかし、うなずいて口をひらいた。「アブブード大統領は、国際刑事――」

「失礼ですが、おききしたいのは……〝目撃しだい射殺〟が、どういうことだったのか、説明していただけませんか？　いったいどうして、おれが付け狙われることになったんですか？」

長い間があり、カーマイケルが、カメラに移っていない横のだれかに目を向けた。助言を求めたのだろう。ようやく、重々しい口調で答えた。「きみ、自分がなにをしたかをきみが知らないほうが、おそらくだれにとってもいいだろうから、それはいわないことにしよう」

「納得できません」

「話を進めよう。〝目撃しだい射殺《SOS》〟のことは忘れろ。こっちは忘れるつもりになっているんだ。アブブード大統領の件の話は決まったな？」

ジェントリーは、ザックのほうを見た。ザックが見返した。ついにジェントリーはいった。

「イエッサー。取り引きの自分の義務を果たすよう、全力を尽くします。本部長とシエラ・ワンにも果たしてもらえるものと信じます」

カーマイケルがうなずいたが、笑みはなかった。「たいへんよろしい。わたしたちは二度と話をすることはないだろう、シックス。シエラ・ワンがチーム指揮官で、ノクターン・サファイア作戦の現場指揮官をつとめる。バクリ・アリ・アブブード大統領をスーダンから連れ出し、オランダの国際刑事裁判所《ICC》に引き渡す。アフリカでの作戦がうまくいったなら、きみを担当する特殊活動部《SAD》特殊作戦グループ《SOG》の工作担当官を通じて、その後の作戦についても手配する」

「了解しました。ありがとうございました」

カーマイケルがそっけなくうなずき、画面が消えた。

たちまちザックがいった。「あいつの長話、いつまでたっても終わらないんじゃないかと思った」

ジェントリーは、立ちあがり、腕時計を見た。

「それじゃ、問題ないな、シックス？」

ジェントリーは、あきらめの態で黙っていた。やるつもりだったが、容易ではないだろう。

「ホテルまで送ってくれ。出かけていたのをシドの手下に気づかれるとまずい」

ザックが笑みを見せた。「了解だ。ふたりに送らせて、寝かしつけさせる。ふたりとも愛想が悪くても、気にするなよ。この一件が気に入らないんだ。おまえのことを、部隊の仲間を殺し、名声と富を求めて民間セクターに移ったろくでなしだと思っているようなんだよ」

「そんな馬鹿なことを、どこで吹き込まれたんだ、ザック？」

ザックが、降参だというように両手をあげた。「あいつらがおまえを信用していないのには、おれにも責任の一端があるかもしれない。それに、おまえのせいでトッドは今回の作戦に参加できなくなった」そこでにやりと笑い、ジェントリーの背中をすこし強すぎるくらいに叩いた。「おい、またおまえと仕事ができてうれしいよ。最後に、装備の話だ」

「装備がどうした？」

「スーダンのノクターン・サファイア作戦用に、特別な装備を用意する。作戦前夜に、現地で会って渡す。だが、個人装備については、必要なものをいってくれ。来週までに用意できるかどうか、努力する」

「あんたに連絡できる衛星携帯電話。北アフリカでも交信できるやつだ。ヒューズ製の〈スラーヤ〉だとありがたい。それから、バッテリーをたっぷり。そのぐらいだろう」

ザックが、ジェントリーの顔を見た。「衛星携帯電話で悪党どもの頭を殴るのか？　銃の話をしたつもりなんだがね、シックス」

「必要な武器はシドからもらう。やつは、あんたらよりもましな武器を持ってる」

「頭にくるな。しかし、納税者の金をいくらか節約できるから、我慢することにしよう」

12

ジェントリーは、午前四時四十五分に、ホテルに戻った。あれから一時間、作戦の詳細をザックと話し合ってから、ヨットの船室を出て、舷側を越え、ザックの部下ふたりといっしょに手漕ぎのボートに乗った。三人はひとことも交わさずに、フィンランド湾の凍てついた黒い水を渡って、午前四時近くに上陸した。桟橋《さんばし》で車が待っていて、ジェントリーはそれに乗せられ、ホテルへ戻って、部屋まで送り届けられた。ザックが万事を考えてあり、ジェントリーのジュニアスイートの上のスイートを借りてあった。そこからSADのふたりがバルコニーに出て、下におりられるようにロープを垂らし、チームと接触するのに必要な情報が書かれたメモをジェントリーに渡した。

「なあ、あんた」黒人の工作員がいった。スペンサーだと紹介されていた。もうひとりの若い工作員はミロ。なまりからしてクロアチア人だろうと、ジェントリーは見抜いた。「みんないろいろいってる。噂話やなにかを。おれはだいたい信じないほうなんだが……キエフのはあんただったのか？　イエスかノーでいいよ」

ジェントリーは、メモを受け取り、尻ポケットに突っ込むと、これまでの一時間ではじめて言葉を発した。「くそくらえ」ロープには目もくれず、手摺を勢いよくまたいだ。なににもつかまらずに自分の部屋のバルコニーに跳びおり、しかも音をたてずに着地した。

　スペンサーが上の手摺から身を乗り出して叫んだ。「貴様こそくそくらえ、シックス。二週間後に、くそったれの国で会おうぜ」


　ジェントリーは、シャワーを浴びて、バスルームの曇った鏡に映る痣《あざ》だらけの顔を見てから、化粧台の時計を見た。午前五時。二時間後には、ジュニアスイートでひとり新聞を読んでいただけなのに、目のまわりに痣ができ、唇が腫《は》れている理由を、説明しなければならない。裸のままバスルームを出ようとしたが、足をとめてふりむき、ふと思いついて薬戸棚をあけた。なかを覗いたとたんに動悸《どうき》が高まり、肩を落とした。シドの手下が、処方箋《しょほうせん》がないと手にはいらない薬を、十数種類以上も用意していた。鬱血《うっけつ》除去薬、抗生剤、勃起不全《ED》を一時的に解消する薬。どれもジェントリーの状態には、まったく無関係といっていい。しかし、鎮痛剤がすぐに目に留まった。ディローディドの四ミリグラム錠。期待に胸が高鳴った。一錠飲めば一時的に楽になる。だが、がっかりして肩を落とした。ひどい痛みがあるわけではなく、必要もないのに強い鎮静剤が飲みたくなった。三週間、自分なりに依存症を治したのが、五秒ほどで水の泡になったことを悟った。

　口に二錠ほうり込み、蛇口の水で流し込んで、腹立ちと屈辱のあまり、残りを化粧台の流しに捨てて洗い流した。

そして、シドの手下が用意してあった悪趣味な紫色のトラックスーツを着て、ベッドに横になった。じきに頭が働かなくなる。薬の効果が出る前に、考えなければならない。

アブブード大統領のことを考えた。ノクターン・サファイア作戦が成功すれば、残忍きわまりない独裁者は生き延びる。そのことが非常に気になった。単純すぎるかもしれないが、シドがいったスターリンの言葉は赤裸々な真実だし、ヨシフおじさんとなにも共通項はないが、おおいに共感できる。〝死はすべてを解決する。人間がいなければ問題もない〟。いや、ぜったいにそうだと思っているわけではない。政治的な暗殺で解決される問題は、ほとんどない。しかし、短期の目標はたいがい達成される。それに、悪い当事者を殺せば、悪い当事者が悪行にいそしむのを、まちがいなく終わらせることができる。

アブブードを暗殺することで、アブブードを葬り去る。それ以外のことには、心が動かなかった。

ディローディディドが突然効いた。額にぶつけて割った卵が頭蓋《ずがい》を伝い落ちるように、耳には聞こえないシュワーッという安堵《あんど》の波が脳にひろがった。ジェントリーはつかのまベッドに横たわって、天蓋を見つめ、キルトの模様をうっとりと眺めていた。ちくしょう、と自分をののしった。重い心が薬のせいで軽くなるのがうれしいいっぽうで、錠剤を飲む誘惑に屈したことに腹が立っていた。

つぎの安堵の波にあらがい、自分の苦境について考えようとした。

地球上でもっとも憎悪されている男を拉致するという案は、やはり気に入らなかった。シドの作戦のほうが、ザックの作戦よりもずっと満足できる。しかし、ザックの作戦には、満足感とはべつの褒美がある。〝目撃しだい射殺〟指令をSADが取り下げたとしても、厄介な問題がすべて解消されるわけではないが、銀行に四百万ドルあるよりもずっといい。金は使えなければなんにもならないし、この四年間、CIAに追われていたせいで、追跡をかわすために世界中を移動する旅をやめられなかった。

そうとも。CIAにあらためて贔屓《ひいき》にしてもらうほうが、ずっといい。なにがもとで〝目撃しだい射殺〟指令が出たにせよ、ザックとウィスキイ・シエラ・チームにアブブードをすんなりと献上すれば、その償いができるかもしれない。

ドアにノックがあった。サイド・テーブルの時計を見ると、午前七時になっていた。

リビングのドアがあく音が聞こえた。すぐに三人がはいってきた。昨夜送ってきたのとおなじ手下だった。スーツが皺《しわ》になっている。廊下か隣の部屋で、スーツを着たまま寝たのだろう。それとも、ひと晩中どんちゃん騒ぎをしていたのかもしれない。ジェントリーは立ちあがり、目をこすった。血中に残っている薬物が、動きを鈍らせ、平衡感覚を狂わせている。黒と金と紫のトラックスーツを、三人がうらやましそうに見ていることに気づいた。つづいて三人の目が顔に向けられた。顎鬚《あごひげ》を生やしていても、唇が腫れているのがわかるはずだ。目のまわりの痣は、丸見えだろう。

「どうしたんだ?」ロシア語でひとりがきいた。ジェントリーはロシア語がわかるので、返事をしそうになったが、言葉が出る前にどうにか口を閉じた。くそ。ディローディドが脳を鈍らせていて、作戦能力をじゅうぶんに発揮できていない。

すこしおおげさすぎるくらいに肩をすくめ、相手が自分のまちがいに気づいて、英語でいい直すのを待った。英語で聞かれてから、ジェントリーは答えた。「ベッドから落ちた。シルクのシーツっていうのは滑りやすいな」

13

朝食のすぐあとで、ジェントリーはグリゴーリー・シドレンコの前に連れていかれた。今回は庭に出ていた。どんより曇った寒い朝で、硬い針のようなみぞれが、そう激しくないとはいえ、空から絶え間なく吐き出されていたのに、ガウン姿のシドは、むき出しの庭で朝の紅茶を飲むのをためらいもしなかった。赤いパラソルの下で、金属製の小さなビストロ・テーブルに向かって座っていた。脚を組んでいるので、金色のパジャマのズボンとふわふわのスリッパが見えている。サンクトペテルブルクの長い冬に落葉した藪《やぶ》のあいまに、サブ・マシンガンを持った若者がふたり立っていた。ふたりはジェントリーをじっと観察していた。だが、あんなに離れていたら、ちっぽけなフルオートの豆鉄砲で攻撃しなければならなくなった場合に、ターゲットではなくボスに風穴をあけてしまうにちがいないと、ジェントリーにはわかっていた。

そういう杜撰《ずさん》な警護態勢を見て、ジェントリーは顔をしかめた。銃器を持った人間の素人《しろうと》っぽい戦術を見るのは、黒板を爪でひっかいて出す嫌な音を聞くのと変わらない。

お守りふたりとともに、ジェントリーはシドに近づいた。ホテルを出てから一時間、そのふたりとずっといっしょで、ひとことも漏らさなかった。ジェントリーは雇い主にそっけなくうなずいてから口を切った。「やろう」

「顔をどうした？」

「なんでもない。いまいったことを聞いたか？」

シドがためらってから、うなずき、手を打ち合わせて、両方の親指を立てた。その欧米の仕種《しぐさ》は、ロシアに持ち込まれたときに、なにかを失っていた。「すばらしい。政府はおおよろこびするだろう」

ジェントリーは語を継いだ。「これだけ納得してくれ。これはおれの作戦だ。おれの指示を一言半句たがえずに従ってくれ。さもないとおりる」

シドが背すじをのばし、すぐさまうなずいた。

「ここからひとりで帰る。準備と下調べに時間が必要だ。それから、ナチスかぶれの連中におれを見張らせるのはやめろ。数日後に住所を教える。そこに迎えにきてくれ」手書きの紙を出して、ビストロ・テーブルごしにシドに渡した。シドがいそいそと受け取った。「迎えにくるときに、この装備を持ってきてほしい。どこでもいいから、山野に連れていってくれれば、そこでライフルの試射と装備の点検をやる。その瞬間から、おれは戦闘態勢になる。スーダン潜入までは、そっちの指示に従う。ハルツームの空港を出て、あんたの工作員と落ち合う。そして、いっしょに沿岸部に向かう。作戦が完了するまで、連絡を絶ち、潜行する。仕事を終えたら、自分の衛星携帯電話であんたに報告する。そのときに隠密脱出の段取りの話をすればいい」

シドは、興奮のあまり眩暈《めまい》を起こしそうだった。「最高だ。きみのいうとおりにやる」

それから一週間、ジェントリーはサンクトペテルブルクの東にある森林で、ライフルを試射し、零点規正をやり、厳しいトレーニングを行なった。走り、高い木に登り、石を詰めたリュックサックを背負って、体力を最大に高めようとした。サンクトペテルブルク南郊の富裕層が住むプーシキンで、日焼けサロンに毎日通った。装備が乏しい弱小反政府集団から、NSS（スーダン国家保安局）——恐怖の的になっている秘密警察——の組織、戦術、訓練に至るまで、スーダン地域の重要当事者に関する書籍やプリントアウトを熟読し、地図を仔《し》細《さい》に調べた。歴史、法律、インフラ、道路、港湾、空港と軍駐屯地の位置と見取り図も研究した。

スーダンの紅海沿岸には、とりわけ注意を向けた。最初はロシア・マフィアに雇われた刺《し》客《かく》として、つづいてCIAに雇われた異色の拉致要員として、そこで活動することになるからだ。

かなりややこしいことになりそうだと、皮肉まじりに自分にいい聞かせた。そんな表現では、控え目すぎるだろうが。

ウィスキイ・シエラ・チームがCIAのヨット〈ハナ〉と落ち合うために出発したあとで、ジェントリーはザックともう一度会った。〈ハナ〉は必要な改造がほどこされて、すでにエリトリア沖に到達し、サワーキンの五〇キロメートルほど北のブールスーダンに向かうところだった。ザックとジェントリーは丸一日、顔を突き合わせて、暗号、地図、装備、作戦計画についてを議論を尽くした。今回の任務では、どんな細かい局面も検討しなければならないし、どんな些細《ささい》な支障も取り除いておかなければならない。アブブードを拉致する早朝に、反アラブ・反アブブードのSLA（スーダン解放軍）が陽動作戦を行ない、警護班の主力の注意をそらして、アブブードが銀行に避難せざるをえないようにする手順を、ザックが説明した。CIAスーダン支局は、アブブードの近接警護班の一員だった工作員を抱えている。サワーキンのモスクへ歩いていく途中で襲撃された場合、銀行内に立てこもって、建物の奥で防御し、ブールスーダンからヘリコプター部隊の来援を待つ標準作戦要領だと、その工作員が伝えていた。サワーキンは、大統領が襲撃される可能性が低い場所だとされていた。その地域にはSLAがほとんどいないし、アブブードの数十回におよぶ訪問でも何事も起きていない。

ジェントリーは、銀行内で待ち伏せてアブブードを拉致し、街から連れ出す。ウィスキイ・シエラ・チームは、街はずれに踏みとどまり、可能なかぎり直接行動を控える。そして、全員がゾディアック膨張式ボートの出迎えを受けて、〈ハナ〉に運ばれる。その時点で〈ハナ〉が揚錨し、北を目指す。そして、ザックがアブブードをヨットの底に固定されていた小型潜水艇に乗せ、公海上でCIAのトロール漁船と落ち合う。そうすれば、仮に〈ハナ〉がスーダン沿岸警備艇の臨検を受けたとしても、拉致に関与した証拠はなにもない。

そのあと、〈ハナ〉は機関全開で紅海沿岸を北上し、アレクサンドリアに入港する。そのころには、アブブードは、オランダのハーグにある国際刑事裁判所施設に勾留されているはずだ。

大胆不敵な計画だった。ジェントリーの見るところでは、不可能な部分も検討が不足している部分もなかった。逆にいえば、狂いが生じるおそれがある事柄は無数にある。人為的なミスや手抜かりで、いつ作戦が頓挫《とんざ》しないともかぎらない。情報がまちがっていることもある。マーフィーの法則で、〝ろくでもないことが起きる〟可能性がある。

しかし、なんといってもこの作戦が胡散《うさん》臭いのは、それが生まれた経緯のせいだった。あるいは計画どおりに成功するかもしれないが、軍補助工作型の秘密作戦をほとんど許可しない政権のもとで、必死で存続しようとしている部門が考えついた作戦なのだ。

ひとりになってから三日目の晩に、ジェントリーはシドの手下に教えられた番号にかけた。シドの秘書が出たので、任務の訓練中に軽い怪我をしたと説明して、怪我が治るまでしのぐのに軽い鎮痛剤をひと瓶ほしいと頼んだ。地下鉄のヴィテフスク駅の暗い通路で、スキンヘッドの手下と会った。ひとことも交わされずに、紙袋が渡された。

ザゴロドヌイ大通りのホテルに戻る電車をホームで待つあいだに、ジェントリーはダルボセットを二錠飲み込んだ。痛みがあるのだと、自分を納得させていた。四カ月前の腹の刺創が、腹筋運動のせいで悪化していた——瘢痕《はんこん》が引き攣《つ》れて筋肉をひっぱり、それに抵抗して筋肉に凝りが生じた——だが、薬物に頼るようになっていなければ、そんな痛みは意にも介さなかったはずだ。

ジェントリーは、それを承知していて――自分を殺そうとしている強い悪党はこの世にごまんといるが――モルヒネとの仲を取りもったニースの愛想のいい老医師が、最後には自分の命取りになるのではないかと思った。

14

ロシア製のイリューシンI1‐76は、全長五三メートル、全幅五〇メートルの巨大輸送機だ。ジェントリーは夜明け前にその飛行機の前に立ち、寒々しい月光の淡い光で観察した。隣にはグリゴーリー・シドレンコが立っていた。サンクトペテルブルクからホーカービーチクラフトに同乗し、三十分前にベラルーシのグロドノにある主要空港に着陸したところだった。作戦上、シドがここまで来る理由がないことは明白だった。ジェントリーが工作員を十六年間つとめて身につけた適切な手順や戦術からすれば、忌み嫌うべきことだった。しかし、このロシア人調教師は、ここまでいっしょに来たいといい張った。駐機場は氷点下だったが、シドは馬鹿ばかしいくらい幾重にもウールとコットンと毛皮で身を包み、布地と死んだ動物が積み重なったおくるみから、薄い鼻と尖った顎だけが出ているという風情だった。

シドが作戦に異様なまでに興奮していることに、ジェントリーはまごついていた。前の調教師は、かつてはイギリスのスパイの親玉で、冷静で客観的だった。シドとは昼間と夜ほどもちがう。サー・ドナルドは、進発地点で見送るために飛行機に同乗するようなことはしない。自分で作戦を実行することがありえないのとおなじだ。しかし、ジェントリーの見るところ、シドはこの手のことのファン――それも〝狂〟という字がつく愛好家のようだった。

シドのロシアなまりの英語が、静寂を破った。「万事準備よし。午前十時に離陸だ」

「知っている」

「ハルツームまで七時間十五分」

ジェントリーは、黙ってうなずいた。

「機長はたいへん優秀だそうだ」

ジェントリーは沈黙していた。

「南に向けて離陸する。ポーランドはあっちだから、たぶんウクライナ国境まで南下し――

――」

「シド、どっちへ飛ぼうが興味ないんだ」

シドが、しばし黙り込んだ。やがて、こういった。「どうしてそんなに落ち着いていられるのか、さっぱりわからない。頭のなかをあらゆることが駆けめぐっているにちがいないのに。これから数日のあいだに、やらなければならないことが。危機、企み、物理的危険。それなのに、退屈そうな顔で立っている、まるで会社に行く電車でも待っているように」

ジェントリーは、前方の輸送機をなおも見つめていた。むろん、シドが知っているのは、そういったことの半分だけだ。ジェントリーがほんとうにやらなければならないことと比べれば、シドの作戦は比較的――あくまで比較的にだが――簡単だ。距離五〇〇メートルでひとりの人間を狙撃し、空港のゲートを通れるようになるまで一週間ほど山に隠れていてから空路で出国するのは、暗殺の準備をするふりをしてどたん場で拉致し、敵地でチームと合流して捕虜を移送するよりも、はるかに単純な仕事だ。

だから、残虐なバクリ・アブブードの頭を撃ち抜いて、それで片がつくなら、こんなにありがたいことはないと思っていた。

「どうして緊張せずにいられるんだ？」シドがまたきいた。

ジェントリーは、ロシア・マフィアの親玉のほうを向いた。けさはじめて、調教師と視線を合わせた。

「これがおれの仕事だからだ」

グリゴーリー・シドレンコの薄い唇がほころび、驚くほど白い歯を見せた。夜明け前の薄明かりでも、歯が光っていた。「じつに楽しいな」

I l - 76は、姿よりも性能を誇示している巨人機だ。NATO軍にはキャンディッドと呼ばれ、馬鹿でかい主翼は高翼で、駐機中はいくぶん垂れ下っている。暗いなかで見ると、でかく、肥っていて、まどろんでいるように見える。そこへ歩いていき、蹴とばして目を醒まさせたいとジェントリーは思ったが、ロシア人搭乗員がまもなくそれをやり、自分となにかの軍需品をハルツームへきびきびと運んでくれることはわかっていた。厳密には軍事飛行ではない。機体も搭乗員も、ロシアの国営兵器輸出機構ロソボロネクスポルトに属している。ロソボロネクスポルトは、スーダン、ベネズエラ、リビア、インドなど、世界各地で輸送機を運航し、六十カ国にロシア製兵器を輸出して、紛争地帯の戦火を煽《あお》り、油を注いでいる。

ちょっとした好奇心から、ジェントリーはシドにたずねた。「貨物はなんだ?」

「きみ以外の? コルド重機関銃、弾薬、支援物資が梱包されている」

「持ち込むのに国連の承認を得ているのか? 経済制裁はどうなっている?」

シドが、冷たい朝の空気のなかで鼻を鳴らした。「経済制裁は効き目がない。ロシアがスーダンに軍需品を売ることは禁止されていない。その装備がダルフール地域で使われさえしなければいいんだ」

「ロシアが機関銃をスーダンに送ったら、ダルフールで使われるのは目に見えているじゃないか。そこで戦争をやっているんだから」

「そのとおりだよ、わが友」矛盾した取り決めをジェントリーが愚弄《ぐろう》しているのにも気づかず、シドが答えた。「モスクワはアブブード大統領の言葉を額面どおりに信じ、それで国連も納得している」

「信じられない」ジェントリーは、ひとりごとのようにつぶやいた。

シドが、ジェントリーの背中をどやした。「ああ。たいしたものだよ」向きを変えて、暖かいターミナルへと歩いていった。

ジェントリーは、I1-76の赤いプラスティックの座席を四人分使って、仰向けに寝ていた。胴体の壁に沿ったその休憩所と、中央の巨大な木枠の山のあいだの狭い空間に、迷彩模《マルチカム》様のバックパックがひとつ置いてある。ジェントリーは荷物を軽くする達人だった。重さ二三キロのバックパックには、三〇〇ウィンチェスター・マグナム弾を使用するドイツ製スナイパー・ライフル、ブレイザーR93を、分解して入れてある。弾薬は二十発。双眼鏡、破片手榴弾二発、発煙弾二発、少量のドライフード、水、経口補水塩。ひどい外傷のためのパンク修理用品《ブロウァウト・キット》（救急用品を入れた小さなポーチ）ははいっているが、切り傷や打ち身のためのものはなにもない。ベルトとカーゴパンツには、九ミリ口径のグロック、コンバット・ナイフ、万能ツール、懐中電灯。

スワブと呼ばれるスーダンの伝統的な寛衣に身をつつんでいる。

搭乗員は、ジェントリーをずっとひとりにしていた。ロソボロネクスポルトの上層部から、ハルツームに人間をひとり運べと命じられていたが、それしか知らされていない。

ジェントリーは離陸前に、緊急時以外は邪魔をしないようにと、機付長にロシア語で指示しておいた。だから、搭乗員五人のうちのひとりが現われて、エンジンの甲高《かんだか》い爆音のなかで聞こえるように叫んだとき、怒り狂うか心配するような状況なのだとわかった。操縦室に来てくれといわれたので、ジェントリーはその搭乗員のあとから、天井のレールのローラーから吊るされている灰色の木枠の横をすり抜けて進んだ。貨物は尾部までめいっぱい積まれていた。キャビンに窓はなく、刺し子の詰め物、ネット、壁に固定された装備があるだけだった。それを見てジェントリーは、四カ月前にイラク北部で乗ったべつの輸送機のことを思い出した。あのフライトでは、さんざんな目に遭った。その際に筋肉を弾丸に裂かれた太腿《ふともも》の傷がうずいた。だが、貨物室にいたあとの五人は、もっと悲惨な運命をたどった。

イリューシンの操縦室は、かなり広かった。上の階に四座あり、機首の内側にあたる下の階では、計器盤やボタンやコンピュータ・モニターに囲まれて、航法士が座っている。機長はゲンナジーという四十代の赤毛のロシア人で、大きすぎるパイロット用サングラスをかけて、不健康そうな痩せかただった。ゲンナジーが、前に来るようジェントリーを手招きした。肥った若い航空機関士が、話がしやすいようにヘッドセットをジェントリーに渡した。

「どうした？」ジェントリーは、ロシア語できいた。

「スーダン航空交通管制から連絡があった。問題が起きた」

「いってくれ」

「着陸地を変更された。もうハルツームへは行かない」

「どこへ行く？」

「アルファーシル」

「理由は？」

「知らない。だが、そこのスーダン軍が緊急に武器を必要としているんだと思う」

ジェントリーは、航空機関士のテーブルから、ラミネートされた地図を取った。航空機関士が顔を見たが、文句はいわなかった。「アルファーシルはどこにある？」地図をひろげながら、ジェントリーはきいた。

ロシア人機長が首《こうべ》をめぐらし、肩ごしにふりかえると、重々しい口調でひとつの単語を口にした。「ダルフール」手袋をはめた指を、地図の端に置いた。ジェントリーが作戦を計画している場所とは正反対——スーダンを横断した位置にある。

ジェントリーは、地図を見た。「なんてこった」

「困ったことになったんだな？」

「おれの仕事はダルフールでやるんじゃない」

ゲンナジーがいった。「こっちにはどうにもできない。着陸地を変更するしかない。ハルツームの着陸許可が下りていない」

「くそ！」ジェントリーは毒づいた。ヘッドセットをコンソールに投げつけ、地図をひったくって、操縦室を出た。

五分後に〈ヒューズ・スラーヤ〉衛星携帯電話でシドレンコと話をしていた。接続されるまで、ジェントリーは地図を調べていた。「これは受け入れられない！　アルファーシルの空港を脱け出して、匪賊《ひぞく》がうようよいる砂漠を一五〇キロも横断して、スーダン領内をさらに五〇〇キロも移動しなければならない。どうやれっていうんだ？　目的地とのあいだにはナイル川まであるんだぞ」

「そうだ、グレイ。わかっている。厄介なことになった。考えさせてくれ」

「考えている時間なんかない！　この便《フライト》をもとに戻してくれ！」

「それは不可能だ。わたしはモスクワは動かせるが、ハルツームは動かせない。スーダン側が着陸しろといったところに着陸するしかない」

「これをなんとかできなかったら、作戦は取りやめだ。わかったか？」シドの殺しの契約よりもザックのノクターン・サファイア作戦のほうを懸念していたのだが、むろんそれはいえない。

「できるだけのことをやる」シドが電話を切り、ジェントリーは壁と梱包《こんぽう》された武器のあいだの狭い通路を行ったり来たりした。

こういう〝処置《ス》なし《ナ》状態《フユ》〟も、〝ろくでもないことが起きる〟範疇《はんちゅう》だ。だれの過失でもないし、作戦がみじめな失敗に終わっても非難すべきではないと、ジェントリーは豊富な経験から知っていた。

さすがはシドで、ジェントリーが思っていたよりも早く、電話がかかってきた。

「ミスター・グレイ、解決策が見つかった。アルファーシルで荷物をおろしたあとも、その飛行機に乗っていてくれ。ベラルーシの航空基地に戻る。三日後にべつのハルツーム行きの便がある。ヘリコプター修理用機材だから、アルファーシルに届け先が変更されるおそれはない。万事うまくいくはずだ」あらたな手配に満足している口ぶりだった。

「三日後だって？」

「そうだ」

「アブブードがサワーキンに来る前日か？　それじゃ現地で準備する時間が足りない」シドの作戦を実行するつもりであれば、間に合わないことはないと、心のなかでつぶやいた。ザックの作戦の成功率を高めるには、付近のじゅうぶんな偵察が必要だと、ジェントリーは見計らっていた。この衛星携帯電話の相手には、むろんそう説明するわけにはいかない。

シドが、電話の向こうで大声を出した。ストレスでまいりかけているのだ。「しかたがないんだ！　こんなことは予見していなかった。ロシア政府にとっても寝耳に水だった。とにかく搭乗員といっしょにいて、戻ってこい。三日後にもう一度やってみよう」

ジェントリーは電話を切り、武器のそばの狭い通路を行き来した。

つぎに、ザックを呼び出した。最初の呼び出し音で、ザックが出た。連絡があったことに、明らかに驚いていた。「予定よりも二十四時間早いじゃないか、シックス」

「この先、予定に遅れることになる」ジェントリーは、シエラ・ワンことザックに、経緯を説明した。話を終えてから、きいた。「この空港について、なにかわかっていることは？

そこからサワーキンへ行くことはできないか？」

「月の裏側にいるのと変わりない。アルファーシルは四方が戦域だ。赤十字、NGOの救援組織、アフリカ連合部隊が、UNAMID――国際連合・アフリカ連合ダルフール派遣団――のもとで活動している。外国人はそれしかいない。騎馬民兵組織のジャンジャウィードに立ち向かう度胸がある地元民を雇って、車で東を目指すという手もあるが、勧められない。シドの作戦計画変更に従い、搭乗員ともどもスーダンから撤退して、三日後に再潜入しろ。現時点では、それが最善の策だ。現地についてからの作業を速めるしかない。カーマイケルに事情を説明しておく」

「了解。シックス、通信終わり《アウト》」

「ちょっと待て」ザックがいった。「忠告する。アルファーシルを離陸するのがいつかは知らないが、空港の敷地内から出るな。官憲に捕まったら、お化け屋敷《ゴースト・ハウス》に連れていかれるぞ」

「おもしろそうだな」イリューシンのエンジンの音が変化しているなかで、ジェントリーは大声でいった。南に旋回をはじめ、高度を落としているところだった。

「おもしろいものか。現地民はあちこちにある政府の秘密監獄をそう呼んでいるが、アルファーシルのは特別中の特別だ。アルファーシルのお化け屋敷にはいったら、二度と出られない。それに、すぐには死ねない。生き地獄だといい伝えられている」

「わかった。観光地めぐりはやめておく。シックス、通信終わり《アウト》」

15

夕方の遠い空で一条の陽光が、金属から反射するのを見て、エレン・ウォルシュの沈んだ気持ちは、一気に明るくなった。ダルフール北部の白茶けた台地の一〇〇〇メートル上で、大型の飛行機が轟々と旋回し、着陸態勢にはいろうとしている。アルファーシルに着陸する飛行機は、この悲惨な土地から脱出する手段になるかもしれない。

国連の輸送機が救援活動に携わるひとびとを運んできてからずっと、エレンはそこで立ち往生していた。書類に不備があったのだ。UNAMIDの旅行許可証には、ザムザムにある国連の国内難民キャンプに入場するのに必要なスタンプが捺《お》されていなかった。この手落ちのために、アルファーシルを出発する飛行機に乗る以外に、空港を出ることができなかった。

そんなわけで、事務所に戻るための便を、エレンは三日のあいだ待っていた。国連機が到着していたが、国連の給油機からジェット燃料を補給されるまで飛び立てず、熱い駐機場で待機している。中国の国営石油会社の飛行機は、しじゅう離着陸しているが、行き先はハルツームではなく北京だし、乗せないとはっきりいわれた。スーダン軍の軍用機も発着しているが、ぜったいに白人女を便乗させはしない。

だが、北の陽炎《かげろう》のなかに浮かび、滑走路と機首方位を一致させようとして旋回している新来の飛行機は、ここを出る手段になるかもしれない。軍用機ではなく、国連の白い塗装だし、輪郭《りんかく》がこれまでに見た中国機とは異なっている。エレンは航空機に詳しく、いつもなら即座に輸送機の機種を見分けるのだが、その遠い飛行機は夕陽にはいって機体を傾けていたので、識別できなかった。だが、機種などどうでもよかった。どんな飛行機で、だれが操縦していても、つぎの目的地がどこでも、自分の力を思う存分発揮して、あれに乗って出発する、と決意していた。

エレンは容色を鼻にかけてはいないし、流行の虜《とりこ》でもなかったが、爆音を響かせている飛行機が滑走路の端で接地する前に、急いでターミナルに戻り、化粧室へ行った。ダルフールの地元部族民の女がふたり、出てくるところだった。頭のてっぺんから爪先まで彩り豊かな赤系統の衣装で覆《おお》い、幼い子供三人を追い立てるようにして歩かせている。大きな頭布を巻きつけているのは、空気中の塵をよけるためだと、エレンもいまでは知っている。鏡に近づいて自分の顔を見ると、ぞっとして思わず身を引きそうになった。赤味がかった髪は、漂っている塵のために灰色になり、三十五歳になるエレンの目もとの小皺は、土埃《つちぼこり》と汚れと汗が乾いてこびりついている塩のせいで、よけいに目立っている。

バックパックに縛りつけてあった白いTシャツをすばやくほどいて、蛇口からしたたる黒ずんだ水で濡らした。その間に合わせのタオルで、顔を拭いた。この七十二時間、そのTシャツでおなじことをくりかえしてきたので、体の汚れで色がくすみ、縞模様になっていた。

エレンは蛇口に背を向け、化粧室の汚れた床の上に首をのばして、髪を手で梳《す》き、ショルダーレングスの房から塵埃《じんあい》を落とした。身を起こし、前髪を目から払いのけると、ヘアバンドをした。

もう一度鏡を覗いても、安心できなかったが、すこしはましになっていた。濡れたTシャツをもとどおり結びつけたバックパックを背負い、化粧室を出て、ターミナルの外に戻った。

巨大なエンジンの音が聞こえたかと思うと、飛行機が見えた。国連機とは反対側の駐機場にタキシングしていた。エレンがいるターミナルの出入口からは、四〇〇メートルほど離れている。土埃が立つ夕方のことで、その距離では四発機の機種は見分けられなかったが、航空会社のロゴや国の標章がないことがわかった。ただ、型からして輸送機だと判断した。そちらへ歩き出したとき、エレンは周囲の動きに巻き込まれた。税関職員や空港の地上作業員が、何人か徒歩で追い抜いていったし、ピックアップ一台とおんぼろのトラック二台のボディにしがみついた兵士二十数人が、飛行機に向かっていた。新来の飛行機の周囲での活動がおさまってから近づくことも考えたが、なおも歩きつづけた。あの便がいつまで地上にとどまっているか、見当がつかない。何日もいることはありえない。これまでに着陸した飛行機はすべて、出発できるだけの燃料があれば、そそくさとアルファーシルをあとにする。貨物をおろすのであれば、数時間後には離陸するはずだ。給油のためにおりたのであれば、数十分しかいないだろう。

絶好の機会を見逃すつもりはなかった。

駐機場の向こう側の輸送機に向けて歩いているとき、ひび割れた舗装面から立ち昇る陽炎のせいで、一部がぼやけて見えた。夕方の大気はほんのすこし霞《かす》んでいたが、まだ冷えてはいない。アイドリングしているエンジンが吐き出す蒸気のせいで、巨大な機体の上でも糸遊《いとゆう》がふるえていた。

ほどなく機長がエンジンを切った。ターボジェット・エンジン四基の甲高《かんだか》い爆音が、遠くの兵士たちの声と、誘導路の左右にある砂まみれの藪《やぶ》で間断なくすだく虫の音に取って代わられた。

地元の兵士と空港の作業員の群れが、エレンと輸送機のあいだにいて、暑い誘導路をきびきびと移動していた。歩いているあいだずっと、エレンはそちらに注意を向けていた。彼らが用事を終えて輸送機から離れるのを待つか、それとも、制服やスーツを着ているものもいれば白い寛衣をなびかせているものもいる現地人の群れを強引に押し分けて通り、搭乗員といますぐに話をするか、どちらがいいかを天秤にかけて、一度ならずためらった。どちらもあまり見込みはなさそうだったが、あとのほうが望ましいと、すぐに結論を下した。じっと待っていたら、あの飛行機が空へ昇っていって、置き去りにされる可能性が高い。

そこで、下げられている尾部傾斜板へ行って、運試しをすることにした。そう決めると、五〇メートル前方の男たちのさらに二〇メートル先の輸送機に、しっかりと注目した。そのとたんに歩をすこしゆるめた。数メートル進むと、さらに歩をゆるめた。

やがて、舗装面が溶けかけている駐機場で、はたと足をとめた。

輸送機から目を離さずに、バックパックをおろし、足もとに置くと、すばやくジッパーをあけた。小さな黒い三リング・バインダーを出すとき、汗の染みができたブラウスが二枚、地面に落ちた。エレンはバックパックに膝をつき、急いでバインダーのページをめくった。地面にじかに膝をついたら、火傷《やけど》してしまう。輸送機をもう一度ちらりと見て、からからに乾いた指をなめ、目当てのページを見つけた。

そのページを見た。もう一度、前方の輸送機を見た。

まちがいない。エレンが発した驚きの声は、まわりですだくバッタやコオロギの声にもかき消されなかった。「驚いたわね」

その輸送機は、イリューシンI1‐76で、十輪の降着装置の上で機体が沈み込んでいることからして、貨物を満載しているようだった。I1‐76は、世界中の救援機関や運輸会社や軍で使用されている、きわめてありふれたロシア製輸送機だ。だが、目に狂いがなければ、その型は機体を延長したI1‐76MFだった。

ゆっくりと輸送機から目を離すと。エレンは落ちたブラウスを拾った。やはりゆっくりした動作で向き直り、ターミナルに向けて歩きはじめた。

いま来た道をたどり、夕方の熱気のなかをさりげない態度で歩くうちに、興奮が高まった。だが、ターミナルから電話をかけられないことが、その興奮に水を差した。公衆電話は一台もないし、運航管理部の電話は七十二時間前から不通だといわれた。嘘にちがいないが、電話が使えないことはたしかだ。事務所に連絡できない。

すこし冷めたとはいえ、その興奮が頭の回転を速める手助けになり、性急な計画ができあがった。目の前のチャンスはとてつもなく大きい。感情を抑えて、手にしたチャンスに集中しようと決意した。

プロフェッショナルとしてのこれまでの職歴でも——いや、これまでの人生すべてでも——国際刑事裁判所《ICC》特別捜査官のエレン・ウォルシュは、このときほど固い決意をおぼえたことはなかった。

また、これほど孤独が身にしみたこともなかった。

16

〝あの白人女は、厄介な問題になるだろう〟

ジェントリーは、搭乗員に見られるように、余分にあったフライト・スーツに着替え、尾部傾斜板をあとの五人といっしょに下った。熱気と乾いた地面の悪臭が顔を激しく打った。傾いた夕陽にすぐさま目を細くして、位置関係を把握しようとした。左手の砂地に古い国連機があるのが見えた。尾部が胴体からもげ、煤《すす》けた窓から機内の火災の痕跡が見えた。エンジンは一部が溶けて、全体が煤に覆われていた。イリューシンのエンジンが発する熱で発生した陽炎を通して、右手にならぶ国連のヘリコプターが見える。ヘリコプターのローター・ブレードは、まるで溶けたみたいに垂れさがっていた。その向こうに数機が翼端を接するように駐機している。国連の小型輸送機のようだった。数百メートル向こうに、新しく見える小ぶりなターミナルがある。その右側はフェンスが道路沿いの砂漠へとのびていて、破壊されて使い物にならなくなった飛行機の残骸《ざんがい》が、そのあたりに放置されていた。

いたるところに虫がいた。蠅、蚊。姿は見えないが、土埃の立つ滑走路沿いの茂みでバッタが鳴いている。

そのとき、駐機場のなかごろにその女がいるのに気づいた。スーダン西部の太陽が照りつける駐機場に白人の女がいたら、目に留まらないわけがない。五〇メートルくらいに近づいたところで、女がイリューシンにことさら注意を向け、バックパックをおろして本のようなものを出し、パラパラとめくるのが見えた。女が手をとめてページを読み、やがて腰に手を当ててのろのろと体を起こすのを、ジェントリーは観察した。やがて、女はゆっくりとターミナルにひきかえしていった。だが、ジェントリーの胸には大きな疑惑が生まれていた。あの女は、このI1-76がここに着陸してはならないたぐいの輸送機だと気づいたにちがいない。

そうとも。あの女は、まちがいなく厄介な問題になる。

傾斜板の下でゲンナジー機長がスーダン軍将校と英語で話をしているあいだ、ジェントリーは目立たないところにいて、耳を澄ましていた。武器を積み込むトラックが来る予定が遅れていて、あと一時間たたないと空港に到着しない。燃料はあるのですぐに給油する。空港の係員が洗面所とレストランに案内する、といわれていた。I1-76は、誘導路のはずれに一機だけで駐機していた。民間人や外国の救援機関の人間が、標章のない輸送機に近づいて、見るべきではないものを見てしまわないようにするためだった。それなのにゲンナジーと搭乗員たちは、スーダン人の招きに応じ、給油と貨物の処理が終わるまで、快適なターミナルで待つことにしていた。

スーダン軍将校がぶらぶらと離れてゆくと、ジェントリーはゲンナジーに、機内を出ないでほしいと頼んだ。秘密保全を考えると、ロシア人が民間人のいるところをうろつくのは無益だった。だが、その場を取り仕切っているのは、お荷物のジェントリーではなく機長だった。三時間後には離陸するから、二時間後には機内に戻る必要があるが、それまでは好きなようにしろと、ゲンナジーが部下に命じた。

二十分後、ジェントリーは搭乗員五人とともに、息苦しい夕方の熱気のなかに出て、脇の通用口の階段からターミナルのコンコースにはいった。機内に残ることも考えたが、ロシア人たちがお行儀よくするよう見張ったほうがいいと考えた。装備はなにひとつ身につけていない。拳銃はバックパックに入れて置いてきた。どんな警備手段があるかわからないし、アメリカのTSA（運輸保安局）に相当する現地の機関の人間にボディチェックをされる危険を冒すわけにはいかない。財布にはユーロとルーブルとスーダン・ポンドを詰め込んであり、オリーヴドラブ色のフライト・スーツがそのせいでふくらんでいた。階段を上の階に昇ると、そこはほとんど無人のコンコースだった。アメリカの平均的なスーパーマーケットよりも狭い。現地人数人がたむろし、アサルト・ライフルを背中に逆さに吊ったスーダン政府軍の兵士たちが、床に座ったり、うろうろ歩きまわったりしていた。搭乗員たちは、秘密裏に乗せてきた外国人ひとりを連れて、洗面所へ行き、用を済ませてから、狭いレストランで席についた。ウェイターは、きかれもしないのにエジプト人だと打ち明け、いそいそと挨拶《あいさつ》をしてメニューを配った。ロシア人搭乗員は、いずれもアラビア語がわからなかった。アラビア語が使われている地域にかなりいたことがあるジェントリーは、料理ぐらい注文できるが、口を閉じていた。通訳をつとめて、あとの五人とちがうことがばれるのはごめんだった。

ゲンナジーが代表して注文した。アルファーシルに何度も来たことがあるのだ。驚くにはあたらないと、ジェントリーは気づいた。アフリカの独裁政権が国際的な経済制裁を無視し、ロシア政府が経済制裁に違反してせっせと儲《もう》け、国連がそういったことに気づくたびに衝撃と怒りをあらわにする――厳格な儀礼めいた縮図ができている。

料理が来るのを待つあいだ、ジェントリーはたえまなく周囲に目を配っていた。まぶしい駐機場から暗いターミナルにはいったので、まだ目が慣れていなかった。肩ごしに通路を見やったとき、心のなかで叫び声をあげた。

〝くそ。あの白人女が来た〟

ぜったいに望ましくない状況だった。

「失礼ですけど、だれか英語が話せますか？」エレンは満面に笑みを浮かべて、機長にそうききながら、テーブルの上座のそこで膝を折った。顔つきや態度で、その男がいちばん偉いとわかった。汗の染みができたフライト・スーツを着た男たちがならぶテーブルで、背すじをのばして座っている。

搭乗員は五人。いずれもおなじグリーンのフライト・スーツで、名札や徽章はなく、なんの標章も付けていない。髪形も体格も、とりたてて軍隊風ではないが、あれこれと早まった結論を下さないほうがいいと、エレンにはわかっていた。ロソボロネクスポルトの仕事をしている軍のパイロットかもしれないし、もとロシア軍兵士かもしれない。いずれにせよ、それはどうでもよかった。

「ああ、すこしは話す」赤毛の機長がエレンに笑みを向けてから、いやらしい目つきでゆっくりとエレンの体を眺めまわした。仲間をおもしろがらせるためだと、エレンは気づいた。いまの自分は、とても鑑賞に耐えるような姿ではない。すぐさまこの男は助平だと判断したが、こいつの雑念を利用できると、自分にいい聞かせた。あとの男たちも、エレンのほうに身を乗り出していた。

「よかった」愛想のいい笑みをひろげて、男たちを安心させようとした。もっとも、警戒しているふうはなかった。「エレン・ウォルシュ、国連関係者です」嘘だったが、瞬《まばた》きひとつせずにいい放った。「あなたがたに会えてほっとしました。アルファーシルに三日も足止めされているんです。ここから出る便を探しています。ハルツームか、ブールスーダンへ行く……いまは、このターミナルから出られるなら、行き先はどこでもいいです。お手間の分は、現金で払います。あなたがたの雇い主のほうへは、事務所からお願いできると思います」

好色な機長には、エレンの言葉がすべて理解できたわけではないようだった。二度ほどうなずいた。しゃべる速度が速すぎたと、エレンは気づいた。言葉が脈拍とおなじ速さでほとばしっていた。

「話を決められるかもしれない。まずいっしょに食事しよう。それから話し合おう」

「よろこんで」エレンは座り、笑みを浮かべたが、相手には輸送機に便乗させるつもりはないと見抜いていた。下心から気を持たせているだけだ。

　謎の輸送機に便乗するのはまず望めないと悟ったが、こっちもこの馬鹿男に気を持たせて、情報を搾《しぼ》り出すか、それともイリューシンとその貨物をもっと近くで見ようと思った。

　機長がはじめたゲームを、ふたりでプレイすればいい。エレンは、機長のほうに身を乗り出した。

「なにをやっている《シトー・ヴィ・ヂェーラエチェ》？」テーブルの下座のほうから、声がかかった。エレンは、口をひらいた男のほうを見て、なぜかロシア人の人数を数えまちがえていたことに気づいた。テーブルには六人いた。六人目が、機長に問いかけていた。その男は、あとの五人とおなじように顎鬚をはやし、髪がぼさぼさだった。五人よりも髪が長くのびている。スポーツマンらしい体格で、色も黒い。機長が返事をしなかったので、男が質問をくりかえした。「シトー・ヴィ・ヂェーラエチェ？」

「なにがいいたい？　なにをやっているかだと？」ゲンナジーが、ロシア語でいい返した。

「このかわいい女に、いっしょに食事しようといってるだけだ」

「その女を乗せるのは許されないはずだ」ジェントリーはぴしりといった。それにはロシア語の能力を精いっぱい使わなければならなかった。

　ゲンナジーが、ジェントリーに目を向けて答えた。「おれの機にだれを乗せることができるかできないかを、おまえにいわれる筋合いはない。おまえが何者か知らないが、自分がなにかは知ってる。おれが機長だ。おれが指揮している」

ジェントリーは、そっぽを向いた。コンコースに視線を戻した。とんでもなくまずいことが起きそうになっていたが、それに目をそむけた。

カナダ人の女は、エレンと名乗った。笑みを浮かべて、ひとりひとりの手を握った。手を弱く握って、「ヴィクトル」と不機嫌につぶやくとき、ジェントリーはエレンと目を合わせなかった。

「それで、どこから来たの？」

「おれたちはロシア人だ」ゲンナジーがいった。

「ロシア人。ワーオ、すてき」

ジェントリーは向きを変えて、美術館に展示された油絵の筆づかいを観察する学生のように、女の顔を仔細《しさい》に眺めた。

「どういう用事でダルフールに来たの？」

うまくさばけよ、ゲンナジー。ジェントリーは、ロシア語でそうつぶやいた。

「あんたは国連でどういう仕事をしているんだ？」ゲンナジーが、用心深くきき返した。質問に質問で答えるのは、ジェントリーの感覚では〝うまくさばいた〟とはいえない。

女がゲンナジーに笑みを向けて、もう一度いうように頼んだが、ちゃんと理解しているのだと察しがついた。ジェントリーは、大脳の一部で無意識の行動を支配している辺縁系による情動から、手がかりを得る訓練を受けていた。体の動き、表情、物腰から、欺瞞を見抜くことができる。どういう仕事かときかれたとき、女がすばやく右に視線をそらした。つぎに口から出る言葉で相手を欺こうとしているしるしだと、ジェントリーは見てとった。もう一度いうように頼んだことも、ごまかしたり、偽ったりする言葉を頭のなかで準備してから答えようとしている証左だった。

やっと女が答えた。「あのね、ただの管理担当なの。救援物資の」肩をすくめた。「ロジスティクスとか。つまらない仕事よ」右腕を前にまわし、左腕をこすった。

嘘っぱちだ、とジェントリーは思った。しかし、ゲンナジーは女のくだけた態度に、安心したようだった。

「そうか。おれたちは石油関係の装備を運んできたんだ」ゲンナジーがいったとき、エジプト人ウェイターが湯気の立つ紅茶のカップを運んできた。

ジェントリーは、ゲンナジーの答に不満だった。あんたの知ったことじゃないと答えたほうが、ずっとよかった。まあ、ベルト給弾式の機関銃を大量に運んできたというよりはましだが。

女が驚いた顔をしたので、ジェントリーに内蔵のトラブル探知機の針がびくんと数値の高いほうへ動いた。

「そうなの」女がいったが、納得していないことはボディランゲージでわかった。顔のかすかな表情には、混乱ではなく興奮が表われていた。「中国は自分たちの装備を使うのかと思ってた」

「中国？　どうして中国の話なんかするんだ？　おれたちロシアが石油では権威なんだ。シベリアには大量の石油がある」ゲンナジーが、自分ではセクシーだと思っている笑みを浮かべた。

ジェントリーはこの二週間、スーダンと石油の現況について研究してきたので、エレン・ウォルシュというこの女とほぼおなじだけの知識があるつもりだった。ダルフール地域では、石油探鉱の鉱区はすべて中国に牛耳られている。ゲンナジーはそれを知らないようだった。

「あらそう」エレンが、驚いたふりをした。だが、ゲンナジーが貨物について嘘をいったことにエレンが気づいている兆候を、ジェントリーは見てとった。エレンはそれ以上詮索《せんさく》せず、ウェイターが紅茶を置いたとたんに、灰色っぽく汚れた砂糖を入れた。

手がふるえているように見える。

「あんたはどうしてアルファーシルに来たんだ？」ゲンナジーがきいた。

エレンがいいよどみ、また体の前に手をまわして反対側の腕をこすった。身を護る形になり、安心できる動作なのだ。グレイマンのようなボディランゲージを読む名人には、それが不安と欺瞞を示していることがありありとわかった。

「ザム・ザムの難民キャンプを視察しにきたの。あいにくスタッフが用意した書類や許可証が不備で、空港から出られないんです。ほんとうにここから出る便がなくて困っています」

エレンがゲンナジーの顔を見ると、ゲンナジーがエレンを見返した。誘いをかけるように両眉をあげたが、便乗させるとはいわなかった。

ゲンナジーは、無言だった。

「前にダルフールに来たことは?」

「ある」ゲンナジーが、高飛車に答えた。

エレンが、笑みを浮かべたままうなずいた。「ひどいところね。これまでの八年で四十五万人が虐殺されたし、終わりは見えない。ここと国境の向こうのチャドの難民キャンプに、何百万人もいる」

「そうだ《ダ》」ゲンナジーがいった。「戦争は悲惨だ」

ジェントリーは、テーブルの上から手をのばし、心にもないことをいうゲンナジーを平手打ちしたくなった。

数秒の間を置いて、エレンがいった。「あなたがたの飛行機、すごいわね。イリューシンでしょう? 国連にも何機かあると思う」あわててつけくわえた。「仕事で物資は運ぶけど、輸送機の機内にはいったことは、一度もないのよ」

「たしかにイリューシンだ。すばらしいロシア製の輸送機だ」ゲンナジーがいうと、エレンがその言葉の端々にこびへつらうように、調子を合わせてうなずいた。

「パイロットの雑学をひとつ教えるわね」エレンが、興奮したような笑みを浮かべた。「アメリア・エアハートが地球を一周しようとしたとき、ここにおりたのを知ってた?」

ゲンナジーが、小首を傾げた。「だれだって?」

「アメリア・エアハート。女性飛行家の。一九三七年に世界一周飛行の途中で行方不明になった、有名な女性飛行家じゃないの」

ゲンナジーは、怪訝《けげん》そうにエレンの顔を見ていた。

「聞いたことぐらいあるで――」

「その女のことは聞いたこともないが、行方不明になったのは意外じゃないね。女はいいパイロットにはなれない」航空学では基本的事実だという口ぶりだった。ゲンナジーが、どうでもいいというように手をふり、大きな音をたてて紅茶をすすった。ゲンナジーを敬慕しているという化けの皮がはがれ、エレンの本心である嫌悪があらわになる瞬間を、ジェントリーは捉えた。

だが、ほとんど同時に、化けの皮がもとに戻った。

「ロシアの飛行機がすばらしいというのは、いろいろきいているわ。ことにイリューシンね。国連機も役には立つけど、面白みがないのよ。美しい飛行機を、近くで見せてもらえないかしら？　心配しないで。操縦しようとは思っていないから。行方不明になっちゃうだろうし」

愛想のいい笑みを顔いっぱいにひろげていた。完全な芝居だと、ジェントリーは見抜いた。

ゲンナジーは、長いあいだ笑みで応じるだけで、答えなかった。肩をすくめたが、なんでもありうるかもしれないという素振りでしかなかった。

他のロシア人が、ブロークンな英語でエレンに質問した。結婚しているのか――いいえ。

どこから来たのか——ヴァンクーヴァー。スーダンに来てどれぐらいになるのか——一カ月。エレンの答は、どれも嘘ではないとジェントリーにはわかった。だが、こちらをじろじろ見ているのに気づいた。観察したのを見つかったのかもしれない。とにかく、ジェントリーはまたそっぽを向いた。

〝みんな信じているけど、色黒のひとりだけはちがう。疑っている。わたしが嘘をならべているのを知っている〟

エレンは、テーブルの下座の男に愛嬌のある笑みを向けようとしたが、男はうんざりしたように顔をそむけた。あとの五人とはちがい、いやらしい目で見ていない。ゲンナジーに最初になにかをいっただけで、会話にはくわわろうとしない。だが、耳を澄ましているのは明らかだった。英語が完全に理解できるのか、それとも聞き取ろうと必死になっているのか。

だが、テーブルの端の寡黙な男よりも、誘導路の端の大型輸送機のほうが、はるかに重要だった。なんとかして近くで見て、写真を一枚か二枚撮り、ダルフール北部の奥深くへ飛来したこの輸送機について、さらに情報を得る必要がある。いまごろスーダン政府軍が貨物をおろしているかもしれない、と思った。

「あなたたちは貨物を自分たちでおろすの？　それとも石油会社のひとたちにやらせるの？」

「スーダン側がやる」ゲンナジーが答えて、すぐにつけくわえた。「一時間以上かかるだろう。部下は手伝いに行くが、おれはここでもう一杯紅茶を付き合ってもいいよ」ゲンナジーが笑みを浮かべ、エレンも笑みを返した。テーブルの端の物静かな男が、ゲンナジーの顔を見て、ロシア語でなにかをいった。エレンにはひとこともわからなかった。

「その女は信用できない。やたらと詮索《せんさく》している」ジェントリーは、ロシア語でそういった。疑っていることを女に口調から悟られることは、まったく心配していなかった。

ゲンナジーが女から視線をはずし、ジェントリーのほうを向いた。やはりロシア語で答えた。「信用できなくても関係ない。この女と結婚するわけじゃない。おねんねするだけだ。ひと風呂浴びて化粧をすれば、まあまあ見られる女だ」

ジェントリーは、溜息をついた。「二時間後に出発だぞ」

「時間はたっぷりあるが、いまやるわけじゃない。つぎにハルツームに行くときにでもやるさ。いまは下ごしらえだ。つぎにハルツームに行ったら、料理を食べる」

テーブルごしのやりとりを、エレンが目で追っていた。言葉がわからないのは明らかだった。

ジェントリーは、また溜息をついた。シドレンコの名前を出そうかと思った。そうすればゲンナジーは、いうことをきくだろう。だが、やめた。「食事をして機内に戻ろう」

「そいつはいい。あんたとみんなは、おれとミス・カナダをふたりきりにしてくれ」ゲンナジーが腹の底から笑い、あとの四人も爆笑した。

ジェントリーは顔をそむけた。腹が立っていたが、怒りを抑えた。

「わたしの話をしているような気がするんだけど」エレン・ウォルシュが、笑みを浮かべていった。

ジェントリーはひとこともいわずに立ち、イリューシンに戻ることにした。料理が来るのを待っているつもりはなかった。バックパックのドライフードを食べればいい。

17

ジェントリーは、洗面所に寄った。気を静めるために、顔をゆっくりと洗った。バックパックのところへ戻ったら、ヒドロコドンを飲もうと思った。ベラルーシへの帰りのフライト中、緊張を解くことができるし、なんの害もない。あと数日は、実戦態勢をとらなくていいのだ。

だが、まずあのカナダ女に気をつけなければならない。個人的には、ロシアがここでやっていることを調べ、新聞社や国際組織に教えて、経済制裁違反を暴こうとする人間に、諸手をあげて賛成したいところだった。だが、いまはまずい。作戦が完了するまでは、このうしろ暗い手立てが必要なのだ。一欧米人がロソボロネクスポルト便に文句をつけ、スーダン潜入の手段をぶち壊すようなことは、見過ごすわけにはいかない。

栓を閉め、両手をフライト・スーツで拭いたとき、航空機関士がうしろからはいってきた。ジェントリーにうなずいてみせると、航空機関士がいった。「ゲンナジーは、女に機内を見せるつもりだ」感心しないと思っているのは明らかだったが、温和に肩をすくめた。「ヴラディとおれは賭けをした。ゲンナジーは、操縦室で女とやるだろうって、おれはいった。ヴラディは、ゲンナジーが顔をひっぱたかれるほうに賭けた。あんたも賭けるか？」

航空機関士とはちがい、ジェントリーは、機長が性欲のせいで作戦上の秘密保全に違反するのを、冷静に受け止めることはできなかった。肥った航空機関士のそばを突進し、コンコースに出た。女とゲンナジーが、通用口の階段に向かうのが目にはいった。女はバックパックを背負い、ゲンナジーは料理の皿を持っていた。

「なんてこった」ジェントリーは、低くつぶやいた。ゲンナジーのもじゃもじゃの赤毛をつかんで隅にひっぱっていき、任務の手はずを整えたサンクトペテルブルクのロシア・マフィアに電話するといってやろうかと思った。おれが電話を一本かければ、シドがおまえの家族を三十分とたたないうちに拉致するだろう、と。シドレンコの名前を口にすれば、ゲンナジーはいうことをきくはずだ。

そのとき、空港警察官が、高いカウンターの奥に退屈そうに立っているのが見えた。

そう、これが最善の策だ。慈善家ぶった国連職員がロシア製兵器を積んだ秘密便にちょっかいを出そうとしていると、スーダン側に思わせるのだ。

女が厄介な目に遭うのは明らかだが、輸送機が離陸するまでのことだ。女が詮索するのをその時点まで制止すれば、こっちは出発して、この無駄な一日は過去のものになる。

作戦上の秘密保全は護られる。国連職員だという女に、この便と三日後の便を邪魔することはできない。それに、こっちと雇い主についていて、ロシア人搭乗員に知らなくてもいい情報を教えずにすむ。

「英語は？」若い空港警察官に、ジェントリーはきいた。相手は首をふり、隣の男も首をふった。

「フランス語《フランセ》は？」やはりふたりとも首をふった。

「わかった」ジェントリーは英語でいい、しぶしぶアラビア語に切り換えて挨拶《あいさつ》をした。

「あなたの上に平安がありますように《アッサラーム・アライクム》」

「あなたの上にも平安がありますように《ワライクムッサラーム》」慇懃《いんぎん》だがいくぶん横柄《おうへい》な口調で、ふたりが応じた。

ジェントリーは、なおもアラビア語でいった。「上司と話をさせてもらえますか？」

「どういう問題ですか？」

「ロシア機に乗っているものですが。ちょっと保安上の問題があって」

空港警察官がうなずき、携帯無線機に低い声で話しかけた。スーダン方言のアラビア語は早口で、ジェントリーには聞き取れなかった。警察官が、ジェントリーに視線を戻した。

「ちょっと待ってください」

一分とたたないうちに、顎鬚《あごひげ》をはやして黒い上着にネクタイを締めた男ふたりが現われた。ひとりはまだ三十前のようで、もうひとりは四十代らしかった。そのスーツは制服で、腰に拳銃の輪郭《りんかく》が見えた。スーダンの秘密警察ＮＳＳの捜査員にちがいないと、ジェントリーはすぐに推察した。

まずい、とジェントリーは思った。こういう強面《こわもて》の連中が来るとは思わなかった。女のことで、そこまで騒ぎを大きくするつもりはなかった。

NSS捜査員がふたりとも英語を話せるので、ジェントリーは上官のほうを脇に連れていった。痩《や》せた小男で、楕円形の顔には幅が広すぎる、レンズの厚い眼鏡《めがね》をかけていた。威嚇《いかく》するふうはなく、物騒な感じでもなかったが、その男も部下もあたりのものを従える権威をかもし出していた。空港警察官、職員、地元警察官、スーダン政府関係者や兵隊までもが、NSS捜査員には近づかないほうが賢明だと知っている。

ジェントリーはいった。「例の女なんですが。白人の。何者ですか？」

NSS捜査員が肩をすくめ、どうでもいいというように手をふった。「カナダ人だ。空港敷地内から出さないようにいわれているが、逮捕しろとはいわれていない。UNAMIDの救援活動関係者だ。書類はだいたい揃っているんだが、ザム・ザムの難民キャンプの入場許可書にスタンプがない」

「われわれに難癖をつけそうなんです」

「たいした人間じゃない。空港に足止めされ、ハルツームに戻れる便を待っているただのカワガだ」

「カワガ？」

「失礼。白人のことだ」

「あの女、輸送機や貨物のことを、あれこれきくんですよ」

NSS捜査員が、耳をそばだてた。ロソボロネクスポルトの輸送機がダルフールに着陸してはならないという事実と、ここにいる欧米人の女がその事実を詮索していることを、考え合わせているようだった。女をNSS捜査員に引き渡すのは気の毒だと、ジェントリーは思った。こいつらは一線級の悪党だ。ただ空港の警備担当の注意を惹《ひ》きたいだけだった。しかし、好むと好まざるとにかかわらず、NSSが介入した。この情報を重く見てNSSが行動した場合、女は何時間も身柄を拘束されるにちがいない。女がロシア人に興味を持ったことに彼らが懸念を抱いたなら、国外に追放するかもしれない。

もう毛布やミネラルウォーターを提供されることはないだろう。

しかしながら、任務は続行しなければならない。任務が最優先だ。小うるさい虫を顔から払いのけるのに、このNSSの悪党どもを利用するだけのことだ。

NSS捜査員が、汚れた窓から滑走路を眺めた。あっというまに暮れかかっていたし、I１－76は数百メートル左手にあって、視界の外だった。「あなたがたが地上にいるあいだ、NGO便を近づけないようにしろと命じられている。ここにいる人間についてはⅰ、なにもいわれていない」自分の責任になるのが心配なようだった。それでもいっこうにかまわない。それが強い動機になるはずだ。

ジェントリーはいった。「われわれが出発するまで、あの女をオフィスに留め置いてもらえないか。まだ貨物を見ていないから、なにも気づいていない。われわれがロソボロネクスポルトだとは知る由《よし》もないはずだ」女が最初にイリューシンに近づいたことや、乗せてほしいと頼み込んだことは、教えなかった。それがわかると、こちらが必要としている以上に、女を窮地に追い込むことになる。この危機を和らげて状況を落ち着かせるには、この男がちょっとした懸念を抱くよう仕向けるだけでいい。万事がうまくいくはずだと、ジェントリーは自信を深めていた。

NSS捜査員が、渡りに船とばかりにうなずいた。「わかった。よし。わかった。女と話をしてみよう」

十分後、NSS捜査員ふたりが、ひどく不安そうな顔だが、それでもおとなしく従っているエレン・ウォルシュを、ターミナルのメイン・コンコースのはずれにある狭いオフィスへ連れていった。ゲンナジーとジェントリーが、いっしょにはいっていった。ジェントリーは、搭乗員といっしょに輸送機に乗り込んで、早く出発したかった。だが、ゲンナジーがNSSの事情聴取に同席するといい張った。ゲンナジーひとりに付き添わせるわけにはいかない。男好きがする女を口説こうと思っていたところをスーダン側に邪魔されて、ゲンナジーは怒っていたが、事情聴取のときに女に手を貸して、発展途上国の悪党どもからかばってやれば、つぎのハルツーム行きのときにベッドに連れ込めると踏んだようだった。

だが、ゲンナジーを怒らせたことが、ありありとわかった。ジェントリーはゲンナジーとくそでもくらえという目つきで睨《にら》み合い、エレン・ウォルシュの左右に立っていた。エレンのことを警備陣に密告したのを、ゲンナジーは見抜いているようだった。カナダ女がロシア人に興味を持ったことに嫉妬され、恋路を邪魔されたと思い込んでいるにちがいない。

さんざんな一日だったと思いながら、ジェントリーはそこに立ち、威嚇をこめた視線をゲンナジーとぶつけ合っていた。これ以上ひどいことにならなければいいのだが、と思った。

間抜けな感じの眼鏡をかけた年配のNSS捜査員が、二分ばかりかけてエレンの持ち物を調べた。一応の見せかけかと思ったが、駐機場でエレンがめくっているのを見かけた黒いバインダーが取り出されると、ジェントリーは不安になった。エレンが窮地に追い込まれるようなものがなければいいのだが、と思った。NSS捜査員がページをめくり、イリューシンの特徴が書き添えてある手書きのスケッチを見つけた。エレンのほうを見た。「どうしてこの輸送機について、いろいろ質問しているんだ？　どうしてこの飛行機に興味を持っている？」

「飛行機が好きなの。この国では、それが犯罪なの？」

NSS捜査員が、かなり長いあいだ、エレンを見つめた。この国では、女が家庭外で働くことが許されず、口答えする白人女などめったにいないので、どういうふうに扱ったものか、判断しかねているようだった。

エレンは、怖れが消えていることに気づいた。この一時間でだいぶ成果をあげた。ロシアが経済制裁に違反していることを示す証拠写真は撮れなかったが、このNSSの反応は、自分の推理が正しい証左だ。

ここまでこぎつけたのがお手柄だと、承知していた。国連職員という偽装で機長に甘い誘いをかけ、機内を案内してもらうことになった。尾部傾斜板まであと二〇メートルほどというときに、兵隊が乗ったジープが来て、連行された。ロシア人機長が、いっしょに行くといい張った。輝く甲冑《かっちゅう》を身にまとった騎士を気取ったのだが、こちらのパンティに忍び込むのに利用したいという魂胆《こんたん》が見え透いていた。

ターミナルに戻ると、数日前にも事情を聞かれたNSS捜査員ふたりが、ヴィクトルと名乗った怪しげな色黒のロシア人といっしょにいた。輸送機に近づかせないために、その男がNSSに通報したにちがいない。

クソ野郎。あいつがなにを隠そうとしているかはわかっている。このまま逃れられると思ったらおおまちがいだ。

ゲンナジーが口をはさんだ。「いいか、輸送機は国連の物資を運んでいるんだ。国連にはI1‐76が何機もある。I1‐76が超大型で、航続距離が長く、大量の物資を運べることを、彼女はもとから知っているはずだ。機内を見せてくれといっただけで、なにも悪いことはしていない」テーブルに手をのばし、ひらいたバインダーのページを取って示しながら、そう力説した。

NSS捜査員が、ゲンナジーの意見をしばし考えてからいった。「そのとおりかもしれない」エレンに視線を戻した。「ハルツームの上司の名前はなんといったかな？」

エレンが溜息をつき、天を仰いだ。右手で左腕をさすった。「十回以上いったわよ。身分証にも書いてある。UNAMIDの輸送・ロジスティックス部に勤務していて、ここに来たのは、キャンプの労働者がどういうことで困っているかを――」

「部長の名前は？」捜査員がきいた。取調室に持ってきた小冊子を手にした。

「チャールズ・スティーヴンズ」エレンが、一瞬笑みを浮かべた。「おなじカナダ人」

捜査員がしばし小冊子を見てから、渋い顔でうなずき、デスクにそれを置いた。

ジェントリーはようやく安心しかけて、訊問を受けているエレンの向こう側のゲンナジーをちらりと見た。I1-76のスケッチと情報が書かれているページのなにかが、ゲンナジーは気になったらしく、真剣に見つめていた。ゲンナジーの顔に困惑の色が浮かび、まずいことになりそうだとジェントリーは察した。

ゲンナジーが、低い声で切り出した。「ここには型がMFだと書いてある」

エレンが、肩をすくめた。何気《なにげ》ない動作というには、動きが速すぎるように思えた。意図的な反応だ。

「そうだった？」

「そうだ。国連にI1-76MFはない」ゲンナジーがエレンのほうを見たが、エレンは正面のNSS捜査員のほうを向いたままだった。

「そうなの？」

「ああ……ないんだ」

くそ、ジェントリーは心のなかでつぶやいた。ゲンナジーは疑いはじめている。いや、たしかに怪しい。慈善家ぶった国連職員が、どうしてロシア製輸送機の手書きの略図を持っているんだ？　エレンが自力でこの苦境から逃れられることを、ジェントリーは本気で祈った。もうなんの手助けもできない。

「おまえは何者だ？　どこの手先だ？」ゲンナジーが、声を荒らげて手をのばし、エレンの両肩をつかんで、自分のほうを向かせた。

18

エレンは、ロシア人機長に向き合った。正体を見抜かれた。NSS捜査員が相手ならいい逃れできたかもしれないが、もうごまかしようがないと悟った。

反撃する潮時だ。

子供のころ、父親が口にした諺《ことわざ》を、エレンは自分の呪文にした。〝成功するか、ふるさとに帰るか〟。これまでの人生ではずっと、能力の限界まで自分を駆り立て、第二位や中途半端には甘んじなかった。そしていま、ロシア＝スーダン間の違法武器輸送の証拠を見つけた。自分の推理が的中した。それに、オランダに移り、国際刑事裁判所に勤務したのは、まさにそれを阻止したかったからだった。

おとなしくしている場合ではない。服従したり、逃げ隠れしたりしている場合ではない。自分が突き止めたことを暴くために、身分の重み、組織の権威、国際社会の力を使って、ここを切り抜け、この悪党どもの手を逃れ、オフィスに戻らなければならない。ハルツームに帰り着いたら、黒いスーツを着たこの間抜けふたりよりもずっと高い地位にあるスーダン政府高官と対決する。こいつらに脅されてすくみあがるつもりはない。それに、この思いあがった馬鹿野郎のロシア人機長に、女がだれでも自分のいいなりになると思ったらおおまちがいだと教えてやる。

成功するか、ふるさとに帰るか。

この深い秘密、おおかたの人間が疑っていた秘密を、国際社会の目にさらすまで。エレンはふるさとに帰るつもりはなかった。

成功するつもりだった。

なにかいえよ、彼女、ジェントリーは心のなかでつぶやいた。エレンはじっと佇《たたず》み、長身のロシア人を見据えていた。ジェントリーとしては、早く終わらせたかった。そのあいだに無駄足だったこの便が離陸するまで、エレンが空港の狭い監房に監禁されていれば、それでことがすむのだ。

なにかいえ！　なんでもいい！　ジェントリーは無言で女を促したが、女が沈黙を破ったときには、口をきかないほうがましだったと臍《ほぞ》をかんだ。

「よろしい、みなさん。わたしの名はエレン・ウォルシュ。ＵＮＡＭＩＤ職員ではない。じつは国際刑事裁判所《ＩＣＣ》の捜査員で、海外からの武器売買を含む経済制裁違反を捜査するためにスーダンに来ている」

なんてことをいうんだ。この女、命が惜しくないのか。いま聞いたことが信じられず、ジェントリーは愕然とした。この女はどこまで馬鹿なんだ。

NSS捜査員ふたりの目が、とうていありえないくらい大きく見ひらかれた。ゲンナジーがエレンから目を離し、ジェントリーのほうを向いた。驚愕のあまり、どうしていいかわからないという顔をしている。

エレンがつづけた。「この便のことを、わたしたちはずっと前からつかんでいた。この目で見てたしかめるために、わたしが派遣された。ハルツームの出先機関もオランダの本部も、わたしがここにいることを知っている。わたしがただちに部下に連絡しなかったら——」

ゲンナジーが、エレンをどなりつけた。「嘘だ！　われわれはアルファーシルに来る予定じゃなかった。ぎりぎりになって着陸地変更になったんだ。おれたちをスパイするためのだれかが派遣される時間はなかった！」

びっくり仰天していたNSS捜査員ふたりが、気を取り直し、テーブルをまわって、エレン・ウォルシュのほうへ突進した。

「ICCだ！」ゲンナジーが、部屋の外のターミナルにいる搭乗員たちに向けて叫んだ。ジェントリーがとめるひまはなかった。NSS捜査員ふたりが、たちまちエレンの前に行って、うしろを向かせ、両腕をねじあげた。そのふたりのスイッチは二点式だった——オフまたはオン——エレンはいま、そのスイッチをオンにしてしまった。ロソボロネクスポルト機が駐機しているあいだ、この女が空港をうろつくのを許したら、自分たちの出世はおろか、命まで危うくなると、ふたりは怖れたにちがいない。

「カナダ人のくそあま！」ゲンナジーが、エレンのほうを向いてどなった。

ゲンナジーがエレンの顔を思い切り平手打ちした。ゲンナジーの顎を殴り、捜査員ふたりを押しのけるために、ジェントリーは進み出ようとしたが、思いとどまった。ジェントリーは二重の偽装をまとっていたが、NSSがエレンを拘束するのを積極的に阻止する動機は、どちらの役柄にもなかった。ロシアの輸送機の搭乗員ではないことをスーダン側に知られるわけにはいかないし、スーダンに潜入しようとしている冷静な工作員ではないことをロシア人に知られるわけにはいかない。

だから、そこにじっと立ち、NSS捜査員がエレンに手錠をかけ、前に立ちはだかってロシア語でわめいているゲンナジーをエレンが蹴とばすのを眺めていた。ほどなく、取調室の叫び声と揉《も》み合いに気づいたとおぼしく、スーダン政府軍兵士四人が跳び込んできた。ロシア人搭乗員ふたりがドアからあわてて離れ、あとのふたりは口をぽかんとあけて、魅入られたようになかを覗き、見物していた。

年配のNSS捜査員が、エレンの顎をつかみ、自分のほうを向かせた。「好ましくない客を連れていく場所がある。お化け屋敷《ゴースト・ハウス》に着いたらすぐに、スーダン共和国に対するスパイ活動を悔やむことになるだろう」

「スパイ活動？　わたしはスパイじゃない！　国際社会の一員として、あらゆる権利が——」

「もうなにもいうな！」偽装を捨て、アメリカ英語をごまかそうともせずに、ジェントリーは叫んだ。この馬鹿な女は、みずからどんどん悲惨な状況にはまり込もうとしている。「ロを閉じて、いわれたとおりにするんだ。あんたにはなにもわかっていない。ここを離れたら必要なことをなんでもやればいい。だが、あんたが知っていることをぜったいに――」

「英語がわかるの？」エレンが、ジェントリーの顔を見た。困惑が怒りに取って代わっていた。

周囲の人間に聞き取れないように、ジェントリーは早口でエレンを説得しようとした。フランス語に切り換えた。カナダ人だからわかるだろうし、スーダン人にはわからないだろうと思った。「ＩＣＣだというのを隠せ！　捜査員だなどというな。さもないと殺されるぞ！　いままでのは嘘だったというんだ。自分は国連の下っ端職員だといえ」ＮＳＳのふたりが驚いてジェントリーの顔を見たが、力の強い女を椅子にひっぱっていくのに手いっぱいで、しゃべるのをとめるひまがなかった。

エレンが泣きながら悲鳴をあげた。「フランス語はわからないのよ、馬鹿！　英語がわかるの？　どうなのよ？　助けて！」

エレンは、うしろ手に手錠をかけられたまま、椅子に座らされた。兵士が何人か出ていき、ＮＳＳのひとりが電話をかけにいった。見世物は終わったと察したロシア人たちは、コンコースに戻った。

ジェントリーは取調室に残り、歩きまわった。エレンの前に行って、かがみ込んだ。ゲンナジーに殴られた唇から血が出ていて、兵士たちに乱暴に押さえ込まれたときに赤茶色のブラウスの肩のところが破れていた。

NSS捜査員が聞き取りづらいように、ジェントリーは小声でエレンにいった。「よく聞け。抵抗せず、気をたしかに持て。UNAMIDの人間と話をさせろというんだ。あとはなにもいうな。ICC捜査員だというのは伏せろ。なにも見ていないことにしろ。なにも知らないことにしろ」ジェントリーは、床に視線を落とした。エレンの目を避けた。「だいじょうぶだよ」顔をそむけて、ゆっくりとドアから出た。「だいじょうぶだ」

「あなた、何者なの？」エレンが、うしろからきいた。

ジェントリーは歩をゆるめたが、エレンのほうをふりむきはしなかった。「だれでもない」

ジェントリーとイリューシンの搭乗員たちは、暗くなった駐機場を、巨大な輸送機に向けて歩いていった。

ジェントリーは、腹を立てて、心配になっていた。カナダ女のことで、ものすごく不愉快になっていた。一行のうしろを肩を落として歩き、うなだれていた。女が馬鹿なことを口走って、自分で窮地に陥ったのだと、思おうとした。女が悪い。おれは悪くない。おれにはどうにもできない。

だいじょうぶだと女にはいったが、あの状況をみたかぎりでは、殺されるのはまちがいないだろう。いまここで女を行方不明にするのは簡単だし、解放すれば女が知っていることをばらすおそれがある。おれがそう思うくらいだから、NSSや政府軍がちがう見かたをすることは、まずありえない。

エレン・ウォルシュは死んだも同然だ。

「おまえのせいだ、ジェントリー」夜の闇を搭乗員たちと歩いていると、その言葉が口をついて出た。

輸送機まで、あと二〇〇メートルほどだった。ジェントリーの足どりが遅くなった。目をあげると、搭乗員たちとだいぶ離れていた。さらに歩度をゆるめた。やがて、落ちていた肩をそびやかし、体に力をこめた。ふさぎこんでいた顔をあげた。「ゲンナジー、おれを置いていくな」

ゲンナジーがふりむき、うしろ向きのまま歩きつづけた。「なんだと？　あんたをどこへ置いていくというんだ？」

「待っていてくれ。おれはどうしても——」

「いまから出発する。飛行前チェックリストに十五分、そうしたら離陸だ。あんたがなにをいってるのかわからないが、待ってはいられない。早く来い」

ジェントリーは、闇のなかで佇んだ。まわりの藪《やぶ》で、虫がすだき、羽音をたて、声をふるわせ、チッチッと鳴いている。暗いターミナルを肩ごしに見た。黒い4《フォー》ドアのセダンが、通用口のドアの前にとまるところだった。

「ちくしょう！」ジェントリーは、夜陰に向けてどなった。

ゲンナジーが、腹立たしげにどなった。

「行くぞ！」ゲンナジーが、腹立たしげにどなった。

ジェントリーは、まだ二〇〇メートル離れている輸送機を見た。バックパックに詰め込んだ二三キロの装備のことを思った。その一部でもいま持っていたら。

ゲンナジーがきいた。「いったいどういうこと――」

ジェントリーは、さえぎった。脅しつけるように、指を突きつけた。「おれを置いていくな！　すぐに戻る！」グリゴーリー・シドレンコの名をいえば、ゲンナジーが指示に従うことはわかっていたが、いまの段階でそこまで作戦上の秘密保全を破るつもりはなかった。だから、「頼む！」といい、答を待たずにうしろを向き、ターミナルのほうへ駆け出した。

「こんちくしょう！」

19

女を見つけてなんとか助け出す方法を算段すると思っていただけで、なんの計画もなしに、グレイマンは生暖かい夜の闇を一〇〇メートル全力疾走した。秘密警察の捜査員や兵士がおおぜいいる空港で戦うつもりはなく、この衝動的な突撃をどこで展開することになるのか、まだなにも案がなかった。ただ、長年の経験から、自分にはその場で即席に工夫する能力があると自信を持っていた。ターミナルの通用口のドアの隙間から、蛍光灯の明るい光が射しているのが、前方に見えた。その光のなかにNSS捜査員ふたりが現われ、そのうしろから出てきた武装したスーダン政府軍の軍曹ふたりが、エレン・ウォルシュを押して、4《フォー》ドア・セダンの後部に乗せた。兵士がエレンを挟むように座り、NSSのふたりが前の席に乗り込んだ。ジェントリーが通用口に達したとき、セダンは反対の方向へ離れていった。エレンを連れ去るために、空港の出入口に向かっている。

どこへ連れていかれるか、ジェントリーにはわかっていた。

アルファーシルのNSSの収容施設。

お化け屋敷《ゴースト・ハウス》。

「こんちくしょう！」走るのをやめて、ジェントリーはまたどなった。戸口から空港警備員ふたりがじろりと見た。ちょっと不審に思ったのだろうが、出てこなかった。

ジェントリーは、車があたりにないかと見まわしたが、一台もなかった。そこで向きを変えて、輸送機のほうへ歩いてひきかえした。ターミナルの暗い明かりが照らす範囲を出て、警備員に見えないところまで行くと、また駆け出した。今度は建物の脇をまわって、かなり前に引き揚げたNGOが移動事務所に使っていたコンテナの列のあいだを走り抜けた。進むうちに温かい舗装面を離れ、棕櫚《しゅろ》の葉に覆《おお》われた砂地や硬い地面に出たことが、足の裏の感触でわかった。五〇メートルほど向こうで、滑走路の敷地に向けて低い丘が迫っている。そこに金網のフェンスがあった。わりあい交通量の多い道路がフェンス沿いにあることに、ここまで見えるくらい明るかったときに気づいていた。いまはヘッドライトが見えないが、ひっそりとした闇に警備員の姿も見当たらなかった。不格好な高翼の双発プロペラ機の残骸《ざんがい》のそばを通った。おそらく不時着して、ここまで曳いてこられ、何年もじっと置かれていたあいだに、風が運ぶ砂に埋もれてしまったらしい。

ジェントリーは、フェンスの下で横滑りしながらとまった。高さは三メートル、てっぺんには蛇腹型鉄条網がびっしりと取り付けてある。ブーツの紐《ひも》を解き、履《は》いたままで、器用にすばやく昇った。上まで行くと、鉄条網のすぐ下を片手でつかみ、ブーツを片方ずつ脱いだ。苦労しながらいっぽうの手と反対の手をブーツに突っ込むあいだ、片手では支えきれない体重を受けとめた素足の爪先が、金網に挟まれて痛かった。ブーツをはめた手を鉄条網に突っ込み、精いっぱい隙間をこしらえた。厚いラバーソウルで、危険な鉄の棘《とげ》をフェンスの上に押しつける。そして、ブーツを安定させると、足を徐々にてっぺん近くへとあげていって、スタート台でスタートガンを待つ水泳選手のような姿勢をとった。そして、両腕に体重をあずけ、脚を蹴りあげて、フェンスの上で無様な逆立ちをした。脚はそのままフェンスの外側に倒す。宙返りし、体が浮いて、鉄条網から離れると同時に、手からブーツが飛んだ。空港の敷地外の地面に、ジェントリーは体を丸くして着地した。

怪我はなかった。腕や背中に痣《あざ》がいくつかできている程度だろう。片方のブーツは、くらがりですぐに見つかった。もういっぽうが鉄条網にひっかかっていることに、しばらくして気づき、昇って取り戻さなければならなかった。それから三十秒後には、紐を結び直し、丘を下って道路を目指していた。

アルファーシルの地図は見ていないし、きょうの午後まではそんな街があることすら知らなかった。だが、I1-76が着陸態勢にはいってベースレッグ(U字形の最終進入経路の下の部分)をまわるあいだに、操縦室で地形と周囲の地域をじっくりと観察していた。その知識から、NSSのセダンが一・五キロメートルほど北へ走ってから、東西にのびる幹線道路に乗るはずだとわかっていた。その交差点を右に折れると、数分でアルファーシルの街に出る。車を見つけられれば、NSSの一行がゴースト・ハウスに着く前に迎え撃てるはずだった。前方にライトが見えたので、大きな期待を抱いた。やがてヘッドライトひとつが見えたので、近づいてくるのはバイクだろうと考えた。うってつけだ。バイクを手に入れられれば、なによりもありがたい。好きなだけ飛ばして車のあいだをすり抜け、エレン・ウォルシュとNSS一行を見つけられる。

暗がりに跳びすさり、それが近づくのを待った。

むろん、ゴースト・ハウスがどこにあるのか、ジェントリーは皆目《かいもく》わからなかった。しかし、街の住民はたいがい、NSSの秘密監獄の場所を知っているはずだ。前まで案内してノックしてくれる人間はいないだろうが、スーダン・ポンドの札束をちらつかせれば、街のどこかで方角を教えてもらえるにちがいない。

ジェントリーは、道端へと急いだ。考えていたのは手荒な手段で、相手には気の毒だが、うまくいくはずだった。バイクを運転している人間が数メートルに近づくまで待って、道路に跳び出し、バイクごと押し倒す。そういう行動に出ようと身構えていたが、見晴らしのいい道路を走っているにしては、やけに速度が遅いと気づいた。そこで、スクーターなのかもしれないと思った。だとすると、アクセル全開でもたいして速くは走れないが、狭い道路や発展途上国の渋滞を抜けるのには役に立つ。

だが、もどかしいくらい長くかかって、ヘッドライトをひとつだけ光らせている車両の姿が見えたとき、ジェントリーは悪態を漏らした。それはちっぽけな輪タクだった。といっても人力ではなく、スクーターで屋根付きの三人乗り客席をひっぱっていた。非力な2《ツー》ストローク・エンジンで走る、オート三輪タイプの輪タクだ。

ジェントリーは、臍《ほぞ》をかんだ。ロバが曳く荷車を除けば、世界一鈍足の乗り物だ。それでも、走るよりはましだと気づいたので、暗い道路に踏み出した。押し倒すのはやめて、手をふり、輪タクをとめた。

輪タクが道端にとまった。ターバンを巻いた黒人が、ハンドルバーを握っている。「タクシー?」軍用のフライト・スーツを着た顎鬚《あごひげ》の白人を見ても、ショックを受けたり、びっくりしたりしているふうはなかった。アルファーシルの郊外をぶらつくという馬鹿なまねをした白人は、これまでにもいたのだろう。ジェントリーは急いで乗り込んだ。運転手がハンドルバーのアクセルをねじり、濡れている茂った芝生を進む芝刈り機みたいな情けない音をたてて、輪タクがまたのろのろと走り出した。

アルファーシルの市場《スーク》に連れていってくれと、ジェントリーは運転手に指示した。どんな街にも市場があるはずだと思ったからだが、案の定、こんな奥地でも変わりはないらしく、運転手はそれ以上きかなかった。その代わり、四十がらみのダルフール部族民の運転手は、街に向かいながら、リアシートの小さなクーラーに入れてある飲み物はいらないかときいた。ジェントリーが見ると、生ぬるい水のはいったペットボトルが五、六本はいっていたが、封が切られていた。喉は渇いていたが、古いペットボトルから地元の水道水を飲むつもりはなかった。フロアには、麻袋に入れた輪タクの修理用工具もあった。赤い発炎筒と小さな錆《さ》びたドライバーを除けば、興味を惹《ひ》くようなものは何もなかった。

発炎筒とドライバーをポケットに入れたとき、最初のぼんやりした計画が、頭のなかでまとまりはじめた。

東に向けて三分も行かないうちに、街のざわめきが襲いかかった。道路の乗り物の四分の一近くがエンジンではなくロバが動力で、それらと比較すると、座席の下の2《ツー》ストローク・エンジンは俄然《がぜん》それほど非力ではないように思えてきた。乗り物の三分の一は、国連、ユニセフ、CARE《ケア》、赤十字その他のNGO組織に属していた。UNAMIDの軍用車両や、バイクに乗ったスーダン政府軍兵士も見られた。一割が地元住民の乗用車とトラックだった。そちらのほうが、地元の道路では少数派なのだ。

ジェントリーは運転手に、もっと速く走れと何度もうながしたが、のろのろと走ってはいても、幹線道路に出るために遠まわりしたNSSのセダンに先んじていると考えていた。しかし、渋滞にひっかかったり、曲がるところを一度まちがえるだけで、その差はきわどくなるはずだった。

輪タクが市場に着いて、とまった。「ここが市場《スーク》。三十ポンド」運転手がいった。

ジェントリーはいった。「ゴースト・ハウスへ連れていってもらいたいんだ」運転手がさっとふりむいて顔を見ても、意外だとは思わなかった。NSSの秘密施設に行きたいと思うものがいるはずがない。ジェントリーは早くも財布から分厚い札束を出していた。それが見えるように差しあげた。

その札束が何ドルに相当するかはわからなかったが、足りないようだった。「そんなところは知らない。ここがスークだ。飲み物はいらないか？　炭酸飲料の店がまだあいてる。お茶の屋台もある。とってもうまいよ」

「炭酸飲料なんかいらない。NSS支部へ行きたい。その近くまで連れていってくれ。どこだか教えてくれれば、あとは歩いていく」ジェントリーは、財布から出した皺《しわ》くちゃの札をさらにひとつかみ差しあげた。ガタガタと音をたてて排気ガスを出している発電機を電源にしている店の明かりで、運転手が目を剝《む》いているのが見えた。金を見た運転手がゆっくりとうなずき、頭のいかれている乗客のほうを見あげた。

「そこの二ブロック手前まで行く。サッカー・スタジアムまで」

「サッカー・スタジアムの二ブロック先が、ゴースト・ハウスなんだな？」

「そうだ」運転手がうなずいた。不安そうに顔をひきつらせている。ほんとうのことをいっていると、ジェントリーは確信した。

「よし。もっと速く走れば、もっと金を出す」運転手が前方の道路に顔を向け、ハンドルバーの上に身を乗り出して、非力なエンジンから余分に一馬力か二馬力を引き出そうとした。

そのとき、頭上の空からジェントリーの耳に爆音が届いた。見あげるまでもなく、なんの音かがわかった。それでも見あげて、星がちりばめられた空に昇ってゆくイリューシンI1‐76MFのシルエットを認めた。

「くそったれのロシア人どもめ」ジェントリーはつぶやいたが、責める気はなかった。

孤独が身にしみたが、それを考えているひまはなかった。計画が必要だ。

まもなく、輪タクは宵《よい》の口の混雑に巻き込まれた。運転手が鳴らすクラクションの音や、もっとやかましい車のクラクションのメロディーにまぎれた。輪タクの右手にいたロバが曳く荷車がすこし前進すると、道路脇に舗装されていない遊歩道があるのが隙間から見えた。そこの二階からぶらさがった裸電球の光の下に、ひっくりかえしたバケツに座っている男がいた。ビヤ樽ほどの容器が男のそばにあり、巻いたゴムホースがその上から突き出して、容器の脇に垂れていた。その奇妙な仕掛けの前に、アラビア語と英語で手書きした木の看板があった。ガソリン。男は米の飯を指でつまんで食べていた。

ジェントリーはすかさず輪タクの前に身を乗り出し、運転手の脇から手をのばして、イグニッションからキイを抜き取った。「すぐに戻る」ガソリンを売っている男のほうへ駆け出した。そんな口約束では、混雑している道路のどまんなかに取り残された運転手がわめき散らすのをやめさせることはできなかった。

急いで財布を出し、またスーダン・ポンドを何枚も抜いて、男に渡した。年配のガソリン売りが札を受け取って、立ちあがり、そそくさとうなずいたが、急いでいるようすの白人を不思議そうに見た。ジェントリーは一瞬とまどったが、すぐにいった。「ガソリン！」容器を指さした。うしろで車やバイクがクラクションを鳴らし、馬車やロバの曳く荷車に乗った男たちが、動かずに道路をふさいでいる輪タクに向かってどなった。「ガソリン！」ジェントリーはもう一度叫んだが、ガソリンの入れ物を相手が探しているのに気づいた。容器はなにも持っていないし、車に乗っているわけでもない。ジェントリーはまた札を出して、男が椅子代わりに使っていたバケツを指さした。手をのばし、ひっくりかえした。七、八リットルははいりそうだ。頭がおかしいのか、というように男が見たが、それでもホースを口で吸い、サイホンの原理でブリキのバケツに注ぎはじめた。

ガソリンをバケツに移すのに、一分半かかり、ちっぽけな輪タクに戻ったときには、ジェントリーはアルファーシルでもっとも憎まれている男になっていた。キイを返すと、運転手がガみがみと叱りながら、パタパタという音をたてる小さなエンジンを始動した。ジェントリーは、足もとの狭いスペースにバケツを置いた。そして、財布から金をひとつかみ出して、文句をいっているダルフール部族民の運転手の横でふった。運転手が口を閉じて金を取ろうとしたが、ジェントリーは手をひっこめ、「あとでやるよ」というように背中を叩いた。

運転手が輪タクを走らせているあいだに、ジェントリーは水のペットボトルがはいっているクーラーを座席の上であけた。通り過ぎる建物や道路を走る車のヘッドライトの暗い明かりのなかでも、水に黒い澱《おり》が沈んでいるのが見えた。飲んだら赤痢にかかるだろうが、飲むつもりはなかった。水を体にふりかけ、顔、腕、服をびしょびしょに濡らした。二本目もキャップをあけて、おなじように体を濡らすのに使った。

運転手が肩ごしにふりかえって、まったく奇妙な乗客だという目で見たが、前を向いていろと、ジェントリーは手で合図した。

三本目と四本目もあけて、服と顔と髪に水をかけた。

運転手がまもなくサッカー・スタジアムの前で輪タクをとめた。かなり広いが、老朽化している。前方の往来の多い交差点を運転手が指さし、左側だと両手で教えた。金をくれと片手をのばし、完全にうしろを向いていた。ジェントリーは、財布からさらに金を出した。運転手が期待しているのとはちがう札だったが、ユーロだというのはスーダン人にもわかる。運転手がゆっくりとうなずき、渡された額を見て、目の色が変わった。四百ユーロあれば、新品の輪タクが買えると気づき、思わず生唾《なまつば》を呑んだ。

その数秒後、この白人《カワガ》は、まさにそうさせるつもりなのだと気づいた。金を渡すと、白人はブリキのバケツを持って座席から降りて、フライト・スーツを脱ぎ、Tシャツとパンツだけになって、フライト・スーツを運転手に渡した。無理やり服を取り替えようとしているのだと、いわれなくても運転手にはわかった。しぶしぶサドルからおりると、運転手は道端で急いで服を脱いだ。通行人が立ちどまって眺めた。白人が長い上着と茶色いズボンをはき、ドライバーと発炎筒をポケットに入れて、革ベルトでズボンのウェストをしっかりと締め、手をのばして運転手の頭からターバンを取って、その白い布で頭と顔を覆った。ひとこともいわず、うなずくこともせずに、白人は屋根付きの輪タクのガソリンタンクのキャップをはずし、道路に投げ捨てた。そして、急いでサドルにまたがり、バケツを膝のあいだでしっかりと押さえた。また水のペットボトルをあけて、着替えた服にもかけた。アクセルをまわすと、錆びた赤い輪タクが発進し、車の流れに乗った。

運転手は、上半身裸でサッカー・スタジアム前で街灯の下の地面に佇み、好奇心をあらわにした連中が集まってくるなかで、頭を掻《か》いていた。

ジェントリーは、間に合ったことを願っていた。エレン・ウォルシュがゴースト・ハウスのゲートを通ったら、奪回しようとするだけでも自殺行為だし、なにをやろうが救える見込みはまったくない。NSSの車がなかにはいる前にやるしかない。

前方の最後の交差点で、ボロ車や、馬やロバが曳く木製の錆びた荷車や、NGOの車で、渋滞が起きているのが見えた。ハンドルバーをぐいと左にふり、歩道に乗りあげて、仕事帰りの男たちや、食事か散歩に出かけてきた男たちのどまんなかを突っ切った。白いターバンを巻いた男たちが、命からがら脇に跳びのいた。もっとも、輪タクはちっぽけで馬力もないので、歩行者にぶつかっても、打ち身をこしらえるか、それとも骨折させるのが関の山だっただろう。

この先、なにが待ち受けているのか、見当がついていたわけではないので、今後の場面を思い描こうとした。だが、もとは植民地だった地の涯の発展途上国の秘密警察がどういうところであるかは、知りたくもないくらい知っていた。厳重な壁に四方を囲まれた低い建物で、正面ゲートには哨所《しょうしょ》や移動可能なバリケードがある。砂嚢《さのう》に護られた機関銃陣地が一カ所か二カ所あることも考えられる。正面に装甲人員輸送車がとまっているかもしれない。

捜査員のカナダ女め、感謝しろよ、と心のなかでつぶやいた。そこで、そもそも自分が密告しなければ、女はいまのような苦境に陥ることはなかったのだと思い出した。だから助けようとしているのだ。

悲鳴や叫び声やけたたましいクラクションの音を尻目に、ジェントリーは左に曲がろうとした。ハンドルの切りかたが急すぎて、ちっぽけな輪タクの車体がガクンと揺れ、左後輪が何秒か浮いてから、土埃《つちぼこり》に覆われた路面に落ちた。その拍子に車体の下側がこすれて、耳をつんざくような音をたてた。ガソリンがこぼれてズボンの裾《すそ》にかかったが、サドルの傾きを埋め合わせるために逆の膝を持ちあげ、バケツの中身の八割がたをなんとか護った。

そのとき見えた。正面右手にある。壁は予想していたよりも低く、想像とはちがって建物は高くて装飾的だった。道路に面してゲートと哨所があり、奥にトタン屋根の掩蔽壕のようなものが見えた。

そして、NSSのセダンも現われた。前方の交差点を右折しようとしている。その手前の右側に、ゴースト・ハウスのゲートがある。

くそ、間に合いそうにない。

だが、高望みとは知りつつ、セダンがゲートに近づくのを遅らせるようなことが起きるのを望み、小さな輪タクのアクセルをふかして、身を乗り出した。

プラスティックのジョウロを山積みにした荷車を曳いているロバが、交差点にはいってき、NSSのセダンの前をさえぎった。セダンが減速し、クラクションを鳴らした。ゴースト・ハウスの私道の出入口まで、あと二〇メートル弱。勝ち目が出てきたと、ジェントリーは思った。間に合うようにセダンのところまで行けるはずだ。ただし、そのあとの計画は、どこをとっても勝算があるとはいいがたい。バケツの華奢《きゃしゃ》な把手《とって》を持ち、輪タクを直進させて、停止しているセダンめがけて突進した。ロバの曳く荷車が行く手からどいて、セダンがまた動き出した瞬間、ジェントリーはハンドルバーから手を放し、サドルをまたいで輪タクからおりた。よろめいてバケツのガソリンの四分の一をこぼしたが、倒れはせず、ブレーキをきしらせ、クラクションを鳴らしている車の流れに駆け込んだ。

輪タクが、時速三〇キロメートルで、NSSのセダンの助手席側フェンダーに激突した。激しく揺れてへこんだセダンが、木の荷車に衝突し、メリメリという音をたてて食い込んだ。

20

ジェントリーと、事故そのものと、世のつねである待たされるいらだちのせいで、さかんにクラクションが鳴らされた。激しい衝突の音を聞きつけた家畜が騒ぎ出し、さかんに鳴きつづけた。

ＮＳＳのセダンは、交差点のどまんなかでとまり、フロントグリルから噴き出す湯気からヘッドライトの光が反射していた。輪タクがはずんで離れ、道路に横倒しになる。キャップをはずしてあるタンクから、ガソリンが流れ出した。

ジェントリーがセダンの助手席側のドアまで行ったとき、茫然としているＮＳＳの先任捜査員が内側からドアを蹴りあけた。ジェントリーは眼鏡をかけた小柄な捜査員のネクタイをつかんで、セダンからひっぱり出してから、放してやり、バケツのガソリンを両手で頭からかけた。

兵士ふたりがリアシートからおりてきて、運転していたＮＳＳ捜査員ものろのろと出てきたとき、ジェントリーはズボンのポケットから発炎筒を出して、蓋《ふた》をはがし、先端をこすって発火させた。炎と火花を発している発炎筒を体から離して持ち、右手でＮＳＳの先任捜査員の襟をつかみ、ヘッドロックをかけた。

リアシートからおりてきた兵士ふたりが、銃を向けてわめき散らした。

もうひとりのNSS捜査員も、車をまわり、拳銃を両手で構えて、金切り声をあげた。

輪タクが激突したセダンに近づいてきたゴースト・ハウスの制服の警衛三人が、ライフルを肩付けし、やはりジェントリーに向かってわめいた。

ジェントリーは、NSSの先任捜査員にヘッドロックをかけたまま、交差点のどまんなかに立っていた。捜査員の耳もとへ、英語でささやいた。

「銃を抜こうとしたら焼き殺す」

捜査員はなにもいわなかったが、両手を横にひろげ、スーツのジャケットの下にあるホルスターから遠ざけた。

ジェントリーは、火を噴いている発炎筒を捜査員に近づけてから、すぐに離した。「だれかがおれを撃ったらこれを落とす。落としたらおまえは死ぬ。わかったか？」

捜査員はわかったようだった。両腕を高くあげて、大混乱に陥っている周囲に向けて叫びはじめた。ジェントリーは、アラビア語のスーダン方言が理解できる。捜査員はこういっていた。「銃をおろせ！　おろせ！　撃つな！」

だれも銃はおろさなかったが、撃ちもしなかった。ジェントリーは小柄なNSS捜査員を左右に動かして、ゴースト・ハウスの屋根にいるかもしれないスナイパーや、熱心すぎる警衛や、通りすがりの警官が、自分の腕を恃《たの》んで発砲するのを思いとどまらせるために、たえず移動しているターゲットになろうとした。そうしながら、シューッという音をたてて燃えている発炎筒を、捜査員が火だるまにならないように気をつけながら、ぎりぎりにまで近づけていた。黒いセダンをちらりと見た。エレン・ウォルシュは動いていない。じっとこちらを見つめている。目に驚愕の色を浮かべているのが、車のルームランプの光でありありとわかった。

「だいじょうぶなのか?」ジェントリーはきいた。いまにも発砲しようとしている連中に好機をあたえないように気をつけながら、すばやくセダンの向こう側へ行った。「だいじょうぶか?」セダンの左側からきいた。エレンが茫然とうなずいたので、ショックに陥っているのかもしれないと、不安になった。「よく聞くんだ! 運転席に乗れ! 急げ! 早くしろ! しっかりしろ!」前後に数メートル動いた。NSS捜査員を路面に押しつける寸前まで、腰をかがめた。交差点で立ち往生している自家用車やトラックのクラクションや、荷車の家畜の鳴き声は、おさまることなくつづいていた。発炎筒があと一分ともたないことを、ジェントリーは知っていた。六十秒以内にこの場を離れるか、この場を火の海にするか、ふたつにひとつだ。

前者のほうがずっとありがたい。

エレンがようやくリアシートから出てきた。怯《おび》えよりも混乱のほうが強いようだった。ジェントリーは容赦なくエレンをどなりつけた。汚い言葉をまじえてどなり散らしたのは、エレンを集中させ、いまこの場面に引き戻すためだった。周囲の危険は現実だし、そこから自分の身を救うには、自分が行動するしかないと、悟ってもらわなければならない。

「よし、いいぞ」エレンが運転席に乗ると、ジェントリーはすこしやさしい声でいった。「よくやった。エンジンがかかるかどうか、やってみてくれ」もうひとりのNSS捜査員が、そろそろとセダンから離れて、ジェントリーの左にまわろうとしていた。まもなく炎上する場所を離れてから、発砲するつもりではないかと、ジェントリーは懸念していた。そうすれば、上司はまちがいなく殺される。だが、ひょっとしてあいつは次席で、昇進するための空きポストをこしらえる格好の機会だと思っているかもしれない。

その捜査員のうしろには、到着したアフリカ連合平和維持軍がいて、装甲人員輸送車からつぎつぎと跳びおりていた。威嚇するようにライフルを用心深く見せびらかしている。どうすればいいのか、決めかねているようだ。だが、銃弾をばらまいて群衆を虐殺することなく、狙い撃たれるのを避けようとしているのは明らかだった。

最高だ。いまや二十五人以上が、こっちに狙いをつけている。それに、銃を構えている連中の大半は、人質のちび助が火だるまになろうが痛くも痒《かゆ》くもないと思っているにちがいない。

逃げ出す潮時だ！

エレンがエンジンをかけたので、ジェントリーは人質を交差点の南北に向かう道路ぎわへひきずっていき、そばに来るようエレンに指示した。エレンがセダンをすこしバックさせ、荷車から離した。リアバンパーが押し潰された輪タクを数メートル押したところで、エレンはセレクターをドライブに入れた。ジェントリーはヘッドロックを解いてから、男の体を探り、腰のホルスターから拳銃を抜いた。照門をベルトにひっかけて片手で遊底《スライド》を引き、拳銃を下に向けて構えた。発砲するという計画を考え直したらしい若手捜査員に狙いをつけた。銃器がめったやたらとあるこの交差点で、だれかが一発撃ったら、全員が一斉に連射をはじめるのではないかと、ジェントリーは考えていた。あのNSS捜査員も、自分が白人に向けて一発撃ったら、うしろの平和維持軍が目の前の生き物すべてを葬り去るにちがいないと踏んだのだろう。

エレンがセダンを前進させ、ジェントリーの横へ来た。ゆっくりと走りつづけるよう、ジェントリーは指示した。うしろにさがって、あいたままの後部ドアのそばへ行った。NSSの先任捜査員は、交差点の壊れた輪タクと荷車のそばに置き去りにした。三方向からの車の群れは、そのふたつの残骸《ざんがい》に阻まれて動けずにいた。ジェントリーは右手で拳銃を構え、まだなんとか燃えている発炎筒を左手に持っていたが、不意に手を高くあげて、先任捜査員の上から輪タクめがけて投げた。パチパチとはぜている発炎筒が弧を描き、ガソリンがタンクからこぼれているスクーターの部分に落ちる直前に、身をかがめ、拳銃から二発放って、NSS捜査員ふたりのそれぞれの胸を撃ち抜いた。そして、低い姿勢のままリアシートに跳び込み、「行け！　行け！　行け！　行け！」とわめいた。

輪タクと土埃に覆われた交差点が、一気に炎に包まれた。あいていたサイドウィンドウから、ガソリンに引火するボシュッという音が聞こえた。

エレン・ウォルシュが、アクセルペダルを踏みつけた。

セダンが、北に向けて急加速した。

だれかが発砲する前に、セダンは四〇メートル先で左折し、脇道の闇に姿を消した。背後では火の球が空に昇っていた。


「どこへ行くの？」

ロシアの軍用輸送機に乗っていたが、明らかにロシア人ではない男をリアシートに乗せ、エレンは混雑した狭い道路をNSSのセダンで突き進んでいた。左右はトタン屋根の掘っ立て小屋や、泥の色をした平屋の低い壁ばかりで、それが四方に延々とつづいていた。数え切れないくらい交差点を通り、4《フォー》ドア・セダンをときには時速四〇キロメートルで走らせることもできたが、それ以外はずっと、バンパーで宵《よい》の口の雑踏をやんわりとかきわけ、牛や羊の群れを押しのけて進んでいた。

「どこへ行けばいいのよ？」リアシートの男が聞いていないようなので、エレンは大声をあげた。

ようやく男が答えた。交差点の一幕のときよりも、ずっと物静かな声だった。「いいからこのまま行け。あんたはよくやっているよ」

そうね。エレンは自分でもそう思った。わたしもたいしたものよ。ショック状態など、これまで一度も経験したことがない。ずっと平静を失わずにいるいま、この異様に落ち着いた感じはショック状態から生まれたのかもしれないと思いはじめていた。

「あそこではだれも殺さなかったんでしょう？」エレンはきいた。声がふるえ、へどもどしていた。いまにもあふれ出そうになっている感情の奔流を、なんとか呑み込んでいた。

「もちろん殺していない。威嚇射撃二発だけだ。おれたちが逃げられるように、動きを鈍らせる必要があった」

エレンはその言葉を信じた。彼は人殺しをやったばかりの人間のようには見えない。

「どこへ行くの？」

「とりたててあてはない。このままの方角で進め」

「あなた、何者なの？」

「あとで」としか、男はいわなかった。

「ロシア人じゃないわね」バックミラーで見ながら、エレンはいった。

「見抜いたのか？　さすがが特別捜査官だな」男が答えた。ほんのすこし皮肉がこめられていて、からかってるのか、それともいじめているのか、エレンにはわからなかった。

「アメリカ人？」英語の発音から、そうだとわかっていた。

だが、男は「あとで」とくりかえしただけだった。

三十分、進みつづけた。ほとんど話をしなかった。車を乗り換えなければならないとアメリカ人がつぶやいたが、走りつづけろと命じた。べつの移動手段を見つけるためであっても、この街ではたとえ数分でも車をとめたくないと思っているようだった。リアシートにずっと乗っていた。はじめのうちエレンは、尾行されているかどうかをリアウィンドウから見るためかと思ったが、思い切ってバックミラーでようすをうかがうと、男は暗いなかにじっと座り、どこへ行ったらいいのかと、とまどっている風情で、サイドウィンドウから外を眺めていた。発炎筒と拳銃を持ち、命令し、小柄なNSS捜査員にヘッドロックをかけていたときには、あれほど決然としていたのに、肉体か精神をすり減らしてしまったのではないかと、心配になった。

それに、エレンはこれから決断を下さなければならなかった。

エレンはいった。「電話をかけたいの。手を貸してくれるひとを呼ぶわ」

「だめだ」男がにべもなくいった。「走りつづけろ」思いがけず力強い声になっていた。

「もうじき砂漠よ」

「砂漠じゃない。サヘルだ」

エレンは、バックミラーを覗いた。「なんのこと?」

「叢林《そうりん》地帯だ。南のサバンナと北の砂漠のあいだにある。人口はすくなく、砂漠とおなじように暑いが、おなじじゃない。砂漠はサヘルの一五〇キロメートルほど北からひろがっている」

「わかった。地形はともかく、そっちへ行く必要があるのね?」

「そうだ」

「電話はないでしょう」

「ない」男が答えた。「今後、電話はどこにもない。いまはとにかく敵の射界から出なければばならない。安全な場所に戻る方法は、あとで考える。NSSが血眼《ちまなこ》でおれたちを探すだろう。電話を盗聴し、ヘリを飛ばすにちがいない。アルファーシルの街路、市場、路地、ホテルに、密告者《たれこみや》をおおぜい配置するだろう。おれたちは、そういう危険がないところへ行かなければならない。今夜は身を隠し、国連が運営している国内難民キャンプを目指す」

「国連キャンプに入場できる資格がないの」エレンは反対した。

「あんたはロシアの武器密輸業者が使っている搭乗員を逮捕する資格もないのに、やろうとしたじゃないか」

エレンは、首をふった。「まったく、なにを考えていたのかしらね？」

「なにもわかっていなかったんだよ」男がいった。「ひとつきくが、国際条約に違反していると脅して、通報するから電話を貸してくれという以外に、なにか計画があったのか？」

「それきりよ」エレンは正直に答えて、自分の行動の愚かさに、また首をふった。「わたしは弁護士なの。ICCに転職して、二、三カ月しかたっていない。国連の書類も自分で偽造したのよ。オフィスにいてなにもできないのに飽き飽きしたから。ダルフールに来て、自分の目で現状を見たかった。わたしがどこにいてなにをやっているかを、本部ではだれも知らないの」

「いい度胸だな。それは認めよう」男の言葉が最後のほうで小さくなった。もう話をしたくないのだと、エレンは察した。

21

ふたりはさらに十分、北を目指した。エレンは寡黙な男を会話に引き込もうとしたが、たくみにかわされるか、知らん顔をされた。街を出て見晴らしのきく道路に出ると、速度をあげた。男がようやく指示して、道路をはずれ、脇にあるゆるやかな溝を下るよう命じた。エレンが野生動物のことをたずねると、まったくわからないが心配はいらないと男が答えた。エレンは男を信用したわけではなかった——敵なのか味方なのか、まだはっきりとはわからない——しかし、ほかに手はないとわかっていた。男の指示に従おうと思った。

浅い溝を進むと、岩の多い河床に向けて下っている雨裂に出た。二カ月ほどあとの雨季だったら、こんな溝に隠れるのは自殺行為だ。豪雨の数分後には、四方の叢林地帯に放射状にひろがっている無数の細流が、地面に吸収されなかった膨大な量の雨水を運んでくる。だが、いまはそういう心配はなさそうだった。高さが二メートルくらいある棕櫚《しゅろ》のたぐいの樹木が、土埃《つちぼこり》の舞う雨裂の左右に生えて、枝が絡み合い、隙間のすくない樹冠をこしらえていた。高さはせいぜい二メートルだったが、男がエレンに、車をその藪《やぶ》に入れてエンジンを切るよう命じた。

エンジンを切ると、熱した金属がピシピシという音をたてた。

「グローブボックスを見てくれ。水はないか？」男がきいた。エレンはグローブボックスをあけたが、ポリ袋入りのレモン・キャンディしかなかった。男がおりて、藪のなかをがさごそと進み、トランクを調べたが、やはりなにも見つからなかった。

「今夜はだいじょうぶだ。朝になったら水を手に入れよう」

「これからどうするの？」エレンは、男のほうを見た。闇に沈んで、姿は見えない。男が狭いリアシートに脚を持ちあげて、姿勢を直しているのが、音でわかった。

「眠るといい」

「あなたをなんて呼べばいいの？」

「ここにいる相手はおれだけだ。あんたがしゃべれば、おれにしゃべっているとわかるさ」

「それはそうだけど」エレンはいったが、きいたふうなことをいう男は嫌いだった。フロントシートで、できるだけ居心地よくしようとした。体を揺すり、背中を助手席のドアにもたせかけた。輪タクがぶつかったボディはへこんでいたが、内側はなんともなかった。背中をリアシートの運転席側に向けて横たわっている男と向き合うために、そういう姿勢をとった。

「わたしはエレン。憶えていると思うけど」

「ああ」

長い沈黙。「わたしと話をしたくないの？」

「ふたりとも体を休めないといけない。あす、ここから車で出発するわけにはいかない。危険が大きすぎる。道路まで歩いていって、ひとがよさそうなやつの車に乗せてもらう」

「車をとめる前に、どうしてひとがよさそうだってわかるの？」

男が肩をすくめるのは見えなかったが、気配でわかった。「ほんとうのところ、わからないね」話を切りあげたがっているのだと、察しがついた。

「あなたはロソボロネクスポルトの搭乗員じゃないんでしょう？」

答はなかった。

「傭兵かなにか？」

答はなかった。

「スパイ？」

「眠れ、エレン」

エレンは、むっとして溜息をついた。「名前ぐらい教えてよ。なんなら偽名でもいいけど、なにかしらあなたを呼べるように」

「シックスと呼んでくれ」数秒して、男がいった。

「まったくもう。つまり、あなたみたいなひとが、ほかに五人いるわけ？」

「眠れ、エレン」男がくりかえし、こんどはエレンも、できるだけ男をほうっておくことにした。

一分後、眠れないとエレンは気づいた。この一時間、あんなことがあったあとで、だれが眠れるものか。それに、車のなかは臭くてつらかった。

「シックス、窓をあけられないの？」

「否《ネガティヴ》」

「ネガティヴ？　どうしてノーっていわないの？」

「ノー」

エレンは上半身を起こし、闇のなかで男のほうに身を乗り出した。「ノー、窓はあけられないのね？」

「窓はあけられない」

「どうして？　暑いじゃないの。こんなに暑かったら眠るなんて無理」

シックスが、平然と答えた。「サソリ、ヒヨケムシ、ニシキヘビ、毒――」

「わかった、わかったわよ！　窓は閉めておきましょう」

シックスは、なにもいわなかった。

「どうしてわたしを助けにきてくれたの？」

「わからない」

「わかっているはずよ。わけを話して」エレンはつづけた。「お願い。わたしと話をして。わたし、怖いの。心臓がまだドキドキしてる。これじゃ眠れない。すこしだけ話がしたいの。極秘のことはいわなくていいから。でも、こんな状態から脱け出すのに力を貸して」

男は沈黙を守った。闇のなかでシルエットがどうにか見えていたが、身じろぎもしていない。顔の表情も、目をあけているかどうかも、エレンにはまったくわからなかった。

男が彫像と化したものと思っていたので、ようやく返事があったとき、エレンは肝をつぶした。

「あんたを助けたのは、こういうことになったのが、おれのせいだからだ」

「あなたのせい？　どうして？　なぜ？」

「おれは仕事をやるためにここに来た。重要な仕事だ。いや、あんたも感謝するような、正しい仕事だ」

ほかにはなにもいわなかった。口にしたわずかな言葉もきわめて慎重に選んでいたようで、どの語句もいうのが苦しそうだった。エレンは促した。「それで？」

「あんたが邪魔をした。思いついたいちばん簡単なやりかたで、あんたを排除しようとした。それがうまくいかなかった」

「それとも、うまくいきすぎた」

「ああ、そういうことだな。あんたがＩＣＣの捜査官だとは知らなかった。ただの小うるさい詮索《せんさく》好きかと思っていた」

こういう話ができて、エレンはうれしかった。謎のアメリカ人の固い殻の隅っこをこじあけて、なかにあるものを覗き見たという気がした。「ＩＣＣのわたしの仕事は、だいたいそういうものかもね」

シルエットが変化し、男のもみあげあたりが動くのが見えた。頰をゆるめているのだろうかと想像した。とても考えられないことだったが。

「とにかく、離陸するまであんたが拘束されていればいいと考えた。ところが、ＮＳＳが現われた。あんたはあいつらに殺されていただろう」

「そう思うの？」

「そうだとわかっている」

「どうしてわかるの？」

「ああいう連中のことは知っている。なによりも自分の首がだいじなんだ。あんたが秘密に近づくのを見過ごしていたと気づいたとき、それを手柄に変える方法はひとつしかない」

エレンがきわどいところで死をまぬがれたことを、見知らぬ男は淡々と語った。この三時間の出来事の重みが、一気にのしかかり、エレンを押し潰した。両手で頭を抱えたとき、指が冷たくなり、ふるえているのがわかった。全身の力が抜けて、ぐったりし、痛みはじめた。エレンは、闇のなかで男のほうを見た。

「わたし……ただ……」エレンは口ごもり、フロントシートであわてて向きを変えると、必死でドアハンドルを手探りし、それを握り締めて引きながら、へこんだドアを反対の手でがむしゃらに押した。上半身を暗い茂みに突き出しながら、ゲロを吐いた。しばらくすると、吐き気が収まり、苦しげに咳き込みながら、河床の植物につばを吐いた。やがて吐き気がぶりかえし、ふたたび吐いて、夜陰に向けてゲエゲエと大きな音を喉から発した。もう吐くものは残っていなかったが、体がなおもひくついていた。口のなかをきれいにしようとして唾《つば》を吐き、首を外に突き出したまま、あられもなく泣いた。

うしろの見知らぬ男は、まったく動かなかった。

「ご……ごめんなさい」としか、エレンはいえなかった。面子《メンツ》は丸つぶれで、自分が馬鹿みたいに思えた。

「心配するな」驚くほどやさしい声が、うしろから聞こえた。

エレンは、ブラウスの袖で口を拭《ぬぐ》った。

シックスがいった。「おれはいつでもこういう目に遭うのさ」

上半身を車のなかに戻して、ドアを閉めるまで、一分かかった。エレンは体をまわして、フロントシートにもたれた。泣きじゃくるのがやがて収まった。暗闇の物静かな男が目をあけているかどうかも定かでないのに、見つめられているのを意識して、顔を何回も拭いた。

ようやく洟《はな》をすする程度になると、エレンはきいた。「ここから無事に脱け出せると思う？」

「ああ、あすのいまごろには、あんたは安全なところにいるだろう」

自信のある口調で、エレンはかなり力づけられた。それでもきいた。「あなたはどうなの？」

男が肩をすくめたようだった。「おれは一日一日をなんとかしのいでいる」

どういう意味かわからなかったが、しつこくきくべきではないという気がした。涙を拭いながらたずねた。「結婚しているの？」

「ああ」

エレンは顔から手を離して、リアシートのシルエットのほうを見た。「していないでしょう。嘘よ」

「どうしてわかる?」

男がうなずいた。

「さあ。でも、結婚していないわ」

男がうなずいた。今回はよく見えた。「そのとおりだ。たいした眼力だな」

エレンは上半身をもうすこし起こして、身を乗り出した。駆け引きめいたやりとりのせいで、目が輝いていた。「子供は?」

「ノー・コメント」すこし緊張を解いている。ユーモアも出てきた。だが、まだ護りは堅かった。

「はっきりとはいえないけど、いないわね」

男は黙っていた。

「お母さまや、お父さまは?」

「父だけ」答えるのが速すぎた。ほんとうとは思えない。

「出身は?」

「ミシガン州、デトロイト」

「ほんとう? わたしもよ! 生まれはね。両親がカナダに移民する前よ。どこの学校へ行ったの?」

長い沈黙。認めた。「わかったよ。ミシガン生まれじゃない」

エレンは笑った。狭くて暑い車内で声が大きく響いたのに驚いた。「ひっかかった！　わたしもちがう」

男が肩をすくめて笑みを浮かべるのが見えた。「駆け引きがずいぶん上手だな」

涙をすすってから、顔いっぱいに笑みを浮かべ、エレンはいった。「あなたが下手《へた》なだけ」

22

四月のサヘルの早朝は、暑く、晴れていた。時間がたつにつれて、いっそう暑くなり、乾季で活気づいている鳥や虫がいたるところで甲高《かんだか》く鳴いていた。雨裂の茶色と緑の茂みに潜っていたセダンの車内は、息苦しいほど暑かった。ジェントリーは、ムカデを鼻先からはじき飛ばし、もういちど眠ろうとしたが、眠れなかった。

目をこすり、夜のあいだに睫毛《まつげ》と額で固まった汗の塩気を払った。窓を細目にあけた。たちまち新鮮な空気がはいってきたので、深く吸い込んだ。どうにか二時間眠ることができた。とぎれとぎれだったが、仮眠のような最小限の休息を最大限に利用するという生活を一生の半分つづけてきたので、体がそれに順応していた。

車を包んでいる叢林《そうりん》の樹冠にさえぎられ、朝の光はあまり射し込んでいなかった。その薄暗がりで、ジェントリーはきょうの予定を立てようとした。衛星携帯電話がないので、シエラ・ワンに一部始終を報告できない。もっとも、あまり連絡したい気分ではなかった。ダルフールのアルファーシルに着陸したのは、だれのせいでもない手ちがいだし、簡単に回避できることではなかった。しかし、その後の出来事はそうともいえない。アルファーシルに着陸してからずっと、作戦を脅かすことが多発した。すべては自分しだいだったのだと承知していた。自分が犯した一連のしくじりのせいで、こうしてここにいる。自分が重要な役割を果たすCIAのノクターン・サファイア作戦を、取り返しのつかない失敗の危険にさらしてしまった。

で、これからどうする、ジェントリー？　エレンのほうを見た。女とこれほど親しくなるのは、久しぶりだった。フランスでは、尊い女性看護師がひとりかふたりいた。去年の十二月には、獣医助手がしろうとながらに縫合手術をしてくれて、ジェントリーと、ジェントリーが救おうとしていたひとびとの命を救った。

今回は事情がまったくちがう。エレンはもう落ち着き、すぐそばで静かに眠っている。それに、女性と付き合った数すくない経験から、エレンが安心していることが見てとれた。昨夜は何時間も輾転反側《てんてんはんそく》していた。エレンは何度か怯《おび》えて叫び、ジェントリーは目を醒ましたが、なにも手助けはしなかった。

どうすればいいのか、からきしわからなかった。安らぎをあたえるやりかたなど、訓練で教わっていない。

エレンは美人だった。年ごろはおなじで、赤味がかった茶色い髪が、眠っているあいだ顔を覆《おお》っていた。ジェントリーは、弁護士や国際組織にはあまり感心できなかったが、戦地にわざわざ来たエレンには尊敬の念をおぼえた。ジェントリーのような男にとって、ICCは、学歴はやけに立派でも経験が浅く口ばかり達者な弱虫が集まっている宴会場のようなもので、自分たちがやると請け合っていることをやる権限も執行力もないように見受けられた。判事と陪審と死刑執行人をひとりで兼ねているジェントリーにしてみれば、ＩＣＣは、実世界では信じられないくらい場ちがいな存在のように思えた。

だが、それはそれとして、エレンには敬意を抱かずにはいられなかった。小さな胸を張って自分はＩＣＣ捜査官だとあんなふうに名乗るのは、愚かだったが、度胸があることは否めない。しゃべりすぎるのを我慢するような分別が欠けているにせよ、くじけない女だ。

ＮＳＳ捜査員ふたりを殺したことについては、嘘をいったが、それはエレンのためだという気がした。あのときのエレンのききかたから、そういう情報には耐えられないだろうとわかった。それに、気をたしかに持ってもらい、運転してもらわなければならなかった。殺すしかなかった。顔にターバンを巻いて、服を着替えていても、英語とフランス語ができてエレンに向かってどなったイリューシンの搭乗員だと、容易に見破られていたはずだ。ふたりを撃ったのをエレンに見られなかったのは、運がよかった。それに、ひとを殺したという事実の重みをエレンに担《にな》わせてもしかたがない。

エレンが身動きしはじめて、唇をなめ、鼻をこすった。ジェントリーはつかのま、手をのばして顔から髪を払いのけてやろうかと思った。強い衝動だった。ニースで部屋に置いてある鎮痛剤の瓶に目を向けたときの気持ちを彷彿《ほうふつ》させた。手をのばすべきではないとわかっていたが、どうしても我慢できなかった。

だが、ニースでの日々や、その後の日々とはちがって、エレン・ウォルシュのほうに手をのばしはしなかった。

昨夜はしゃべりすぎた。不意にそのことを思い出し、腹が立った。一時間も気安く話をしていた。自分についての情報をエレンにだいぶ聞き出され、事実をかなり知られた。長年のあいだに接触したどの相手にも教えなかったようなことを。やりとりの九〇パーセントは、エレンのことや、エレンの家族や友人や、オランダのＩＣＣでの経験についての話だったが、あとの一〇パーセントは自分のことについてだった。その半分、つまり五パーセントは、みずから事実を語り、しゃべりすぎた。作戦に関する情報はこれっぽっちも教えていないと確信していた。ただ、幼いころに両親が離婚したことと、弟が数年前に死んだことは打ち明けた。そういうことを話した理由が、自分でもわからなかった。エレンは優秀な捜査官の素質があると思った。話を聞く相手から真実を引き出すのがうまい。ただのおしゃべりをしているだけだと相手を安心させ、その実、相手の言葉をひとつ残らず吸収して、分析し、つじつまが合わないものを捨てて、あとの情報で話し相手の印象、人物像を組み立て、どういう人間なのかを読み解く。

さらに、相手がなにを隠そうとしているかを突き止める。

ジェントリーは、胸のざわめきを静めることができずにいた。フロントシートのバックレストだけで隔てられ、暑い車内の一メートルと離れていないところで眠っているこの女に、心の底を覗かれ、経歴、過去、自分自身にも隠そうとしてきた邪悪な部分の数々を知られてしまったのではないかと、不安になっていた。

そう思うと、吐き気をおぼえた。身をさらけだし、攻撃されればひとたまりもない。しかし、弱みを見せたのは、この女と気が合うからだとも思えた。なぜか親昵《しんじつ》なものを感じた。これまでまったくなじみのない感覚だった。

ジェントリーは、長いあいだエレンの顔を見ていた。浅い眠りのゆっくりした呼吸で胸が上下するのを眺めた。

やがて、突然顔をそむけて、リアシートで居ずまいを正した。

しっかりしろ、コート！　この瞬間から、しゃんとするんだ！　自分の心の奥に向けて、そうどなった。おまえは敵地でくそ壺にはまっている。頭をちゃんと働かせろ！　たちまち、エレンのことが嫌いになった。この女は脅威だ。おれを殺しかねない弱点だ。

頭のなかのスイッチを、そんなふうに切り換えた。まちがいなく孤独になるが、そうすれば生き延びられる。

ジェントリーは車から出た。エレンを起こさないよう静かにやるという配慮はしなかった。エレンがじゅうぶんに睡眠をとれるかどうかは知ったことではない。セダンを隠した藪から這い出して、雨裂に立ち、輪タクの運転手のものだった長い上着を脱いで、茶色いTシャツだけになった。

きのうNSSの先任捜査員から奪った拳銃を抜いて、朝の光のなかで入念に調べた。ブルノ・チェロキー・セミ・オートマティック・ピストル。アラビア語をしゃべる秘密警察捜査員が、イスラエル製の拳銃を所持していたというのは、なんとも皮肉なものだし、それで撃たれて死んだのだから、いっそう皮肉なめぐり合わせだ。ジェントリーの好きな拳銃ベスト10にはランキングされていないが、きのうはNSSの悪党ふたりを片づけるのに役立った。

雨裂の斜面を這いあがって、四〇〇メートル離れている道路を見やった。あいだには砂にまみれた吹きさらしの乾燥した叢林がある。道路に車は見当たらなかった。東方向は平坦でまっすぐだった。だが、西のアルファーシルの方向では、曲がりくねった山道が、ゆるやかな斜面を下って見えなくなっていた。

細かいことをいえば、まったくの荒地ではなかった。砂丘がつづくサハラ砂漠とはちがう。アラビアゴムノキやバオバブの林がところどころにあり、見渡すかぎり、茶色い地面を草地や藪《やぶ》が点々と覆っていた。地面はまるで石のように硬そうで、ひとを寄せつけない感じだった。

うしろの下のほうでエレンが車から這い出しているのが、音でわかった。どこにいるかをエレンが思い出し、雨裂の上にジェントリーがいるのに気がつくまで、一分かかった。エレンが黙って近づき、真横に立って、東のひろがりを眺めているジェントリーの視線を追った。エレンが身を寄せるようにしているのが、ジェントリーは気に入らなかった。

「あっちの方角に懐かしのレストラン、〈ワッフル・ハウス〉があるんだけど、それを見ているんじゃなさそうね」

ジェントリーは首をふった。

「すこしは休めた？」

「ちょっとは」

「ひどい夢を見たけど、気分はだいじょうぶ。きのうは話をしてくれてありがとう」

ジェントリーは黙っていた。

「あなたは、あまりああいうおしゃべりをしないみたいね。わたしを慰めるおしゃべりみたいなものは」

まだ黙っていた。

「とにかく……感謝しているわ」

ジェントリーは、前方の広々とした景色を眺めながら、エレンがすこし離れてくれることを願った。

道路に目を向けて、もやっている遠くに車が見えないかと探した。

「盗んだ車でのお目醒《めざ》めが悪くて、機嫌をそこねているのかしら？」

自分が嫌なやつになっているのは、わかっていた。きのうの夜に心をひらいた自分に腹が立ち、それで無愛想になっているのだ。目が醒めたときよりも、さらに意固地になっているような気がした。態度を和らげ、エレンのほうを向いたが、目は合わせなかった。「だいじょうぶだ。ただ、これからのことを考えている」

「ここはどこなの？　場所はわかっているの？」

「アルファーシル郊外から二五キロメートル。それしかいえない」

「どこへ行くの？」

ジェントリーは、エレンの肩ごしに遠くのそれを見た。数キロメートル西に陽炎《かげろう》のせいで浮かんで見える地平線があり、その上にうっすらとした濛気《もうき》のようなものが見えた。ダルフールでは道路と呼ばれている砂漠の踏み分け道から立ち昇っている。その土煙の大きさからして、大型トラックの輸送縦隊《コンヴォイ》にちがいないと思った。たしかめられるようになるまで、しばらくかかったが、やがて車が白く塗装されているのが見分けられた。スーダン政府の車ではない。民間の運送会社のトラックでもない。NGOの救援組織の車だ。

ジェントリーは、遠い土煙を指さした。「あのコンヴォイの行くところへ行こう」

エレンとジェントリーは、急いでいっしょに道路を目指した。エレンが髪を手で梳《す》いて、外見をすこし整えようとした。ジェントリーは、まごついてエレンのほうを見た。

「第一印象をすこしでもよくするのは大事よ」エレンが笑みを浮かべてそういい、精いっぱい服から土埃を落とそうとした。「鏡を持っていないっていって、あなたにきいてもいいけど、あの〈ワッフル・ハウス〉のほうがたしかね」

女という生き物のおかしなふるまいに、ジェントリーは驚きあきれた。

「ねえ、聞いて」エレンがいった。切り出す前から、エレンが気まずそうにしているのがわかった。「ちょっと離れていてくれないかしら。あの林に隠れるとかして。わたしが車をとめるあいだ。せっかくのチャンスかもしれないのに、向こうが怖がって逃げると困るし」

ジェントリーは、いっこうに平気だった。薄汚い身なりの白人男だし、ズボンに差してある大きな拳銃は、うまく隠せていない。あの輸送縦隊は、UNAMIDの兵士か、国連に配属されているアフリカ連合平和維持軍だろうから、道端にきれいな女が立っていれば、停止するにちがいない。しかし、こっちは脅威と見なされるだろうし、これまでに知ったかぎりでは、UNAMIDはこの地域ではだれが相手でも戦いを避けている。逃げられる危険を冒すわけにはいかなかった。「ああ、悪くない案だ。だが、しくじるなよ。コンヴォイの前で道路に寝そべってでも、停止させるんだ。それから、ICCの人間だというのは伏せておけ。秘密警察とすったもんだを起こしたこともいうな。NGOはその手の厄介な問題には関わりたがらないからな。こういう話を——」

「わたしはレポーターで、あなたはカメラマンだといったらどう？　アルファーシルでホテルを探しているうちに道に迷って、強盗に遭い、ここまで連れてこられて、道端に置き去りにされた、と」

ジェントリーは、エレンの案に反対して、自分の案を押し通そうかと思った。だが、そうはせずにちょっと考えると、かなりの名案だと気づいた。

感心しているのをひた隠しにしながら、ジェントリーはいった。「うまくいくかもしれない。それでいこう」

道路からはずれて、狭い溝を下り、低木の林にはいった。エレン・ウォルシュが、すこし距離を置くために、道路を五〇メートル進んだ。

十分後、六十一歳のマリオ・ビアンキは、砂に覆《おお》われた未舗装路をたどるカナダ女のあとから、トラックの列の脇をひきかえし、同僚のカメラマンだというアメリカ人のほうへ近づいていった。とにかく、女はそういっていた。一ユーロ硬貨の半分くらいの大きさの肥った蠅《はえ》の群れが、マリオの顔に急降下してきた。サファリ・ハットを脱いで追い払ったが、とうてい勝てる戦いではないので、あきらめた。きょうも暑い一日になりそうだ。まだ午前九時なのに、三七度に近い。正午までにはディッラーに到着したかった。この意表をつく出来事に出遭う前から、予定よりも遅れている。

マリオは、アルファーシルとディッラーを結ぶ道路で、ありとあらゆる物事を見てきたつもりだった。この片道約八〇キロメートルの旅を、ローマに本部のある救援組織スペランツァ（希望）・インテルナツィオナレ（略称ＳＩ）に八年勤務するあいだに、百回以上こなしている。最初は職員だったが、いまでは組織を運営している。ディッラーの手前にあるＳＩの難民キャンプに人員と補給物資を運ぶのがおもな仕事で、このルートの暑さ、悪臭、虫、野生動物、危険にはかなり慣れていた。

酔っ払った反政府勢力、追い剝《は》ぎ、スーダン政府軍のパトロール、アフリカ連合の〝平和維持軍〟に何度も出遭い、むろん恐ろしい騎馬民兵組織ジャンジャウィードとも遭遇している。

だが、道路ともいえないようなこのルートを走っているときに、英語をしゃべる欧米人に出くわしたことは、一度もなかった。

とても現実とは思えない。

マリオ・ビアンキは、救援組織の業界で鉄壁の評判を打ち立てていた。アフリカ大陸で四十年も仕事をつづけるあいだに、着実にそれを育《はぐく》んだ。イタリア人のマリオは、仕事をやってのける男という定評があった。ほんものの地雷原を通り抜けることができ、現場レベルでの交渉という地雷原も潜り抜ける。どこでだれに雇われようが、マリオの輸送縦隊は無事に通行でき、キャンプは設営され、診療所に補給が行なわれ、雇い人には給料が支払われた。地元の武装勢力とはほとんど揉《も》めずに、そういったことをすべてやってのけた。アフリカという土地や、マリオがやっている仕事を考えると、まさに奇跡だが、略奪を働いていたローラン・カビラのADFL（コンゴ・ザイール解放民主勢力連合）にも見逃され、凶暴なシエラレオネのRUF（革命統一戦線）にも民間人の国外避難活動を邪魔されることはなかった。面白半分にだれでもかまわず殺す、ウェストサイド・ボーイズと呼ばれるリベリアの若者の暴力組織ですら、自分たちの縄張りでマリオが仕事をするのをおおむね許していた。

先進国で、マリオは何度もくりかえし表彰された。タキシード姿のマリオ・ビアンキは、毎年のようにフットライトを浴びながら舞台を歩き、やはりタキシードやイブニングドレスを着た上流階級のひとびとの節度をわきまえた熱烈な拍手喝采《かっさい》を浴びていた。マリオは、ダルフールに来る前から、何年にもわたって成功を重ねていた。ダルフールで起きている残虐行為は、炎が蛾《が》を引き寄せるように、マリオ・ビアンキを引き寄せることになった。

ダルフールで、マリオの評判は神話の域に達しかけていた。国連は護衛なしでは輸送縦隊を出さないし、民間救援組織はダルフールで起きた無差別大量殺戮《さつりく》によって血を流し、叩きのめされて、ハルツームで身を潜め、ダルフールでの現地活動ができない。それなのに、スペランツァ・インテルナツィオナレの輸送縦隊は、いまなおダルフールで輸送を行なっている。同組織の国内難民キャンプと診療所と倉庫と給水所は、いまも機能している。むろんジャンジャウィードや地元の反政府勢力の襲撃は散発していたが、〝フール人の住処《すみか》〟（ダルフールの原義）で大胆にも店開きをした他の集団とはちがって、たいした被害は受けていない。

マリオの成功は、その強力な個性によるものだと考えられていた。マリオは数十年にわたってアフリカの悪魔どもを手なずけて、自分の組織が共存するのを許してもらっているのだ、と。

だが、それだけではなかった。純朴な慈善家という化けの皮をかぶっているマリオは、じつのところ、正直さなどまったく信じていない人間だった。アフリカに五十年もいれば、だれでもそうなるだろうが、その人間不信は冷酷で残忍な現実主義という形をとっていた。本来なら、救援組織の世界とは相容れないものだ。

じつは、マリオ・ビアンキの成功は、しごく単純な世界共通の行為に支えられていた。

マリオは、賄賂《わいろ》をつかう。

巨額の賄賂を。

あらゆる方面に。

リベリアのウェストサイド・ボーイズが、マリオの現地事業に手を出さなかったのは、一万ドルを支払って操業を許してもらったからだ。税額控除の対象となる自分たちの寄付金のかなりの部分が袖の下《バフシェシュ》になり、リベリアの十四歳の民兵が麻薬や弾薬やポルノビデオを買うのに使われていることを、マリオの組織に寄付している善意のアメリカ人やヨーロッパ人が知ったら、そういった民間の寄付金はたちどころに引き揚げられてしまうはずだった。スペランツァ・インテルナツィオナレから通行料を受け取ったのをきっかけに、コンゴの殺人部隊が自分たちの支配地域で活動している他のNGOにもさっそく金を要求し、道徳観念の強いものが献金を拒むと、攻撃して虐殺し、その結果、SIがコンゴ東部で活動する唯一の救援組織になった――という経緯を嗅《か》ぎつけたら、SIに寄付しているひとびとは、どう思うだろう。善意の資金が虐殺によって穢《けが》されたと彼らが感じても、責めることはできないだろう。

このダルフールでも、アメリカの映画スターが出演するテレビCMがSIのキャンプで撮影され、金がどんどん流れ込んで、そのうちのかなりの部分が、ダルフール北部を徘徊《はいかい》して、レイプ、殺人、放火にいそしんでいるジャンジャウィードの殺人集団に渡されていた。アメリカ人やヨーロッパ人が寄付したその金で、ジャンジャウィードたちは、チャド産の最高のラクダや馬にまたがり、エジプト製の最高のAK－47を持ち、日本製の最高の衛星携帯電話で連絡をとり合っている。

マリオは、それをあっさりと正当化していた。自分はここにいて、仕事をしている。やらなければならないことをやっているだけだ。おれは地獄のどまんなかにある砂地の道で、摂氏四〇度の暑さに見舞われ、鼻にとまる蠅《はえ》を叩いているのに、安楽椅子に座っているやつに裁かれてたまるものか。

　マリオは、いつもの人間不信を、いまの状況にも当てはめていた。サヘルにアメリカのジャーナリストがたったふたりでいる？　正直なところ、道端の白人女など無視して、このまま走りつづけろと運転手に命じればよかった、と悔やんでいた。ダルフールのスーダン政府関係者抜きで勝手に動いているフリーランスのジャーナリストは、マリオの商売からすれば、厄介のタネでしかなかった。マリオはスーダンの権力者――ひとり残らずケチな悪党どもだ――と協力してやっていかなければならない。敵にまわすわけにはいかない。この女を乗せてディッラーまで行くだけでも、組織にとって危険きわまりない。スーダン政府軍にそれを知られたら、ハルツームの中央政府からなんらかのお達しがあり、キャンプへの救援物資の流れがとどこおりかねない。賄賂で切り抜けることはできるかもしれないが、先進国の不況が寄付にも影響をあたえている。この景気では、渡せる賄賂にも限度がある。

　マリオは、前方の白人に目を留めた。

「カメラはどうした？　カメラマンだといったじゃないか」

「カメラマンよ。追い剝ぎにきのうの晩、車ごと盗まれたのよ。ぜんぶ積んであったの。害意のないひとたちが来るのを、ここで何時間も待っていたの」

「アルファーシルから二五キロも離れているぞ」マリオはいった。

「わたしにいわないでよ。運転していたわけじゃないんだから」

　マリオは、女を疑ってはいなかった。アルファーシルとディッラーのあいだの道路では、追い剝ぎが出没している。車の速度が落ちたり動けなくなったりすることが多い雨季には、SIはできるだけUNAMIDの武装護衛隊といっしょに移動するようにしていた。AK－47を持っている農民や牧夫をひとり残らず買収することなど、不可能だからだ。しかし、この季節はたいがい、危害をくわえようとする小規模な集団がいても逃げ切れる。

ジャンジャウィードだけはべつだ。輸送縦隊に手出しをしないよう、ジャンジャウィードにはかなりの額を支払っている。

マリオは、アメリカ人のすぐ手前まで行った。その白人男は、車をおりて道端で煙草《たばこ》を吸っているSIの運転手や荷役作業員数人と話をしていた。なにも装備を持たず、リュックサックも背負っていない。汗の染みができた茶色いTシャツに、地元の黒いズボンという格好だった。ふりむいたとき、Tシャツがめくれた。

男は顎鬚《あごひげ》を生やし、肌が浅黒かった。顎鬚に覆われていないところには、サヘルの土埃《つちぼこり》がこびりついている。現地人の作業員たちと、フランス語で話をしていた。フランス語は、約三五〇キロメートル西のチャドでは共通言語だが、このあたりではあまり使われない。

アメリカ人は、マリオに背中を向けていた。SIの雇い人のひとり、ダルフール人の荷役作業員と握手をするために向きを変えたとき、右腰に差した拳銃のグリップがマリオの目に留まった。

マリオは、口をぽかんとあけた。この男が大胆にも銃を持ってることが、信じられなかった。カウボーイ気取りのアメリカ人か！　SIのトラックに便乗して、ここから安全な場所へ運んでもらおうというのか？　紐《ひも》で締めるズボンに堂々と邪悪な道具を差し込んでいたら、危険をもたらすのは目に見えている。

アメリカ人には言葉をかけず、マリオは腹立たしげにうしろから近づき、拳銃を奪おうとした。

それがものすごくまずい考えだったことがわかった。

23

ジェントリーのような訓練と性癖を身につけた人間の個人武器に手をかけようとするのは、錆びた熊獲り罠に手を突っ込むほどではないにせよ、それにかなり近い危険な行為だった。マリオがグリップを手でくるみ込む前に、ジェントリーは圧力を感じ取った。マリオには、拳銃を抜き取ろうとすることすらできなかった。ジェントリーは敵のほうへ向き直った。上半身をまわす勢いを利用し、すさまじい力と速さで、右腕をうしろにあげ、敵の腕を拳銃から遠ざけた。そのまま回転して、左手を横にふり、敵の顔に向けてのばすと同時に、ひかがみを左脚で蹴った。左手を戻し、敵の顎の下を殴りつけた。銃を奪おうとした男は、そのパンチをくらってうしろによろけ、脚をひっかけられて、仰向けに倒れ、ジェントリーのつむじ風のような動きが捲《ま》きあげた土埃に包まれた。

ジェントリーは、ぼやけて見えるほど速い動作で拳銃を抜き、地べたの敵に狙いをつけてから、ほかに襲ってくるものはいないかと、あたりに目を配った。

エレンが三メートル離れたところに立っていた。恐怖のあまり、顔から血の気が引いていた。

五分後、その経緯は許されもせず、忘れられもしなかったが、六十一歳のイタリア人は助け起こされ、土埃を払い落とされ、帽子を頭にかぶせられていた。一分かけて気を静めると、トラックのステップに腰かけて、冷えたオレンジ味の炭酸飲料を飲みながら、煙草を吸った。エレンがそばでさかんに謝っていた。本業の弁護士らしくなく、ジャーナリストだという触れ込みにも似つかわしくなく、外交官のようだった。ジェントリーは、道端にひとりで立っていた。戦争地域のどまんなかで拳銃一挺を所持するのが無謀だとは思えなかったが、そのために忌み嫌われていた。

「銃だめ《ノー・ガン》！　銃だめっ《ノー・ガン》！」現地人の運転手がいった。銀髪の中年男で、三メートル離れたところに立ち、激しく叱りながら手ぶりでだめだとくりかえした。

「銃は渡さない」ジェントリーはきっぱりといった。

「銃だめ！　銃だめ！」ジェントリーは、ふたつの単語を運転手が何度もくりかえすのを聞いていた。英語はそれしか知らないのだろう。そういいながら、運転手は指をさかんにふっていた。

「もう一度いってみろ、馬鹿野郎」ジェントリーは語気荒くいった。運転手はそのとおりにした——じっさいには、それから二度もいった——それから脇にどいて、ボスと白人女を通した。足どりとひきつった顔からして、エレンとマリオがまだ怒っているのがわかった。

ジェントリーは、エレンの顔を見た。「他人の武器に手をかけるんじゃない」

「何度もいわないでよ、シックス」エレンが、腹立たしげに答えた。「いい、わたしはディッラーまで便乗させてもらうわ。あなたも連れていってもらえるそうよ。わたしに免じて。シニョール・ビアンキに拳銃を渡すという条件でね」

「ビアンキは拳銃をどうする？」

マリオがみずから答えた。まだ首のうしろをさすっている。ディッラーの診療所にいるボランティアの理学療法士か脊柱《せきちゅう》指圧治療師は、きょう勤務しているだろうか、とつぶやいた。それからこういった。「砂漠に投げ捨てる。銃なんか持っていて、どうするつもりだったんだ？」

ジェントリーは、目を剝《む》いた。「おかしなやつに出くわすかもしれないだろう」

「わたしの輸送縦隊《コンヴォイ》に銃は不要だ。揉《も》め事は起こしたくない」

ジェントリーは、年配のイタリア人をじっと見つめていた。ようやく口をひらいた。「揉め事というのはおかしなものでね。こっちが起こしたくなくても、向こうから探しにくるんだ」

マリオの凝視は、ジェントリーの視線とおなじくらい激しく、目の前の男をどれほど憎悪しているかをうかがい知ることができた。「その銃を持っていたら、トラックには乗せない」

危険きわまりない時間の浪費だと、ジェントリーにはわかっていた。スペランツァ・インテルナツィオナレの輸送縦隊が停止してから十分たつが、車は一台も通っていない。匪賊《ひぞく》やスーダン政府軍やNSSが来る前にここから逃げ出すには、調子を合わせるしかない。大げさに溜息をついた。マリオが手をのばしたが、ジェントリーは背を向けて、道路の南側の浅い涸《か》れた河床へ行った。弾倉を抜くと、親指で弾薬を地面に落とし、窪《くぼ》みの下に蹴とばした。乾いた地面のひび割れに落ちたものもあれば、まだ見えるものもあった。つぎに薬室の弾薬を排出し、拳銃を分解した。遊底被《スライド》を引き抜き、スプリングを飛ばし、銃身をはずした。そういった部品を、できるだけ遠くにほうり投げた。

エレンが近寄ってきた。声がやさしくなっていた。もうこのことは忘れようと思っているのだ。「これでいいわ。そんなにたいへんなことだったの?」

ジェントリーは、雄大な景色を眺め、スナノミに嚙《か》まれた左手首を搔《か》いた。

「二時間後に教える」

十分後、ジェントリーは輸送縦隊の三台目にあたるトラックで、座席のまんなかに乗っていた。前の二台が捲きあげる土煙のほかには、ほとんどなにも見えなかった。エレンは先頭のトラックにマリオといっしょに乗っている。わざと分けたのは、土埃にまみれている姿でも男好きのするカナダ女を口説こうという魂胆《こんたん》だろう。ジェントリーの左右には、白髪の運転手ラシードと、若い荷役作業員のビシャーラがいた。語順はあまり正確ではなかったが、ビシャーラはびっくりするくらい英語がうまかった。デイヴィッド・ベッカムとおなじ街の出身かと、ジェントリーにたずねた。ちがうと答えて、ジェントリーはほとんど相手にせず、フロントウィンドウから目を凝らしていた。まだNSSの追っ手から逃れられたわけではないとわかっていた。ディッラーまでは二時間近くかかる、とマリオがいった。到着は正午ぐらいになる。ディッラーに着いたら、エレンをSIの国内難民キャンプにかくまってもらうつもりだった。そこには連絡手段があるはずだから、ヘリコプターか、UNAMIDの地上部隊の護衛で脱出できる。いっぽう、ジェントリーは、車と運転手を雇い、アルファーシルにひきかえすつもりだった。そこで密売の携帯電話を買い、シドに連絡する。イリューシンに乗れなかったのはロシア人搭乗員が馬鹿なまねをしたせいだとせいぜい非難する。機長がICC捜査官の女を口説こうとしたからだという。それから、アルファーシルを出る代わりの手段を探させる。それを一日半でやれば、作戦に間に合うようにサワーキンへ行ける。

時間的にはきわどいが、途中でまた齟齬《そご》をきたすようなことが起きないように願うしかなかった。

ビシャーラが渡したペットボトルの生ぬるい水を、ジェントリーはすこしずつ飲んだ。詰め替えたものではないことを、飲む前に念入りに確認した。SIに雇われているふたりは、ジェントリーの頭のうしろにあるトランジスター・ラジオのおぞましい音楽を聞いていた。周波数もちゃんと合っていない。ラジオは貨物室に通じるスライド式ドアの掛け金に吊るしてあった。トラック同士の交信は、悲鳴のような女の歌声にほとんどかき消されていた。ビシャーラがちょっといっしょに歌うと、年配のラシードが笑って歌い出した。

ふたりはつぎの曲も、そのつぎの曲も歌いつづけた。つかのまジェントリーは、腰に銃を差して、便乗できる車を道端で待っていればよかったと思った。

ビシャーラが歌うのをやめるのは、アメリカのいろいろなヒップホップ・アーチストについて質問するときだけだった。ジェントリーのよく知らない話題だった。ずっと無視していると、ビシャーラはあきらめて歌に戻った。

輸送縦隊《コンヴォイ》の無線がときどき空電雑音を発し、先頭のトラックに乗っているマリオ・ビアンキのイタリアなまりの英語が聞こえた。たいがい、輸送縦隊のうしろの車への情報伝達だった。道路脇から突き出している枯れたバオバブのからみあった大きな根が、硬い地面から抜けて道路に落ちているから、避けて通る必要がある。道路を横切っている涸《か》れ谷を安全に越えるには、シフトダウンしたほうがいい。脚を痛めたラクダが前方で立ちどまったので、しばらく待つしかない、というように。

輸送縦隊に武装した護衛がついていれば、もっと安心できるのにと、ジェントリーは思った。「どうしてUMAMIDの兵隊が同行していないんだ?」ビシャーラにそうたずねた。

ビシャーラが、ろくでもない音楽に合わせて体をゆすりながら、肩をすくめた。それからこういった。「ダルフールはあんたの国のテキサスとおなじくらい大きいのに、UNAMIDの兵隊はたった一万人しかいない。ほとんどキャンプにいる。ちっぽけなコンヴォイをいちいち護れるほどいないんだ」にやりと笑った。「だいじょうぶだよ。ジャンジャはSIを攻撃しない。だれでも知ってることだよ」

ジェントリーは、驚いてビシャーラの顔を見た。「なぜだ?」

「マリオさんはジャンジャの友だちなんだ」

ジェントリーは、窓の外の土煙を見た。「最高だな」

マリオがしばらく交信していなかったことに、ジェントリーは気づいていなかった。どのみち音楽と窮屈な運転台で合唱しているせいで、ほとんど聞き取れなかった。だが、マリオの歌うような声がふたたび無線から聞こえたとき、ジェントリーは背すじをのばした。口調がどことなく変わっている。その抑揚と、にわかに無線交信の手順に従っていることに、注意を呼び覚まされ、すぐに音量をあげた。

「SI国内難民キャンプ・ディッラー、こちらSI輸送縦隊《コンヴォイ》、トラック1。どうぞ」

ジェントリーは、歌っているふたりを黙らせ、手探りでトランジスター・ラジオの音を小さくした。

「話してください、トラック1、どうぞ」オーストラリア人とおぼしい女の声だった。

「マギー」姿の見えないマリオの声は、堅苦しく、真剣そのものだった。ジェントリーは、声強勢分析パターンを十年間学んでいる。マリオが話をはじめる前から、問題が起きたのだとわかった。「コンヴォイが便乗させた女性が、国際刑事裁判所の捜査官だといっている。同僚をひとり連れている。ハルツームのICC事務所に連絡して、身許を確認してくれないか？　ほんとうにそういう身分なら、ICCにヘリコプターをよこしてもらう必要がある——

——」

「くそったれ！」ジェントリーはどなった。運転台のあとのふたりは、ただ目を丸くするばかりだった。

この無線交信はまちがいなくNSSに傍受されているはずだ。NSSは第一階層（一線級）の情報機関ではないが、SIのコンヴォイが便乗させたふたりが、昨夜、捜査員ふたりを殺し、ゴースト・ハウス前で爆発を起こしたのと同一人物だと察するにちがいない。

馬鹿な女弁護士だ、とジェントリーは思ったが、ぐっとこらえた。マリオよりもおれのほうを信じてもらえるような根拠は、なにひとつない。救援組織のボスといっしょにトラックに乗っているせいで気がゆるんで、自分たちが危険にさらされていることを打ち明けてしまったのだろう。無理もないこととはいえ、たいへんな災難を引き起こすきっかけをこしらえてしまった。

ジェントリーの頭脳が、スロットル全開で働きはじめた。NSSが交信を傍受した可能性は、どれぐらいあるか？　推理して当然の結論を出す可能性は？　付近の資産《アセット》を動員し、輸送縦隊を要撃するか、あるいはディッラーの国内難民キャンプの外で待ち伏せる可能性は？　それに失敗したとしても、UNAMIDの警衛の前を堂々と押し通って、エレンを捕らえる可能性は？

土煙のほうに目を凝らした。心のなかで躍起《やっき》になって悲鳴をあげながら考えた。頭を働かせろ！　考えるんだ、ジェントリー！　やつらはなにをやろうとする？　スーダン情報機関上層部の思考プロセスをたどってみようとした。エレン・ウォルシュをディッラーのキャンプに行かせるわけにはいかない。経済制裁違反を暴かれてしまう。UNAMID平和維持軍がコンヴォイと合流するまで、手をつかねているわけにはいかない。平和維持軍の兵士が武器使用に乗り気でないとしても、NSSのほうが兵力では劣っている。

ちがう、ジェントリーは思った。自分がNSSを指揮していたなら、できるだけ早くコンヴォイを襲う。このなにもないところにいるあいだに。襲撃のターゲットがICCの女性捜査官だったと怪しまれないように、ちっぽけなコンヴォイの人間を皆殺しにする。

そういった可能性すべてを、一分とたたないうちに考え合わせていた。創造力に富む頭脳で、数多くの情報を処理した。危険、戦闘、陰謀、欺瞞《ぎまん》、脅威向けに調整された頭脳で。

NSSは、政府軍一個小隊をすぐに召集し、コンヴォイの行く手を阻むことができるかもしれない。だが、その可能性は低い。コンヴォイは二時間足らずで目的地に着いてしまう。

ちがう。NSSは、いまこの地域にいてすぐに呼び出しをかけられるべつの武装勢力と連絡が取れるし、その勢力を動かすこともできる。

なんてことだ、ジェントリーは心のなかでつぶやいた。そいつらだけは願い下げだ。

認めたくはなかったが、可能性の高い推論はひとつしかなかった。ひそかにうなずいた。決意を固めて、顎の筋肉に力をこめた。ビシャーラのほうを見た。

「地図をくれ」

ビシャーラが、フロアに散らばった書類のなかをまさぐった。地図を探しながら笑った。

「どうして地図がいるんだ？　道路は一本しかないよ。道に迷うことはないんだ」それでも、折りたたんだ地図をひっぱり出した。ジェントリーはそれを急いで取って、調べはじめた。

ほとんど起伏のない地形だったが、じょうご型にすぼまった危険な隘路《あいろ》が、何カ所かあった。ディッラーへ行くまでに通らなければならない浅い窪地《くぼち》や狭い谷がある。襲撃にうってつけの地形だ。

「よく聞いてくれ。われわれは襲撃されるだろう。この道路で」

ビシャーラの明るい茶色の目が真ん丸になった。「襲撃？　だれに襲撃されるっていうんだ？」

ジェントリーは、若いダルフール人の向こう側のサイドウィンドウから、果てしなくひろがっている景色を見やった。南のほうが高くなっていて、遠くに突き出している乾燥した低い丘のあいだに、貨車なみの大きさの太いアラビアゴムの木が生えている。

ジェントリーの声は力強かったが、声音《こわね》には不安がにじんでいた。「ジャンジャウィード」

ビシャーラが、小首をかしげた。蠅でも叩くように、片手をふった。「ありえないよ、旦那」

ジェントリーは、運転手のほうを向いた。「銃だ。銃を貸してくれ」

英語が話せない運転手の代わりに、ビシャーラが答えた。「銃は持ってないんだ」

「馬鹿をいうな！　どこかに隠してあるはずだ。ジャンジャが襲ってきたときのために。おれは国連とは関係ない。しゃべったりしない。おれたちは襲撃される。敵を見張るのに、おまえのＡＫ‐47が必要なんだ」

「銃はないんだよ、旦那。それに、ジャンジャは襲ってこない。おれたちSIには」

「きょうは関係ないんだ」ジェントリーはいった。ほかの方法を考えた。無線で先頭のマリオに連絡し、コンヴォイをとめさせる。自分が原因の危険があることを話し、無線を使わずにアルファーシルにひきかえすよう説得する。

だめだ、不確定要素が多すぎる。マリオが従わなかったら？　NSSもしくは政府軍の部隊が、この道路を猛スピードで追跡していたとしたら？　いずれの場合も、話し合って進むのに手間どったり、ひきかえしたりすることで、コンヴォイをさらに大きな危険に巻き込みかねない。

となると、このまま進みつづけ、山の上に襲撃部隊が現われる前にディッラーの近くにある比較的安全な国内難民キャンプに逃げ込むのが、最善の策だ。

そういうふうにうまくいくことを願うしかないが、グレイマンとしては、幸運を祈りながらじっと座っているつもりはなかった。

こんどは、砂漠で跳梁《ちょうりょう》する武装騎馬隊の指揮官になったつもりで考えようとした。どういう計画を立てるだろうか？

くそ。見当もつかない。小規模な部隊の戦術については、かなり訓練を積んだ。しかし、馬やラクダにまたがって戦ったことはない。それはまったく未知の領域だった。なにかしら戦術を思い浮かべようとして、子供のころに弟や父親といっしょに見たジョン・ウェイン主演の西部劇を思い出そうとした。

だめだ。参考にならない。〝デューク〟は、レバーアクションのウィンチェスター・ライフルも持たずに、インディアンの土地のどまんなかに取り残されるようなことはなかった。この苦境と古い西部劇映画とは、縁もゆかりもない。

襲撃隊が駆使する最高の戦術について考えるのはやめた。インディアン対騎兵隊ではない。ジャンジャウィード対NGOなのだ。この武装騎馬隊は、高地や軍事的に好都合な地形を探しはしないだろう。なにしろ無防備なコンヴォイを襲うのだ。どこでも、いつでも、そのまま押し寄せればいい。

ジェントリーの知っているかぎりでは、ジャンジャウィードはふつうは国連のコンヴォイは襲撃しない。そもそもコンヴォイを襲撃することは、ほとんどない。ジャンジャウィードは村を急襲して、小屋を焼き、レイプし、虐殺し、そして略奪する。

略奪！　そうだ。トラックに積まれているものを盗みたいだろうから、トラックを破壊することはない。

目前に迫っている戦闘を思い描いた。ジャンジャウィードは、トラックをとめて全員をおろし、虐殺をはじめるはずだ。

CIAの教官たちは、ハーヴィー・ポイントであらゆることをジェントリーに教え込もうとしたが、武器がないときに大量殺人を防ぐ方法はだれも教えなかった。

ジェントリーは、貨物室のスライド式のドアのほうを、さっと見た。「うしろにはなにがある？」ビシャーラにきいた。待ち伏せ攻撃に遭《あ》うはずだと、ジェントリーがいい張っているので、ビシャーラは不安になったようだった。

「なにもないよ。銃はない、旦那。どうしてジャンジャが――」

「なにを運んでいる？」ジェントリーは、もう一度しつこくきいた。

「キャンプ用の物資。ベッドとか、ラジオとか、電気スタンドとか、デスクとか、スタッフの事務所と宿舎用の品物だよ。それと、新しい給水塔の建築資材。どうしてジャンジャが――」

「ちょっと見にいこう」ジェントリーは、上半身をまわして、広い貨物室に通じる小さなスライド式のドアをあけた。どうにかはいり込める隙間があり、カバンや雑穀の袋や金属製の棚の上を越えて、積荷のてっぺんに登った。「懐中電灯《フラッシュライト》を貸してくれ」運転台から首を突っ込んでいるビシャーラに向かっていった。

「なにを貸すんだって？」

「懐中電灯《トーチ》。懐中電灯を貸せ。イギリス英語なんてくそくらえだ」声を殺して毒づいた。

一分後、ビシャーラとジェントリーは、さまざまな装備の上を四つん這いで進んでいた。屋根裏の狭いスペースを這っているような感じだった。四五度くらいの暑さで、明かりがなかったら真っ暗だった。道路のでこぼこで車が揺れるたびに、ふたりはふりまわされた。運転手はなにをやっているのかといぶかっているだろうが、それでも何事もないかのように、コンヴォイとともに突き進んでいた。

「どうしてジャンジャが来ると思うんだ？」ビシャーラがようやく質問をくりかえした。

ジェントリーは、話をしながら箱や袋を調べていった。ビシャーラに照らしてもらいながら、品物を左右にほうり投げた。こう説明した。「NSSはあの白人女を探している。殺そうとしているんだ。マリオが無線連絡したせいで、ここにいるのがばれた。NSSはこの道路に攻撃部隊を配置していないと思う。だから、ジャンジャウィードに連絡して、おれたちを襲わせるだろう。ジャンジャウィードが来たとして、おれと女を殺すだけですますかもしれないが、おれは皆殺しにするというのに賭けるね。NSSの手先をつとめたのを隠すだけのために、そうするだろう」

ひどく緊張しているようすのアメリカ人の話に納得して、ビシャーラがうなずいた。「おれになにができる？」

「いまから、おまえとおれはチームを組んでやっていかなければならない。いっしょにがんばって、自分たちと仲間を救う。わかるな？」

ビシャーラがうなずいた。

「運転手のラシードだが、信用できるか？」

ビシャーラが、肩をすくめた。「おれはザガーワ族で、ラシードはマサリート族なんだ。でも、いいやつだよ。あんたのいうとおりにしろと教える」そこできいた。「これからどうする？」

「まず、おれの予測がまちがっていることを祈る」

ビシャーラが、首をふった。「ダルフール人は、いつも祈ってる。でも、ジャンジャはやって来ておれたちを殺す」

ジェントリーは、体の下の貨物をがむしゃらに掘り起こしつづけていた。乱雑に積まれたダンボール箱から、すでにライターと目覚まし時計を見つけていた。ポリエチレンの厚いゴミ袋をつかみ、ビシャーラの持っている懐中電灯の光にかざした。小麦の袋や料理用油の小さな缶のあいだから、こんどはもっと深く手を突っ込んだ。服がはいっているバスケットをどかして、上に手をのばし、ビシャーラから懐中電灯を受け取ると、貨物室の床に積んであった頑丈な木箱を照らした。蓋《ふた》をこじあけると、溶接用の道具が揃っていた。アセチレンと酸素のボンベ、防護のためのかぶり面、鉄パイプジョイント、トーチ。

貨物の上のビシャーラを見あげた。「やつらが来たら、戦う」

「アメリカ人さん、おれはジャンジャウィードのことをよく知ってる。おれの村を打ち壊して、妹ふたりをレイプし、ひとりを殺して、もうひとりは殺されなかったけど、ひどい目に遭わされたせいで頭がおかしくなった。おやじも殺した。おふくろとおれだけが逃げて、おふくろはディッラーのキャンプにいる。ジャンジャウィードが来たら、おれたちにはなにもできない。あいつらには銃とラクダと馬がある。やつらが来たら、みんな殺される」

ジェントリーは、首をふった。「おれたちは切り抜ける。ジャンジャウィードは人殺しだが、臆病者だ。敵と戦うんじゃなくて、丸腰の人間を虐殺する。おれたちはそう簡単にはやられない。やつらを叩きのめし、何人かを殺す。そうしたら、ジャンジャウィードはくじけて逃げる。やつらは戦うのは嫌なんだ。女子供を殺して楽しむだけだ。おれたちは切り抜けられる」

「ほんとの兵隊じゃなくてもおなじだよ。あいつらには銃がある！　とめる手立てがなんにもない」

「いや、ある」

「なにがあるんだ？」

「おれがいる」

ビシャーラが、目を丸くした。「あんた、正気じゃないよ」淡い笑みが顔に浮かんだ。

こんなときに笑うというのは、ビシャーラもいくぶん正気じゃないのだろう。この若者といっしょにやれると、ジェントリーは即座に察した。

「あとのトラックにはなにがある？」

「えーと、一台目はほとんど食料だ。作業員向けので、キャンプ用の小麦粉じゃない。それから、修理用のパーツや――」

「もういい。前の二台目には？」

「カンバス、水、発電機。キャンプ用の小型発電機が六台。それと、井戸用のポンプ」

ジェントリーの頭脳のなかで、壮大な戦術案が、意識のあとの部分がついていけないくらいめまぐるしく回転していた。「役に立たない。よし、うしろのトラックには？」

「えーと」ビシャーラが、しばし考えていた。「工具、道具、便所を建てるための釘と板と材木。そうだ、発電機用のガソリンがある」

ジェントリーは、ビシャーラに光を当てた。「ガソリン？」

「ああ」

首をかしげた。「ガソリンは、どれくらいあるんだ？」

24

前方の道路を封鎖している男たちを見て、マリオはびっくりした。総勢は十数人以上だった。連銭葦毛《れんぜんあしげ》の大きな馬にまたがっているものもいれば、もっと馬鹿でかい薄茶色や焦茶色のラクダに乗っているものもいる。ライフルは胸の下のほうに吊るか、脇に持っていた。さまざまな色のターバンを高く巻き、髪だけではなく顔も覆《おお》っていた。サングラスをかけているものも多く、ちぐはぐな迷彩服を着ているものもいた。ふたりが軍用ブーツを履《は》いていたが、あとはたいがいサンダル履きだった。何人かが長いトレンチコートをはおっていたが、それ以外はほとんど上半身裸で、ライフルの予備弾倉を詰め込んだ戦術ベストだけを着ていた。

まさしくジャンジャウィードの群れだった。ジンジャウィードは、アラビア語の悪鬼《ジン》と駿《ジャウィード》馬を組み合わせた言葉だといわれている。まさに悪鬼のような騎馬隊だ。もともとは、馬やラクダを飼う遊牧民など、乗馬に巧みな男たちをスーダン政府が召集した、アラビア語ができる黒人部族民の義勇部隊だった。それがいまでは、馬かラクダか、あるいはピックアップを持っているだけで、政府の支援を受けている武装勢力の一員になれる。八年ほど前からジャンジャウィードはスーダン西部の非イスラム教徒居住区域を荒らしまわって、数十万人を殺し、数百万人を難民にし、数え切れない人数をレイプし、手足を切り、暴行してきた。

この世に悪鬼がいるとするなら——いないといい切れるものはいないだろうが——ジャンジャウィードこそがそうだった。

だが、マリオ・ビアンキは、怖れていなかった。この連中とは知り合いだった。

この悪鬼のフランチャイズは、マリオに給金をもらっている。

マリオは、また遅れが出ることにいらだちはしたが、まったく心配していなかった。ジャンジャウィードの隊長たちとは話をつけてある。この砂漠の道を妨害されずに通らせてもらうことになっている。ときどき、この部族の一団に停止を命じられることもある。無礼なことはされない。運転台からおりるよう命じられ、アフリカ人の雇い人はもうすこし荒っぽく、車からおろされる。しかし、その一団の隊長と話をしたり、うやうやしく名前をいくつかいったりすればいいだけだとわかっていた。ジャンジャウィードの下っ端が取り決めを知らず、上官にじかに確認したいといったら、衛星携帯電話を渡せばそれですむ。

それでいつも片づいた。

マリオは、停止するよう運転手に命じた。カナダ女のほうを見ると、目を丸くして前方の土埃《つちぼこり》のなかに立つ男たちを見据えていた。「問題ない。あの連中の隊長を知っている。心配はいらない」女の頬をそっとなでて、にっこりと笑った。

「おい、ビシャーラ」貨物室からジェントリーは叫んだ。木と鉄でできた工具を手にしていた。その万能斧のハンマー部分で、松の4×4《フォー・バイ・フォー》角材に釘を打ちつけて、枠をこしらえていた。ハンマーの反対側は鋭い斧で、工具の先端は金梃子《かなてこ》の鉤《かぎ》になっている。「どうしてとまるんだ？」

「道路をふさがれてる！」ビシャーラが叫んだ。声はほとんど聞こえなかった。ジェントリーは装備やカバンのなかに潜り込んでいたので、スーツケースや袋やペットボトルの水のパレットや上にかぶさっている防水布の束に、聴覚や動きを阻まれていた。髪の生えぎわから流れる汗が、耳と目にはいった。トラックの貨物室の狭苦しい闇で、息をするのにも苦労した。さきほどまでビシャーラが手伝っていたが、ふたりで貨物を蹴ったり押したり掘り起こしたりするのは、かえってやりづらいとわかった。おたがいの動きで相手が埋もれてしまうことが何度もつづいたので、ジェントリーは運転手への指示をあたえて、ビシャーラを運転台に戻らせた。ジェントリーは、万能斧と懐中電灯を同時に持って作業をやろうとしたが、とうとうあきらめた。暗闇でハンマーをふるうと、五分のあいだに四度、親指と額を打ってしまった。だが、痛い思いをしても、作業を速めるには、懐中電灯を使いながらやるわけにはいかなかった。

　かなり間があいてから、ビシャーラが答えた。「ジャンジャウィードだ！」

「くそ」ジェントリーは悪態をついた。ハンマーで打つのをやめて、懐中電灯を持ち、貨物の上に登っていった。もうひとつ、やらなければならないことがある。自分の目論見《もくろみ》のことは理論上でわかっているだけだ。こういうものをこしらえたことはない。暗いなかであわてやらなければならなかったのが、ものすごくつらかった。狂いが生じるおそれがある要素がいくつもある。それどころか、数え切れないほどある。多数の敵と戦うにはこれしかないとジェントリーが考えた方法は、いまのところ裏目に出るおそれがあった。現時点では、この目論見には大きな危険性が伴っている。ジェントリーは、それがうまくいくかどうかを怖れてはいなかった。むしろ、うまくいきすぎるほうが心配だった。

この目論見が、文字どおり過剰殺戮《さつりく》を引き起こす可能性が高いことが、不安だった。

溶接に不可欠なアセチレンと酸素は、適切な比率で狭いスペースに封じ込めると、可燃性がきわめて高くなる。ジェントリーはさきほど、大きなボンベ二本を立てて、建築廃棄物を入れるための容量一五〇リットルのポリ袋六枚に二種類の気体を入れ、風船のように口をきっちりと縛って、貨物の上に置いた。貨物の上の空きスペースは、それでほぼいっぱいになった。目覚まし時計とライターとかなりの長さの梱包用テープを使い、ポリ袋に時限起爆装置として取り付けた。むろん、ポリ袋に気体を詰める前に、機能するかどうかをたしかめた。ベルを鳴らすハンマーがライターの鑢《やすり》を叩くと同時にガスを出すボタンを押し、ブタンガスに点火するという仕組みだった。

派手な爆発音と炎が噴き出す大爆発を起こすつもりだったが、自分やエレンやSIのコンヴォイ要員が死なないように、弾子はあまり多くないほうがいい。いってみれば、馬鹿でかい特殊閃光音響弾で牽制《けんせい》する。その効果をあげるために、酸素とアセチレンを充填《じゅうてん》したポリ袋を貨物の上に置いたのだ。トラックのルーフが吹っ飛ぶだけで、貨物が時速数百キロメートルで四散することがないように。トラックの巨大な燃料タンクも、爆発しないよう願っていた。それが爆発すると、トラック自体が大爆弾と化し、おおぜいが死ぬ。このトラック大の衝撃弾がどれほどの効果をあげてくれるのか、ジェントリーにははっきりとわかっていたわけではない――不確定要素が数十ある――しかし、ほかに手立ては見あたらなかった。

ジェントリーは、第二段階の牽制手段も用意していた。敵がほんの数秒間混乱しただけでは、優位に立ついとまがないと思ったからだ。鉄のアセチレン・ボンベを苦労しながらひっぱったり押したりして、貨物の上を動かし、起爆性の強い気体を充塡したポリ袋にノズルを向け、ずんぐりした底を運転台側に向けて、スライド式ドアの横に置いた。それをすこし下向きにしてから、へたくそな大工仕事でこしらえた木枠で囲んだ。ボンベは、発射架に載せたミサイルのようになった。

最後に、トラックが停止すると、ボンベのノズルをすこしあけて、貨物室からうしろ向きに這い出しながら、ポリ袋をひっぱった。運転台との仕切りまで来ると、目覚まし時計を合わせて、ベルを鳴らすハンマーが火打石をこする鑢とボタンを確実に叩くことを三度確認してから、酸素爆弾のそばに置いた。

スライド式のドアから出たときには、汗まみれで、疲労困憊《こんぱい》していた。そのとき運転手が数メートルバックし、エンジンを切った。

ターバンを巻いた男が馬に乗ったまま、運転席側のサイドウィンドウに近づいて、運転手のラシードに大声で命じた。ラシードがドアをあけた。ジャンジャウィードの騎兵がすぐさま房のついた太い鞭でラシードを何度か打ってから、最後尾のトラックへ行き、そこでも運転手を叩いた。

ジェントリーは、ラシードにつづき、ビシャーラを従えて、運転台からおりた。周囲の武装した敵軍のこととおなじくらい、自分がこしらえた仕掛けのことが心配だった。

マリオが先頭のトラックからおりたときには、ジャンジャウィードがゆっくりとコンヴォイを包囲していた。半数が馬をおりて手綱を引き、反対の手でライフルをふっていた。あとの半数はおそらく襲撃隊の幹部で、トラック四台の左右の熱した道路で馬を進めていた。

予備弾倉の上から吊るした重い魔除けの首飾りと姿形で、マリオは隊長を見分けた。その茶色い角ばった素焼きのお守りは、ジャンジャウィードがたいがい身につけているものだが、その男はもっとも大きなラクダに乗り、真新しいチョコレートチップ迷彩の戦闘服を着て、もっとも長い顎鬚《あごひげ》をはやしていた。首飾りに通した魔除けの数も多い。聖者が祝福したそのお守りは、弾丸除けに役立つとされている。

その男が指揮をとっていると見て、マリオは丁重に話しかけた。「アッサラーム・アライクム」

胸に手を当てて、平安を願う仕種《しぐさ》をした。

「ワライクムッサラーム」男が軽く会釈して答えた。巨大なラクダに乗っているので、顔が三メートルの高さにある。平安を願っているふうはなかった。

マリオは、アラビア語で話をつづけた。「同胞よ、どうして停止を命じたのか？　イブラーヒーム隊長は友人だ。われわれは、ディッラーまでの通行を許されている」

ラクダに乗った男は、黙って見おろしていた。やがて、トラックからおろされて道端に集められたSIの雇い人たちに目を向けた。全員が揃っていて、従順にしていることをたしかめようと、マリオはそちらを見た。運転手が四人、荷役作業員が四人、怯《おび》えた顔のカナダ女、そしてアメリカ人。アメリカ人は汗だくで、髪がひたいにこびりついている。哀願するように顔を伏せている。マリオは、長いあいだその男を見つめていた。銃を持って年配者を相手にしていたときには、ずいぶん勇ましかった。いまはほんものの戦士に取り囲まれ、消え入りたいようすだ。

ジャンジャウィードの隊長のほうに向き直る前に、アメリカ人が自分の腕時計を盗み見るのが目に留まった。こんなときに奇妙なことをすると思いつつ、情報を知らされていないとおぼしい隊長に、マリオはもう一度ジャンジャウィードと自分の取引関係を説明しはじめた。

「まずい按配《あんばい》になってきたぞ」ジェントリーは、声を殺してつぶやいた。馬に乗った略奪者たちのことではない。三十五分のあいだ自分が取り組んでいた目論見《もくろみ》のことだ。輸送縦隊《コンヴォイ》の全員と自分の命が、危険にさらされている。その危険をもたらすのは、臭い馬やノミに食われたラクダに乗った荒くれどもだけではない。ビシャーラが道端のジェントリーのそばに来て、背中に手を置いた。

ジェントリーはふりむいた。「うまくいくかどうかはわからない。だが、爆発することだけはまちがいない」声音と相手の目を覗き込むことで、自分たち全員が危険にさらされていることを伝えようとした。

ビシャーラが完全に納得したことが、見てとれた。

「幸運を祈るぜ、旦那」

ジェントリーはうなずいた。「ああ、こっちもだ」

エレンと話をして、なにが起きるかをあらかじめ注意したかった。だが、そのときエレンは、道路の向こう側にいて、SIの雇い人とともに引き立てられているところだった。全員が一カ所にまとめられた。話ができるほどに近づいたときも、しゃべることができなかった。エレンに通じる英語か初歩的なアラビア語では、ジャンジャウィード襲撃隊のだれかに聞き取られるおそれがある。だから、なんとかして、エレンの隣に行こうとした。ジェントリーは、ジャンジャウィードの隊長に見おろされて立っているマリオのそばにいた。エレンは、ジするりとマリオのうしろに進んだ。道端で全員を一カ所に集めるように、ジャンジャウィードたちが小突きまわしていたので、簡単にそこまで行けた。ジェントリーのにわか作りの牽制装置となっている三台目のトラックから、一五メートルほど離れていた。SIの雇い人たちをもうすこし遠ざけようとしたが、ジャンジャウィードに押し戻された。全員が体をくっつけて輪のようになっていた。動きを封じられ、寄り固まって地面に立っているひとの群れの不安を、ジェントリーはまざまざと嗅《か》ぎつけていた。ラクダの背に乗ったジャンジャウィードの隊長ともうひとりに、全員が目を向けていた。馬に乗ったもうひとりは、鞍にロケット推進擲弾発射機をくくりつけていた。そのふたりが、獰猛《どうもう》なラクダと馬を使い、コンヴォイ要員たちの動きを阻んでいた。

「わたしがマリオに身分を明かしたから、あの連中が来たのね？」エレンが、あえぐようにきいた。答はすでにわかっているようで、泣き出す寸前だった。

「伏せておけといったはずだ」ジェントリーは、にべもなくいった。ほかにもっと気になることがあったので、カナダ女のいまの心境や恐怖にはかまっていられなかった。

「わたし……UNAMIDの部隊を呼べるかと思って」

「ああ、そう」ジェントリーは、また腕時計を見た。ジャンジャウィードのほうを、そわそわしながらうかがった。ことが起きるのを待ち受けているようすで、そのあたりに佇《たたず》み、あるいは鞍にまたがっている。

ジェントリーも、ことが起きるのを待ち受けていた。だが、どちらが先になるか、見当がつかなかった。どちらの出来事がより大きな災難をもたらすかも、見当がつかない。

くそ。

そこではじめて、マリオ・ビアンキがジャンジャウィードの隊長に話していることに、注意を向けた。トラックをおりてからずっと、マリオはしゃべりづめだった。さっきまではアラビア語で話していたが、それがいまはフランス語の一方的なおしゃべりになっていた。

「だから、わたしの電話でイブラーヒーム隊長に連絡してくれないか。わたしは友だちだといってくれるはずだ」

「あんたはこいつらの友だちなのか？」ジェントリーは、英語できいた。

道端ですぐうしろに立っていたジェントリーのほうを、マリオがふりむいた。うなずいて答えた。「この地域のジャンジャウィードとは、話がついてる」

「そうか。それなのにこの始末か？」

マリオは、聞こえないふりをして、隊長のほうを向いた。「それで、携帯電話を貸そうか？」

ジャンジャウィードの隊長が、巨大なラクダの上からいった。「いや、持っている」

マリオがうなずいた。「イブラーヒーム隊長に連絡――」

「向こうからおれに連絡があった」

マリオが首をかしげた。「そうなのか？　それじゃ通すようにいわれただろう？」

ラクダに乗った隊長が、あっさりと首をふった。一度だけ、ゆっくりと。

マリオのつぎの言葉は、いつもとは打って変わり自信なげな小声だった。

「それじゃ、なんていわれたんだ？」

「こうしろといわれた」隊長が、アラビア語で短い命令をどなった。大きな栗毛の去勢馬にまたがった紫色のターバンの男が、すばやく馬首をめぐらし、押し合っているコンヴォイ要員の背後にまわった。馬をとめていたジャンジャウィードの蔭《かげ》になって、ジェントリーはその男を一瞬見失った。だが、ふたたび姿が見えたとき、紫ターバンの男は、輪をこしらえたロープを手にしていた。下手投げでそれを巧みに投げた。背後から駈歩《かけあし》の蹄《ひづめ》の音が聞こえてふりむいたマリオの首に、ロープの輪がかかった。紫ターバンの男は、ロープの端を鞍のホーンに巻きつけ、駿馬の腹を踵《かかと》で乱暴に蹴った。馬が一気に加速し、道路から北の岩の多い砂漠へと離れていった。

マリオがびっくりしてひと声叫び、ぴんと張ったロープにひっぱられて跳び出し、頭から地面に倒れて、ひきずられていった。三、四人の部下にぶざまにぶつかった。体をまわしてよけたものもいれば、ボウリングのピンみたいにひっくりかえったものもいた。マリオがひきずられるのを見て、エレンが悲鳴をあげた。馬の蹄の音と、肥った体が硬い地面の土くれや、ぎざぎざの石や、ヒッコリーの杖みたいに乾燥した木の根にぶつかる荒々しい音が、一〇メートル、二〇メートル、五〇メートル、一〇〇メートルと遠ざかるうちに、しだいに小さくなった。そしてついに、はるか向こうで風のない大気に漂っている土煙のほかに、なにも見えなくなった。

25

ジェントリーは、腕時計を見た。急いでまわりの群れを押して道路から離れさせようとした、最初はやんわりと押し、やがて強く押した。

そのとき、ジャンジャウィードの隊長が、馬をおりていた連中に向かってどなった。スーダン方言のアラビア語だったが、ジェントリーに理解できる湾岸方言とそう変わりはない。

「ひとり残らず殴り殺せ」

ライフルが銃床を上にして持ち替えられた。四方八方からそれで叩きのめすのに、それが棍棒代わりに使われた。男九人と女ひとりに、五、六人のジャンジャウィードが襲いかかった。犠牲者の叫び声と悲鳴と哀願のさなかで、ジャンジャウィードは非情な作業にふけった。その間ずっと、馬やラクダに乗った連中が、大きな動物の体で、抵抗できない十人を文字どおり押し潰して、いっそう小さな群れに固めていった。

よそをむいていた隙に、銃床がジェントリーの肩をかすめた。その拍子に体がまわり、隊長の乗っているラクダの尻の下に倒れ込んだ。ターバンの隙間から覗く漆黒の目で、隊長が見おろした。ジェントリーは痛みに顔をゆがめたが、もう一度腕時計を見た。

それから、エレンのほうを向いた。倒れた男の上に仰向《あおむ》けに転び、それからジェントリーの足もとでうつぶせになった。起きあがって逃げようとしたが、どこへも逃げられなかった。十人はジャンジャウィードに完全に包囲されていた。

それに、いまのエレンにとってこの世でいちばん安全な場所はそこだと、ジェントリーにはわかっていた。エレンは、顔を伏せて地べたに這《は》いつくばっていた。

ジェントリーは、エレンの上に身を投げ、体の重みで地面に押しつけて、両腕でエレンの耳をかばった。

行くぞ、と心のなかでつぶやき、体に力をこめた。

ジェントリーとビシャーラが乗っていた三台目のトラックから、車のマフラーのバックファイアのようなくぐもった音が聞こえた。叫び声や、細い手足を打つ銃床の音のなかでも聞こえたが、ジェントリーが期待していた音の、ほんの十分の一程度の大きさだった。

どうした？　どこに手落ちがあったのかがわからず、ジェントリーは顔をあげてそっちを見た。所定の威力を発揮しない可能性は、不安材料のなかではもっとも小さかったはずだ。

ジャンジャウィードたちがトラックのほうを見るあいだ、殴打がつかのま熄《や》んだ。ジェントリーとエレンのまわりでひれ伏したり体を丸めていたＳＩの雇い人たちまでもが、どうしたのかとあたりを見まわしていた。

運転室のサイドウィンドウと、貨物室のリア・パワードアの隙間から、煙がもくもくと噴き出していた。だが、屋根は吹き飛ばなかったし、弾子が飛散するどころか、激しい衝撃も爆風もなかった。

アラビア語で命令が下され、馬に乗っていたふたりがおりて、近くにいたものに手綱をあずけ、トラックのほうへ走っていった。積荷を盗む予定だったのだと、ジェントリーにはわかっていた。トラックの積荷がどうして煙を吐いているのか、調べる必要があるのだ。ジャンジャウィードの隊長が、残った部下にべつの命令をがなった。こんども、ジェントリーはその意味を理解した。

「ひとり残らず撃ち殺せ」

ジャンジャウィードたちが、ひれ伏している十人の前で、不揃いな隊列をこしらえた。カラシニコフが構えられ、セレクト・レバーが連射の位置へカチリと動かされた。ジェントリーは、すばやく立ちあがった。ひとり対十二人。うしろに手をのばし、シャツの下に隠し持っていたものをつかんだ。

そのとき、それが起きた。どういうわけか、ジェントリーの牽制作戦の第一段階は不発に終わった。

だが、第二段階はどうか？

第二段階は、すこぶるつきの大傑作だった。

ジャンジャウィードのふたりがトラックの後部に近づいたとき、大きなドーンという音がした。つづいて、ミサイル発射の身の毛もよだつような甲高《かんだか》い発射音が響いた。アセチレン・ボンベが、ジェット排気のような炎を曳きながら、後部から飛び出した。肉眼では捉えるのも難しいような速度で、すこし下に角度をつけて四台目のトラックのフロントウィンドウを突き破り、その貨物室に潜り込んだ。

大型の四トン・トラックが、シャシーの上で激しく揺れた。

ジェントリーは、急いでエレンのほうを向き、もう一度地面に押し倒した。

炎が閃《ひらめ》くと同時にトラックが爆発した。鼓膜が破れそうなすさまじい雷鳴が轟き、煉瓦《れんが》の破片がこめかみに激突したみたいな衝撃で、脳がぐらぐら揺さぶられた。炎が一瞬体を包み、あっというまにそれが消えたのがわかった。激しい燃焼のために大気中の酸素が減り、息が苦しかった。あえぎ、うめき、吸っても苦しいばかりだったが、すぐに新しい空気が流れてきて、呼吸できるようになった。

胸の痛みや頭のふらつきと戦いながら見あげると、衝撃波でジャンジャウィードひとりが即死しているのが見えた。ほかに三人が馬から落ちて、茫然としていた。三台目と四台目のトラックのあいだへ行ったふたりのうちひとりは、痕跡すら残っていなかった。その存在を示すものは、怯《おび》えて遠くへ逃げた男の馬だけだった。爆発したトラックから飛んできたもので、さらにふたりが火傷を負い、怪我をしていた。

爆発から六秒が過ぎたが、燃えている破片がなおも四方を舞い、落下していた。馬もラクダも怯えて暴れていた。足踏みをしたり、暴走したり、おぼつかない足踏みでよろめいたりしていた。

SIの八人はいずれも茫然として、なにがなにやらわからないようすだったが、全員が地べたに伏せていたおかげで、爆発の影響はあまり受けていなかった。なかでもジェントリーとエレンは、ジェントリーが上腕で自分の耳をかばい、手でエレンの耳をかばっていたおかげで、ほとんど無傷だった。それでも、膝立ちするときにジェントリーはよろけた。酔っ払いのようにふらついているジャンジャウィードたちのあいだから、四台目のトラックを見た。運転台がへしゃげて黒ずみ、曲がっていたが、それ以外はだいじょうぶのようだった。シャシーもガソリン・タンクも荷台もそのままだった。ただ、貨物室の屋根と左右のボディがなくなり、そこに積んであったガソリンの袋タンクが煙を吐き、積んであった品物が道路にばらけて燃えていた。まだ宙に浮かんでいるものもある。ジェントリーは、いくぶん不安定な体で、隊長のほうへぎこちなく一歩踏み出した。隊長はどうがんばったものか、いまなお巨大なラクダの鞍にまたがっていた。爆発のあとでもちりぢりに逃げなかったのは、そのラクダともう一頭の馬だけだった。ジャンジャウィードの隊長が、金属製の折り畳み銃床付きAK－47を、ジェントリーに向けた。コンヴォイに乗っていたもののなかで、立っているのはジェントリーただひとりだった。だが、隊長もぼうっとしていて、動きが鈍かった。隊長が銃口をあげたとき、ジェントリーはそれを左の掌《てのひら》で払いのけた。右手には、腰のうしろでシャツの下に隠していた道具が握られていた。

くだんの万能斧。それを斧として扱っていた。頭の上にふりあげると、肩と背中の筋肉を精いっぱい使い、ラクダに乗っているジャンジャウィードの隊長の膝に叩きつけた。

隊長は悲鳴をあげはしなかったが、膝を引き、苦しげに傷口を押さえた。斧の刃が膝蓋骨《しつがいこつ》に食い込み、大腿骨《だいたいこつ》に達した。柄がジェントリーの手を離れた。隊長は鞍から向こう側に落ちた。一八〇センチほどの高さから、うしろむきに落下し、土埃の立つ地面に首と背中をぶつけた。アサルト・ライフルがそのあとから転げ落ちた。

ジェントリーは、乗り手のいなくなったラクダから離れ、ジャンジャウィードやトラックから四つん這いで遠ざかろうとしていたエレンのほうを向いた。背後からAK－47の連射音が聞こえた。トラックが爆発する前に耳を押さえていたが、銃声がか細く、遠い音に聞こえた。つぎに、最後尾のトラックに目を向けた。爆発によって全体に火の手がまわっている。いまにもガソリン・タンクが爆発するかもしれない。全員が、爆発に巻き込まれるおそれがある範囲にいる。タンクが爆発して、シャシーやドライブシャフトやもろもろの部分が、超音速で飛散する無数の熱した金属弾と化したら、近くの生き物はすべて殺されてしまう。

またうしろから銃声が聞こえたので、ジェントリーは銃を見つけようとした。隊長のAK－47が、ラクダの向こう側に落ちているはずだ。向きを変えて取りにいこうとしたとき、なにか巨大なものが背中にぶつかった。猛スピードのバスに轢《ひ》かれたみたいな心地がした。とてつもない重みに押し潰されそうになり、顔から倒れてうめいた。両腕が斜めに曲がった。びくとも動かない巨大な物体のせいで、硬い地面に釘付けになっていることが、即座にわかった。

うしろを見ると、巨大なラクダが倒れて、腰から下にのしかかっていた。瀕死の動物は、毛むくじゃらの頭を苦しげにふりまわし、ジェントリーのほうを向いて息を引き取った。うつろな目には、やけに長い睫毛《まつげ》がある。歯をむき出し、濡れた舌がだらんと垂れていた。ラクダはアサルト・ライフルの連射で死んだらしい。ジェントリーは、指と手で地面をひっかいたが、体重六八〇キロのラクダの死体にのしかかられていては、とうてい脱け出せないと気づいた。

うしろに手をのばし、脚を引き抜く手がかりになるものが、鞍に結びつけられていないかと手探りした。それがだめでも、せめてこの姿勢で戦うのに役立ちそうなものがあるかもしれない。

だが、ぎこちなく手をのばした範囲には、なにもなかった。

周囲では戦闘がつづいていた。顔の一五〇センチ先では、ジェントリーがこしらえた威力が大きすぎる自動車爆弾の衝撃波で耳から血を流している運転手が、よろよろと膝立ちになった。その向こうで、ＳＩの雇い人とジャンジャウィードが、それぞれべつの方向に、まったくちがう速さで動きまわっていた。荒々しい衝撃波から回復した度合いが、それぞれにちがうのだ。爆発でまだぼうっとしているジャンジャウィードが、ラクダに乗ろうとして落ちた。ラクダがいうことをきかず、暴れて離れようとするので、その男は乗るのをあきらめた。だが、ラクダの脇のケースから、ロケット推進擲弾発射機《RPG》を抜いた。男がふりむいた。だが、男がそれを構えても、ジェントリーにはどうすることもできなかった。かなり長いあいだ、そのジャンジャウィードは、ターゲットを決めかねているようだった。道路脇の地面にいるＳＩの雇い人たちは距離が近すぎるので、そこへ発射すれば自分も吹っ飛ばされるはずだった。しかし、その男は動転していて、位置関係がわかっていなかった。男はRPGを構えて、引き金を引いた。肩にかついだ発射機には、撃鉄があってそれを起こさなければ発射できないことを、失念していたようだった。男がRPGを調べた。六八〇キロもあるラクダの死骸《しがい》に脚を押さえつけられていたジェントリーは、それを見守った。そのジャンジャウィードは、ほどなく自分の操作ミスに気づいたらしかった。撃鉄を起こし、よろけている男たちにふたたび狙いをつけた。

ラクダの反対側からライフルの連射音が響き、ジェントリーは亀が甲羅《こうら》に首をひっこめるように首をすくめた。RPGを持ったジャンジャウィードが、仰向《あおむ》けによろけ、空に向けて擲弾《てきだん》を発射した。後方爆風がサヘリの道の地面や砂に当たり、死んで倒れた男を土煙がくるみ込んだ。

擲弾は灰色の煙をたなびかせて青空に昇っていったが、南に大きくそれて、被害はなにもあたえなかった。

ジェントリーは、また肩ごしに見た。ビシャーラがラクダの死骸を跳び越え、ジェントリーのそばで身をかがめた。AK-47からまだ煙が出ていた。

ビシャーラが、白い歯をむき出して、ジェントリーに笑いかけた。

「アメリカ人の旦那、トラックを吹っ飛ばしたね！」身を起こし、ラクダの腹の上から、腹這いのまま動けないジェントリーからは見えないターゲットに短い連射を放った。応射はまばらだったが、自分の位置とトラックのあいだで土くれが舞いあがるのが見えた。SIの運転手のラシードが、RPGを発射した死んだジャンジャウィードのラクダからAK－47を抜き取り、応射したが、射撃のやりかたをまったく心得ていなかった。AK－47を前に突き出し、目をつぶって引き金を引いていた。銃身が跳ね、七・六二ミリ弾がジェントリーの頭のすぐ上の空気を鋭い音とともに切り裂いた、ビシャーラが、このあらたな脅威を避けるために身をかがめ、ふりむいてラシードをどなりつけた。狙っている方角をよく見ろと注意していることを、ジェントリーは願った。

「あんたも戦うんだろう、アメリカ人の旦那？」ビシャーラが、ジェントリーにきいた。まだにやにや笑っている。アブブード大統領の命令で故郷を打ち壊したジャンジャウィードの殺人鬼たちを殺す機会が持てて、楽しんでいる風情だった。

「動けないんだ」体を引き出そうとしながら、ジェントリーは答えた。脚に痛みはなく、すさまじい圧力を感じているだけだったので、ラクダの下から脱け出したとき、どこも骨折してないことを祈った。

ビシャーラが、死骸の上からまた連射した。肥ったラクダの長い死骸は、遮蔽物《しゃへいぶつ》にはうってつけだったが、向こうにいるジャンジャウィードの騎馬隊が、自分とビシャーラの位置の側面にまわるはずだということを、ジェントリーは知っていた。

ビシャーラが、AK－47を肩に吊り、ジェントリーの両腕を持って、ラクダの蔭に隠れたまま、思い切りひっぱった。ジェントリーの体は、びくとも動かなかった。SIの雇い人がひとり這ってきて、ビシャーラとふたりで片腕ずつひっぱり、こんどは体が抜けはじめるのがわかった。ジェントリーは膝で地面を押して、のしかかっている巨大なラクダの重みをすこしでもそらそうとした。一台目のトラックからジャンジャウィードがまた発砲し、ビシャーラももうひとりも伏せたが、すぐに起きあがって、汗まみれのジェントリーをラクダの下からひっぱりだそうとした。三度目はうまくいった。脚が抜け、やがて足も出すことができた。しびれていて痛かったが、動かすことができた。どこも折れていないようなので、体を低くしたままで、膝立ちになった。

ジェントリーが顔をあげると、体を抜くのを手伝った運転手は、地べたに頭をくっつけるようにして伏せていた。だが、ビシャーラはかがんだ姿勢で、AK－47を構え、決然とした表情で、ラクダの向こう側の脅威を見据えていた。

そのとき、ジェントリーの背後から自動火器の連射音が響いた。ビシャーラの最期はあっけなかった。魂消《たまげ》た悲鳴を発し、きりきり舞いをして、地面にくずおれ、瞬時に死んだ。

だが、つぎの瞬間には、血と土にまみれたAK－47を硬い地面からジェントリーがつかみあげ、膝をついてさっと向きを変えた。ラクダの上から覗くと、ジャンジャウィードが六人、馬に乗って逃げていくところだった。いちばん遠い先頭のトラックの向こう側で道を渡り、射界を出るところだった。ジェントリーは狙い澄ました一発を放ち、最後尾のジャンジャウィードの背中の下のほうに命中させた。そのジャンジャウィードが、鞍から砂地に転げ落ちた。

26

男たちがうめき、悲鳴をあげていた。トラックが煙を吐き、燃えていた。火薬、ディーゼル燃料、紙やゴムやプラスティックが燃えるにおいが、熱い大気に濃く漂っていた。周囲に転がっている人間の塊のなかから、ジェントリーはエレンを探そうとした。動いている塊もあれば、死んで動かない塊もあった。湧きあがる煙と漂う土埃のなかで、ようやくエレンを見つけた。一五メートル離れたところに立ち、かなり離れているずんぐりした幹のバオバブの根元にある、マリオ・ビアンキの遺体のほうへ向かっていた。エレンは怪我をしていないようだった。ジェントリーはつぎに、ビシャーラの遺体を見た。体を丸め、これから洗濯する汚れた雑巾《ぞうきん》の山みたいに見える。周囲の乾いた地面に、血の細い流れが届いていた。死んでから一分もたっていないのに、もう蠅《はえ》の群れが首の傷にたかり、ブンブンうなっていた。新鮮な血は蠅にとっては大いなる恵みだ。穢《けが》れた心が満足するまで、思う存分そのお宝を吸おうとしていた。

もうひとり、数メートル離れたところでうつぶせになって死んでいるＳＩの雇い人がいた。あとの六人は生きていたが、ジェントリーのトラック爆弾のせいで耳から血を流していた。

これから一生、難聴に苦しめられるかもしれないが。とにかく命は助かった。ふたりは腕や脚から血を流していた。爆発のときに破片をくらったか、それともジャンジャウィードに銃床で殴られた傷だろう。生き残った馬数頭とラクダ一頭が、あたりに群れていた。トラックから五〇メートルと離れていない。銃声や爆発にかなり慣れているのだろう。こういう混乱を経験したことがなかったら、泡をくって暴走し、疲労や脱水で倒れるまで走りつづけたはずだ。道路ではいたるところで、まだ火の手があがっていて、四台目のトラックは炎にすっかりくるまれていた。いつ爆発してもおかしくない。

なんたる惨状だ。

ジェントリーは、手近の男の体をつかんだ。「一台目と二台目を移動しろ。全員と馬とラクダを道路の先に行かせろ。四台目の燃料タンクが爆発しそうだ。それで三台目にも火が移るだろう」

一分後、ジェントリーはエレン・ウォルシュのすぐうしろに行った。エレンは、道路から一〇〇メートル離れた地面にぽつんと横たわっているマリオの遺体のそばにひざまずいていた。服は破れ、顔は硬い地面や、それよりもっと硬い石でずたずたに切り裂かれていた。太いロープが、首に巻かれたままだった。

エレンは、しゃくりあげていた。

「怪我はないか?」ジェントリーはきいた。やさしくするつもりはなかった。この女が指示に従っていれば、こういうことは起きなかったはずだ。

「だいじょうぶよ」ジェントリーがいるのにようやく気づいて、エレンがいった。「でも、マリオは死んだ」

「こんなやつ、どうでもいい」不自然にゆがんだ死体を、ジェントリーは見おろした。「自業自得だ」

エレンは黙っていたが、驚愕と軽蔑《けいべつ》の入り混じった目で、ジェントリーを見あげた。

そこにしばらく佇《たたず》んでいるあいだに、信じられないくらい馬鹿でかい爆発音が轟いた。四台目のトラックの燃料タンクが引火して、轟然と爆発した。一〇〇メートル離れていても、熱が感じられた。炎が大気を灼《や》き、渦巻く黒煙が離昇する熱気球のように青空に昇っていった。エレンはジェントリーのそばで、啞然《あぜん》と見守っていた。そのあとはしばらく静かだったが、三台目もおなじように爆発して火の玉と化した。やはりとてつもない見物だった。

エレンがはっと息を呑んだ。「あのひとたち、どこへ行くの?」SIの雇い人たちが、一台目と二台目のトラックに乗っていた。火が届かないところへ離れようとしているようにも見える。一台目はそのまま道路を走っていって、土煙を曳き、加速して遠ざかった。「どこへ行くのよ?」エレンがまた甲高《かんだか》く叫んだ。

「ディッラーだろう」ジェントリーはいった。二台目は、エンジンをかけたままでとまっている。残りの雇い人すべてが乗っていた。白人ふたりを待っているようにも見えたが、白人《カワガ》を乗せるか、それとも日干しになって死ぬように置き去りにするか、運転台で議論が白熱しているのだろう。それは想像がついた。置き去りにされても意外ではないし、それを怖れてもいなかった。ただ道路のほうへ歩きはじめた。「うろたえるな。心配はいらない」エレンにはそういったが、力強い声とは裏腹に、たいして自信はなかった。

「ちくしょう」一分後、ジェントリーはビシャーラのそばにしゃがんでいた。燃料の爆発で遺体が焦げ、服がほとんど焼けていた。あれほど力になってくれた若者が、最後の無用の攻撃のせいで死んだ。ビシャーラの首の致命傷をごちそうにしていた蠅どもが爆風で焼かれたことを願った。

「なんなの?」エレンがきいた。

「すばらしい若者だった」

「知り合って一時間なのに」エレンがいった。反論しているのではなかった。ただ、何人もが死んだのに、ひとりだけにそういう感情をあらわにするのが、ほんとうに理解できなかっただけだ。まして、マリオについては、あんないいかたをしたばかりだった。シックスのそばの遺体以外に、八人が地面に倒れていた。

「こいつがおれたちを救ってくれたんだ。すごく明敏なやつだった。こういうやつといっしょにやる栄誉にさずかったのは、久しぶりだよ」

最後に残った一台のトラックが、ギアを入れて、道路をはずれ、大きくUターンして、土埃にくるまれたジェントリーとエレンのそばを通過した。エレンが躍起《やっき》になって手をふりながら、トラックに向けて駆け出した。トラックはエレンのそばを通り、速度をあげて西へひきかえした。

「待って!」エレンが悲鳴をあげた。

運転台の議論は、置き去りにするかどうかということではなかったのだと、ジェントリーはいまではあたりをつけていた。おそらく置き去りにすることは決まっていたのだ。東のディッラーに向かうか、それとも西のアルファーシルにひきかえすかを議論していたにちがいない。そして、ひきかえすことに決めたのだ。

「どうするのよ?」エレンが、ジェントリーに向かってわめいた。ジェントリーは、道を数メートル歩いていって、ひざまずき、ジャンジャウィードの隊長の死体を調べはじめた。隊長がチェーンをつけて背負っていた小さな革水筒をはずした。黒いカンバスの胸部装備帯《チェストリグ》から、装弾済みのAK-47の弾倉を抜いた。鞘《さや》入りの凝った装飾のナイフを抜いて刃を調べてから、鞘に戻し、死体のそばにほうり出した。

「どうするの?」めそめそ泣きながら、エレンがまたきいた。ジェントリーがブーツでSIの運転手の死体を転がして、仰向けにするのを見ていた。血まみれのシャツの胸ポケットから、サングラスを取った。それをかけて、群がっている馬やラクダのほうを見た。

「馬に乗れるか?」

「乗れ……乗れると思う。どこまで?」

ジェントリーは、腕時計を見た。GPS付きだが、いまは電波が届いていない。やれやれ。推測でいった。「四〇キロか五〇キロ」二挺目のAK-47を、地面から拾いあげた。金属製の銃床をまわして畳むと、かなり短くなる。「五〇キロなら行けるだろう」きっぱりといった。AK‐47を肩に吊り、銃口を下にして、背中にまわした。べつのジャンジャウィード戦士をブーツでつつき、役立ちそうなものを探した。その男がうめいた。負傷しているが、生きている。「こいつらにまた出くわさないかぎり」

ジェントリーが作業するあいだ、エレンはただ立っていた。「トラックの無線機が使えるようなら、救援を呼べる」

「そうだな」ジェントリーは、エレンのほうを見あげた。「前回、うまくいったから、もう一度ためすのも悪くない」ほんのすこしだけ、口調を和らげた。「おれたちがコンヴォイに便乗しているのをジャンジャウィードのやつらが知ったのは、どうしてだと思う？　NSSが傍受していたんだ。偶然じゃない。NSSがおれたちを殺すために、ジャンジャウィードをよこした。政府が許可した暗殺だとは思われないように、皆殺しにしろと命じたんだよ。いいか、無線を使うなんてとんでもない。うまくすると、おれたちが死んだと思わせることができるかもしれないんだ。トラックが街に着いたあと、おれたちを故意に置き去りにしたことをSIの雇い人が認めるわけがない。世間はおれたちが死んだと思う。それをおれたちは利用するんだ」

ジェントリーは、もうひとりの負傷したジャンジャウィード戦士のそばでかがんだ。仰向けになり、浅い息をして、低いいびきをかいている。その首からジェントリーは革水筒を奪い、ベルトから長いナイフを抜いた。その刃は吟味に合格したので、ベルトと鞘とナイフを奪い、自分の腰にベルトを巻いた。

「彼らをどうするの？」ジェントリーが立つと、エレンがきいた。

「だれのことだ？」

「このふたり。怪我している」

「それがどうした？」

「助けられないの？」

「あんたは医者か？」

「ちがう。でも——」

「おれもちがう。馬を選べ。ここを離れないといけない」

エレンは、顎鬚《あごひげ》のアメリカ人の顔をしばらく見つめていた。「でも、このひとたち、夜までにだれも来なかったらどうするの？　野生動物もいる。このひとたちだって人間なのよ、シックス。置き去りにして死なせるわけにはいかない」

「おれのいうことを聞け。馬に乗れ。ほんとうはラクダのほうがいい。馬ほど水がいらないからな。だが、砂漠でべつのジャンジャウィードの群れに出くわしたら、逃げ切るには馬の速さがほしい」死体からターバンをはずして、奪ったばかりのベルトにたくし込んだ。

エレンが、腹立たしげに叫んだ。「そのふたりを連れていかないのなら、わたしは行かない、シックス。これ以上いわないわよ！」

ジェントリーは、聞く耳を持たず、ひとりごとのようにしゃべりつづけた。「ラクダはじつはかなり速いんだが。あんたは扱いかたを知らないだろうし、おれも知らないから、逃げられると――」

「わたしのいうことを聞いて！　病院へ連れていかないと！」

ジェントリーは、話をやめて、負傷しているふたりを見た。「それよりも霊安室だろう」

「まだ生きているのよ！　連れていかないと、どこへも行かない！」

ジェントリーは、わめいている女に目を向けた。溜息をつく。「本気か？」

「本気よ。生きているひとを砂漠に置き去りにはできない」そのとき、ひとりが低くうめいた。

ジェントリーはすこし顎を突き出して、エレンをじっと見た。うなずき、首から吊ったアサルト・ライフルを持ちあげたので、エレンが恐怖のあまりたじろいだ。まったくなんのためらいもなく向きを変え、負傷しているジャンジャウィードふたりの胸に、それぞれ一発ずつを撃ち込んだ。衝撃で上半身が激しく揺れ、三〇センチも上にどす黒い血の噴水がほとばしった。ふたりとも瞬時に動かなくなった。

二発目の銃声が砂漠に響いて消えると、ジェントリーは負い紐《ひも》で吊ったアサルト・ライフルをそのまま胸の前に垂らした。「問題はなくなった。行くぞ」

エレン・ウォルシュが恐怖におののき、顔から血の気が引いていた。ややあって、その顔が怒りのせいで真っ赤になった。ジェントリーのほうへ突進した。ジェントリーはエレンから離れて、馬のほうへ行こうとしていた。だが、エレンがTシャツの襟をつかみ、文字どおりくるりとふりむかせた。ジェントリーは、エレンと目を合わさず、燃えているトラックの横をそのまま進んでいった。

「ひとでなし！　この連中よりどこがましだっていうの！」そばを走り、前に立ちはだかろうとしながら、エレンがわめいた。

「やつらは死んだ。おれは生きている。ずいぶんましじゃないか」陰気にそういい放ち、歩きつづけた。だが、エレンがようやく前に出て、ジェントリーの胸を押さえた。ひどい日焼けができた小さな手が、茶色いTシャツをつかんだ。ジェントリーは空いている左手でエレンの手をつかみ、うしろ手にねじあげて、押し離した。顔を殴ろうとするかのように、右手でAK－47の銃床をエレンのほうへ突き出した。

エレンは怖れていなかった。怒りのために、自分の身の安全などどうでもよくなっていた。

「そう、女を殴るの？　けだもの！　怪我をしているひとを殺すなんて！　ハゲタカみたいに死体をつつきまわすなんて！　爆発で――」

「砂漠を五〇キロも、どうやって運べというんだ？　どのみち出血で死ぬ。運ぼうとしたおれたちも死ぬ」

「馬に乗せればよかったのに！」

「それじゃ速度が半分に落ちる！　夜になってもこんなところにいたいのか？」

「いいわけはやめなさいよ！　認めたらどうなの。殺したかったって」

ジェントリーは、AK－47を下げて、エレンの手を離した。「認めるとも。あのふたりも、そこいらに転がってるやつらも、どうなろうが知ったことか。ビシャーラだけはべつだ。あとはどうでもいい」

エレンが、いくつもの死体を見てから、ジェントリーに視線を戻した。「なんですって？あなた、どういう男なの？」

「なんでも、自分が好きなように考えればいい。負傷者を撃ち殺すひとでなしとでも、この十八時間に思い出せないくらい何度もあんたを火のなかからひっぱりだした男だとでも」灰色の大きなアラブ種牝馬《ひんば》の鞍にまたがりながら、そういった。「あんたをここから無事に連れ出してやってもいいが、おれの仕事を邪魔するな」

「負傷しているひとを殺すのが仕事？」

「やむをえないときには。おれたちは脱出しなければならなかったし、クソ野郎ふたりを殺したのは、その目的のための手段だ。死ぬまで三十分待ってやってもよかったが、ぐずぐずしていたくなかった。そのまま置き去りにしてもよかったが、ジャンジャウィードがひきかえしてきたら、まだ息があって、おれたちが行った方角を教えるかもしれない。おれたちには命取りになりかねない。それもごめんだ。だいたい、こいつらがどんなことをやっているか、知っているのか？　抵抗できない女をレイプし、虐殺し、親の前で子供を竈《かまど》に投げ込んで焼き殺す。ただ楽しむために。四十万人が殺された。それもあんたにはただの統計か？　独りよがりでジャンジャウィードのために泣いてやりたいなら、そうすればいいさ。だが、女子供を虐殺するようなやつを撃ち殺しても、おれは瞬《まばた》きひとつしないね」

エレンは、長いあいだジェントリーを見つめていた。怒りと憎悪で血相を変えたままで、頬を涙が流れ落ちた。土埃がこびりついた顔に、くっきりと線が残った。「わかった。女子供を虐殺する連中だというのは納得した。でも、あなたがどういう人間かというのとは、べつの問題でしょう?」

ジェントリーは、AK-47を鞍のうしろのストラップに収め、大きな牝馬の手綱をしっかりと握った。エレン・ウォルシュを見おろし、馬の腹を蹴った。ジェントリーが質問に答える前に、馬は早くも東に向けて駆けていた。

「おれの稼業は人を殺すことだ」

27

　三十分後、エレンとジェントリーはディッラーに向かう砂漠の道から一・五キロメートル北にあり、道路と平行にのびている狭い谷間を、東に向かっていた。エレンの栗毛の牝馬は、もう二度もふり落とそうとして暴れていた。もっと重い乗り手に馬勒《ばろく》を操られるのに慣れているからだ。ジェントリーは、ひとこともいわずに先導しながら、巧みに馬を進めていた。

　うしろにいるエレンの激しい怒りが伝わり、憎しみのこもった視線が灼熱の陽射しのように背中に突き刺さるのを感じていた。エレンはときどきしゃべりだし、さんざん非難の言葉を浴びせた。「あなたはもう戦争犯罪人よ。わかっているの？　それに、ＩＣＣ捜査官の目の前で、負傷した捕虜ふたりを殺害したことからして、あなたの犯罪を証明できる人間がその場にいないときになにをやっているか、わかったものじゃないわね」

　ジェントリーは、午後の陽炎《かげろう》に目を凝らし、ゆっくりと動いているか、あるいは静止している土煙がないかと探した。馬が近づいてくれば、そういうものが見えるはずだった。ところどころに土煙が見えたが、地表を疾《はや》く動いていたので、馬の蹄《ひづめ》や人間の足やタイヤではなく、風が捲《ま》きあげているのだとわかった。

「わたしは指名手配されている犯罪者を裁きの場にひきずり出すために、スーダンに来た。ところがどうよ。べつの人間と出くわした。その男は、やっていることの規模からいったら、アブブード大統領ほど悪辣《あくらつ》でないかもしれないけど、ひとの命をどうとも思わないという点ではおなじよ。あなたのことよ、シックス。きょうの出来事のために、ぜったいにあなたを裁きの場にひきずり出す」

ジェントリーは、馬首をいくらか北に向けていた。ふたりが通っている踏み分け道は、道路と呼ぶのもおこがましい道のほうへ近づいていたし、通りかかった車に姿を見られたくなかった。「よくそれだけ口がまわるな」ジェントリーは、ぶつぶついった。谷間を出てサヘルの叢林《そうりん》地帯に戻る前方には、いまのところ危険はなさそうだった。声を大きくして、つづけた。「あの連中がどうして死んだかわかっているのか？　あんたのせいで死んだんだ。あんたはおれの指図に従わなかった。ここで生きていたければ、おれのいうとおりにしろ。ウィニペグかどこかで裁判にかけられるときには、あんたの話を聞いてやる。だが、ここでは、この敵地では、おれの話を聞け」

無視されるのに慣れていたので、その言葉にエレンは意表を衝《つ》かれたようだった。「わたしは刑事弁護士じゃない。それにヴァンクーヴァーが地元よ」

ジェントリーは答えず、前方を見たまま、脅威はないかと目を配った。

「どうしてあんなことができるの？　あんなふうに殺せるの？」

「訓練」

「軍の訓練？」

ジェントリーは答えなかった。

「あなたが何者か、どうしても知る必要があるのよ」エレンがいった。頭のなかで車輪がまわる音が、聞こえるようだった。いまや、ジェントリーがエレンの捜査対象になっているのだ。

「そんな必要はない」

「ほんとうにロシア人のために働いていたの？」

「前はな、でもうまくいかなかった」

「わたしのせい？」

「ああ」

「でも……アメリカ人でしょう。ＣＩＡ？」

「ちがう」

「それじゃ、何？」

「いまは失業者だ」

「そう」エレンは信じていなかった。「それじゃ、これはビジネスじゃないのね？　楽しみなのね？」

「ジャンジャウィードに銃を向けられるよりは楽しい」自分が殺した男から奪った革水筒の水を、ジェントリーはごくごくと飲んだ。

「真剣な話よ、シックス。あそこで起きたことを報告書に書くつもりなんだから」

「せいぜいがんばるんだな」

「信じないのね？」

「どうでもいい」

「ＩＣＣが怖くないの？」

　ジェントリーは、邪険に笑った。「おお怖い。だけど、我慢する」

「あなたのような危険人物は、阻止しなければならない」

　ジェントリーは、馬の速度を鈍らせずに手綱だけを左に引き、エレンと目を合わせた。

「だが、おれがそれほど危険なら、どうして手を借りているんだ。おれがそれほど危険なら、銃を二挺も持っているおれと砂漠でふたりきりになるのが、どうして怖くないんだ。それほど危険だと思っているのなら、刑務所に送り込むのに手を尽くすなどということを、どうして平気でいえるんだ。こういったことから、なにがわかる、ウォルシュ？　あんたがおれを悪魔ではなく救い主だと思っていることを示しているんだよ」

　エレンは、しばし考えた。「わたしがあなたを裁こうとしているやりかたは、あなたがあのひとたちを裁こうとしたやりかたとはちがう。わたしは法の支配を尊重する」

「あんたがいくらそれを尊重したところで、あいつらが頭を殴るのをやめさせて、地べたのにわか造りの法廷に座らせ、ちゃんとした裁きを受けさせることはできなかったじゃないか。法の支配を尊重するのは勝手だが、ここでは錆《さ》びたＡＫ－47や汚い弾丸ひと握りとはちがって、それでは命を救う役には立たないんだよ」

「わたしを馬鹿だと――」

「まさに馬鹿そのものだ！　国際刑事機関のやつらは、みんな大馬鹿者だ。オランダで告発状を書いて、善意の弁護士を現地に送り込んで視察させ、報告書を書かせれば、スーダン政府が武器を捨ててジェノサイドをやめると思っているんだから、世間知らずの愚かな羊どもだ。それでいい気になるのは勝手だが、なにひとつ変えられない」

エレンが、ジェントリーの言葉に攻撃の鉾先《ほこさき》を向けた。「それじゃ、あなたがここに来てやろうとしてることは、なにかを変えられるわけ？」

ジェントリーは、口をつぐもうとしたが、だめだった。「そのとおりだ。変えられる」

「それでロシア人に雇われて武器を密輸し、負傷したひとを撃ち殺したわけね。それも世界をもっと住みやすくする計画の一部なの？」

「そうじゃない。そういったことはすべて枝葉だ」

「それなら、あなたの使命は？」

「あんたにはいえない」

「どうして？」

「あんたもおれにとっては邪魔者だからだ」

「協力できるかもしれない」

「おれがそんな間抜けに見えるか？」ジェントリーはいった。「ディッラーへ行くまでは、味方でいる。そのあと、あんたは自分の道を歩み、おれもそうする。そういうことにしようじゃないか」その見解は動かせないだろうとエレンは察し、それ以上なにもいわなかった。

ふたりは硬い地面を三時間、ひとことも交わさずに進んでいった。


午後五時過ぎに、ジェントリーは肩ごしにふりかえって、エレンのようすを見た。ひどい日焼けで疲れ切っていたが、馬の背にまっすぐ乗っている。ジェントリーは馬をとめて、するりとおりると、革水筒を鞍からはずした。生ぬるい水を、灰色のアラブ種牝馬の口にあてがうと、馬はいそいそと飲んだ。三十秒後に、エレンの馬にも水を飲ませた。そのあいだに、エレンがあたりを見た。まるで座ったまま居眠りをしていて、はじめてまわりのようすに気づいたような感じだった。

ややあって目をあげたジェントリーは、エレンが不思議そうな顔をしているのに気づいた。

「あれはなに?」不安よりも好奇心が勝っている口調で、エレンがきいた。

ジェントリーは、エレンの視線を追い、自分たちが来た方角のはるか彼方を見た。

「ハブーブ――砂嵐だ」重々しく答えた。

エレンは、畏怖するようにそれを見ていた。ふたりが横断してきた平地から、巨大な山がせりあがったように見える。その山が大きくなり、こちらに向かっていた。

「ひどそうね」

「よくはない」ジェントリーは答えた。

ジェントリーは、水が四分の一に減った革水筒をふたたび鞍にくくりつけた。そして、鐙《あぶみ》を踏み、鞍にまたがった。「その馬からおりて、おれといっしょに乗れ。急げ！」

「いやよ」そういってから、エレンはきいた。「どうして？」

「二頭にべつべつに乗っていたら、はぐれてしまう。ここではぐれるわけにはいかない。こっちに乗れ、早くしろ！」

エレンはためらったが、すぐに栗毛の牝馬からおりて、革水筒をはずし、ジェントリーのところへ行った。ジェントリーはエレンを鞍のうしろに引きあげた。エレンが、ジェントリーの腰に手をまわした。死んだジャンジャウィードから奪った茶色のターバンを、ジェントリーはエレンに渡した。「顔を覆《おお》うんだ。目も隠せ」

「あなたはどうするの？　どうやって見るの？」

ジェントリーは、もう一枚を自分の顔に巻いた。「見ない。正しい方角に進むように気をつける。だが、肝心なのは馬に乗っていることだ。ここには嵐が終わるまで隠れてやり過ごすような場所がない。嵐のなかを突き進むしかない」

ほんとうは、馬をおりて嵐《ハブーブ》が過ぎるのを待つほうが賢明だったが、そういう常識的なことをやっている余裕がない。イラクでは、砂嵐が三日つづくのを経験しているし、この荒地にいる時間が一分でも長くなれば、NSSに追っ手を出す時間をそれだけあたえることになる。馬が雨裂に転げ落ちたり、ジャンジャウィードの野営地に迷い込んだりするようなことは、なんとしても避けたかったが、飲み水もろくに持たず、嵐から避難するすべもなしに、ひらけた場所にいるよりも、そういうリスクを冒して進みつづけるほうがいいように思えた。

一分後、ひんやりした風が吹きつけて、そのあとから砂と土埃《つちぼこり》が襲ってきた。突然、昼間から夜に変わった。頭上の陽射しがあっというまに消え、砂嵐に囲まれ、押し包まれた。エレンは閉所恐怖症に飲み込まれそうになったが、ターバンをきつく巻いた顔を前の男の汗臭いTシャツにくっつけるほかになにもできなかった。その男はエレンの命を救ってくれたが、他人の命をどうするかは自分が決めると考えている。

ジェントリーは、小さなテントみたいに巻きつけたターバンの下に手を入れて、腕時計を目に近づけた。ほとんど見えず、熱い砂埃がたちまち目にはいった。腕時計のGPS機能は、依然として働いていないようだったが、コンパスは使える。いまの針路は東北東だった。ディッラーはその方角にあるが、ハブーブのなかでどれほどの速度で進めるかは定かでない。だから、いちばんの不安材料は、土埃や夜の闇でディッラーを見落とし、そばを通過してしまうことだった。電気がほとんど来ていないとはいえ、集落には明かりがともっているはずだが、たとえ嵐が収まったとしても、低い山、干上がった河床、壁のような岩山といった地形が、遠い光源を隠してしまいかねない。

脱水が体の機能を衰えさせているのがわかった。ぼうっとして、疲れ切り、酔っ払っているような心地もしていた。早く水分を補給しなければならない。顔のすぐ前も見えない状態だったが、鞍から革水筒を取り、キャップをあけて口に当てた。口についた泥や空気中の砂粒や土が、腐りかけた生ぬるい水とたちまち混じり合い、口のなかで泥水に変わった。それでも、ジェントリーは飲み下した。熱いヘドロのようなものを飲み込むには不快だったが、いまは水分補給がきわめて重要だとわかっていたからだ。

ジェントリーは、うしろに手をのばして、革水筒をエレンの手に押しつけた。ジェントリーの意図と、それがなにかということをエレンが悟るまで、丸一分かかった。エレンが水を飲み、たちまち咳き込んだ。

「泥ばかりじゃない」

「顔に泥がついている。飲め。水分が必要だ」

「だいじょうぶよ」エレンが、革水筒を返そうとした。

「飲め。この気温では脱水を起こさないようにしないといけない」

「だけど、泥水みたいよ」

「泥は糞といっしょに出る」

「むかつく。泥まじりの便なんか出したくない」

「心臓発作で死にたいのか？　いいからその水を飲め！」ジェントリーは、エレンをどなりつけた。

しぶしぶ、腹立たしげに、エレンがすこし飲み込んだ。砂と泥のせいでなんどかむせたが、水分は喉をおりていった。革水筒が空《から》になると、エレンは地面に投げ捨てた。馬は進みつづけた。

砂嵐《ハブーブ》は日が暮れてもかなり長くつづいていたが、ジェントリーはどうにか馬を正しい方角に進めていた。砂塵《さじん》が去ると、ジェントリーとエレンは馬をおりて歩いた。ジェントリーは、大きな馬の手綱を握って先導した。信じられないくらい頼りがいのある馬だったし、一時間か二時間、乗り手ふたり分の重量から解放してやりたいと、ジェントリーは思った。

ふたりとも、全身泥まみれだった。アフリカの黒人か、アジア人か、茶色い皮に覆《おお》われた異星人にも見える。意図していなかったこの結果が、遠目に見られたときには役立つかもしれないと、ジェントリーは思った。だが、そううまくはいかないかもしれない。白い肌が見えていなくても、欧米人らしい容姿はごまかせない。

ふたりは、アルファーシルとディッラーを結ぶ道路には近づかないようにして、荒涼としたひらけた地形を何時間もかけて踏破した。だが、目的の場所に近づくにつれて、小さな村や未舗装路を横切ることが多くなり、周囲の交通量も増えた。ロバが曳く荷車や、小さなピックアップがそばを通った。ダルフール人の村人が、臆面もなくふたりをじろじろ眺めた。薄汚い白人《カワガ》がふたり、ジャンジャウィードの馬を曳いている。男はAK－47を二挺背負い、女は男みたいにターバンを巻いている。この荒れ果てた土地で、毎日見られるような光景ではなかった。

ジェントリーは、そういった住民のことが心配だった。こういった土地には、奥地通信網《ブッシュ・テレグラフ》という現象がある。衛星携帯電話とおなじくらい早く、確実に、コミュニティからコミュニティへと報せが伝わる。いまにもジャンジャウィードかNSSかスーダン政府軍に出くわして、闇のなかで圧倒的多数の敵との銃撃戦に巻き込まれるかもしれない。あるいは、UNAMIDに配属されているアフリカ連合軍部隊に制圧され、逮捕されて、作戦が頓挫《とんざ》するかもしれない。

だが、進みつづけるほかに、できることはなにもなかった。エレンを安全な場所へ連れていかなければならない。できるだけ集落を避け、糞を燃やして料理している煙には近づかないようにして、車が近づいたときには、ヘッドライトの前を横切らないで、通り過ぎるのを待った。

エレンは、疲れ果てていた。暑さとストレスと、つらい一日と、食べ物や水が摂取できないことが、すべて重なり、しばらく人事不省に陥っては、はっと目を醒まし、ジェントリーを会話に引き込もうとした。前夜とおなじように、ジェントリーはほかのだれかを相手にしているときよりもずっと口が軽くなった。いまのエレンの立場は、ジェントリーとは正反対だった。コンヴォイのそばでろくでなしふたりをジェントリーが撃ち殺したあと、エレンは敵にまわった。それでもジェントリーは話の相手をして、それが自分でも癪《しゃく》に障っていた。

十一時ごろになると、あたりの空気がようやくひんやりとして、エレンは元気を取り戻したようだった。残りの水をエレンに飲ませると、隅のほうで茶色くなってしおれかけていた植物みたいに、見る見る生気を取り戻すのがわかった。

「あとどれくらい?」

「そう遠くない。三十分ほどだろう」

「馬に乗ったらだめなの」

「だめだ。厄介なことになって逃げなければならないときのために、馬は休ませておく」

「わかった。それが賢明ね」星が隠れるほど大きなアラビアゴムの木の下の草地を、ふたりは肩をならべて歩いていた。エレンが、何度かジェントリーのほうを見た。なにか考えていることがあるのだと、ジェントリーは察した。その考えが消えることを願い、知らん顔をしていたが、あてがはずれた。

「シックス、ものすごく悪い人間もたいがい、最初はいい人間だったと思うの。ちがう？」

「さあな」

「自分が憎んでいるたぐいの人間にならないように、気をつけたほうがいい」

「なんの話か、さっぱりわからない」

「わかっているはずよ。あなたのことはわかっているの。あなたは、正しい理由でここに来たと思っているんでしょう。あなたの意識では、そうかもしれない。でも、この国に必要なのは、ひとの命を奪う人間ではなく、ひとの命を救う人間なのよ」

ジェントリーは、闇のなかでエレンが蟻塚《ありづか》の上で転ばないように押さえた。腕を持って蟻塚をよけさせ、すぐに腕を離した。「ひとの命を救うのと、ひとの命を奪うのは、まったく正反対のこととはかぎらない。おなじ硬貨の表と裏のこともある。おれはときどきひとの命を奪うかもしれないが、それ以外の何人もの命を救えると思うときしかやらない」

「自分では正しいと見なしているようね」

「そうせざるをえない。だが、あんたに正しいと見なしてもらう必要はない。あんたのような人間には、ぜったいにわからない。納得させようとしても、時間の無駄だ」

「きょうの出来事で、あなたは戦争犯罪人として起訴される」

エレンの声音にあるなにかに、ジェントリーは気づいた。あの出来事でおれという人間に失望したが、心には葛藤があるのだ。

「それは前にも聞いた」

「わたしたちは、あなたを捕まえる」

「そうか。あんたらは三年前からアブブードを捕まえようとしている。居所もわかっている」

その言葉はこたえたようだった。「努力しているのよ。ＩＣＣは遅かれ早かれ、アブブードを捕らえる」

「ＩＣＣがカナダ女をひとりでダルフールに行かせるようでは、それもどうかな。アブブードを打倒するには、よっぽど大きな支援が必要だろう」

その言葉に、エレンが興味を惹《ひ》かれたのが見てとれた。「あなたは、わたしたちを支援するの？　そういう計画なの？」

ジェントリーは、しゃべりすぎたと気づいた。「アブブードが目当てなら、ダルフールに来るわけがないだろう。それなら、ハルツームへ行くはずだ。アブブードがいるのはそっちだぞ」鵜呑《うの》みにしてもらえることを願った。

エレンが、肩をすくめた。「どうせ、アブブードはわたしの担当じゃない。わたしは違法武器拡散に取り組んでいるの。武器輸入は症状。アブブードは病気そのもの」

「ここのジェノサイドは、アブブードひとりの責任だと思うか？」

エレンは、ちょっと考えた。「責任？　全面的に責任があるとはいえない。でも、とめることができる。それはたしかよ。それだけの力がある」

「だれかがやつの頭に銃弾を撃ち込むべきだ。それで阻止できるだろう」きょうはじめて、ジェントリーは会話に興味を持った。エレンがどう反応するか、知りたかった。

「どんな疑問でも、あなたの銃が答なのね？」

「おれの銃じゃない。いまもいったように、ここはハルツームじゃない」

「わかった。あなたの銃じゃない。でも、アブブードを殺せば片がつくと、本気で思っているの？」

「あんたの考えはちがうんだな？」

「ええ。ちがう。後継者たちが戦争を何年も、いいえ、何十年もつづけるでしょうね。アブブードが死んだら、ここに在留するのを許されたおかげでNGOが積みあげた成果が、いっさい失われるでしょうね。だれがあとを継ぐにせよ、ダルフール西部に詮索の目があるのは望まないでしょう。まして残虐行為がつづけられるとしたら」

「それじゃ、アブブードはいいやつなのか？」政治状況についてもっと情報を引き出そうとして、ジェントリーはきいた。

「とんでもない！　頭のてっぺんから爪先まで邪悪そのものよ。ただ、アブブードが死ねば、意図に反する結果が生じるかもしれないといっているだけよ」

ロシア人たちが意図している結果を、ジェントリーは知っていた。アブブードを取り除けば、中国はブロック12Aの権益を失う。

だが、そのためにダルフール地域は、どういう犠牲を払うことになるのか？

ジェントリーは、もうすこし探りを入れ、エレンから情報を聞き出そうとした。スーダンについては、こちらよりも詳しい。エレンの結論はよくいって単純すぎるし、悪くいえば愚かしいが、なかなか博識だ。「ダルフール地域のその他の勢力は？　ロシア、中国、アメリカ、アフリカ連合」

「そういう勢力がどうしたの？」

「ここの状況になんらかの利害関係があるわけだろう？」

ふたりは歩きつづけていたが、エレンがジェントリーのほうを向いて、その質問を考え込むようすで溜息をついた。うしろでアラブ馬が鼻を鳴らした。「中国は、ダルフール北部の採鉱権を握っている。いまのところ、たいしたものは見つかっていないけど、重要資源が見つかったら、すべてご破算になって、政治の全体的な状況が一変するでしょうね」

「どういうことだ？」

「中国とアブブードは、不安定な同盟関係にある。いっぽうロシアは――」

ジェントリーは、あとをいおうとした。「副大統領と不安定な同盟関係にある。アブブードが排除されると、その副大統領が後継者になる」

「ちがう。副大統領はとても意志薄弱なのよ。ロシアはチャドと不安定な同盟関係にあるといおうとしたの。アブブードが殺されれば、まちがいなく権力争いが起きて、スーダン全土に内戦がひろがる、という見かたをしているひともいる。チャドはその機に乗じて、ロシアの支援を受け、ダルフールに侵攻するでしょうね。戦争の嵐が湧き起こり、やがて核を保有する二大国が介入する。ただ、ダルフールで大規模な油田が発見されないかぎり、そうはならないと思う。ダルフールの地面によっぽど貴重なものが埋まっているのならべつだけど、ロシアはそんなだいそれた陰謀をもてあそばないでしょう」

エレンは、事情に通じていてそういう話をしているようだった。グリゴーリー・シドレンコが嘘をついたようだとわかり、ジェントリーは気が滅入った。ロシアがアブブードを亡き者にしたいのは、その死によってブロック12Aが手にはいるからではなく、混乱が起きて、チャドがスーダンに侵攻し、武力でブロック12Aをロシアの代わりに奪ってくれるからなのだ。

あのクソ野郎。

ふと思いついた。「しかし、あんたたちは、アブブードを逮捕したいと思っているんだな。殺しても結果はおなじじゃないのか？　アブブードが失脚したら、内戦をとめる力はなくなる」

「ICCでは、アブブードにわたしたちのために影響力と権力を行使する動機をあたえようと目論《もくろ》んでいるのよ。後継者が罠にはまって、中国やロシアの手駒として利用されないようにね」

　おもしろい手だとジェントリーは思ったが、アブブードがＩＣＣのいうことをきくような動機が思い浮かばなかった。

　ふたりは、なだらかな丘を登って、頂上の椰子《やし》林を越えた。向こう側の眼下の谷間には、数平方キロメートルにおよぶ広大な国内難民キャンプひろがっていた。夜の闇に沈む平地に、区切りのないテントが数千張り設営されていた。敷地のあちこちに明かりがあり、ＵＮＡＭＩＤの車が何台か見えた。ラクダの糞を燃やす焚《た》き火が、はるか彼方まで百匹の蛍のように光り、広い谷底で琥珀《こはく》色の点々をなしていた。

「信じられない」エレンが、腰に手を当てていった。

「ゲートは見えるか？」白い装甲人員輸送車が左右を固めている、フェンスの出入口を、ジェントリーは指さした。

「ええ」エレンが、ジェントリーの顔を見た。「いっしょに来ないのね？」

　ジェントリーは、ジャンジャウィードの馬に乗った。

「ああ」

「裁判にかけるといったから？　ねえ。キャンプのなかのほうが、ここより安全よ。ディッラーで身柄を拘束されることはないと約束するわ。わたしたちは法を護る。だいいち、まだ起訴されていないじゃない」

「おれがあそこへ行かないのは、ここでやることがあるからだ。おれはそれをやるつもりだ」

「それで夕陽に向けて馬を走らせるのね？」

「午前零時半だぜ」

エレンが首をふり、目の前の虫を叩いて追い払った。「あなた、カウボーイ気取りなんでしょう。でも、ちがう。あなたは無法者。あなたは——」

「三日くれ、エレン。三日たったら、なんでもやらなければならないことをやっていい。報告を出し、おれを捜索するチームを派遣すればいい」

「どうして使命のことを話せないの？　三日後になにがあるの？　あなたはだれの部下なの？　わたしたちの目的が重なっているのなら、手助けできるように努力するけど」

「気を悪くしないでほしいが、ミス・ウォルシュ、あんたの組織が用意してくれるような手助けは、おれには必要ないんだ」

エレンが、ジェントリーの胸のライフルを見て、やれやれというように手で示した。「あなたに必要な手助けは、やっぱりそれなのね？」

「おれは見境なくひとを殺すために来たんじゃない。これまでの二十四時間は、使命とは関係なかった。前にもいったが、あんたはこれからおれがやることを、一〇〇パーセント是認するはずだ。それをやるのに三日かかる。待てばそれだけの甲斐《かい》がある」

エレンは答えなかった。好奇心から三日待ってくれることを、ジェントリーは思い描いた。

エレンがSIキャンプのゲートに走っていって、UNAMIDの兵士に向かって、夜に馬を走らせている白人をジープで追いかけてと命じるところも目に浮かんだ。どんな女もそうだが、エレン・ウォルシュは、ジェントリーにとっては謎だった。

「三日だ。頼む」ジェントリーは、手綱を強く引いて、大きな馬の首《こうべ》をめぐらし、襲歩《ギャロップ》で闇に姿を消した。

28

　ジェントリーは、アルファーシルの小さなホテルの部屋で座っていた。床に敷いたぼろぼろの汚いマットレスの上にある窓はあけたままで、朝の街の喧騒が聞こえていた。通り過ぎる人間のざわめき、家畜の鳴き声、車のクラクション。

　体が汚れていて、シャワーを浴びたかったが、そのホテルにはシャワーがなかった。廊下の突き当たりの物置の床に穴があけてあるのが、便所だった。夜通しノミに嚙《か》まれたところを掻《か》いて、ほとんど眠れなかったが、ただなのだからしかたがないと自分にいい聞かせた。

　北ダルフールの中心都市アルファーシルにひきかえす車と運転手を用意するのに、スーダン・ポンドのほとんどと一日半を費やした。あとの現金で衛星携帯電話を買い、足りない分は時計とAK－47二挺で払った。ディッラーから車で送ってくれた男には、NGOなどの建設工事の労働者が泊まる現地人向けの不潔なホテルを、アルファーシルで経営している従兄《いと》弟《こ》がいた。運転手が話をつけてくれて、ただで泊まらせてくれた。ふたりが現地の品物を買うのにも連れていってくれて、代金を払ってくれた。旅の途中でも街でもジェントリーが強く感じたのは、スーダン人の多くがとても親切で、とぼしい金銭や持ち物を赤の他人に進んであたえるということだった。

ジェントリーには、感謝するほかにできることはなかった。アラビア語で感謝の言葉をいい、アラブ文化の感謝の仕種《しぐさ》をする。この一日、片手を胸に当てて、何度も深々とお辞儀をしたので、肌の色が白くなければ、ダルフール人だといっても通用するのではないかと思った。CIAの単独工作員や軍補助工作員として、また民間セクターの刺客《アサシン》として、ジェントリーは数十カ国で仕事をして、こういった土地にはよくいっても嫌気がさしていた。だが、地理的にも文化的にも遠く離れた土地の風物や人間や生活様式にすっかりなじみ、仕事を終えてそこを離れたあとも、さまざまな面でそれらの名残が消えないことがあった。

ダルフールについても、そう感じていた。当然、ここにいたくないはずだった。嫌いな物事がいっぱいある。すさまじく暑いし、虫だらけだし、独裁者や人殺しの略奪者の群れに支配されている。しかし、この土地やひとびとから、なにか強いものを感じていた。つらい一日を創意工夫だけで切り抜けるのに不可欠な頑固さと規律が、彼らにはある。精いっぱい糊口《ここう》をしのいでいるその姿には、敬意をおぼえずにはいられなかったし、ひとびとの親切がとてもありがたかった。

そのひとびとを計画的に殺戮《さつりく》している人物を権力の座から取り除くことで、親切に報いることができればいいと思った。

マットレスの向こうに手をのばして衛星携帯電話を取り、サンクトペテルブルクの番号にかけた。

グリゴーリー・イワノヴィッチ・シドレンコは、ずっと眠れずにいた。自分の送り込んだ刺客《しかく》が、ダルフールの奥地で消息を絶った。しかもそこは、目的の場所とは正反対のスーダン西部にあたる。それに、もう七十二時間近く連絡がない。そればかりではなく、国際ニュース局が、ダルフール発のニュースを伝えていた。ジェントリーが最後に目撃された場所から車で九十分以内のところで、救援組織の輸送縦隊《コンヴォイ》が襲撃されたという。詳細ははっきりしないが、状況はかんばしくないように思えた。

シドは、寒いなかで朝食のテーブルにつき、固ゆでの卵をかじって、電話機を見やった。この三日間、小さな目でそれを四六時中見守っている。

だが、はじめて着信音が鳴ったので、シドは肝を潰した。

受話器をつかもうと身を躍らした拍子に、ミモザのフルート・グラスを倒してしまった。フロリダ産のオレンジを搾《しぼ》ったフレッシュ・オレンジジュース、百周年記念ボトルのグランマルニエ、シャンパンは〈クリュッグ・グランド・キュヴェ〉のカクテルが、金の縁取りがある厚いフリースのガウンにかかった。金のかかったカクテルの汚れも意に介さず、シドは電話に出た。

「もしもし、聞いている《スルーシャユー・ヴァス》」

「グレイだ。受信しているか？」

「ミスター・グレイ、どこにいる？」

「アルファーシルに戻ってきた。いまは安全だが、長くはいられない」

「なにがあった？」

「心配には及ばない。寄り道させられた」

「寄り道……？　ミスター・グレイ、それは困る！　きみはすべてを台無しにした！　FSB（ロシア連邦保安庁）がひどく動揺している」

「しかたなかった」

「こっちの人間が機長から話を聞いた。女を救うために空港から出たそうだな。たかが女のために！」

「あんたの機長は、おれを待つべきだった」

「たかが女に！」

「そんな単純なことじゃない――」

「予定に深刻な影響がある」

「問題ない」

「どうして問題ないといえるんだ？　つぎのハルツーム行きの便は、アブブードが紅海沿岸へ行ったあとでないと出ない。どうやって――」

「ここに、アルファーシルに、一機よこしてくれるか？」

「ああ、それは手配済みだ。きょうベラルーシを発《た》つ。だが、その便では国外にきみを出せるだけだ。スーダンには着陸できない」

「着陸する必要はない」

「わけがわからないが」

「ボールペンと紙を用意しろ。作戦続行のために必要な装備を、その便に積んでくれ。計画をまとめるには、FSBに手伝わせればいい。まあ、落ち着いてくれ。これまでのちょっとした不都合なんか、どうでもよくなる」

「着陸しないのなら、どうやって――」

「帰りの航路で紅海上空を飛ぶようにする必要がある。手配できるだろう。いいか、メモしてくれ」

ガサゴソという音が、電話口から聞こえた。「待ってくれ……よし、メモする」

ジェントリーは、リストを読みあげた。シドが秘書よろしく必死でメモした。書き終えると、長い嘆息を漏らした。「こんなことができるのか?」

「もちろん」

「機長に……できるのか?」

「おれたちが飛んでいるときに、あんたは機長と話をしてくれ。おれの指示に完全に従うよう〝督励〟してくれよ」

「ダー、むろんそうする」シドはもう怒っていなかった。興奮して声が甲高《かんだか》くなっている。

「これはきみには……かなり危険なんだろう」

「おれのことを心配してくれるのか?」

「当然だ……ただ、わたしにできることがあれば」

「これ以外に？」

「ハルツームからサワーキンまで、きみを車で送る予定だった。きみの案を進めるとしたら、徒歩で横断しなければならなくなる。スーダンの部族民にはとうてい見えないだろうし」

「あのあたりには、そんなに肌が黒くないアラブ系民族もいる。ラシャイダ人だ。近くで見られたらばれるだろうが、頭に被《かぶ》り物をして、現地の服装をすれば、車を運転していても野原を歩いていても、まずラシャイダ人だと思うだろう。白人だと気づかないかぎり」

「それに命を賭けるのか？」

ジェントリーは、こともなげに答えた。「それが仕事だ」

シドが、あえぐように答えた。「きみはすごいな」

長い間があった。それに対する返事があるものとシドが思っていると、ジェントリーはいった。「計画は有効だ。地上におりたら、仕事を終えるまで連絡はしない」

「ダー。ところで、サワーキンまできみを送るはずだった男のことだが、サワーキンの警官だ。ときどきFSBの情報提供者をつとめている。役立つ情報が得られるかもしれない。会えるよう手配できる」

ジェントリーはしばし考えた。シドの作戦では、警察の情報はほんとうは必要ではなかった。だが、ザックの仕事ではどうか？　ノクターン・サファイア作戦では、現地の部隊配置についての情報源が増えれば、かなり助かるはずだ。

「頼む」

シドがいった。「ミスター・グレイ、憶えていてくれ。ここに女を用意しておく。美しい女を何人も。砂漠で見つけた女は砂漠に捨てろ。帰ってきたら、女のことで二度と不自由はさせない」

ジェントリーは、溜息をついた。「そんなことだろうと思ったよ」

ジェントリーは、部屋のベニヤ板の壁に背中をあずけた。ザックに電話しなければならないことはわかっていた。それをできるだけ先に延ばしていた。息をつく間もなく最大級の文句を浴びせられることはわかっていた。案の定、そうなった。

呼び出し音三つで、ザックが電話に出た。いつもの愛想のよさが影をひそめている。「どうした、おまえ?」

「遅れる」

「遅れる? そうか? 遅れるのか? そいつはよかった。それだけならほっとしたよ。おれの時計が二日進んでるんじゃないかと、はらはらしてたところなんでね!」

「NSSに捕まりそうになった。それから、ジャンジャウィードにも」

「NSS? ジャンジャ? 空港を出たのか?」

「ああ」

「まさか、ICCにつとめてるカナダ人のブスと関係があるんじゃないだろうな?」

「あの女が話をひろめたのか？」

「女は話をひろめてない。ＮＧＯのコンヴォイがキノコ雲を世界中にひろめたのさ！　女はおまえにぞっこんらしく、人相も憶えてないととぼけてるが、ダルフール人どもは、百合みたいに真っ白な肌の男が、自分たちのトラック二台を爆破し、ジャンジャウィードを何人も殺したといってる。いったいなにをしでかしたんだ？」

「女は助けが必要だった」

「そうかい？　そいつはすばらしい。だがな、助けが必要なのはおまえのほうだ。おまえにこの仕事をやってもらわなきゃならないんだよ！　こっちに来て特殊活動部《SAD》特殊作戦グループ《SOG》の十年来の最重要作戦の準備をしていなきゃならないときに、砂漠で女の尻を追いかけてたら、〝目撃しだい射殺〟指令は撤回されないぞ、シックス」

「女の尻を追いかけていたわけじゃない。やつらが女を殺そうとしていたんだ」

「悲しくて悲しくて、涙の川ができそうだな！　いっそナイル川なみの涙の川をこしらえてもらおうか。おれも部下もナイル川を泳いで渡って、ダルフールまでおまえを迎えに行かなきゃならないようだからな」

　ＣＩＡがウィスキイ・シエラをダルフールに派遣してシエラ・シックスを救い出すことなど、ＣＩＡが検討するはずがないと、ジェントリーにはわかっていた。そんな馬鹿げたことは、まず考えられない。しかし、シエラ・ワンが文句をいいまくっているときには、口答えは禁物だった。山火事は燃える木がなくなるまで燃えつづけて、山ひとつを丸坊主にする。

反論しなければ、ザックの言葉の猛攻撃は自然と熄《や》むはずだった。

「いいか」ザックと口をきくのも嫌になっていたジェントリーは切り出した。「なにも問題はない。シドが今夜、アルファーシルに迎えの飛行機をよこす。あすの夕方にはサワーキンに行っている。日曜の朝六時半の作戦に間に合うように、目標《オン・ターゲット》に指向する。すべて計画どおりに進む」

「そうしないと困ったことになるぞ。大至急、目標に向かえ。これには重大なことが賭けられているんだ」

「ああ、わかっている。シックス、通信終わり《アウト》」

29

ジェントリーは、アントノフ輸送機の貨物室でベンチに座り、新しい腕時計の精確に機能しているGPSコンピュータから目を離さずにいた。どこを飛んでいるかは、それを見ればわかる。機長が指示を守っていることをたしかめるために、GPSをたえず見ている必要があった。

その輸送機はアントノフAn-26で、三日前にスーダンへ行くときに乗ったIl-76よりもずっと小型だった。何人乗っているのだろうと、ふと考えた。二時間前に乗ってから、操縦室の人間とは会っていないし、話もしていない。蠅《はえ》を叩き、小さなサソリやディナー皿ほどもあるヒヨケムシを蹴とばしながら、アルファーシル空港の滑走路のはずれに伏せ、四時間待った。滑走路の横に惨殺された鳥みたいに横たわっている飛行機の残骸《ざんがい》がいくつもあり、そのうちの一機の折れた主翼が、格好の隠れ場所になった。打ち捨てられた飛行機の機内で待つつもりだったが、暑くて息苦しく、とうてい耐えられなかった。それに、蛇と縄張り争いをしなければならないだろう。夕方にフェンスを乗り越えて空港に忍び込んだときには、水が残り一本になっていて、ロシア機着陸の一時間前に、それも飲み干していた。アントノフが離陸するまで、結局三時間近くかかった。

シドからFBSを経由してロソボロネクスポルトの搭乗員に伝えられた指示どおりあけてあったカーゴハッチから、ジェントリーは乗り込んだ。暗い貨物室を進むと、要求した装備がすべてメッシュのベンチにしっかりと固定されているのが見えた。イリューシンに乗ったときとおなじ荷物に、ダルフールで三日無駄にして作戦を変更せざるをえなくなったために必要になったあらたな装備がつけくわえられている。アントノフの搭乗員は、ジェントリーが乗ったかどうかを確認し、装備がすべてあるかどうかをきくために操縦室から出てくることさえ控えていた。

ロシア人搭乗員たちは、ここで乗り込んだ男にもその仕事にもかかり合いたくないのだ。自分たちが命じられた異常な飛行計画に不安をおぼえているだろうし、異常な機動を行なわなければならないことにも腹を立てているにちがいない。FBSの悪玉どもに仕事を邪魔され、指図されたのは、その男のせいだと思っているはずだ。

いま貨物室にいる男に、搭乗員はそういう気持ちをはっきりと見せつけた——あいたままのカーゴハッチを操作する人間もおらず、乗り込んだときの出迎えもいない。おまえなんかと知り合いになりたくないといいたいのだ。

グレイマンのような男にとっては、そのほうが好都合だった。

フライトの最初の一時間、ジェントリーは装備すべてを執拗《しつよう》なまでに二度ずつ点検した。

ロシア人どもに命を預けるのはまっぴらごめんだ。自分の命を護り、今後二十四時間の目標をひとつ残らず達成するのに必要な装備の点検を、ロシア人任せにするわけにはいかない。すべてきちんと機能すると納得すると、ベンチに座り、緊張をゆるめようとした。

すぐに意識が任務のことから離れていった。鎮痛剤がほしかったが、どこかが痛いわけではない。アドレナリンの分泌が激しくなっている。この手のことをやろうとするときには、ずっと興奮状態がつづく。だが、これまでの仕事とはちがい、思い悩み、不安になり、やきもきしていた。

SADにいたときも、その前も、ジェントリーはいたって動きのなめらかな機械《マシーン》だった。あのカナダ女が、どういうわけか心にはいり込んでいた。話し相手になったり、自分の正しさを論じたりすべきではなかったが、プラスとマイナスの両面で、あの女には心を虜《とりこ》にするなにかがあった。彼女への敬意は、ぜったいに認めたくない——ああいう仕事や信心家ぶったところには、断じて賛成できない——しかし、ジェントリーが棲《す》んでいる非合法の闇の世界では、まっとうな人間にはめったに出遭うことがなかった。それに、彼女は、ひとりよがりの社会改良家や、自然保護主義者や、『ウィ・アー・ザ・ワールド』を歌う連中や、ろくでなしの馬鹿者どものたぐいかもしれないが、すくなくともこの世の危険とまっこうから立ち向かう馬鹿者だ。

An－26が急降下を開始し、胃が喉もとにせりあがりそうになった。ジェントリーは、座席ベルトのバックルをはずした。

エレン・ウォルシュは、ジェントリーといっしょにいるあいだに、どこかの琴線《きんせん》に触れていた。エレンはいまごろ、起訴と捜査開始の準備をしていて、こちらを探し出して、どこかの刑務所に入れようとすることに全精力を注いでいるはずだが、二度と会いたくないとはいいたくない。

ジェントリーは首をふった。くそったれ、目を醒ませ。

Ａｎ‐26がすぐに水平飛行に移り、ジェントリーの胃はべつの方角へ動いた。モーターが金属を動かすガタガタという音がして、尾部のカーゴハッチが背後であいた。貨物室の赤ランプの向こうに、冷たい夜の闇が現われた。空気の流れる音が聞こえる。それが苦痛なほどやかましかったが、体には感じられなかった。空力的に設計されているおかげで、貨物室に風が吹き込むことはない。

よし、これでまた、なめらかに動くマシーンに戻った。

ジェントリーは立ちあがり、かなりの量の装備を身につけているためにぎこちない動きで、夜の闇に向けて進んでいった。

おれはいまもマシーンだ、と自分にいい聞かせ、それを信じた。そうだとわかっていた。マシーンであることに変わりはないが、なめらかに動かすために、昔よりも潤滑油がすこし多く必要になっている。

グレイマンは、胸、股間、背中の装備をすこしひっぱって、きちんと固定されていることをたしかめてから、傾斜板をゆっくりと進み、真っ暗な空に跳び出した。

スーダンの東沿岸部に近いそこの夜気は、ひんやりとしていた。海からの弱い風のおかげだ。紅海丘陵と呼ばれる変則的な地形が、ブールスーダンの西とサワーキンの北西へのびている。周囲のサヘルはほとんど平地なのに、そこだけが標高三〇〇メートルを越えている。

午前零時半、細い月を除けば、山の斜面には明かりひとつつなかった。一五キロメートル四方にわたり、電気が通じているところはどこにもないが、この丘陵地帯は人間が住んでいないわけではない。ベジャ人やラシャイダ人が住んでいる。台地で山羊《やぎ》を飼い、小さな農地を耕し、ブールスーダンやサワーキンの市場《スーク》で商売をし、自給自足できるところでは自給農業を営み、痩《や》せた土地でなんとか暮らしを立てている。こうした民族は、スーダンを支配して政府を動かしているアラブ系イスラム教徒には、極力近づかないようにしている。

かつてこの丘陵地帯では、金が産出した。古代エジプトの時代から、金鉱が探され、掘り出されて、陸路をアレキサンドリアやカイロに運ばれた。やがて貴金属はすべて掘り尽くされたが、石膏《せっこう》と鉄鉱石と石灰岩は、いまも岩盤から少量が採掘され、街や建物を建設する原料が必要な地域に運ばれている。

ここでは、そういうものは必要とされていない。

数年前に、ここでも戦争があった。スーダン南部やダルフールでの戦争とおなじように、東部の少数民族が、抑圧のくびきを払いのけようとしたのだ。組織にまとまりがなく、資金もなく、叩きのめされて服従を余儀なくされた。広いスーダンの反対側で起きたもっと大規模で極悪非道な内戦のあとだったので、添え物のような扱いを受けた。

現在、三〇キロメートル離れたブールスーダンとその先の海岸線までひろがっている海沿いの平坦な土地を見おろす台地の涼しく、暗く、静かな斜面には、ガリガリに痩《や》せた山羊しかいない。ベジャ人は夜間は山羊を放牧させている。たいがい立ったまま眠っていて、数頭が青々とした芝草を食《は》んでいた。

サヘル産の灰色の山羊が一頭、大きな声で鳴いた。もう一頭が鳴き、つづいてさらに一頭が鳴いた。やがて山羊の群れが声を合わせて鳴き、まんなかにいた小さな群れが分かれて逃げ出し、斜面の草地にぽっかりとあいた場所ができた。

大きな茶色のバックパックが、そのあいた場所にどさりと落ちて、弾み、長さ七、八メートルの紐をぴんと張って、斜面を転げ落ちた。

その二秒後に、黒い服を着た男が両足で着地し、ちょっと滑ったあとでバランスを取り戻した。だが、頭上でパラシュートの傘体がゆがみ、山から吹きおろす風を受けて、前方でまたふくらんで、男の体をひっぱった。足をとられた男が、前のめりになり、転がりながら、パラシュートの索をぐいぐいとたぐり寄せた。

斜面を二〇メートル落ちてから、男はとまった。傘体はしぼみ、たくし込まれていた。山羊の鳴き声も静まり、この奇妙な出来事などなかったかのように、群れがもとの形を取り戻した。

ジェントリーは座り込んだまま、はためいている傘体を胸に抱えて、闇を見まわした。

「くそ」低くひとりごとをいって、体を折り、左肘をついて、乾いた草の上に吐いた。

落ち着くと、バックパックのポリ袋水筒から水を吸い、嫌な味のする口をざっとゆすいでから吐いて、遠くに目を向けた。東を向いていて、海沿いの平野の三〇キロメートルほど北東に、ブールスーダンの街の明かりが見える。すこし右、南寄りに目を向けた。現在位置から約四〇キロメートルのところに、サワーキンがあることがわかっている。できるだけ早く、そこへ行かなければならない。

地図ではなく実際の地形を見て、計画を微調整するために、本来ならとっくにそこに着いて、偵察していることが望ましかった。

ジェントリーは立ちあがった。左の尻っぺたが痛く、打ち身ができてこわばっているのがわかったが、気にしなかった。バックパックには鎮痛剤を入れてある。大量に。意志薄弱な自分と戦いやすいように、奥のほうにしまってある。できるだけ長いあいだ、鎮痛剤に頼らないようにしたかった。

いまはその戦いに勝っていて、バックパックをあけて手を突っ込もうとはしなかった。立ちあがると、痩せた山羊の群れのなかを通って、パラシュートと不必要なバッグを、吹きさらしの叢《くさむら》や椰子の藪《やぶ》に隠した。濃紺のズボンと濃いグリーンの半袖シャツに着替えた。いずれもきのうアルファーシルで買った服だった。二種類の変装をするつもりだった。ラシャイダ人は、この地域に多い、肌の色があまり黒くないアラブ系民族で、長い寛衣やマントはあまり身につけず、欧米人に近い服装をしている。それに、近づいたり、じかに話をしたりしたら、だれにもラシャイダ人には見られないだろう。だいいち、ジェントリーのへたくそなアラビア語では、とうてい現地人では通らない。それに、しゃべれる方言もまったくちがう。だから、できるだけ近くで接触するのは避けるつもりだったが、それが無理なときは、エジプトでアラビア語を学んでいるボスニアのイスラム教徒だと名乗る。イスラム教の六信五行の第五の柱、巡礼《ハッジュ》を行なうために、サウジアラビアのメッカへ行くのだと説明する。サワーキンは無名の街だが、東アフリカのイスラム教徒には有名な街なのだ。とにかく、そこの港から、紅海を渡ってジェッダへ行く船に乗れる。そこから陸路をメッカまで行ける。作り話の裏付けとして、アルファーシルの市場で小さな礼拝用絨毯まで買い込んである。

いままでそんな見え透いた偽装で正体を隠したことは、一度もなかった。いくつもの理由から、ほとんどあてにはできないと考えていた。ボスニアの言語であるセルビア－クロアチア語もできない。エジプトで学んでいるボスニア人が、サウジアラビアに行くのに、どうしてスーダンに潜入しなければならないのか――もっともらしい口実はおろか、怪しげな口実すら思いつかなかった。大きなバックパックを背負っている理由も説明できないし、スナイパー・ライフルその他のめずらしい品物を持っているわけもいえない。財布とマネーベルトの大金のことも弁解のしようがない。スーダンにどういうルートではいったのか、エジプトではどこに住んでいたのかということも、説明できない。

じっさいに事情を聞かれたら、馬鹿のふりをするしかない。そういう偽装なら地でいけるというものだ。

この伝説《レジェンド》（ふつうはより高度な偽装を指す）が通用するのは、ごくさりげない出会いのときだけだろう。警察や軍や政府関係者に誰何されたら、そいつが通りでラクダの糞を拾っているような下っ端でもないかぎり、この程度の偽装では見破られてしまう。こいつは空から降下してきた不信心者の刺客にほかならない、と見なされるはずだ。

　午前一時前に、グレイマンはカンバスのバックパックを背負い、斜面を下っていった。


　午前八時、ジェントリーは、ロバが曳く二輪の荷車にうずたかく積まれた干草の上でインド人風にしゃがんでいた。ベジャ人の少年ふたりが、ロバを操っている。やっと十二歳を超えたぐらいの少年たちは、もじゃもじゃの髪がいいかげんなアフロヘアみたいな感じで、ベージュのズボンに茶色いランニングシャツという、おなじ服装だった。ミルクチョコレート色の肌が、朝の絶え間ない陽射しで赤らんでいる。ジェントリーがボスニア人だという作り話をすると、ふたりは信じた。わずかなスーダン・ポンドを渡すと、荷車に乗せてくれた。

サワーキンの叔父の家へ、ロバと干草を届けに行くのだという。荷車は歩くのとたいして変わらない速度だったが、歩くよりもずっと望ましい移動手段だった。

　外国人なので地元の官憲と揉《も》めたくないのだと説明すると、少年たちは各地のアラビア語に共通している言葉と身ぶりで、検問所が近づいたらバックパックごと干草のなかに潜り込めばいいと教えた。ふたりがおもしろがってそれをやってくれたので、ジェッダ行きのフェリーに乗るためにサワーキンに向かうひとびとをあてこんだ道端の屋台で、ジェントリーはふたりに昼飯をおごった。人間の食べ物を屋台で買ってロバにやろうとすると、ふたりは腹をかかえて笑った。

午後になって、もやがかかった遠くに紅海の海岸線が見えると、ジェントリーは藁《わら》の奥深くに潜り込んで、じっとしていた。埃《ほこり》で息が詰まらないように気をつけ、ズボンやシャツのなかで虫が這《は》っているような感触やちくちくするのを気にしないよう心がけた。道路の交通量が、かなり増えていた。バス、ロバや馬が曳く荷車、歩行者、そしてごく少数の自家用車。軍用車も二度通りかかった。サワーキンの資料はシドから山ほど受け取っていたが、ジェントリーは地図以外にはほとんど目もくれなかった。古代の港湾都市についての資料など、任務には関係ないと思えた。ただ、街についての短い記事を読み、含蓄に富む歴史に驚かされた。サワーキンは、サウジアラビアのジェッダへ行くフェリーが出ていることで有名なばかりではなく、アフリカ最後の奴隷積み出し港としても知られていた。人間の輸送が中止されたのは、一九四六年のことだった。エジプト、オスマン帝国、大英帝国というように支配者が変わっても、サワーキンはずっとアフリカの奴隷貿易の拠点だった。いまはほとんどが荒廃している街の壮麗な建築物は、奴隷貿易という残酷だが儲《もう》けの大きい産業を促進することによって建設されたのだ。

街のインフラがどの程度のものなのか、ジェントリーには見当がつかなかったが、アブブード大統領は近くに農場を所有し、紅海を見霽《みはる》かすモスクの塔にある高い回廊から礼拝を呼びかける役目を楽しんでいる。

そして、ジェントリーの旅行計画には、そのモスクが含まれていた。

30

日暮れには、ジェントリーはサワーキンのすぐ北にいて、入江の水面を眺めていた。紅海はさらに五キロメートル東にある。指のような細長い入江は、小さな港を護るとともに、自然の水路として何百年も役立ってきた。だが、一九〇七年に七〇キロメートルほど北でブールスーダンが開港すると、サワーキンはあまり重要ではなくなった。ジェントリーは、まだくだんの服を着ていた。欧米風のそういう服は、このあたりでもそんなに突飛《とっぴ》ではない。浅黒く、顎鬚《あごひげ》を生やし、一日の旅塵にまみれ、ターキヤと呼ばれる礼拝用の白い帽子をかぶっているから、夜だったら遠目にはアラブ人、もしくはラシャイダ人で通用するかもしれない。仔細《しさい》に見られなければの話だが。ピンチの場合には、三〇キロメートル西とおなじで、ここでもほんとうらしく聞こえないにせよ、ボスニア人巡礼という偽装を持ち出せばいい。

バックパックは、生ぬるい水のほとりから一〇メートル離れた大岩の奥に隠してあった。岩場には洞窟のような割れ目があり、そこを一時的な潜伏地点《LUP》にした。

海からの風が、ここでは涼しくなかったが、とにかく空気が動いていて、アルファーシルほどの息苦しい暑さではないし、ロバの荷車に乗っていた六時間よりもずっとましだった。

これまでの九十六時間の大部分と比べると、暗い岩蔭にたえず流れてくる海からの空気の流れは、女の手にそっと触れられている感じだった。もっとも、ここ数年、ジェントリーはあまりそういう経験はしていない。潮溜まりに素足をひたし、ブーツを枕にして、仰向けで意識を漂わせながら、あすの朝、戦闘と危険に跳び込む前に、鎮痛剤を飲んで最後の休息を味わいたかった。

だが、気を緩めている時間はなかった。ザックと落ち合い、明朝に必要な装備を受け取らなければならない。FSBに金で雇われているサワーキンの警官、ムハンマドとも会う必要がある。

〈スラーヤ〉衛星携帯電話を出し、ボタンをいくつか押して、待った。

「来たか?」ザックは、任務一点張りになっていた。ダルフールの一件でまだ怒っているはずだが、前回の男らしさを誇示したおしゃべりは、いっさい抜きだった。

「然り《アファーム》」

「E《エコー》で会う。4-5M《マイク》」

「了解、エコー、4-5マイク」

「ワン、通信終わり《アウト》」

エコーは、サワーキン旧市街にある財務省庁舎の残骸《ざんがい》の暗号名だった。そこは珊瑚《さんご》と石の建造物が崩れたまま残っている小島で、本土のエルゲイフと呼ばれる新市街とは、土手道でつながっている。ジェントリーは、土手道には目もくれなかった。靴とズボンを脱ぎ、拳銃を小さなリュックに入れて、首にかけ、水路のもっとも狭いところを泳いで渡った。向こう岸まで五分とかからなかった。島の向こう側の水路のほうがずっと深くて幅が広い。対岸の雄大だがだいぶ古びて見える刑務所の明かりで、そちら側が見えた。小さな木造漁船が数隻、土手道の近くで錨《いかり》をおろしている。ずっと先のほうでは、係留されたヨットが黒い水面に浮かび、発電機が電源の照明が船首や帆を照らし、ステレオから欧米の音楽が大音響で流れていた。檣灯《しょうとう》の光が届かない真っ暗な街よりずっと現代的な船内のキッチンにも、それが電源を供給しているにちがいない。

サワーキン旧市街の廃墟がある島にあがると、三日月の淡い光があるだけで、あたりは真っ暗だった。ここがアフリカ東部の主要港だった十二世紀に建てられた、珊瑚礁《リーフ》石灰岩の建物の残骸が、すっかり粉々《こなごな》になって、荘重な壁の下のほうに積もり、どこへも通じていない階段、立派な柱廊や円柱が、土と砕石舗装の道路や繁茂しすぎている藪《やぶ》の脇にある。住民は、島の向こう側にある木造の小屋に住んでいる数名の番人だけだ。あとの生き物はすべて四つ足だった。上陸して一五メートルも進まないうちに、ジェントリーは猫に取り巻かれていた。姿を見られないように体を低くして坂道を登ると、猫の群れが左右前後をいっしょに進んだ。だが、ジェントリーとおなじように音をたてず、ひそやかで、ときどきごろごろと喉を鳴らすほかには、奇妙な連れの存在を明かすような動きはしなかった。それから一五メートル、旧財務省庁舎に用心深く近づくと、猫の足音にしては大きな物音が、藪のなかから聞こえた。

ジェントリーはリュックからサプレッサー付きのグロック19を出したが、照星の先に見えたのはうずくまっているラクダで、のんびりと反芻《はんすう》しながら、じろりと見返した。

グロックをホルスターに戻し、倒壊したリーフ石灰岩の大きな柱二本のあいだから、庁舎を眺め、遠くのヨットの音楽や、背後のラクダや、四方の猫とは無関係な物音を聞きつけようとした。やがて、庁舎の二階でペンライトが点滅したので、狭い未舗装路を渡って、そちらへ近づいた。

旧財務省庁舎は、二階建ての正面と角の螺旋《らせん》階段が残っている程度で、二階は一八平方メートルくらいの広さしかなかった。あとの部分——屋根、左右と奥の壁、二階の残り——は、すべて石と古い木材に戻って、一階があったはずの場所に積もっていた。階段の下に、ザックの指揮権上の次級者《セカンド・イン・コマンド》のシエラ2《ツー》がいた。シエラ・ツーことブラッドは、ウィスキイ・シエラ一家では最年長で、胡麻塩《ごましお》の顎鬚をたくわえ、地元の服装で、白いターバンを巻き、両腕でAK-47を持っていた。

ブラッドがうなずいた。その挨拶《あいさつ》に、親しげなところはなにもない。「昇れ」と、ブラッドがいった。

石の階段はしっかりしているようだったが、長持ちするように建てられていない兆候が、いたるところに見られた。そろそろと階段を昇ると、ザック・ハイタワーが二階の南西の角にいた。建物の二階の角は、そこしか残っていない。ザックは、暗がりで胡坐《あぐら》をかいていた。服装と武器は、ブラッドとおなじだった。八日のあいだに短い顎鬚を生やしていたが、それを除けば、サンクトペテルブルクで会ったときとすこしも変わりがなかった。

ジェントリーは、隣に座った。猫が数匹、ふたりのまわりをうろちょろした。ザックが闇の奥へ進み、ジェントリーはついていって、たがいの顔も見えなくなった。

「濡れていないな」ジェントリーはいった。

「ヨットからゾディアックで、水路の暗いほうを通ってきた。〈ハナ〉は一五キロメートル北東で錨泊している」

「スーダン領海か？」

「ああ。哨戒艇に臨検されて、おざなりに調べられた。アフリカ沿岸を航海しているオーストラリア人で、ブールスーダンにエンジンのパーツがＤＨＬで配達されるのを待っているところだと思わせた。ビールと煙草をやって、友だちになったのさ」

ジェントリーは、脚から黒い猫をすくいあげて、そっと階段のほうへほうった。

「まだ街には行っていないのか？」小声で話ができるように、古い建物のぼろぼろの床の上で、ザックがジェントリーのほうに尻をずらした。夜は声が思いがけないほど遠くまで届く。

「まだだ。あんたは？」

ザックがうなずいた。顎が上下するのが、どうにか見えた。「ひでえところだ。ひでえところを知っているおれがいうんだから、まちがいない。開拓時代の大西部みたいだよ。電源は発電機だけだ。舗装されてる道路は一本。あとは通りも路地も踏み固められた土だ。ロバの糞、山羊の糞、ラクダの糞で、足の踏み場もない。建物はここもおなじで、ひびのはいった石灰岩やリーフ石灰岩でできてる。でかい石をぶつけたら、半時間で崩れるような代物《しろもの》さ。四分の三くらいが、流木とトタン板と錆《さ》びた五五ガロン・ドラム缶の掘っ立て小屋だ」

「つまり、銃撃戦になったら、まともな遮蔽物《しゃへいぶつ》はない」ザックが指摘しようとしていたわかりきったことを、ジェントリーは代わりにいった。

「くそ。あすの朝、銃撃戦になったら、音だけでまわりの建物が崩れ落ちてくるだろうよ」

ザックが、肩をすくめた。闇のなかで動くのがジェントリーには音でわかったが、暗いので姿は見えない。「地元住民にとっては悪くない。ここの施設も都市再開発したほうがいい」

「警察は？」

「偵察したところ、取るに足らない。私服でパトロールしてるやつらに、中国製のＡＫが何挺かある、ピックアップが三、四台。警察署の前に百年前の大砲が二門」

「大砲？」

「飾りだろう」

ジェントリーはうなずいた。

ザックがいった。「わかってるだろうが、スーダン支局は、北ダルフールでおまえがやったことに激怒してる。シエラ６《シックス》はぐれ者《ローグ》になったと、だれもがいってる。ターゲットから六五〇キロ離れたところで、勝手に作戦をやった。まったくなんてドジを踏んだんだ。三日も連絡がとれず、連絡がとれたときには、砂漠での撃ち合いについて、ろくな説明もしない」答を求めて、ジェントリーの顔を見た。

「ああ」ジェントリーは溜息をついて、認めた。「ちょっと頭が変になったんだ」

ザックが、肩をすくめた。「ホワイトハウスが、どうなってるんだとデニー・カーマイケルを追及してる。おれもおなじ心配事をかかえてる」

「なにがあったか、話したじゃないか」

「女はＩＣＣ捜査官だぞ。そのカナダ女は。おまえは顔も知られちまった？」

「おれが何者かは知らない」

「女が問題を起こすんじゃないか？」

「この先、おれは厄介なことになるかもしれない。だが、作戦はだいじょうぶだ」

「そういい切れるか？」

ジェントリーは、すこし考えてからいった。「ああ。いい切れる。彼女はおれのことを悪の権化だと思っている……でも、スーダンでおれがやろうとしていることについては、利害が一致すると考えている」

ザックが、闇のなかで長いこと身じろぎせずにいた。ようやくその話はやめることにしたようだった。「明朝六時半、アブブードは滞在している家を出る。モスクは歩いて十分の距離だ。広場までは五分、銀行の真ん前まではそこから一分。六時三十六分きっかりに、ＳＬＡ（スーダン解放軍）が北から広場を攻撃する」

「時計は持っているのか？」

「持っていると、スーダン支局ではいってる」

「ウィスキイ・シエラがSLAとじかに接触しているんじゃないのか？」

「していない。スーダン支局の工作担当官がサワーキンの街にいて、SLAを動かしてる」

ザックが肩をすくめた。どうしろっていうんだ？　という仕種《しぐさ》だった。「騒ぎがはじまったときには、おまえは銀行内で位置についていなけりゃならない」

「了解した」

「オリックスを拉致《らち》したら、銀行の裏手の一ブロック南、八ブロック西に連れていけ。黒い4《フォー》ドア・セダン、シュコダ・オクタヴィアが、煉瓦《れんが》工場の駐車場にとまっている。スーダン支局が用意した車で、窯《かま》職人をひとり買収し、ボンネットに乗ってひと晩見張るよう指示してある。これがキイだ」

ジェントリーは、キイを受け取った。「いまから作戦開始まで、あんたたちはどこにいる？」

「おれ、ブラッド、ミロ、ダンは、〈ハナ〉にいる。あすの朝には位置につく」

「シエラ5《ファイヴ》は？」

「スペンサーはもう街に行ってる。スーダン支局の工作担当官とスペンサーは、〈サワーキン・パレス〉というホテルに泊まっている。宮殿《パレス》じゃないと、スペンサーは断言した。なんにせよ、広場を三階から見張るのにはぐあいがいい。工作担当官は、邪魔にならないように今夜、街を出るが、スペンサーはそこでおれたちの目の役目を果たす」

「それはありがたい」明朝、ターゲットの位置を確認できる目がひと組あるというのは、うれしい驚きだった。だが、ザックが部下をそれほど近辺に配していることも、ジェントリーにとっては意外だった。理由をきいて、幸運をだいなしにするのはやめた。その代わり、反政府分子のＳＬＡについて質問した。「ＳＬＡも位置について、出動できるようになっているんだな？」

ザックが、肩をすくめた。「そのはずだ。スーダン支局が四十万ドル払って引き入れた。明朝、われわれの指示に従い、三十五人が北から攻撃する」

「三十五人？」

ザックがうなずいた。

「百人という話はどうなった？」

作戦を承諾させようとしていたとき、総勢百人の反政府分子がアブブードの警護陣と地元警察を引きつけておくと、ザックがジェントリーに約束した。だが、話がちがうのを弁解して悔いるようすはなかった。たいしたことではないというように、手をふっただけだった。

「それじゃ過剰殺戮《さつりく》になる。広場にトラック二台、警察署に二台、街に通じる道路に二台というところだ。攻撃が開始されたときには、アブブードの警護班は銀行にかなり近づいているから、銃撃戦さえ起きれば、規模はどうでもいい。派手な戦闘にでもなったら、あとで手に余る。三十五人というのが、適切な人数だ」

「だれかにそういわれて納得して、こんどはおれを納得させようとしているみたいだな」

ザックが、にやりと笑った。四日前にジェントリーが空路でアルファーシルへ行ったときに、衛星携帯電話で話をしてから、ずっと不機嫌だった。これがはじめて見せる笑みだった。思い直したように、ザックが両手をあげて、降参だという仕種をした。「ああ。百人といったのはスーダン支局だ。そのあとで、三十五人だといわれた。いまいったような説明付きで。街の見取り図を見て、それも道理だと思った。しかし、ひとつの想定で作戦を立てておきながら、べつの想定で作戦を実行するというのは、おれも気に入らない」

ジェントリーは、闇のなかでうなずいた。「それでも進めたいんだな」

「そうとも」ザックが、躊躇《ちゅうちょ》せずにいった。「そのつもりだ」

西にあるモスクの光の塔から、夜の礼拝を呼びかける声が響いた。万事が計画どおりにいけば、あすの夜明け前にはあのモスクから二ブロックのところにいるはずだ。ジェントリーは、ザックの顔を見た。「品物は用意してくれたか?」

ザックが、手袋の人差し指の脇に取り付けたワイヤレス無線送話《プッシュ・トゥー・トーク》ボタンを、親指で押した。右頬に斜めに付けたヘッドセットに向かっていった。「ブラッド、リュックを持ってこい」

シエラ・ツーが、すぐに階段を昇ってきた。リュックサックは、ジェントリーが思っていたとおりの大きさだった。三〇〇メートル北で岩場に隠してあるバックパックと、ほぼおなじだ。

「荷物持ち《シェルパ》がいるな」

「おいおい、おまえは正式にはふたつの作戦をかけ持ちするわけだから、装備もふた組いるのさ」

　ザックはつぎに、小さなプラスティックの箱を渡した。ジェントリーは箱をあけた。C4OPS無線システム。ウィスキイ・シエラ・チームが翌朝に使うのとおなじものだ。新テクノロジーの装備で、考えられるありとあらゆる機器が詰め込まれている。無線機、GPS、手袋に取り付けるワイヤレス無線送話《PTT》ボタン、銃撃戦中に耳栓の役目も果たすイヤホン、顎鬚をはやした顔に取り付けるとほとんど目につかないマイク付き隠密ヘッドセット。サンクトペテルブルクでザックからC4OPSの基本を伝授されるまで、ジェントリーはその装備のことを知らなかった。

「暗号化はどうなっている？　敵に交信を探知される可能性は？」

「いま見せてやる」ザックが、装置のスイッチを入れて、ワイヤレス送話ボタンを押した。マイクにささやき声で吹き込んだ。「こんばんは、痩《や》せこけたターバン野郎ども。おれはザカリー・ポール・ハイタワー。社会保障番号は四一三‐五五五‐一二八七。アブブード大統領は、ラクダのちんぽをしゃぶってる」

　階段の上にいたシエラ・ツーが、ザックのほうをふりむいた。「おれの社会保障番号だ」

　ザックがにやりと笑い、肩をすくめた。「そうだったか。おれの勘ちがいだ、ブラッドレー」ジェントリーのほうを向いた。「これでおれたちの交信を聞いてもいい。こっちの状況を知るためにな。だが、通信網を邪魔するな。送信するな。おれに連絡したいときには、〈スラーヤ〉を使え。常時、電源を入れて、ヘッドセットにつないでおく。たとえ強行接敵中でも」

「どうして強行接敵する？　沼地で会合するまで、巻き込まれないようにしているんじゃないのか」

「なあ、ろくでもないことが起きることもあるよ、きょうだい。やばいことになったら、どうなるかわかったもんじゃない。全員が、支援が必要な状況への備えをする。スーダン支局がバンを一台用意してあるから、必要とあれば朝に街へ移動できる。地元の服も用意してある。装備は中古だ。関係を否認できるように、突入するときはアメリカの装備は身につけない。銃はイスラエル製、ドイツ製、ロシア製、ブーツはクロアチア製。バックパックは中国製。抗弾ベストはオーストラリア製だ」

ウィスキイ・シエラが、そこまで徹底して戦闘に突入する備えをしていることに、ジェントリーは驚いた。だが、大規模作戦には久しく参加していない。いつも単独行動なので、装備も兵站《へいたん》も自分ですべて手配してきた。

淡い月光のなかで、ザックが身を乗り出した。ザックが手袋をはめた手を闇に突き出し、ジェントリーはそれを握った。

「あすの幸運を祈る。終わったら、おまえとオリックスに会おう。隠密脱出したら、〈ハナ〉でロックスターなみのパーティをやろうぜ」

「そいつは楽しみだ。だが、それよりも、水路の向こうまで送ってくれないか」

「いいとも」

ジェントリーは、なにかの欺瞞《ぎまん》はないかと、ザックの顔と体を探るように見た。作戦への懸念やもどかしい気持ちはあるようだったが、欺瞞を疑う根拠になるボディランゲージは、なにもなかった。この作戦でシエラ・ワンが異なった目標のために動いているのではないらしいとわかり、ジェントリーはほっとした。

31

その日の午後十時、ジェントリーはザックの六人乗りゾディアックに送ってもらった場所から数ブロックはなれた通りの角に立っていた。暗がりにいたが、地元の人間が何人もすぐそばを通った。好奇の目を向けるものもいたが、怪しんだり、怖れたりしているふうはなかった。サワーキンについてのシドの情報から、欧米の大小さまざまなヨットが港に係留されていて、乗客や乗組員が買い物をしたり食事をしたりするための通行証をもらっていることがわかっていた。パスポートにイスラエルの入国スタンプさえなければ、金でその特権が得られる。白人の姿はめずらしいが、まったく見られないわけではないだろう。だから、肌の色を見て眉をあげるものがいても、警戒されるのを心配する必要はない。

古いメルセデスのセダンが、角にとまった。エンジンはかけたままで、運転手が待っているあいだ、あまりよく調節されていないエンジンが、夜の空気に向かって咳き込んだ。ロシアの情報機関に買収されている地元警官、ムハンマドにちがいない。ジェントリーは、すぐには暗がりから出なかった。メルセデスが尾行されている気配はないかと探した。やがて、五五ガロン入りの水のドラム缶を積んだロバの荷車に跟《つ》けられているのならべつだが、安全だと判断した。ほかに車は見当たらなかった。

ジェントリーが助手席に乗ると、メルセデスは土埃《つちぼこり》の立つ暗い通りを走り出した。

運転手は無表情で、顔のすじひとつ動かさなかった。たとえルームランプがついていたとしても、いや、アメリカの馬鹿でかいフットボール・スタジアムのとてつもなく大きく明るい照明がその顔に向けられていたとしても、いまの暗闇で男の漆黒の顔から読み取れる以上のものは、なにも見えないだろうという気がした。

警官が英語で先に話しかけた。低く重々しい声だった。「あんた、ロシア人か？」

この男はずっとロシア人の手先をつとめているから、混乱させても意味はない。

「そうだ」

「よし。あんたのほうの人間に、もっと金がほしいといってくれ」

「おれはあんたの代理人じゃない。自分でいえ」

男の顔で動いているのは、唇だけだった。この情報提供者よりもよっぽど生き物に近い自動販売機を見たことがある。「あんたに会い、今回ＦＢＳの手伝いをすることで、おれは危険な立場に置かれてる。話を決めたときよりも、ずっと危険になってる。これ以上やる前に、もっと金がほしい」

ジェントリーは、信用していなかった。情報提供者がどたんばでもっと金をよこせというのは、例外ではなく、通例のようなものだ。その根拠として、たいがい状況がややこしくなったといい張る。ジェントリーの考えでは、この男のおもな使い道は、ハルツームからサワーキンまで車で送ってもらうことだった。それは不必要になったので、シドかFSBがこの男に金を払うかどうかは、知ったことではなかった。とはいえ、なにかの役に立つかもしれないと思い、今夜、この警官に会うことにしたのだ。

どうやら無駄手間だったようだ。

「おれは金を持っていない」嘘だったが、自分が隠し持っている現金をこいつに渡す気にはならなかった。「おれにとって貴重な情報があるようなら、上司にあんたが役に立ったことを伝える」

石のような顔の男が、道端に車を寄せてとめた。四方は真っ暗闇で、タイヤが捲《ま》きあげた土埃を、ヘッドライトが照らしている。ムハンマドというその男が、ジェントリーの目を覗き込んだ。自分がこいつとおなじくらい黒くて強面《こわもて》に見えるといいのだが、とジェントリーは思った。「それだけじゃだめだ」

「それじゃ、これきりだな。あんたの気が変わったことを、FSBに伝える。じきに連絡があるだろうよ」おりるふりをしたが、相手の出かたはわかっていた。

「待て」

ジェントリーは、ひび割れた革のシートに腰を戻した。その拍子に、拳銃のグリップが右腰に食い込んだ。

「サワーキンで大きな変化があった」

大金をほしがっているのを納得させるために、危険がどうのこうのという話をするのかと、ジェントリーは思った。溜息をついた。だが、ムハンマドのつぎの言葉を聞いて、耳をそばだてた。

「アブブードが、いつもの警護班だけを連れてくると思っていた。二十五人ぐらいを。ふつう、ここに来るときには、そんなものだ。たしかに、ブールスーダンにはもっといる――大統領専用ヘリコプターといっしょに待機している――しかし、サワーキンに来るときは、たいがい二十五人だけだ」

「それで……今回はどうちがう？」

「きょうの午後、NSSが来た」

「秘密警察がここに？」

「そうだ」

「何人？」ジェントリーは、自分の手を見た。爪をほじった。

「五人見た」暗がりから、ムハンマドがいった。ふと思いついたように、つけくわえた。「しかし、政府軍もかなり街にいる。そいつらにも用心しないといけない」

「兵力は？」

「一個中隊以上。歩兵だ」

それを聞いて、ジェントリーはまたムハンマドのほうを見やった。「理由はわかるか？」

「反政府勢力が郊外の農場へ行くところを尾行されたという話だ」

「反政府勢力？」

「SLAだ。奇妙なんだ。こんな東では、一度も作戦行動したことがなかった」

「SLAの兵力は、見当がつくか?」

ムハンマドが、手をふった。はじめて見せる仕種だった。「たいして多くない、十二人ほどだ」

十二人。ザックが最初に請け合ったのは、百人だった。それが三十五人に減った。それに関するもっとも信頼できる最新情報では、現実の兵力は十二人だという。ザックを責めるわけにはいかない。この代理戦闘部隊がこれほど重要な要素になると知っていたら、ザックは作戦をここまで進めはしなかっただろう。こういうふうに数字が縮小することは、ジェントリーも何度か経験していた。責められるべきなのは、過大な約束をして、過小なものしか用意できなかったCIA現地機関、スーダン支局だ。サワーキンにSLAを百人結集させるのは、はなから無理だったにちがいない。精いっぱいの推定で三十五人だったのだ。そして、スーダン支局の推定がまったくまちがっていたことが判明した。

SLA十二人。それもすでに地元当局に存在がばれていて、だれの目もごまかせない。アブブード大統領拉致をいま推し進めたら、貧弱なSLA部隊はものの数分で政府軍部隊に包囲されるだろう。

グリゴーリー・シドレンコのためにアブブードを暗殺するのは、それでもやれないことはない。しかし、CIAのために拉致するのは、反政府勢力の熾烈な攻撃がないと不可能だ。ザックと自分の任務は、中止するしかないことがはっきりした。

「だから、あすあんたを手伝うのに、もっと金がほしいんだ」

ザックと話をしないことには、あす作戦を行なうかどうかすらわからない。しかし、この地域から脱出するのに、ムハンマドの手助けが必要になるかもしれないと気づいた。ノクターン・サファイアが泥にまみれて死んでも、シドの仕事をやって、予定どおりFSBのつてで脱出しろと、CIAに命じられるかもしれない。

「二千ユーロならある」

「一万ほしい」

ジェントリーは口ごもった。自分の金ではないから、この男に払っても、痛くもかゆくもないが、この十五年間、発展途上国でなにかにつけてさんざん交渉をやってきたので、やりかたは心得ているつもりだった。

うなずいた。「いま三千。あとで三千」六千ユーロは、この薄気味の悪い男が一年に稼ぐ額の三倍だろう。ロシア側もそれとおなじか、もっと大きな金を支払うことに同意しているから、こいつはとてつもない額の小遣いを稼ぐことになる。

ムハンマドが、長いあいだジェントリーの顔を見ていた。ようやく車を道路に出して、走らせていった。「決まった」

メルセデスでのろのろと街をまわりながら、ジェントリーとムハンマドは数分かけて細かい打ち合わせをした。ジェントリーは、しゃべりながらサイドウィンドウから見て、街を下見しようとしたが、通りと汚い路地がごちゃごちゃに入り混じっていて、まるきり見当がつかなかった。

ようやく、ムハンマドがまたメルセデスをとめた。三十分前に落ち合ったのとまったくおなじ場所だったので、ジェントリーは驚いた。ムハンマドがいった。「あすの朝、決めた時刻に決めた場所に行く。ハルツームまで車で送り、空港へ行くまで安全に待っていられる家へ行く」

ジェントリーは、前のポケットに手を入れて、ゴムバンドで巻いたユーロの札束を出した。むろんシドの金だ。CIAは現金をいっさい出していない。

午後十一時に、ジェントリーは夜を過ごす隠れ場所に戻った。バックパックの中身がいじられていないことを確認し、生ぬるい水のペットボトルをあけて飲んだ。それから、〈ヒューズ・スラーヤ〉を取り出し、電話をかけた。

ザックが三度目の呼び出し音で出た。「いい気持ちで寝ていたんだ、シックス。いい話だろうな」眠たげな声だった。

「ノクターン・サファイアを中止しないといけない。反政府勢力の存在がばれた」

ザックがつぎに声を出したときには、眠気が消えていた。「だれがそういった？」

「FSBの情報提供者。地元の警官だ。NSS捜査員と、政府軍一個歩兵中隊が、街にいる。SLA十二人が街の郊外まで追跡されたためだ」

「十二人？」

「そうだ」

「十二人？　反政府勢力はたった十二人なのか？」

「情報はたしかだと思う」

長い間があった。「スーダン支局のくそったれめ」

「同感だ。ＳＬＡが現地に兵員を送り込む能力を、ＣＩＡがごまかして、過大な数字をいったか、それとも――」

「それとも、ＳＬＡが嘘をついて、人数を水増しした。アメリカ政府《アンクル・サム》から金をむしり取るために。そのうえ、雑兵を送り込んで、存在がばれた」

「くそったれどもめ」

「同感」ザックの忍び笑いが、ジェントリーの衛星携帯電話から聞こえた。「こんなことをいうはめになるとは、夢にも思わなかったが、シドレンコと地元の人脈に感謝だな」

「まったくだ。知らなければ厄介なことになっていた」

「デニーに報告させてくれ」

「中止するしかないと、いってくれ」

「デニーがどういうかな」

「大至急、折り返し電話をくれ、ワン。オリックスを暗殺するのはやれる。付近に敵がいても、阻止されることはない」

「デニーがどういうかな」ザックがくりかえした。

ジェントリーの隠れ場所は、作戦面からすると、装備を置いてひと晩過ごすには、まず申し分のない場所だった。大きなバックパック二個の中身を出して、装備をすばやく取り出せるように詰め替えると、横になるのにちょうどいい、温かくて平らな大岩を見つけた。水路の波が岸辺の岩場でそっと砕ける音は平和で、安眠に役立ちそうだった。

ザックからの電話を、一時間以上待った。十二時過ぎにかかってきたときには、ジェントリーは目を閉じて、こくりこくりとうたた寝していた。

衛星携帯電話はC4OPSシステムと接続してあったので、イヤホンから着信音が聞こえたときには、ボタンを押すだけでヘッドセットに音声が流れた。

ジェントリーは、すぐさま出た。「もしもし」

「続行しろと、カーマイケルはいう」

「シドのアブブード暗殺をだな？」

「否《ネガティヴ》。ノクターン・サファイアをやる。オリックスを拉致し、海上へ脱出する」

「作戦がこれだけ狂ったのに、どうして拉致できるわけが――」

「スーダン支局は信じていない。おまえの情報源がでたらめをいってるか、おまえがでたらめな情報をおれたちに吹き込んでると思ってる。カーマイケルは支局の肩を持ってる。おまえの情報源は度外視し、このまま進める。地元のCIA工作員は、SLAは三十五人いるし、NSSや政府軍はいないといってる。SLAは明朝六時半過ぎに広場を攻撃する、なにも問題ないといってる」

「おれはでたらめを吹き込んでなんかいない、ザック」

「それはわかってる、よく聞け、カーマイケルは、おれに試合開始の決断を任せた。あすの朝、やばそうだったらいつでも中止できる。現場でのゴーサインは、おれが決める」

「いっしょに銀行に行ってくれるのか？」

「いや、だがおれたちは近くにいる。状況しだいでウィスキイ・シエラが直接行動を起こすことを、カーマイケルが承認した」

ジェントリーは、湿った空気を吸い込んだ。「本気か？　あんたらがボディガードや政府軍と撃ち合って切り抜けるのか？　関係否認の権利とやらはどうなったんだ？　あんたらが動くのに承認がおりたんなら、おれを使う必要は――」

「コート、カーマイケルは追いつめられてるんだ。手段を選ばずに果たさなければならないような約束をしたんだよ。オリックスをヨーロッパに渡すことができると、ホワイトハウスに約束したのさ。つまり、ありていにいって、おれたちはそれを実現しなきゃならないわけだ。特殊作戦グループの未来が、この作戦にかかってるんだ」

「おれのケツの未来も、この作戦にかかってるんだ。アブブードの小規模なボディガード対SLA百人の戦いになると、あんたは請け合った。それがいまは、所在をとうに突き止められている練度の低いろくでなしどもが六人ずつ乗ったピックアップ二台が、ボディガード、政府軍一個中隊、規模不明のNSS派遣部隊を相手にしなければならなくなった」

「いまもいったように、スーダン支局は、まだ発見されていないと考えている。それに、よしんば発見されていたとしても、ウィスキイ・シエラが兵力を倍化させる。おれたちにはやれる」

「この計画は白紙に戻したほうがいい、ザック」

「おい、おまえ、グーン・スクワッドの時代、計画どおりに進んだ作戦が、いったいいくつあった？」

ジェントリーは考えて、肩をすくめた。「ひとつも思いつかないが、しかし――」

「そうだろう。この計画は精いっぱいのものなんだ。それが裏目に出たら、作戦をやりながら、なんとか工夫しよう。いつものように」

「嫌な感じがする」

「異議は記録する。〝コートの意見をだれが聞くものか〟ファイルに入れておく」ザックが、自分のジョークに笑った。「昔、おまえにいっただろう？　嫌でも応でも――」

「やるしかない」ジェントリーは、ザックが思い浮かべた文句を結んだ。腹は立つが、今回はいうことをきくしかない。ザックもそれを知っている。

「古巣に帰りたいだろ？　ノクターン・サファイアで自分の役割を果たせ。カーマイケルをご機嫌にして、感謝してもらえ。心配するな。ウィスキイ・シエラが手を貸して、仕事を最後までやらせるから」

長い間を置いて、ジェントリーはつぶやいた。「シックス、通信終わり《アウト》」

32

ジェントリーは目を醒まし、腕時計を見た。トリチウムチューブが発光している針が、起きる時刻だと教えた。

午前四時半。大気はひんやりとして、弱い海風が吹いている。転がって上半身を起こし、胸いっぱいに空気を吸った。

せいぜい二時間、とぎれとぎれに眠っただけだった。目前に控えている作戦のせいで輾転《てんてん》反側《はんそく》した。細部、不測の事態、受け入れにくい仮定の意見や憶断について、頭脳がめまぐるしく働いた。どういう見かたをしても、きょうはどでかい失敗が群発するにちがいないと思えた。列車事故が起きようとしていて、自分がその列車に乗っていて、時すでに遅く、跳びおりられない——そんな感じだった。

昨夜、ザックに渡されたバックパックから、ピーナツバター味の〈ソルジャー・フューエル・エナジー・バー〉を出した。米陸軍の栄養学者が創り出した、ビタミンとたんぱく質を強化したチョコバーだ。包装紙を剝《む》いて、すばやく効率よく食べた。作戦開始が近づくにつれて、勝負前の気合のはいった顔が厳しくなった。チョコバーを、〈キャメルバック〉の袋水筒の水で飲み干した。

横歩きで、水ぎわへ行った。水路に小便をしながら、もっと戦闘向きの服に着替えようかと思ったが、やめることにした。もっとポケットの多いズボンのほうがいい――ポケットは戦闘員にとって重要だ――しかし、みすぼらしくて薄汚れた現地風の服――歩くときも泳ぐときも寝るときも着たままで、ロバの荷車に隠れたときも、その格好のままだった――が現地の環境では、こざっぱりした異国の服よりもずっと詮索《せんさく》に耐える。

シドが用意したロシア側のバックパックのほうへ這《は》っていった。それを肩にかつぎ、水路のひんやりする黒い水にはいっていった。重いバックパックは防水だし、浮くように空気袋が内蔵されている。ジェントリーはそれにつかまって、水路を泳いで渡った。

二十分後、サワーキン旧市街の島にある光の塔の上に、ジェントリーの頭が現われた。塔の先端部の下にある、屋根のない回廊に登っていた。島に活気があり、モスクが使われていた二百年以上前には、一日に五度の礼拝前にそこからムアッジンが、歌うような抑揚《よくよう》でアザーン（礼拝の時刻を告げる呼びかけ）を唱えていたことだろう。いまは使われないまま、もっぱら鳥の棲《す》み処《か》になっている。ジェントリーが来たせいで、眠っていた鳩が騒いだ。鳩が何羽もはばたいて飛び去ったが、ジェントリーは気にならなかった。羽の生えた生き物に猫がちょっかいを出すのはいつものことだろうし、暗いなかで鳩の群れが飛び立っても、だれも警戒しないはずだ。膝と手袋を鳩がひったばかりの糞で汚し、バックパックをひっぱりながら、ジェントリーは用心深く回廊を這い進んだ。発見されることよりも、石が崩れ、塔が倒壊して、瓦礫《がれき》といっしょに落下することのほうが心配だった。だが、石は持ちこたえていたので、バックパックのジッパーをあけて、ブレイザー・スナイパー・ライフルを出し、組み立てはじめた。

これらはすべて、敵を欺《あざむ》くための行動だった。ライフルを使うつもりはないし、きょうは狙撃はやらない。自分が雇った最高の刺客《しかく》が、CIAの殺し屋に発見されて、捕らえられるか、あるいは殺されたという作り話を、シドレンコが信じるように仕向けるための細工だった。生きているアブブードが現われ、手錠をかけられている姿がハーグ発の映像としてテレビで流されたとき、自分が派遣した刺客はどうなったのだろうとシドレンコは不審に思うだろう。SADの軍補助工作チームがついに最重要指名手配者を発見し、暗殺を行なう直前に紅海沿岸で殺したという情報を漏らすと、カーマイケルが約束している。

この細工がうまくいくかどうか、ジェントリーに知るすべはなかった。シドは馬鹿ではない。だが、アブブード暗殺に適した現場にいたことを示す証拠をわざと残しておけば、漏れた情報とこちらの最終位置に残された物的証拠が一致したという話が、シドレンコやその一党に伝わるはずだ。

だから、ジェントリーはじっくりと時間をかけて、狙撃を実行する場合とまったくおなじように現場を整えた。ライフルは二脚を立てて接地し、望遠照準器のキャップははずし、無視できる程度の風のなかでの距離四〇〇メートルの射撃に合わせて、照準を調整する。弾薬をこめ、予備の弾薬は右側にきちんとならべて置く。

最後に、自分の細工に納得すると、狙撃手掩体《スナイパーズ・ネスト》をもう一度眺めた。アブブード大統領を暗殺し、島の向こう端の高速モーターボートまで行って、穏やかな紅海をまっしぐらに突っ切り、待機している大型船に乗り移って公海に逃れるのであれば、いとも簡単にやれる。たしかにスーダンには高速哨戒艇がある――逃走中に運悪く出くわすかもしれない――だが、スーダン海軍を回避できる確率は、ノクターン・サファイア作戦の成功率よりもはるかに高い。

ジェントリーは、ゆっくりと首をふった。これからの数時間、自分にはどうにもできない数々の物事が、都合よく進んでくれないと困る。

光の塔の階段をひきかえした。未明の闇をついて旧市街の島の未舗装路におりると、人間が行き来した痕跡を残していないことをたしかめながら、水際までの三ブロックをひきかえした。かなり軽くなったバックパックをかついで、ふたたび生ぬるい水にはいった。水はプールのように穏やかだったが、黒ずんで臭かったので、消毒されていないことはまちがいなかった。

首まで浸かり、両手でバックパックをつかんで浮きながら、島のほうをふりかえった。数時間後もしくは数日後に、故意に残した証拠が見つかったら、自分と現場が結びつけて考えられることはまちがいない。刺客がスナイパーズ・ネストへ行って、装備を準備し、獲物が来るのを待っていたと、だれもが考えるだろう。

そして、だれの目にも、その刺客はふっと消え失せたように見える。

グレイマンは、陰気な笑みを浮かべて向き直り、ゆっくりとキックして、一〇〇メートル向こうの海岸線に向けて進みはじめた。

午前五時、サワーキン新市街の舗装されていない通りには、ひとっこひとりいなかった。夜明けまで、まだ一時間あり、オリックスが通るまで一時間半あるが、ジェントリーはすでに位置についていた。広場の南東の角に、トタン屋根の長細い魚市場がある。ジェントリーは、その奥の暗がりにいた。二〇キロ以上の装備が詰め込まれたCIAのバックパックをそばに置いていた。衛星携帯電話は、だぶだぶのシャツの下でベルトの左腰に取り付け、その横のC４OPSシステムと接続してあった。ワイヤレス・イヤホンを両耳に差し込み、ゴムと針金の細い筒が頬にへばりついて、口もとまでのびている。その隠しヘッドセットは、頭髪と顎鬚《あごひげ》にまぎれて、ほとんど見えなかった。

シャツの下のベルトには、グロック19と予備弾倉二本もあった。九ミリ弾が合計四六発。戦闘にじゅうぶんとはいえないが、けさの戦闘は自分の身にはふりかからず、周囲で行なわれるはずだった。

そうはいっても、もっと強力な火力がほしかった。

環境になじむために、ジェントリーはじっくりと時間をかけた。放し飼いのラクダ数頭が通りをうろつき、ロバは囲いに入れられるか、杭につながれている。周囲の街は、文字どおり聖書の時代そのものの風景で、ひとつだけちがうのは、正面に崩れかけた古いモスクがあることだった。キリストの時代、ここにモスクはなかったとはいえ、壁のない魚市場の小さな店に座って眺めているこの光景は、十二世紀からなにひとつ変わっていないにちがいない。

ジェントリーは、自分がその時代にいるところを思い描き、ここにスパイか刺客がうずくまり、あのモスクや広場の向かいの古代からありそうな建物にいるターゲットに対して、よこしまな企みを抱いていたのだろうかと思った。

そのとき、時代と食いちがっているものが、いくつも風景に混じっているのを見つけた。ロバの荷車が何台か見えていた。古代なら木の車輪だったろうが、ゴムのタイヤが使われている。目にはいる金属の屋根や掘っ立て小屋の羽目板は、錆《さ》びたドラム缶や大きなブリキのコーヒー缶を叩いてのばしたものだ。二階の窓から、割れた青いプラスティックのバケツがぶらさがっている。

と、なんの前触れもなく、すぐそばから声が聞こえた。ジェントリーははっとして、拳銃をつかみ、立ちあがった拍子に、店の上のゆるんだ棚板に頭をぶつけた。そこでザックの声がヘッドセットから聞こえたのだと気づいた。自分に腹を立て、またしゃがんだ。

「おはよう、シックス。どこにいるかは知らないが。おれと部下たちは、二杯目のコーヒーを飲み終えてから、装備を整えて岸に向かう」長いのびをする音と溜息。見え透いた演出だ。

「くそ、これが男の仕事っていうもんだ。はぐれ者になるのとはおおちがいだよ。そういうやつは、独り怯《おび》えてどこかの闇にうずくまり、脚を這い登ってきた鼠《ねずみ》にきんだままをかじられないよう祈るのさ。動いて居所を知られるとまずいからな」

ジェントリーは、つい下を見た。脚に鼠が登ってきてはいない。たしかめた自分を叱った。

「きょうだい、もうじきおれたちといっしょに仕事ができるぞ。まだおまえはよそ者だが、ときどきは仲間に入れてコーヒーを飲ませてやる」

ジェントリーはうなずいた。おたがいの関係にいくつか制約があるとしても、ふたたびチームの一員になれればうれしいだろう。

「だが、その前に仕事だ。この朝を切り抜けよう。ワン、通信終わり《アウト》」

「了解した」ジェントリーはささやいた。それをザックに送信しなかった。上の棚をよけてゆっくりと立ちあがり、狭い路地を渡って、銀行の通用口へ行った。ピッキングで錠前を三十秒足らずであけた。単純なタンブラー錠で、細い道具二本を使い、テンションレンチで何度かこじっただけで破ることができた。

なかは漆黒の闇だった。丸窓やアーチ形の窓から射し込む月光のなかで、カビ臭い土埃《つちぼこり》が舞っていた。ジェントリーは、ポケットからペンライトを出してつけると、口にくわえ、仕切りのない広いスペースの東側にある小さな柱廊を横切った。数百年前の建物のようだが、いまのサワーキンでは、金融はあまり盛んではないようだった。大部分ががらんとしていて、なにもなく、デスクと電話が数台に、木の書類戸棚あるだけだった。地階に通じる階段があった。正面出入口に向けて歩いてゆくと、ザックが用意した見取り図のままだとわかった。向かって左、正面の両開きの扉の右側に、階段があった。二階に昇ると、扉の上が狭いアトリウムになっていて、大きな窓から広場が見えた。ジェントリーは、数分かけて装備の準備をした。螺旋《らせん》状の石の階段を五、六回昇りおりして、広場への攻撃から難を逃れるつもりでオリックスと警護班が銀行内にはいってきたときに必要な装備を配置した。

二階のあいた窓から表に目を向け、広場をはじめてじっくりと見た。ヨーロッパやアジアや中南米を旅したときに広場と呼んでいたものとは、言葉の定義がまったくちがっていた。フットボール場二面の広さで、舗装されておらず、草一本生えていない。ただの硬い地面の広がりだった。銀行の向かいには、あまり頑丈には見えない二階建ての建物があった。漆喰《しっくい》塗りのコロニアル様式の建築物だが、汚れて黒ずんでいるのが月明かりでもありありとわかった。北東、つまり広場の向かって右手には、掘っ立て小屋がならんでいる——流木、ベニヤ板、トタン、廃物を叩いてつなぎあわせ、紐《ひも》で結びあわせてある。いくぶん誇張した表現を使うなら、そういったものをただもたせかけて、アッラーに祈り、倒れないことを願っているような代物《しろもの》もあった。水ぎわや旧市街の島に通じる土手道まで、その手の掘っ立て小屋が数ブロック連なっていた。

ジェントリーがいる高みの向かって左、広場の西側には、サワーキンで最高のビルだといえる建物があった。それが例のホテル、〈サワーキン・パレス〉だった。その三階に目を向けて、シエラ・ファイヴが見ているだろうかと、ジェントリーは思った。銀行のなかは真っ暗闇だが、スペンサーには暗視装置のたぐいがあるだろう。おずおずと手をあげた。

「シエラ・ファイヴからシエラ・ワンへ」一秒後に通信網から聞こえた。

「報告しろ」ザックの金属的な声が応じた。

「シエラ・シックスが位置についた」

「信じていたがね」ザックがいった。ジェントリーは、手をおろした。こんなときに見張られているというのは、奇妙な感じだった。広場の建物を、ひきつづき観察した。石灰岩やリーフ石灰岩に漆喰を塗った建物が多く、長命で名高いユダヤの族長メトセラの時代からあるのではないかという気がした。そこで、メトセラはこのあたりの出身だっただろうかと、ふと思った。

ＳＬＡのピックアップが来るはずの通りを見た。そもそも来るとすればの話だ。来なかったら、装備をすべてここに残し、通用口から脱け出す。騒ぎが起きたときに大統領が避難する建物に、おかしな取り合わせの機械類が放置されているのを、スーダン人が見つけることになる。だが、どんな襲撃や待ち伏せ攻撃についても、ＣＩＡがはっきりと名指しされることはないはずだ。この装備はすべてアメリカ国外で手に入れられるもので、いずれもアメリカ製ではない。

だが、ＣＩＡの現地機関であるスーダン支局は、ＳＬＡが来ると全関係者に断言している。全関係者がそれを信じ、それに反する情報を提供した情報源は信頼できないとして退けられた。

くそ、ジェントリーは思った。単独で殺しをやるのとは、だいぶ勝手がちがう。民間セクターの雇われ殺し屋のほうが、なにもかもずっと単純だ。

33

六時十分には、グレイマンことジェントリーは銀行内での作業を終えていた。二階の高みに戻ったとき、ザックが送信してきた。「ウィスキイ・シエラは位置についた。シエラ・スリーは広場の北西の隅、屋根の上。ファイヴは南西の〈サワーキン・パレス〉三階、あとのおれたちは車に乗っている。広場の北東三ブロック。ベージュの……待て……こいつはなんだ？　ベージュのフォード・エコノラインのバンだ。SLAは西から攻撃する。いまごろは位置についているだろう。目視あるいは音を聞いたら、すぐに報告しろ」つづいて、歯切れよく「了解」という声が、広場に配置されたふたりから返ってきた。

十分後に、東の空が明るみはじめた。サワーキンの街は広場から水路のほうへ下っているので、二階のジェントリーのところから、遠い水平線が曙光《しょこう》を浴びて輝いているのが見えた。オリックスは、まもなく広場の向かいに姿を現わすはずだ。それなのに、だれもSLAのいる気配を見ていない。SLAはどこかで移動を開始しているはずだから、広場の西にいるウィスキイ・シエラふたりが、もう音を聞きつけるか、姿を見ているはずだ。

だが、なにも報告がない。

開拓時代の大西部みたいだとザックがいった意味が、ジェントリーにもわかった。土の地面や、粗末な建物や、ロバをつなぐ杭、家畜用の水槽《みずおけ》、ロバの荷車、木の庇《ひさし》、撃ち合いに備えて構えられている何挺もの銃。遠い昔の遠い場所にいるような気がした。

二階のアトリウムで、ジェントリーは水を飲んだ。背負っているバックパックの中身の位置を点検した。これが四度目になる。

胃の奥の緊張が、みるみる強まった。

「ワンからファイヴへ」ザックが送信した。

「ファイヴへどうぞ」スペンサーが応答した。CIAの非合法作戦部門に移る前には、黒人のスペンサーは陸軍特殊部隊の軍曹だった。

「まだそっちの区域にはなにも見えないか?」

「ホテルのそばには、なにも見当たらない」

「スリー?」

「北西もまったく見当たらない」

ザックが口ごもった。任務を中止するのだろうかと、ジェントリーは思った。「わかった。どうやら B《ブラヴォー》 で行くしかなさそうだ」

銀行の暗いアトリウムで、ジェントリーは左右の眉がくっつきそうなほど、眉をひそめた。B《ブラヴォー》 とはなんだ? 非常時の代案《プランB》があるとしても、ジェントリーの脳みそはそのデータを読み取ったおぼえはなかった。

「了解、ボス」シエラ・スリーことダンがいった。「RPGは準備してある」

RPG？ ジェントリーの額に、冷や汗が浮かんだ。

衛星携帯電話のボタンを押して、ザックを呼び出し、どういうことなのかきこうと、手をのばした。

だが、その必要はなかった。

「よし、シックス。おまえが血管を破裂させる前に、説明してやろう」姿の見えないザックの声には、なんとなく悔やんでいる気配があった。「デニーとおれは、SLAがここまで来られないかもしれないと心配した。スーダン支局は何度も請け合ってるが……しかし、見る見る数字が減ってしまったわけだからな。おまえの情報源の警官と、SLAが発見されたという情報は、モノホンだったわけだ。

きょうだい、SLAなしでも、おれたちはやるよ。戦闘は必要ない。牽制《けんせい》すればいいだけだ。ちょっとした攻撃で、オリックスが警護班の集合地点に移動するよう仕向ける。そうとも、シックス。おまえのために、おれたちがその攻撃をやる。そうだよな、スリー？」

「了解、ワン」

「スリーとファイヴが、直接照準射撃を行ない、オリックスと近接警護のボディガードが銀行にはいるようにする。つぎに、広場に残ったやつらを北東から攻撃し、一分か二分、動きを抑える。そのあと、おまえは支障なしに、脱出する」長い間があった。「ところで、これはデニーの計画だ。これまで黙っていたのは……ちくしょう、SLAが来ればいいと思って

いた。血の気が失せ、死人のような顔色になっていた。

反政府勢力百人が、ゼロになった。それに、ザックは付近にいるはずの一個歩兵中隊には触れていない。ボディガードがSLAを食いとめているあいだに、オリックスを車に乗せて街を脱出するのなら、時間はじゅうぶんにあると考えていた。ところが、いまでは広場で支援する味方はたった五人しかおらず、しかもその五人は交戦を数分で切りあげてしまう。オリックスを銀行から連れ出し、車まで十ブロック移動し、車に乗せて街を出るには、それだけの時間ではとうてい足りない。

ジェントリーは、C4OPSで送信するなと命じられていたが、かまってはいられなかった。ベルトの送信ボタンを押した。「この野郎、それじゃやつを連れ出す時間が足りない――」

「シックス、交信するな！」ザックが命じた。チーム指揮官の無線機は、他の交信をすべて打ち消して優先的に送信できるように設定されている。「オリックスと警護班を目視している。広場にはいってきた。北東の角だ。やつらの後尾を攻撃する準備をしろ、スリー」

「スリーは、ターゲットを照準に捉えている」ダンが低い声でいった。

ジェントリーは、窓から夜明けを見た。動きがどうにか見分けられる。ダークスーツの男たちの群れが、広場にはいってきた。階段を見て、逃げようかとも思ったが、行き先のあてがあったわけではない。シドの作戦を続行するには、時間がない。ブレイザー・スナイパー・ライフルのところへ戻って、アブブードを狙撃する手立てはない。それに、その目標を果たせなかったら、シドはスーダン脱出に手を貸してくれないだろう。

逆に、ノクターン・サファイアをやり遂げなかったら、ザックとCIAはスーダン脱出に手を貸してくれないはずだ。

動きがとれない。後戻りできる時点を越えてしまった。こうなるように、任務に直接行動という変更があったことを、ザックは伏せていたのだ。

こうなっては、ノクターン・サファイアを続行するしかない。

「銀行まで二〇〇メートル」ファイヴがいった。「正面出入口のそばを通るときに攻撃する」

「了解」

ジェントリーは、周囲のアトリウムに置いてある装備を、最後にもう一度見た。すべてがあるべきところにある。落ち着こうとした。いつもやっている作戦とは、かなりちがうが、グーン・スクワッド時代にはテロリストを攫《さら》ったこともあったから、この手の行動には門外漢ではない。ただ、今回はことが大きい。これまでの任務のなかで、もっとも大がかりで、複雑で、タイミングが微妙だ。CIAが捨て鉢になっているのがうかがえる。

ジェントリーの師匠だったモーリスが、口を酸《す》っぱくしていっていた。「どんな任務だろうと、悠々と現場から遠ざかる余裕がない場合には、一目散《いちもくさん》に逃げるべきだ」と。

「一五〇メートル」シエラ・ファイヴがコールした。

モーリスのべつの格言が、そのときジェントリーの頭にふっと浮かんだ。「計画とは、実現しないたわごとを書き連ねたものだ」。これまでの一生、自分の任務は首尾一貫してそのとおりだった。計画はありがたいもので、必要だが、最終的には、どんな計画もたわごとでしかない。

「シエラ・スリーからワンへ」

「報告しろ」

「ボス、トラックがおれの位置の真下を通ってます」

「SLAか？」ザックの声に、期待がこめられるのがわかった。

「待って、ブレーク（通信用語。〝通信を中断するが、他に送信せずこちらの送信を待て〟の意味）」短い間があった。「否《ネガティヴ》。政府軍だ」

「ファイヴからワンへ……こっちにも部隊が来た。二ブロック西を広場に向かっている」

「ちくしょう」応答代わりに、ザックがいった。

くそ、ジェントリーは思った。政府軍が付近にいて、SLAはいない。政府軍はなにを探しているのか？

ジェントリーは、広場に目を凝らした。右手で海から昇りはじめている太陽が、できたての赤い火ぶくれみたいに見える。左手の漆喰《しっくい》の建物が暁光《ぎょうこう》に染まり、異様な輝きを発している。二十人かそれ以上のアブブード一行が、どんどん近づいてくる。

「ワン、こちらスリー。どうしますか、ボス？」ジェントリーのイヤホンから、ウィスキイ・シエラの通信がつぎつぎと聞こえたが、送信するなと命じられている。

ジェントリーは、使えもしない魔力を発揮しようと精いっぱい念じながら、涼しく暗いアトリウムでささやいた。「中止、中止」まだ窓ぎわにいたが、いつでも階段を駆けおりて通用口から逃げ出す構えをとっていた。逃げることは可能だ。用意された車までは行けないが、海には出られる。港のいたるところに小舟が舫《もや》ってあるから、一艘《いっそう》盗んで逃げればいい。

　ザックの声が、通信網から聞こえた。ジェントリーには、ザックの声音《こわね》の端々《はしばし》がわかっていた。言葉のあいまに隠されたストレスが聞き取れる。「敵の数《タンゴ》は？」

「ワン、こちらスリー。三十人ほどだ。三〇《スリー・ゼロ》、ブレーク。長い平底トラックが一台。小火器とRPGを目視、ブレーク。PKMも何挺かありそうです、ボス。どうぞ」PKMはロシア製のベルト給弾式汎用機関銃だ。

「了解」ザックが、そっけなくいった。

「ファイヴからワンへ。こっちにもおなじ兵力がいる。縦隊でパトロールしている。騒乱に備えてぴりぴりしているようには見えない」

　ザックが数秒沈黙していると、また送信が聞こえた。「ワン、こちらスリー。いまなら交戦できる。やつらが散らばったら難しく――」

「わかった、スリー。待て」ザックが答えた。

「中止しろ」ジェントリーは、ふたたびささやいた。そのあとで、シエラ・ワンが生死を左右するような状況で以前もつぶやいた言葉を、なんども唱えた。とりわけいまは、シエラ・ワンの決断を待つ先鋒をつとめている。「落ち着け、ザック。落ち着け、ザック。落ち着け」

あらゆることが、文字どおり自分の命が、シエラ・ワンのつぎの送信しだいで決まる。無事にそっと隠密脱出し、後日、ノクターン・サファイア作戦がどうして完全な失敗に終わったかが調査される。

あるいはその逆。

第三次世界大戦勃発。

「落ち着け、ザック」

そのとき聞こえた。「シエラ・ワンより、全員へ」

落ち着け、ザック。

長いためらい。「中止する。全員、作戦休止。オリックス一行がモスクへ行くまで、現位置にいろ。そのあとで、地域からそっと脱出する――」

ジェントリーは、一生分の長い安堵《あんど》の息を吐いた。

ウィスキイ・シエラの全員が順繰りに応答し、命令を了解して作戦を休止すると復唱した。五人とも完璧なプロフェッショナルで、感情を出さず、土壇場で任務が取り消されたことへの安堵や失望をあらわにしなかった。

ジェントリーは、アブブード大統領を最後に一瞥《いちべつ》した。取り巻きといっしょに広場をきびきびした足どりで横切り、こちらへ近づいてくる。間近にいるのに手を出せないことにがっかりしたが、ジェントリーもプロフェッショナルだった。こういうことは何度も味わっている。後戻りできないところを越える一歩か二歩手前にいて、続行することができず、続行するつもりもない。ジェントリーはすかさず窓を離れて、アトリウムから正面出入口におりる階段を目指した。柱廊のある暗い広間を進み、通用口に達しかけたとき、イヤホンからふたたびウィスキイ・シエラのあわただしい無線交信が聞こえた。

ザック・ハイタワーは、股のあいだにライフルをもたせかけ、憤懣《ふんまん》やるかたない思いで助手席のヘッドレストに頭をあずけた。それと同時に、シエラ・ツーことブラッドが、バンのギアを入れた。ふたりのうしろ、バンの後部に、シエラ・フォアことミロがいた。ミロは、閉じたリアドアに顔を向けて座り、大きなヘッケラー&コッホHK21汎用機関銃を膝のあいだに抱えていた。腰だめで撃つことも可能で、多くのハンティング・ライフルやスナイパー・ライフルと共通する強力な弾薬を使用する。ただし、百発入り箱型弾倉を使い、発射速度はそれらのライフルとは比較にならないほど速い。追撃してくる敵をリアドアからの射撃で撃退する、〝後部銃手《トランク・モンキー》〟が、ミロの役割だった。いまは撃つターゲットがないので、リアドアは閉めて身を潜めている。だが、作戦が進められていれば、シエラ・フォアが、もっとも威力のあるその武器で猛攻していたはずだった。

バンは、広場から数ブロック離れた路地の暗がりの奥で待機していた。一個歩兵中隊が目撃された場所からは、かなり離れている。道路の鶏《にわとり》や山羊《やぎ》を除けば、動きはまったく見られなかったので、隠れ場所から出て、南へと進みはじめた。広場はそちらの方角なので、アブブードの地上部隊を避けて、港寄りに行こうとして、ブラッドが最初の角を左に曲がった。

だが、その横丁は、ラクダの囲いで行き止まりになっていた。流木やスクラップの金属で造られた大きな円形の建物で、地べたに巨大なラクダ数頭が膝を折って座っていた。左右を抜けるのは無理だった。

　ブラッドが、バンをバックさせた。ザックとブラッドは、バックミラーを覗いた。

　ザックが先に見つけ、バンのふたりとチームのあとのふたりに、大声で無線連絡した。

「敵兵だ！」

　ブラッドが、ブレーキを踏んだ。二〇メートルうしろ、いまはいったばかりの横丁の口に、グリーンの戦闘服を着た兵士が六人立ち、中国製の81式アサルト・ライフルを構えて、バンに狙いをつけていた。ひとりが命令を叫んだ。

「どうします、ボス？」運転席のブラッドがきいた。

　ザックはほとんど躊躇《ちゅうちょ》しなかった。口をひらき、全チームに命じた。

「全員。前の命令は撤回する。ノクターン・サファイア開始。くりかえす、作戦を実行しろ！　ぶっ放せ！」

　バンの後部では、ミロがリアドアをブーツで蹴りあけた。ドアが開放された状態でロックされ、ミロが機関銃を構えて、横丁の口にいる兵士六人めがけて連射を放った。

　兵士三人がその場で死んだ。あとの三人は地面に伏せて応射した。

　ミロのうしろでザックがシートベルトをはずし、左右のシートのあいだで身を翻《ひるがえ》し、イスラエル製のタヴォールTAR-21アサルト・ライフルを持ちあげて、ミロの左肩の上から撃った。ブラッドがセレクターレバーをバックからドライブに戻し、アクセルを踏みつけた。フォードの大型バンが囲いの柵を突き破り、大きな茶色のラクダがどたどたと脇によけた。

グレイマンは、あきらめの態で肩を落としていた。

銀行の通用口の掛け金に、指先をのばそうとしていた。ドアの向こうは暗い路地だ。その先にはひっそりとしたカーブや曲がり角がある。港へ行き、水路にはいるか、小舟に乗る。数分で危険から脱する。

だが、ザックの指示と北の銃声が、すべてを一変させた。

ダンが送信していた。「スリー、攻撃開始」そして、ジェントリーの位置からそう離れていないところで、RPGの発射音が響いた。「ファイヴ、射撃開始」〈サワーキン・パレス〉から、サブ・マシンガンの銃声がほとばしった。

スペンサーも、交戦にくわわった。

作戦が進行している。数秒後には、アブブードがジェントリーの背後の扉から跳び込んでくるはずだ。

ジェントリーは踵《きびす》を返し、腰のホルスターのグロック19に手をのばした。

すぐ外の広場では、アブブードの警護班が拳銃で応戦し、乾いた銃声が響いていた。ジェントリーは、古い銀行のカビ臭い空気を吸い、肩をそびやかし、歯を食いしばっていった。

「よし、行くぞ」

階段を駆けあがり、位置についた。
数秒後、下のロビーで両開きの扉があいた。
第三次世界大戦にようこそ。

34

ジェントリーの下の男たちが叫び、悲鳴をあげていたが、周章狼狽《しゅうしょうろうばい》してはいなかった。さすがは練度の高い警護班だ。彼らは自分たちの護る重要人物、スーダン共和国大統領に大声で指示していた。ジェントリーはその手順をよく知っていた。オリックスを中心に、密集した警戒態勢で室内に急ぐはずだ。なかにはいったら、扉をしっかりと閉ざし、屋内のもっとも安全な場所へオリックスを導く。おそらく地下金庫室へ連れていくだろう。アブブードといっしょにはいってきた護衛が何人いるのかはわからない。銃撃戦がはじまったときの位置関係、シエラ・ファイヴとスリーが斃《たお》した人数、その他の要因によって異なる。だが、ロビーにいるのがふたりだろうが二十人だろうが、おなじことだった。ジェントリーには奇襲の要素という強みがある。

ジェントリーは、窓枠に置いてあった小型リモコンのボタンを押した。それによって、下の両開きの扉それぞれに取り付けた閂《かんぬき》の電磁石が作動し、長さ八センチの鋼鉄の閂が動いて扉二枚をしっかりと固定した。これでだれもはいってこられない。

つぎに、安物のリノリウムの床から、キャリングハンドルが付いた重さ五キロの装置を持ちあげ、スイッチカバーの下に親指を突っ込んで、ボタン式のスイッチを押した。一秒後に、それを手摺の上に持ちあげて押した。その装置はロビーに向けて落ちていったが、長さ一八〇センチの紐《ひも》で手摺に結びつけられていたので、下に立っていた連中の目の高さでとまった。それは殺傷力のない非爆発性音響光学装置で、二秒に設定した時限装置がブザー音を発し、明滅した。全員が音と光のほうに目を向けるので、最大限の効果を発揮する。ジェントリーはアトリウムの床に伏せて、目をしっかり閉じ、C4OPSのイヤホンの上から耳を押さえた。

その装置は、CIA科学・技術本部が作成した試作品で、ザックはビッグ・バンと呼んでいた。強烈な光と音で、肉体と精神の両面で見当識（状況把握力）を失わせるよう設計されている。CIA本部《ラングレー》の技術者たちは、市販の部品を使うよう気を配った。ほとんどが日本とフランスとドイツ製の部品で、かりそめにも〝メイド・イン・USA〟だというレッテルを貼られないようにした。

目を閉じていても、まばゆい閃光が四方の壁から反射し、目が灼《や》けるようだった。ノイズキャンセル機能のあるC4OPSヘッドセットのイヤホンをつけて、両手で耳を押さえていても、甲高《かんだか》い一秒間のサイレンが激しく耳朶《じだ》を打った。触れ込みでは、光学的効果は、太陽を一一〇ミリセカンド凝視するのとひとしいとされている。音響面では、鼓膜を激しく打ち、狭い場所の六メートル以内で作動すると脳震盪《のうしんとう》を起こさせる威力がある。ジェントリーは歯がガチガチ鳴った。天井からリーフ石灰岩などの物質が体に降り注いだが、痛みも落下する破片も意に介さず、ジェントリーは即座に跳び起きた。

ぐずぐずしているひまはない。

階段を駆けおりるあいだ、拳銃を前に構えていた。ロビーがどうなっているのか、一〇〇パーセント確実にはわからない。すばやくロビーに出た。全員がさまざまな程度に能力を失っていた。総勢六人。ひとりがオリックスにちがいない。護衛ひとりが膝立ちになり、両手で絨毯《じゅうたん》をあちこち触《さわ》って、自分の銃を探していた。ジェントリーはその男の後頭部を撃った。男が前のめりに倒れ、探していた床の拳銃に顔をぶつけた。ジェントリーは、意識を失ってぐったりしている護衛ふたりをまたいで、仰向けに倒れている年配の男のほうへ行った。これがターゲットだ。オリックスは気絶し、そばにいる若い護衛ふたりは意識を失ってはいなかったが、完全に見当識を失っていた。仰向けに倒れ、自分の反吐《へど》にまみれてのたうっていた。ジェントリーは、すぐさまオリックスの白いシャツの襟を乱暴にあけて、ネクタイをゆるめた。前に行って膝をつき、胸と胸が合わさるところまで、両腋の下に手を入れて持ちあげた。体を丸めて、ぐったりした重い体を右肩に載せ、両脚の力で立ちあがって、消防士式にかつぎあげた。護衛の脚の上を越えて、ロビーを出た。閂《かんぬき》をかけた通用口のドアまで行くと、オリックスをそっと横たえ、拳銃を抜いた。

急いでロビーにひきかえした。自分が作動させたサイレンのせいで耳鳴りがしていたが、表の熾烈な銃声が聞こえた。激しい戦闘がくりひろげられているのが北と西なので、自分の脱出ルートに支障がないのがありがたかった。

ロビーに戻ると、生きている護衛四人それぞれの足首を一発ずつ撃った。ライフルかサブ・マシンガンが落ちていないかと期待してあたりを見たが、ラド（CZ-75コンパクトのコピー）しかなかったので、目もくれなかった。

あけろと叫びながら扉を叩いている男たちが、表にいた。ジェントリーは護衛を置き去りにして、ロビーを出た。じきに回復するだろう。それまで一分とかからない。数時間か数日、頭痛に悩まされるはずだ。足首はもっと長いあいだ使い物にならないだろうが、いま重要なのは手当てが必要だということだ。護衛、警官、兵士、その他の現場要員《ファースト・レスポンダー》が人数を割《さ》いて、救護班を組み、治療のために負傷者を運び出さなければならない。拉致犯を追跡する人数が、それだけ減る。

ジェントリーは、拳銃の弾倉を交換しながら、通用口へ行き、そこでザックに渡された二輪の手押し車にオリックスを載せた。折りたたみ式の軽い手押し車で、伸縮式のポリ塩化ビニルのパイプと、ハニカム構造の頑丈なプラスティックの床板、太いゴムタイヤからできている。オリックスの重い体を手押し車に載せ、取り付けてあるバンジーコードにその両腕をひっかけて固定すると、手を休めて息を整えた。

表の銃声は、短い連射でつづいていた。敵が混乱し、散らばっているような物音だった。かなり厄介なことになっているようだが、通用口のほうからは、なにも聞こえなかった。

ジェントリーは、通用口の閂をはずしてドアをあけ、まず広場の方角の左手を見た。障害はなかった。

それから、右を見た。一般市民がふたり、未舗装路に立っていた。ベジャ人の漁師のようだったし、手に武器は持っていなかった。ジェントリーが拳銃を向けると、ふたりがすぐに両手をあげた。アラビア語で立ち去れとジェントリーは命じたが、ふたりはまだじっと立っていた。だが、長いサプレッサーが付いた拳銃をふって、そこから立ち去れと手ぶりで示すと、わかったらしく、あっというまに姿を消した。

一分後、ジェントリーはスーダン大統領を積んだ手押し車を押しながら、暗がりを小走りに駆けていた。南に二ブロック進むあいだに見かけたのは、まごついている一般市民ふたりだけで、進むのを妨げられることはなかった。やがて、長い低い壁のそばを通り、個人の家のあいた門からはいった。狭い土の裏庭で、手押し車の把手《とって》をおろし、そばにしゃがんだ。

銀行の正面から一〇〇メートル離れていた。右に一度曲がり、つぎに左に曲がって狭い通りを進んできたが、見つけられていないし、足跡や轍《わだち》も残していないと確信していた。

広場では、乾いた銃声がなおも響いている。

それがきっかけだったかのように、オリックスが左右に体を動かした。ジェントリーは、バンジーコードをほどいて、オリックスの上体を起こし、顔を何回かはたいた。バックパックからプラスティック手錠を出し、体の前で手首にかけた。すぐに取り出せるようにバックパックのサイドポケットに入れてあった水筒を出し、キャップをあけて、大男の黒人の顔じゅうに注ぎ、禿《は》げあがった頭もざっと濡らした。

オリックスが、完全に意識を取り戻した。まだ見当識が狂っているようだし、瞳孔がひらいている。ジェントリーは水をすこし飲ませ、顔を軽く叩いた。オリックスがすぐに水を吐き出し、大部分がジェントリーの顔にかかった。オリックスが手をのばして、残像になっている目の前のまぶしい光を払いのけようとした。

オリックスは耳が遠くなっているはずなので、ジェントリーは大声でいった。「目を醒ませ！　おい、目をあけろ！　おれを見ろ！　おれを見ろ！」

それがオリックスの注意を呼び醒ました。目は大きくあけていたが、ビッグ・バンのすさまじい光のせいで、網膜の中心部がまだ働いていないようだった。周囲とジェントリーを見るのに、横目を使っていた。ショックを受けたことはたしかだが、ついさっき見た夢としか思えないような出来事から、回復しつつあった。

オリックスが首をふり、混乱した意識や、目の前で踊る明るい光や、ずっとつづいている耳鳴りをふり払おうとした。

ジェントリーは、訓練で特殊閃光音響弾の音と光を浴びたことがあったが、オリックスと警護班に使った装置はまったくの別物で、すさまじかった。あんな威力の音響光学装置を使われる側でなくてよかったと思った。

オリックスが、アラビア語でどなった。「貴様、何者だ？　どこ……いったいなにが――

――」

ジェントリーは、英語で答えた。「よく聞け。おれはおまえを殺すために派遣された。それがおれの仕事だ。しかし、べつの人間が、おまえを拉致《らち》しろといった。わかるか？」

　オリックスがゆっくりとうなずいた。これが残酷な悪ふざけなのかどうか、まだ判断しかねているようだった。ジェントリーが数秒のあいだ見据えると、やがてオリックスの目に狼《ろう》狽《ばい》の色がひらめいた。

「できることならおまえを拉致したいが、ひとつはっきりさせておく。状況がややこしくなったら、プランAに戻る。そのほうがプランBよりもでかい金がはいる。厄介なことになり、ここから脱け出すのにおまえが手を焼かせるようだと、とことんプランAだ。プランAではおまえのちっちゃな目と目のあいだに一発撃ち込み、ここに置き去りにする。おれはうちに帰り、現なまを勘定する。

　わかったか？」

　オリックスが、もう一度うなずいた。まだ狼狽は残っていたが、不本意ながら同意している顔つきだった。納得したのだ。

「つまり、プランAのほうがずっと楽だと思われないようにするのが、おまえの仕事だ。いいな？　ここからはチームのおなじ側だ。そうすれば万事順調にいく。わかったか？」

「アメリカ人か？　おまえはアメリカ人か？」

「まさしくそのとおり」ジェントリーは、誇らしげにそういった。アメリカ合衆国の利益のために働くのは、久しぶりだった。

「よかった。階級は？」

「ない」

「階級がない？　将校だろう？」

ジェントリーは笑い、表の通りを歩いているものがいても見えないように、手押し車を壁に立てかけて楯《たて》にした。「ただの兵隊さ、相棒。これをやるか、ジャガイモの皮むきをやるか、籤《くじ》を引いて負けたんだよ」

オリックスには、そのジョークがわからないようだった。目の前の光をふり払おうとして、また首をふり、きっぱりといった。「おまえの上官の指揮官に降伏したい」

ジェントリーは、くすくす笑った。「悪いが、おまえの担当はおれしかいないんだ」

「いいだろう」がっかりした声で、オリックスがいった。「頭が――」

ジェントリーは、ポケットから錠剤を二錠出した。「これを飲め」

オリックスがそれを受け取って、左見右見《とみこうみ》したが、口には入れなかった。

「弱い鎮痛剤だ。すこししたら、おれに感謝するはずだ」

オリックスが錠剤をゆっくりと口に入れて、水を含み、飲み込んだ。咳き込んだが、なんとか錠剤を飲み下した。

「走れるか？」

「走る？　目もろくに見えないのに」

「それじゃ、できるだけ速く歩け。だめだといったら、プランAがおれの最善策だ。ここから逃げ出すには、急がなければならないからな」

オリックスが、いそいそとうなずいた。「走れる」

「そうこなくちゃ。さて、立たせてやる」

オリックスが、きょろきょろした。銃声にはじめて気づいたようだった。「だれが撃っている？　あの銃撃戦はなんだ？」この捕虜はまだ事情が呑み込めていないのだと、ジェントリーは気づいた。意外ではなかった。

「おれの味方だ。おまえの仲間を引きとめているのさ。おれたちはこの家の裏を通って、数ブロック南へ行き、船に乗る。用意はいいか？」

オリックスが、またうなずいた。自分の拉致に協力するつもりのようだった。状況がよくわからないままに、そうしなければどうなるかを悟ったのだろう。目の前のアメリカ人は本気で、プランAを実行するのになんの痛痒《つうよう》も感じないはずだ、と。

「行くぞ」ジェントリーはオリックスに向きを変えさせ、強く押して、小さな石造りの家に向かわせた。


シエラ・ワン、ツー、フォアは、車体がめいっぱい沈んでから宙に浮きあがり、小さな丘を越えはじめたバンの車内で、体をふりまわされていた。リアドアはあいたままだったが、フォアは、クイックリリース・バックル付きシートベルトを締めて、ボルト止めした中央のシートに体を固定していた。街の地図は一週間研究したのに、自分たちがどこへ向かっているのか、三人のだれにもわからなかった。ブラッドは、サワーキンの衛星写真を目の前のハンドルにテープで留めるということまでやっていた。しかし、どの通りもおなじように見え、路地も見分けがつかず、流木と麻布でできた掘っ立て小屋はどれもこれもおなじだし、道路標識はとうの昔に屋根や薪《まき》に使われてしまったようだった。

この三分間、三人はスーダン政府軍部隊との小規模な交戦を突発的にくりかえしていた。街にいる政府軍部隊は、まったく統率がとれていなかった。ブラッドがバンを道路に戻すと、政府軍の隊列の背後に出るということが、何度も重なった。軍用トラックと二度、正対したが、いずれも一発も撃たれることがなく、トラックはバックして危険から逃れようとした。

待ち伏せ攻撃というには、敵の配置は混乱をきわめていた。とはいえ、統率がとれていない政府軍は、兵力でそれを補っていた。街の北側のあばら家が延々とつづいている通りを、ウィスキイ・シエラのバンが突っ走っていると、兵士たちがまるでシロアリみたいにぞろぞろと出てきた。シエラ・フォアことミロは、囲いを突破し、その後も交戦するあいだに、弾倉の弾薬を撃ちつくしていた。また戦闘に巻き込まれることは確実なので、いそいで再装塡しているところだった。

バンから四〇〇メートルのところで響いている自動火器の連射のあいまに、シエラ・ファイヴの声が聞こえた。

「おい、ワン。ちょっと応援がほしい。政府軍がおれの射界から出たんで、二階に移動したんだが、もうじき戻ってきてこのホテルをぶっ壊すにちがいない」

「了解、スペンサー」ザックはいった。「大至急、おまえを迎えにいく。いま、ちょっと堂々めぐりをしてるんだ」

「銃声をたどればいい。広場にいる政府軍兵士十数人が、おれを狙い撃ってる。音で方角がわかるはずだ」

「やってるよ」ザックが答えたとき、シエラ・ツーが車を二度たてつづけに左折させた。真ん前に軍用ジープがとまっていた。後部にロシア製機関銃が搭載されているが、銃手がいない。

ブラッドが、すかさず右折した。

「シエラ・ワンからシエラ・スリーへ。そっちの位置の現況を報告しろ」

ダンが射撃をやめずに、応答した。「横丁二本から攻撃されてる」ライフルが二度銃声を発し、ザックのイヤホンから聞こえる音声がひずんだ。「調整された射撃じゃない。こっちは屋根の上の高みだ。しかし、なにしろ敵はおおぜいいる。真下に来られたらおしまいだ。受信しているか？」また何度か銃声が響いて、ザックの応答が遅れた。

「感明度良好。そっちへ向かう」

「背後に敵！」ザックのうしろで、ミロが叫んだ。金属製のボディの狭い後部で機関銃の銃声が、削岩機の音をヘビーメタルのバンドのアンプの壁《スタック》で増幅したみたいに轟いた。だが、ブラッドがまたすばやくハンドルを切って角をまわり、射線から逃れた。

「ワン、こちらスリー。北から接近するヘリコプターを目視した」

「ヘリコプター？　民間か、軍用か？」

「うーん、ちょっと待て、ブレーク。軍用だ。でかくて胴体が太い。距離は七、八キロくらい、低空、高速、こっちへ向かっている。どこかおりる場所でも……Mi‐17のようだ」

「Mi‐17はヒップだぞ。スーダン軍にヒップはない」ロシア製のミルMi‐17をNATO軍では、ヒップというコード名で呼んでいる。

「ヒップにまちがいない、ボス」

「了解した、ちくしょう」ザックはうなった。空からの強襲に対しては打つ手がない。

「ファイヴからワンへ！」

「どうぞ」

「西に小火器の銃声。おれの位置を狙っていない。シエラ・シックスは、広場の西にはいないよな？」

「いないはずだ。シックス、送信できるんなら、いるかどうか教えろ」

「シックスからワンへ」ジェントリーは送信した。きっぱりと手短にいった。「否《ネガティヴ》。オリックスを捕らえ、広場の南東にいる。港を目指している」

ザックがそれを考えていると、バンがまた急左折した。「SLA（スーダン解放軍）かもしれない。遅れても来ないよりはましだ。この際、なんだろうと利用するぞ。どうだ、ファイヴ？」

「あてになるもんか。敵の半分がおれを攻撃してるような感じだ！」

「ちょっと待て」バンを運転していたシエラ・ツーが交信に割り込んだ。「ここは広場の北東にはいる横丁だ」

「たしかか?」ザックはきいた。まるきり見当がつかなかった。これまで通ってきた十数本の横丁と、なにも変わりがないように見える。

「ああ、ここを走れば、三十秒で広場に出る。そうするか?」

ザックは、一秒考えてからいった。「やれ。また道に迷うわけにはいかない。いま拾ってやらなかったら、スペンサーもダンも弾丸が切れる」

「広場には敵兵がいる。アブブードの護衛も」運転しながら、シエラ・ツーが念を押した。

ザックはうなずいただけだった。送信をはじめていた。「スリー、ファイヴ、二十秒後に広場に突入する。撃ちまくりながら突破し、銀行の裏にまわって、広場の一ブロック西の横丁でおまえたちを拾う。頭を下げていろ!」

ふたりが声をそろえて、「了解」と応答した。

「フォア、めちゃくちゃな戦いになるぞ」ザックが、後部のミロに向かって叫んだ。

「くそ、やれるものなら、やってみやがれ!」うしろで後部銃手《トランク・モンキー》がわめいた。


ウィスキイ・シエラのバンが広場を突っ切ったとき、ジェントリーは五ブロックと離れていないところにいた。タイヤの悲鳴が聞こえ、ライフルと拳銃による応酬が弱まることなくつづいた。

サワーキンの市外とおぼしい西側からも、まばらな銃声が聞こえた。彼我ともにAK-47だった。政府軍部隊とCIAが脅して戦いの場に引き出したSLAの一方的な戦いにちがいない。音からして、SLAはだいぶ劣勢のようだ。この調子では、指図どおりに戦えとスーダン支局がもうじき発破をかけるにちがいない。

わかっているかぎりでは、戦闘はすべて早朝の街の中心部で行なわれていて、ジェントリーのいる場所は安全だった。ジェントリーとオリックスは、戸外の小さなパン焼き窯《がま》とおぼしい古い煉瓦《れんが》のオーブンを覆《おお》う、差し掛け屋根の蔭にしゃがんでいた。船が何艘も舫《もや》ってあるところまで、五〇メートルしか離れていない。静かな水路に浮かぶ木の小舟が見えた。赤い船体が、誘うように揺れている。あと五〇メートルとはいえ、そこまでの道はさえぎるものがなにもない。ビーチや旧市街に通じる土手道の北にいる政府軍兵士のことも不安だったが、それよりも頭上のヘリコプターに通報されるのが心配だった。舟までこっそり行くことができても、水路を進むときには、ヘリコプターから丸見えになる。

それから数秒、そのことを考えた。「舟はやめよう」結論を声に出していい、オリックスのほうを向いた。「車がある。広場の八ブロック南西だ。そこへ行く。急げ!」オリックスを路地に押し込むと、ジェントリーはいっしょに駆け出した。

路地を一ブロック進んだとき、突然、オリックスが左に向きを変え、ゆるやかな坂を登るもっと狭い路地に逃げ込んだ。ジェントリーはあとを追い、大男のオリックスの首をつかんで引き戻そうとした。そのとき、政府軍一個分隊の五人が、リーフ石灰岩の小さな建物の裏口から出てきた。オリックスとの距離は、四、五メートルだった。兵士五人はわけがわからず、銃を構えて、自分たちが出くわした状況を判断しようとした。ジェントリーは、その迷いに乗じた。兵士たちとオリックスのあいだに割ってはいり、手荒にオリックスを押しのけると同時に、拳銃を構えた。分隊の先頭のひとりの胸に二発撃ち込み、空いた手でオリックスのネクタイをつかんで、狭い路地からひっぱり出すと同時に、もうひとりの額を撃ち抜いた。

あとの三人は、いま出てきた建物のなかに身を隠した。ジェントリーはオリックスを離して、死んだ兵士のそばに落ちているライフルに向けて走った。だが、そのとき見えない敵が長い連射を放って、目の前の地面をライフルの銃弾が縫《ぬ》ったので、ジェントリーは踵《きびす》を返し、角を曲がって、またオリックスの体をつかみ、片手に拳銃を握り、もういっぽうの手でスーダン大統領の首をつかんで、精いっぱいの速さで走り去った。

35

サワーキンは、ラシャイダ人とベジャ人が大部分を占める街だが、市場があり、港町で、かつての港湾都市の名残もあるため、国中からの移住者がいる。ディンカ族、フール人、ヌバ族、マサリト族、ヌエル族などが、交易し、住むためにやってくる。非アラブ系で、おもにナイル川の西に集中しているヌビア人もいる。

そうしたヌビア人の一家が、広場の南西にある麻布と流木とトタン板の掘っ立て小屋に住んでいた。住人は山羊《やぎ》の革とタイヤでサンダルをこしらえて、家の前の路地で売っていたので、掘っ立て小屋は仕事場でもあった。

サンダル作りの男は、死んだ息子の子供四人――女の子三人と男の子ひとり――を育てていた。

男は孫娘三人をかばうようにしてうずくまり、十二歳の孫息子に、そばにきて、暗い家のなかでみんなといっしょに伏せるよう命じた。だが、十二歳のアドナンは、怯《おび》えて縮こまるのを拒んだ。寝るためのマットの横にある古い戸棚をあけて、死んだ父親の形見の大弓を出した。祖父のどなり声を尻目に、矢を三本持つと、アドナンは家から跳び出して、銃声の方角へ駆け出した。

サンダル作りの家は、小高い丘の上にあり、広場の方角の煙や閃光が入口から見えた。背後の西からも銃声が聞こえていたが、そちらのほうが遠かった。アドナンは、丘の崩れそうな石段を駆けおりた。三段か四段置きに跳び、しなやかな若い真っ黒な脚は、そういう激しい動きを楽々とこなした。四方の銃声に思わず首をすくめたまま、走っていった。

小屋の前に木の松葉杖をついた年寄りが立っていて、アドナンはその前を通った。脚の悪い年寄りが、家に帰れと叱りつけたが、アドナンは聞く耳を持たなかった。

家族と街がなにに脅かされているにせよ、それから救おうと思っていた。

ヌビア人は、古代エジプトの時代から怖れを知らない獰猛《どうもう》な戦士で、使う武器は一貫して弓だった。ヌビアは当時、エジプト人に〝弓の国〟と呼ばれていた。古代の戦争でヌビア人は傭兵として尊ばれ、はるか彼方のペルシアでも雇われた。

アドナンの一族は、十数世代にわたって弓師だったが、弓では金が稼げない。武器を使う理由がある人間は、だれでもＡＫ－47や中国製のＡＫ－47のコピー、81式アサルト・ライフルを肩から吊っている。ＡＫ－47は弓よりも威力があるし、使い方を会得しやすい。それに、ＡＫ－47は技術的にも弓よりちょっと複雑なだけだ、ともいわれる。そんなわけで、アドナンの祖父はサンダル作りに転業したのだが、アドナンは子供のころから、大きな竹の弓が扱えるようになっていた。握りには革を巻き、握りの上や弓の両端には骨や角の象嵌《ぞうがん》がほどこされていた。

アドナンは、流木と針金でこしらえた小さな門を抜けて、土埃《つちぼこり》が立つつぎの路地に出た。広場の銃声が壁に反響して、伝わってきた。さらに首をすくめて、父親の弓を左手に、矢を右手に持って、音の方角へ急いだ。

街の住民が表に出ていたが、たいがいは逃げていた。アドナンは全力疾走ですれちがい、戦闘の場へ向かった。

狭い路地をまわったところで、つまずきながら足をとめた。路地の入口にあたる三〇メートル前方の角を、黒いスーツの黒人がさっと曲がった。背中を押されているような動きだった。黒人は両手を前で縛られ、アドナンが見たこともないようなぴかぴかの靴をはいていて、足を滑らせ、よろけていた。閉店した肉屋の使われていない戸口に、アドナンはすばやく跳び込み、壁に背中を押しつけてしゃがみ、朝の薄暗がりにまぎれた。首を低くして角から覗くと、黒人が顎鬚《あごひげ》の白人に押されているのがわかった。

不信心者。

白人は、右手に長い拳銃を持ち、叫びながらふたりいっしょにアドナンの隠れ場所のほうへ走ってきた。「急げ！　急げ！　急げ！」外国語はアドナンには意味不明だったが、その口調で黒人に走るようせっついているのだとわかった。

アドナンは自分の国の大統領を見たことがなく、手を縛られている大男の正体を知る由《よし》もなかった。

いよいよアドナンの出番だった。まもなくふたりが通過する。不信心者の背中を鋼鉄の鏃《やじり》がついた矢で確実に射抜くことができる。あと数秒待ち、うしろから射ればいい。

足音と外国人の腹立たしげなどなり声が隠れ場所に近づいてきたとき、戸口の向かいにアドナンは目を向けた。暗がりに雄鶏《おんどり》の死骸《しがい》があり、蛆《うじ》がわいて腐っていた。アドナンはあることを思いつき、目を光らせた。矢を一本選び、あとの二本を階段に置いた。剃刀《かみそり》のように鋭い鏃を、死骸のもっとも腐敗が進んだ部分に向けて、奥まで差し込み、鍵のように左右にまわした。

そうやって飛び道具の先端を細菌で汚染させると、アドナンの顔に決然とした笑みが浮かんだ。

スーツ姿の黒人が戸口の前を通り、また前のめりに倒れそうになった。その数歩うしろをどなっている不信心者が走り、長い黒い拳銃がぼやけて見えた。

アドナンは立ちあがり、ターゲットのうしろから路地に出た。矢をかけた弦を引き絞り、矢柄が目の高さに来るようにして、必死で走っている白人に狙いをつけた。男はバックパックを背負っていたので、矢がその上の首に当たるように、狙いを上にずらした。

「アッラーは偉大なり《アッラーフ・アクバル》」二千年来のヌビアの誇り高い射手《いて》たちとおなじように、アドナンは矢を放った。

「左に曲がれ！　左だ！」ジェントリーは、オリックスをどなりつけた。年配の大統領はよろめいていた。目がよく見えないのが影響していることはたしかだったが、ずる賢くわざと脱出を妨害しているにちがいないと、ジェントリーは判断した。だが、そんなことは許さない。右腕をあげて、後頭部を殴りつけ、切迫した事態だというのを思い知らせようとした。

拳銃のグリップがオリックスの汗まみれの頭に叩きつけられる刹那《せつな》、ジェントリーはバックパックのすぐ上、左肩胛骨《けんこうこつ》のあたりにすさまじい激痛を感じた。脊椎《せきつい》から八センチしか離れていない。衝撃で体がすこしまわり、倒れはしなかったが、つんのめった。いったんオリックスの前に出てしまったが、体勢を立て直し、オリックスのあとから角を曲がった。

「うっ!」衝撃の瞬間、ジェントリーはうめいた。灼《や》けるような痛みが消えなかったので、肩ごしに見た。

長い茶色の矢が、肩胛骨のあたりに突き立っていた。

それを見つめ、足が鈍った。しばらくのあいだ、目の前にあるものを頭脳が処理するのに苦労していた。胸を見て、貫通していないことをたしかめた。貫通していない。手をのばして矢をつかもうとしたが、だめだった。しかたがないので、矢を肩ごしに見ながら駆け出した。低い声でつぶやいた。「嘘だろう」


三階建てのホテルの通用口前で、ベージュ色のバンが急停止した。コロニアル様式のホテルは、百年前には建築物の至宝だったのだろう。木のバルコニー、窓の上の装飾的な切妻、白い鎧戸《よろいど》、凝った格子細工の柱。アラブ世界のアフリカよりも、ニューオーリンズにあったほうが似つかわしいホテルだ。フロントウィンドウごしに覗いてターゲットを探すときに、ザックはホテルや道路の左右の建物の荒廃した状態に目を奪われた。スペンサーがサイドドアから跳び込むと、バンはまた前進した。敵の歩兵を抑え込むためにミロが通りに二度連射を放った。だが、西のSLAの攻撃のおかげで、広場の南西の角にいた部隊はかなりの人数をそちらに割《さ》いているようだった。

スペンサーは変装して二日間、サワーキンの街を歩きまわっていたので、地元の服装で、武器はちっぽけなウージ・サブ・マシンガンしか持っていなかった。スペンサーは、車内に用意してあった胸部装備帯《チエストリグ》と組み合わせた抗弾ベストをすばやく取った。後部でそれを身につけているときに、フォード・エコノラインのバンが悪路で激しく揺れた。

バンは北に折れ、もっと広い未舗装路を突っ走った。窓や戸口から一般市民の顔が覗き、壁に囲まれた建物の門からようすをうかがっているのが見えた。地元民は道路には出ていなかった。ウィスキイ・シエラの面々とザックにとっては、そのほうがありがたかった。政府軍部隊は、一般市民を巻き添えにすることなど意に介さないだろうが、ザックたちはできるだけそれを避けるつもりでいた。

ホテルでシエラ・ファイヴを回収してから三十秒とたたないうちに、バンはまた急ブレーキをかけた。こんどは二階建ての建物の戸口の前で、スペンサーがサイドドアをあけた。

バンがとまって一秒とたたないうちに、ザックが送信した。「スリー、ここで一日待ってるわけには——」

バンのルーフになにかがドスンとぶつかり、衝撃がシャシーにまで伝わった。耳が遠くなっていた面々には、鈍い響きしか聞こえなかった。ダンが建物の屋根から跳びおりたのだ。バンの横に滑りおりたダンが、あけてあったサイドドアから跳び込んだ。ダンがドアを勢いよく閉めると同時に、シエラ・ツーがまたアクセルを踏みつけた。

ザックは、ヘッドセットでジェントリーを呼んだ。「シエラ・ワンからシエラ・シックスへ、ブレーク。こっちは全員そろった。ここから逃げ出す。あとはおまえ独りになる。幸運を祈る。ヘリに用心しろ。ワン、通信終わり《アウト》！」

舗装道路を五〇メートルも進まないうちに、黒っぽい制服を着た警官三人が、小さな鍛冶《かじ》屋《や》の屋根の縁に出てきた。その三人それぞれが、大きなコンクリートブロックを屋根から投げ落とした。重いブロックがバンの前方で宙に弧を描いた。ブラッドは右に急ハンドルを切って、危うくボディをこすりそうになりながら、駐車していた古いシボレーのセダンの横をすり抜けた。左にハンドルを戻したとき、道端のだれも乗っていない輪タク二台にぶつかりかけた。

べつの建物の屋根にも地元民の集団がいて、ブロックや大きなタイヤを持ち、バンめがけて投げようと待ち構えていた。その下を通るのは危険が大きいと、ザックは判断した。

助手席で、命令をどなった。「左だ、ブラッド、左に曲がれ！」走っていた道路よりも狭い路地に、バンが急ハンドルで曲がり込んだ。

曲がり終える前に、ブラッドが警告の叫びを発した。「前方に敵！」

バンのフロントウィンドウがぴしりという音をたてて割れた。完全に砕けはしなかったが、縁が白い弾痕が右から左へ、下から上へと、縫《ぬ》い目をこしらえた。

ザックは、前腕をひっぱられ、顔と首に痛みを感じた。アサルト・ライフルをダッシュボードの上に載せて、フロントウィンドウごしに連射を放ち、前方のターゲットに弾倉の三十発を全弾浴びせた。フロントウィンドウのガラスが、白い砂粒と化した。

バンが左に大きくそれた。狭い路地を猛スピードで走っていたので、一度ハンドルを切りそこねたらおしまいだとわかっていた。衝突に備え、体に力をこめた。案の定、衝突した。左側に強くぶつかって、右に跳ね戻った。つぎに衝突するときは自分の側で、衝撃ももっと強いはずだと、ザックにはわかっていた。脚をあげたとき、大きなバンは右の白い建物に激突して、速度が落ち、崩れたコンクリート・ブロックの壁から一二〇センチのところで停止した。

割れたフロントウィンドウの向こうで、ラジエターから湯気が噴き出した。バンはもう動かない。

ザックは、ためらわず叫んだ。「出ろ！　出ろ！　出ろ！」

部下に下車を命じると、ザックは助手席側のドアから転げ出て、硬い地面に落ちた。肩と腰で着地し、攻撃してきた敵には背中を向けていた。肩ごしに見た。道路の前方にいる敵の銃手から身を隠すために、チームのだれかが早くも発煙弾を投げていた。崩れかけてはいるがいまも使われているらしいリーフ石灰石の建物が、ザックの頭のすぐそばにあり、腰の高さの窓が真上にあった。ザックはすかさず起きあがり、体を丸めてジャンプすると、ガラスを突き破って、こんどは建物の一階の床に着地した。オフィスかなにかのようで、暗かった。政府の施設の雰囲気だったが、早朝なのでまだだれもおらず、照明の電源の発電機も動いていなかった。ザックはすばやく転がって膝立ちになり、アサルト・ライフルの弾倉を交換した。血が目に留まった。腕、手袋、割れたガラス、着地した床に血がつき、薄茶色のアサルト・ライフルのいたるところが血でべっとりと濡れていた。だが、ザックは、傷のひどさを調べることもせず、片時も休まずに手を動かしつづけた。

表の通りでは、銃声が間断なくつづいていた。一発目を薬室に送り込んで立とうとしたとき、シエラ・ツー（ブラッド）がおなじ窓から跳び込んできた。ふたりの体が軽くぶつかり、ブラッドが床に倒れて、FA-MAS・F1アサルト・カービンが手から離れ、床を数メートル滑っていった。

「フォアが被弾した！」ザックのヘッドセットから、声が聞こえた。ダンの声だった。ダンはまだ、弾丸が雨霰《あめあられ》と降っている表の道路にいた。

ザックは、マイクに向かって叫んだ。「北に向けて制圧射撃をやる。ツーがバンのそばのドアをあける。ミロをそこから運び込め！」アサルト・ライフルを窓から突き出し、路地へ短い連射を放った。目を向けてたしかめなくても、ブラッドが裏口へ行って、あとの三人がはいってくるのに手を貸していることはわかっていた。

ザックは、精いっぱい弾薬を節約しようとしたが、もうじき弾倉が空《から》になるとわかっていた。掩護を求めたが、あとのものたちは負傷した仲間を運ぶのに必死だった。ザックは弾倉の全弾を撃ちつくしたアサルト・ライフルを置いて、太腿《ふともも》のドロップレッグ・ホルスターからSIGザウァー・セミ・オートマティック・ピストルを抜き、右手を窓から突き出して、通りの先を発砲した。それには上半身を出して、首をのばさなければならなかった。左手は胸のポケットの破片手榴弾を探っていた。

最後の一発が発射されて、拳銃の遊底被《スライド》が後退したままになったとき、シエラ・ファイヴ（スペンサー）が左横に来て、小さなウージで撃ちはじめた。ザックはできるだけ遠くに手榴弾を投げた。「破片手榴弾、投擲《フラッグアウト》！」そして、奥にさがり、弾倉を交換し、状況を判断しようとした。

フォア（ミロ）は床に座っていた。HK21機関銃を両手で抱え、三人がはいってきたドアを見張っていた。右脚の膝から下が血まみれで、スリー（ダン）がすぐさま手当てしていた。ツー（ブラッド）は広い部屋を横切りながらデスクや椅子を押しのけ、南側の窓から覗いて、チームがまた移動できるような楽な逃げ道を探した。ツーがそれをやりながら脚をひきずっていることに、ザックは気づいた。

ザックは、弾倉を交換した。残っている弾倉は六本。百八十発では、じゅうぶんな弾丸数《たまかず》とはいえない。五分足らずの散発的な撃ち合いで、すでに九十発もぶっ放している。

ブラッドのそばへ行こうとして、部屋を横切るときに、自分の傷の状態を見た。右の前腕にほとんど丸に近い射入口がある。出血し、茶色いシャツと装備が血で汚れていたが、手も腕もちゃんと動かせるようだった。つづいて、肘の上に射出口があるのを見つけた。左右の腕と手は血まみれだったが、割れたガラスでゴーグルの下の頬にかすり傷ができているだけで、あとはどこも負傷していなかった。

「スリー、フォアは歩けるか?」ザックは、ブラッドのそばへ行きながら、無線で聞いた。

「歩ける。腓骨《ひこつ》が割れたようで、出血している。大至急治療する必要があるが、何分かは歩けるだろう」

「それでじゅうぶんだ。みんな、おれについてこい。ここから跳び出すぞ。間抜けどもに包囲されてたまるか」

36

ジェントリーがオリックスといっしょに走りながら、ザックの呼びかけを聞いた三十秒後に、遠くから衝突音が聞こえた。その後の交信で、敵が待ち伏せしていた通りからウィスキイ・シエラが逃れたことがわかった。だが、窮地に追い込まれていることは明らかだった。

しかし、ジェントリーも難問を抱えていた。広場に向けて走っている一個小隊の兵士の目を逃れるために、ジェントリーはオリックスとともに住民でいっぱいのあばら家に跳び込んだ。暗くて汚い、仕切りのない部屋で、波型鉄板と流木の端がずれているせいでできた壁の穴から射し込む光だけが、唯一の明かりだった。ジェントリーは、オリックスのこめかみにグロックを突きつけていた。ずっと走っていたせいで息を切らし、アドレナリンが全身を駆けめぐっていた。息をするたびに、矢が刺さっている周囲の筋肉がひきつれ、痙攣《けいれん》して、痛みに顔をゆがめた。その間、床に座ってこっちを見つめている家族九人に視線を据えていた。子供もいた。小さな黒人の子供が目を丸くしているのを見て、生まれてはじめて自分のような人間を見て驚いているのだとわかった。

大人の目には、恐怖といくぶんの驚きが宿っていた。だが、それだけではなく、誇り高い怒りもあった。銃を持った白人とその捕虜が、突然自分たちの粗末な家に跳び込んできて、その存在で家族を脅かしている。このひとびとは、自由な意思と行動を奪われ、つらい仕事をやりながら、貧窮や耐乏や病気や飢えに苦しめられている。そこへさらなる危険や屈辱がくわわったら、嘲《あざけ》りや怒りが恐怖をしのいでしまうのだ。

ただし、大人たちは、白人がスーツを着た男だけに銃を向けていることにも気づいていた。スーダンの最高指導者が目の前にいるとは、知る由《よし》もなかった。どのみち自分たちの暮らしにはなんの意味もなさない人間だった。

ジェントリーは、背中に刺さった矢など気にする人間はどこにもいないとでもいうように、それを無視していた。痛みからして、肩胛骨《けんこうこつ》のどこかに深く刺さっているとわかったが、腕も肩も動かせなかった。矢の勢いがその程度だったのは運がよかったと気づいた。あと八センチ深かったら、矢は心臓上部を貫き、あの路地にうつぶせに倒れて、とっくに死んでいたはずだ。射手《いて》がかなり遠くから射たか、それとも女か子供だったのだろう。そうでなかったら鋭い鏃《やじり》を持つ矢は、貫通していたにちがいない。

すさまじい痛みだったが、致命傷ではない。だが、突き出ている部分を壁にぶつけたりしたら、もっと深刻な事態になりかねない。また手をのばして矢をつかもうとしたが、ちゃんと握ることができなかった。地元民に抜くのを手伝ってもらおうかとも思ったが、いまはただ街を出ることだけを考えていた。それに、ゆっくりと微妙な手さばきで抜かなければならないはずだから、ちゃんとやれると信頼できる人間以外には、やらせたくなかった。

まもなく、道路から兵隊たちの姿が消えた。ジェントリーは、無駄とは知りつつ、騒ぎを起こさずにいてくれたことと、不便をかけたことへの感謝を示すつもりで、家長らしき男にうなずいてから、オリックスとともにふたたび道路に出た。車のところまで行った。ザックがいったとおりの場所にとめてあった。ジェントリーは、オリックスを難なく乗り込ませてから、運転席側にまわった。矢が刺さり、バックパックを背負ったままなので、シートに座るのに苦労した。バックレストを倒して、すこし左を向き、かがまなければならなかった。ようやくキイをまわすと、エンジンがかかった。

血で濡れたシャツが、背中にへばりついていた。

小さな2《ツー》ドアのギアを入れたとき、ヘリコプターが三〇メートルと離れていない頭上を飛び過ぎた。爆音がすさまじく、ローターが風を切る音がなんとも邪悪な感じだったので、ジェントリーは身を縮めた。

ヘリコプターは、八〇〇メートル北でウィスキイ・シエラが戦っている場所へ、まっすぐに飛んでいった。

ジェントリーは、クラッチペダルから足を離し、アクセルを踏んで、勢いよく発進した。その動きのせいで、矢がバックレストにぶつかった。

「ちくしょう!」ジェントリーは叫んだ。背中、腕、首を、青い炎のような激痛が走った。悲鳴をあげながら、怯《おび》えているオリックスと目を合わせた。ジェントリーは、オリックスをどなりつけた。アドレナリンと一瞬の怒りの虜《とりこ》になっていた。「どういうことだ、貴様?

貴様の治めている国は、時代が逆戻りしてるくその塊だな。弓矢だと？　マジかよ？」ジェントリーの右手がハンドルを離れ、拳となって、アブブードの顔に叩きつけられた。そのときに矢がまたシートをこすり、ジェントリーは悲鳴をあげた。

　ウィスキイ・シエラの五人は、オフィスのある建物から脱け出し、東の横丁へはいった。そこから交互躍進でテントや掘っ立て小屋がならぶ界隈《かいわい》を抜けた。麻布、カンバス、波型鉄板、錆《さ》びた車の一部で、粗末な家をこしらえてあった。追っ手を迷わせるために、何度も方角を変えて、ジグザグに北東を目指し、じりじりと水路へ近づいていった。ヘリコプターが頭上を飛んでいたが、チームは建物の出っ張りの下に隠れ、壁ぎわにへばりつくようにして走っていた。ヘリコプターがMi‐17ヒップだとすると――ザックは自分の目では確認していなかった――兵装架に空対地攻撃兵器を搭載しているかもしれない。そういう兵器がなかったとしても、戦闘装備の歩兵二十四人を運べる。ウィスキイ・シエラは応戦に苦慮することになる。

　スラム街を抜けて走るとき、ミロがいるために速度がかなり鈍った。左脚が血まみれだし、うまく歩けない。よろめき、見る見る弱っていった。それもザックにはどうにもできない悩みのひとつだった。

　ザックも出血していたが、現時点では、その腕の傷は優先事項トップ・テンには届かない。それでも、これまでスーダン政府軍部隊との交戦をいとも簡単に切りあげてこられたのは、できる。
驚くべきことだった。貧民街がウサギの飼育場みたいにごちゃごちゃして、幅が一五〇センチもない通路が入り組み、隠れるのにうってつけだし、遠くから姿を見られることなく移動できる。

ザックと四人の部下は、路地や通路がこれほど混雑していなければ、先ほどの交戦地点からもっと遠ざかれたはずだった。いまでは一般市民がいたるところにいた。黒い肌の男や女や子供が、あちこちを駆けずりまわっている。道幅とおなじくらいの幅の輪タクが、道をふさいでいる群衆に向かって突き進む。血まみれで銃をふりまわしてわめいている白人たちから群衆が逃げようとしても、身動きがとれず、逃げ道がなかった。ザックは二度もタヴォール・アサルト・ライフルの銃床で小屋をぶっ叩いて、壁や屋根ごと押し倒し、通り道をこしらえた。前方で動くものがあれば五人はライフルをふってみせたが、一般市民は戦いを避けていたので、いまのところまだ地元民を撃たずにすんでいた。

ウィスキイ・シエラの五人は、掘っ立て小屋とテントが集まっている界隈のはずれに達し、岩棚に出た。前方は急斜面の下り坂で、植物はなにもなく、下の道路までは五〇メートルほどだった。道路の向かいは市場だった。テント張りの屋台、木の屋台、露店があり、布の上や地面に置かれた農産物その他の品物が売られている。だが、三ブロックにわたる長いコンクリートの建物もあって、定店《じょうみせ》や小さな保管庫や倉庫のような施設になっていた。

街を下調べしたとき、その建物は商店街A《モール・アルファ》と名付けられていた。

その建物の向こう側にも、常設の建物があり、商店街B《モール・ブラヴォー》と呼ばれていた。そこの東が海岸線だった。

ザックが、坂を下れと命じようと思ったとき、五人の殿《しんがり》にいたファイヴが叫んだ。

「後方に敵！」ウージから一連射を放った。「来やがった！」政府軍部隊に発見されたのだ。

坂の上にいたのでは無防備だと、ザックは即座に気づいた。追撃してくる敵を撃退するには、頑丈な建物を遮蔽物《しゃへいぶつ》にしなければならない。

ヘリコプターは、四〇〇メートル西の低空を飛んでいたが、機体を傾けかけていた。Uターンして、二十秒後にはザックの位置に達する。「いくぞ、スリー。フォアに手を貸せ！」

負傷しているミロが、ダンの手をふりはらい、横丁を接近してくる敵のほうを向いて、両膝をついた。

「みんな行ってくれ！　おれは残ってやつらを食いとめる！」

ザックは、年下の部下の装備をつかんで立たせた。「おい、ヒーロー！　黙っていわれたとおりにしろ！　ここはハリウッドじゃないんだ、馬鹿」

「ハイッ！」

ザックは、ミロを乱暴にダンのほうに押しやった。ダンがミロの腰に腕をまわし、五人とも坂を下っていった。

斜面でザックはすぐに足がかりを失った。石のように硬い土の地面が、乾いた土埃に覆われていた。ブーツの底は滑るばかりなので、走りながら前のめりに倒れて、転がり、坂を滑り落ちた。底に達して立ちあがり、ふりむいたとき、ブラッドとスペンサーがそばに滑り落ちてきた。スペンサーはすかさず立って向き直り、物蔭に隠れたが、ブラッドはアサルト・カービンの吊り紐《ひも》が装備にひっかかったせいで、立つのに手間どった。

ダンとミロは身をかがめて、まだ坂を滑りおりている最中だった。銃身に土や砂がはいらないようにするためと、バランスを取るために、銃は前に突き出していた。そのとき、スーダン政府軍兵が岩棚に姿を現わすのが、ザックの目に留まった。ザックとスペンサーが、距離五〇メートルで一連射して、それぞれひとりを斃《たお》した。あとの敵兵は、斜面の上で物蔭に隠れた。

スペンサーが長めの連射で掩護《えんご》している間に、ザックはブラッドに、ダンに手を貸して、ミロを連れてモール・アルファへ行き、最初の店の最初のドアに逃げ込めと命じた。二十九歳の軍補助工作員のミロは、もう戦える状態ではなかった。左右のふたりに抗弾ベストや大量の装備をひっぱりあげてもらわないと、立つこともできなかった。三人が移動を開始したとき、スペンサーのアサルト・カービンが弾丸切れでカチリと音をたてた。

「掩護しろ！」スペンサーがどなった。

「掩護する！」と答えて、ザックは折り敷き、斜面の上に現われた頭を狙って一発放った。狙いが低く、硬い土を弾丸が掘って、土埃と石の小さな土砂崩れが起きた。

スペンサーが弾倉を交換し、射撃を再開したとき、ヘリコプターが前方の斜面の上を通過した。こんどはザックも識別した。たしかにMi-17ヒップだった。そのロシア製ヘリコプターを、スーダン政府軍が保有しているという話は聞いていない。その新事実について考えているひまはなかった。Ｍｉ－17が、機外の兵装架に搭載した機銃で攻撃を開始した。

「移動する！」ザックはスペンサーにどなり、ふたりとも必死で駆け出した。

37

ジェントリーは、ちっぽけなシュコダ・オクタヴィアを運転し、サワーキンの一〇キロメートル北西にある住宅のあいたままの門を通った。高さ一八〇センチの茶色い塀が四方を囲み、頑丈な門もあるので、広壮な屋敷なのだろうと思っていた。だが、門からはいると、目にはいったのは小さな平屋で、窓にガラスはなく、放し飼いの山羊《やぎ》数頭が、土の庭のあちこちで干草を食《は》んでいた。

そして、ムハンマドの汚れた白いメルセデスが、庭の奥の隅にとまっていた。

遠くの銃声はもう聞こえず、ヘッドセットの無線機で交信できる範囲を超えていたので、サワーキンのザックとそのチームがどうなっているのか、知るすべはなかった。バックミラーにヘリコプターは見えなかったが、低空飛行していたので、どのみちこの距離では視界の外のはずだから、それだけではなんともいえなかった。

オリックスは、行儀よくしていた。オキシコンチン二〇ミリグラムの効果だ。意識はしっかりしている――注意力はほぼそのままだ――しかし、周囲で起きていることには関心がないように見える。助手席に座り、手錠をかけられた両手を膝に置き、シートベルトを締めて、自分が治めている国にはじめて来たかのように、窓から景色を眺めている。ここに来るあいだに、シュコダは人間を満載したロバの荷車を何台となく追い越した。いつも静かな日曜日の朝に、いつも静かな通りで起きている、常軌を逸した出来事から避難するために、おおぜいのひとびとが街から逃げ出していた。いつもの朝の交通もあり、街中からこれだけ離れても、バスやラクダやロバの荷車が道路にひしめき、ムハンマドの家の前も混雑していた。オリックスは、そういった光景をすっかり見てとっていた。笑ってはいない。うろたえてもいない。ただそういったひとびとを眺めているだけだ。

ジェントリーにとって、都合のいい状態だった。

いっぽう、ジェントリーのほうは、みじめだった。小さな車が道路の凹凸《おうとつ》で揺れるたびに、背中の鋭い痛みがひどくなった。しかも、サワーキンからの道路は、凹凸だらけだった。汗が目にはいり、大きな虻《あぶ》らしきものが小鳥みたいにはばたいて、運転しているあいだずっとつきまとっていた。手ではたいたり首をすくめたりしなければならず、当然ながら矢がいっそう背中に食い込んだ。

ジェントリーは、シュコダをとめて、オリックスのほうを向いた。〝だいじょうぶだ。どこへも逃げないだろう〟。車をおりて、十五分ぶりにまっすぐ立った。グロックを抜いて、脇に手を下げた。ムハンマドの姿はどこにも見えない。車内で待っているのだろうと思ったが、窓にスモークが貼ってあってなかが見えなかったので、そこにいるのか、それとも家のなかなのか、見当がつかなかった。

メルセデスに近づくと、ムハンマドがおりてきた。両手になにも持っていなかったので、ジェントリーはグロックをホルスターにしまった。長身のベジャ人のムハンマドは、怒っているようだった。けだし当然だろう。

ムハンマドが、シュコダからそう遠くないところで足をとめたジェントリーのほうへ歩いてきた。助手席のオリックスには気づいていないようだった。背中の矢も見ていないはずだ。それでも警官か、とジェントリーは思った。しかし、いまはべつの大混乱のほうに注意が向いているのだろう。「なにがあった？　街で銃撃戦が起きていると、ラジオでいってる。激しい銃撃戦だと！」

「ああ、めちゃくちゃな騒ぎだ」

「あんたを撃っていたのか？　政府軍があんたを？」

「その一部がな」

「あんた、やったんだろう？」ムハンマドがきいた。

ジェントリーは肩をすくめた。「ここに来た目的のことをやった」

「しかし、あんたがここにいるということは……政府軍はいま何者と撃ち合ってるんだ？」

ジェントリーは、肩ごしに視線を投げ、矢の向こうの車を見た。ムハンマドが、その視線を追った。

「あれはだれだ？」

「途中で乗せてやった男だ」ジェントリーはいった。

った。ムハンマドが、ジェントリーのそばを通った。用心しているつもりだろうが、隙だらけだった。ムハンマドが膝を曲げて、助手席側のあいたままのサイドウィンドウから覗いた。ショックで体をこわばらせた。すばやく背をのばした。「大統領閣下じゃないか。どういうことだ。あんたは――」

ムハンマドがさっとふりむき、額から八センチに近づいていたサプレッサーを見て、大きな目の瞳孔がすぼまった。

自分を殺した銃声は聞こえなかった。

「あの男はだれだ？」ジェントリーが手を貸してシュコダからおろしたときに、アブブードがきいた。ジェントリーはすでにムハンマドの車のキイを地面から拾い、血まみれの頭に毛布をかぶせていた。ジェントリーはアブブードから顔をそむけ、ムハンマドの両腕をつかんで、メルセデスのほうへひきずっていった。

「地元の警官だ。おまえを暗殺しようとしたやつらに金で買われていた」

「なんだと？」アブブードがつづけた。「売国奴め！」

ジェントリーは、メルセデスのトランクをあけた。上半身の筋肉に矢が刺さっているせいで、重い死体を地面からすくいあげて持ちあげ、トランクに転げ落とすのは、拷問なみにつらかった。だが、なんとかやった。それから、アブブードの顔を見た。「心臓はどうだ？」

バックパックをあけて、水がはいった透明なペットボトルを出した。

「心臓だと？」わけがわからない質問だとでもいうように、アブブードがきき返した。「頭がすこし変な感じだ。だが、心臓は問題ない。どうしてだ？」

「健康状態はいいのか？　血圧は？　呼吸器は？」

アブブードが近づき、背中に矢が突き刺さっている男とならんで、車のうしろに立った。男の質問は、いかにも奇妙だった。男は水のペットボトルを、死体のそばにほうり込んだ。この白い悪魔は、どういう狂気に取り憑《つ》かれているんだ？

「いたって健康だ。どうしてわたしの状態が知りたいんだ？　それに、どうして死んだ人間に水をやるんだ？」

ジェントリーは、アブブードの首からネクタイを取り、糊《のり》のきいた白いシャツのボタンをすべてはずした。黒いズボンからシャツの裾《すそ》を出して垂らした。白いVネックの下着が見えた。「水はあいつのじゃない。乗れ」

「乗れ？」

「トランクにはいれ。早く！」

「死体といっしょにか――」

ジェントリーは、アブブードの後頭部をひっぱり、トランクに押し込むというよりは誘導して入れると、トランクを内側からあける紐《ひも》を折り畳みナイフで切った。アブブードは、指示に従うためにムハンマドの死体を奥に押し込んだ。おかしな白人を怒らせたくなかった。

自分の拉致《らち》を手伝いたくはなかった。売国奴の血まみれの死体といっしょに暗いトランクに乗りたくはなかった。

しかし、そういったことよりも、このアメリカ人がプランAに切り換えるのは、なんとしても避けたかった。


ジェントリーの現在位置の一〇キロメートル南東で、ザックは全員を手前の建物になんとか退避させていた。まったくおなじ対称的な長い二階建ての建物が、ふた棟ならんでいた。そのショッピング・センターは、いかにもNGOが建設したものらしく、温かみのない実用的な造りだった。手造りの木の屋台がならび、危なっかしい造りの低い軒に囲まれている。アメリカのショッピング・モールとはまったくちがう、都市部の家賃の安い蚤《のみ》の市のようだった。雨季に山から雨水が流れてくるのか、建物内の床は泥だらけだった。それに、シャッターやゲートに護られた定店に品物が置いてあるだけではなく、仕切りのないショッピング・センターの内部にはゴミがあふれていた。無断で居住する人間があとを絶たないのだろう。サワーキン市内や近辺の住民大多数の家よりもずっとしっかりした造りだから、無理もないことだった。警備員もいたのだろうと、ザックは思った。しかし、兵隊の格好をして殺気をみなぎらせ、ヘリコプターや政府軍めがけて自動火器を連射している血まみれの白人五人が、表の坂を転げ落ちたり滑り落ちたりしているのを見て、逃げ出したにちがいない。

建物そのものは頑丈な造りだったが、侵入は容易だった。腰の高さにガラスのない窓があり、ドアのない戸口もある。建物の裏手にもおなじ二階建てのショッピング・センターがあって、文字どおり数十カ所に窓があるし、長い建物の屋根から、ウィスキイ・シエラのいる場所を窓越しに狙い撃てる。

それに、いまではヘリコプターが真上で旋回している。

フォア（ミロ）の脚は悲惨な状態で、数ヵ所から出血していた。もう一リットル近く失血しているだろうと、ザックは判断した。たいがいの人間なら、戦うことはおろか、立つこともできないだろう。しかし、ミロはもとSEAL隊員だった。アメリカ国民の九九・九九パーセントよりも、はるかに高い肉体的能力を要求されてきた。だから、あと数分は、その戦傷を意にも介さずにいられるはずだ。

だが、二リットル失血したらさすがのミロも倒れるはずだと、ザックにはわかっていた。意識を失うか、それに近い状態になる。ミロの怪我を手当てさせ、弾薬をまとめ、ちょっと息をつくために、遮蔽物《しゃへいぶつ》をなんとかして見つけなければならない。

海までは三ブロック。ツーが斧を使い、籠《かご》を売っている小さな店から郵便局の裏にはいれる穴をあけた。まだ午前七時で、郵便局はしまっていたが、シャッターがしまっている正面出入口と窓の外から声が聞こえた。五人は郵便局にはいり、カウンターの蔭でかがんだ。ファイヴ（スペンサー）が正面出入口へ進み、細目にドアをあけて、すぐに閉めた。いまはいってきた穴を見張れる位置にいたザックのそばに戻った。

「だめだ、ザック。政府軍が外にいる。遠巻きにして迷ってるみたいだが、おれたちがここを出たら見つかっちまう」

「了解」ザックはいった。政府軍部隊はおそらく、自分たちが攻撃している連中がスーダン大統領を人質にとっている可能性があると思っているのだろう。それで攻撃をためらっているとしたら、ウィスキイ・シエラには有利な材料だ。しかし、こういう混沌《こんとん》とした乱戦のときには、敵軍が規律や理性で発砲を控えることなどあてにできない。

ザックは、頭上の暗い穴に通じている金属製の螺旋《らせん》階段を顎で示した。二階の倉庫かなにかに通じているようだ。「スリー（ダン）、穴をあけて屋根に出られるかどうか調べろ。ただし、ヘリに注意しろよ。南東、左のほうへ進みたい」

黒い顎鬚《あごひげ》を生やした軍補助工作員のダンが、指示どおりにやった。フランス製のFA‐MAS・F1アサルト・カービンを持って、すばやく上の闇に昇っていった。ダンの姿が見えなくなると、ザックはツー（ブラッド）に向かい、フォア（ミロ）のほうを顎で示した。

「あいつの出血をとめないと、跡を跟《つ》けられてしまう」

ザックはそういいながら、ふたりでフォアによろよろと近づいた。フォアは機関銃で壁の穴を護り、ツーはそのそばでニーパッドを付けた膝をつき、チェストリグの小さなポケットから救急用品を出した。

一分後、ヘリコプターが低空をゆっくりと通過して、二階の窓からなかのようすをうかがおうとした。

「ダン（スリー）」ザックが屋根にいるスリーを無線で呼んだ。

「はい、ボス」

「Mi‐17をなんとかしてくれないか？」

間を置いて応答があった。「そうしたいのは山々ですがね、親分。でも、スティンガーはべつのズボンごと置いてきたんです」

ブラッドとミロが笑った。いっぽう、スペンサーは、広い部屋に通じる廊下にいて、六カ所もある突入が可能な場所を、ひとりで護っていた。ザックはどなった。「スリー、そのヘリは邪魔なんだよ。やりかたはおれの知ったことじゃないが、Mi‐17を撃ち落とさないかぎり、なかには入れてやらないからな。聞いてるか？」

一瞬のためらいがあったが、力強い返事が聞こえた。「よく聞いてますよ、ザック」

「フォアのHKをそっちに渡す。おまえのFA‐MASよりはましだろう」ザックは、フォア（ミロ）のほうを見た。ミロは壁にもたれ、右の膝から下が血まみれだったが、自分の武器を手放さなければならないのが不服そうだった。ミロがブラッドにHK21汎用機関銃を渡し、ブラッドがその代わりに自分のFA‐MAS・F1アサルト・カービンをダンに渡した。ブラッドが、大きな機関銃を持って、駆け昇った。まもなくダンのFAS‐MASを首から吊るして戻ってきて、ミロの血まみれの脚の手当てを再開した。

ザックは、全員に無線で伝えた。「頭の上にあのヘリがいたら、どうやっても街を脱出できない。隠れ場所がない道路に出たら、空から丸見えだ。ヘリを始末するまで、この建物を護るしかない。ダンがMi‐17を排除できたら、東の海岸線を目指す。そこから泳いで沖に出る。みんな受信しているな？」

「フォアは泳げませんよ、ボス」ツー（ブラッド）がいった。

ザックは、フォアのほうを見た。失血で顔がひどく蒼白い。

フォアがいった。「そんなことはない。泳げっていわれたら泳ぎますよ」

ザックは、ツーに視線を戻した。ブラッドが、激しくかぶりをふった。ミロが反論しようとしたが、ザックは片手をあげて制した。「マッチョ男のたわごとはやめろ。だれも感心しやしない」チーム全員に向けて送信した。「よし、とにかく海岸線を目指し、やつらが追ってきたら撒《ま》く。これまでに通ってきた経路をひきかえせば、うまくいったら、おれたちが海にはいったと思い込ませることができるだろう。やつらの目をごまかす必要がある」

四人がいっせいにうなずいた。危険が大きいことを、だれもが承知していた。応援が望めないことは知っていた。独力でやるしかない。自分たちしか頼りにできない。

それにくわえて、グレイマンがいる。

ザックは、チェストリグから衛星携帯電話を取り、キイパッドの6を押した。自分の血みどろの腕がまた目に留まり、出血をとめなかったら、いつまで動かしていられるだろうかと思った。その心配を頭から追い出したとき、ジェントリーが出た。

　ザックはきいた。「きょうだい、そっちの状況も、こっちとおなじくらいやばいのか?」

　「オリックスとおれは、いまのところは安全だ。あんたらは相当すごい戦闘をやったみたいだな」

「いまもやってるのさ」

「計画があったんだろう。プランC《チャーリー》だったかな？」プランBがあまりうまくいっていないことを、ジェントリーはあてこすった。

「もちろんだ」

「どうかな」

ザックがしばし沈黙した。「いま考えてる。そっちはどこだ？」

「一五キロ北東。車を替えて街を出た。だれにも尾行されていない」

「こんちくしょう、話だけ聞いてりゃ、おれたちよりもずっと順調だな。おれたちゃ包囲され、ふたり負傷し、弾薬が足りない。政府軍部隊はおれたちを遠巻きにしてる。ヒップがおれたちを皆殺しにして、自分たちが弾丸を浴びずにすめばいいと思ってるのさ。大統領を人質にしてると思ってるのかもしれないし、どうでもいいと思ってるのかもしれない」

「ヒップ？　政府軍がＭｉ-17を飛ばしているとは知らなかった」

「ヒップにまちがいない」

「だれが負傷した？」ジェントリーはきいた。

「ミロが脚に一発くらった。失血は抑えてるが、自力でここから歩いていくのは無理だ」

「あとは？」

「拙者でござるよ」

「戦闘可能か？」

「もちろんだ、委細かまわず敵兵を薙《な》ぎ倒してる。引き金を引かないほうの腕にちょっと穴があいたが、きょうみたいな日には、どの腕も働かせなきゃならないからな」

「くそ。こっちも負傷者がひとり出た」

「だれだ？」

「血のめぐりが悪いな、ザック。こっちにはおれひとりしかいないんだぜ」

「そんなことはわかってる、阿呆。オリックスのことかと思っただけだ」

「オリックスは元気だ」

「おまえがどこかイタイイタイになったのか？」

「そんなところだ」

「どこをやられた？」

「背中の上のほう、矢で」

「ええっ？　もう一度いってくれ」

「矢で射られたんだよ。まだ抜いていない。これから抜く」

「それじゃ、おまえの背中に矢が突っ立ってるのか？　たしかなんだな？」

「そのとおり」

「どういうことだ？　この辺に弓矢を使うやつらはいないはずだが」

「あのな、おれはわざわざ矢玉のなかにひきかえしたりしないんだよ、ザック！　射手《いて》は見ていない。政府軍がぶっぱなしていたPKMの七・六二ミリ弾をくらうよりはましだしな」

「矢か。たまげたな」

「おい、ザック、あんたたちを応援に行こうか。これから隠れ場所へ行く。オリックスは柱にでも縛りつけて、急いでそっちへ行ってもいい。グロックと弾倉が一本あるから——」

「だめだ。じっとしていて、しばらく荷物をしっかり護れ。おまえがカスター将軍みたいに最後の突撃をやって、オリックスを失うのは困る。おれたちは自力でなんとか逃げ出すよ」

「わかった」

「矢はどうやって抜く?」

「大統領に手伝ってもらうさ」

ザックが、口笛を鳴らした。「協力したがらないかもしれないぞ」

「ああ。説得するしかない」

「うまくいくといいな。だがな、そっちでおまえがカウボーイとインディアンごっこをしているあいだ、おれたち大人はご近所にいて、ほんものの銃で撃ってるんだ。そっちの要人をしっかり護って、態勢を立て直し、また連絡してくれ」

「了解した」

ザックは電話を切った。視線を上に戻したとき、重機関銃による攻撃が建物の北側に襲いかかり、漆喰《しっくい》やコンクリートの破片が、まるで濃い煙のように土埃の立つ屋内に散らばった。三人とも伏せて、そちら側の壁に向けて応射した。ザックが、マイクに向かって叫んだ。

「なにやってるんだ、ダン! 早くおれの空の安全を確保しろ!」だが、すさまじい騒音に、その声はかき消された。

38

午前八時、ウィスキイ・シエラは西側と空からの攻撃で、完全に釘付けにされていた。スペンサーが、あとの三人がいる部屋に駆け戻ってきた。ＡＫ‐47の三点射を胸の大きな抗弾プレートに受け、首と顔を破片で切って、何カ所かが出血していた。

ダンは、依然として屋根にいた。ヘリから隠れられる遮蔽物《しゃへいぶつ》を見つけて、撃墜するチャンスをうかがっていたが、それには身をさらけ出さなければならない。ヒップはすぐ近くを旋回していて、なかなか隙がなかった。あとの四人は、一階の床にぴたりと伏せていた。ブラッドが前に追突しそうになったジープの後部の汎用機関銃に、ようやく銃手が見つかったようで、ショッピング・センターのウィスキイ・シエラの隠れ場所付近を粉々《こなごな》に撃ち砕いていた。ザックとあとの三人が頭をあげて応射することもできないくらい、敵の攻撃は熾烈だった。

「ダン、敵の機関銃を撃てる側に移動できないか？」

「無理ですよ、ボス。ヒップはおれの位置の真ん前でホヴァリングしてます。首を出したらちょん切られます。ヒップが離れるまで、交戦できません」ヘリコプターの爆音が、シエラ

・スリーの声とともにヘッドセットから伝わってきた。
「了解」

敵の銃火の轟音のなかで、ブラッドが叫んだ。「敵がもうじき側面にまわってくる!」

「ああ」ザックは相槌《あいづち》を打った。困難をきわめるこの苦境から脱け出す方法を考えるのは、チーム指揮官のザックの役目だった。

廊下に目を向けた。正面の窓とドアを除けば、出口はそこしかない。「スペンサー、政府軍はもう隣の部屋にはいり込んだと思うか?」

「まちがいないでしょう。通りからはいくらでも入口がある」

ザックはうなずいた。「よし、全員、こうしよう、ブレーク。まずい手だが、それしかない。ブラッド、おれが命令したら、西に向けてできるだけ遠くへ発煙弾をすべて投げろ。おれたちの位置と機関銃のあいだの道路に落ちるようにしろ。ダン、伏せたままで、屋根からおなじ方角に発煙弾を投げろ。できるだけ遠くにな」

「了解、ボス」

「スペンサー、発煙弾を東に投げろ。モールふた棟のあいだの市場に。受信しているか?」

「感明度良好」

「おれはスペンサーといっしょに投げる。それから、おれが命令したら、スペンサーは窓から出て東に走り、ヒップを撃ってから逃げる。ヘリが追跡するよう仕向けるんだ。そうしたらただちに――」

ダンが代わりにいった。「おれがＨＫで、ヘリのケツに八十発ぶち込む」

「お利口さん。スペンサーはそのままモール・ブラヴォーを目指す。おれたちがそっちで隊伍を整えると、政府軍に思わせるためだ。いっぽう、おれたち四人はこの建物の二階を南へ進む」

「了解した」スペンサーがいった。そんなふうに表に飛び出すのは、死の危険が大きいが、一瞬のためらいも、わずかな恐怖も、あらわにしなかった。

「できるだけ早く合流する」ザックはいった。

「名案ですよ」シエラ・ファイヴ（スペンサー）がいった。依然として、自分が死ぬおそれが大きいことを認めるふうはなかった。

「ブラッド、ミロはおまえに任せる」

「合点ですが、進みつづけるには、ミロの装備を捨てるしかないですよ」

「そうしろ」負傷したミロの強襲ベストとバックパックをブラッドが脱がせるまで、すこし間があった。やがてザックが命じた。「よし、みんな。やってのけようぜ。それっ！」

二カ所の窓と屋根から、発煙弾が弧を描いて飛んだ。敵の銃撃を浴びていた四人は、急いで折り敷いた。被弾して弱っていたミロも、転がって折り敷き、借りた銃を発射し、西へ破片手榴弾を投げた。

「破片手榴弾《フラッグ》、投擲《アウト》」

ほどなく濁った赤と白の煙が、建物の両側の通りに投げられた発煙弾から噴き出した。

スペンサーは、背中と腰の装備のほとんどをはずし、ウージと拳銃と弾倉数本だけを持ち、窓から跳び出して、市場の屋台やひらけた地面を四〇メートル横断して、ショッピング・センターの隣の棟を目指した。白と赤の煙でほとんど姿が隠れていたが、背後の上空にいたMi-17がその場で向きを変え、突き進んできた。

大男の黒人戦闘員は、歩度をゆるめて向き直り、貧弱な武器を構えて、ヘリめがけて長い連射を放とうとした。だが、Mi-17が先に発砲した。二三ミリ機銃が左右の木の屋台を木っ端微塵《みじん》にしたので、スペンサーは向きを変えて、また駆け出した。

Mi-17がさらにスペンサーを追いかけ、背後の建物の屋根から遠ざかった。シエラ・スリーことダンが、低い遮蔽物の蔭から出て、機関銃を構えた。

馬鹿でかい武器の赤いドットサイトを、大型ヘリの尾部ローター機構部分に合わせた。反動を抑えるために、制御された短い連射に区切って、全弾を撃ちつくし、銃身が白熱するまで、撃つのをやめなかった。

たちまち小さな黒煙がぱっと噴き出した。ヘリコプターが大きく揺れ、右に傾いて、市場にいるスペンサーの追跡を中止した。機体の傾きが、どんどん激しくなった。ヘリが向きを変えて、屋根の自分を攻撃するにちがいないと、ダンは思ったが、尾部ローター部分で爆発が起きた。さっきの黒煙よりもずっと激しい爆発で、Mi-17の機体がメイン・ローターの軸を中心に回転しはじめた。

Mi-17は、地面から二五メートルの空中で、完全に制御を失った。ダンは、シエラ・ファイヴに警告しながら、階段を駆けおりた。「スペンサー！　ヘリが墜落する！　市場から離れろ！」

Ｍｉ－17の尾部が、ザックとウィスキイ・シエラの大部分がいるモール・アルファの二階に激突した。機体が前のめりになり、機首から先に地面に激突した。二〇メートル足らずの高さから落下しただけだが、前進していたため、爆発と火球はすさまじく、機内のだれも生き延びられそうになかった。

ザックは、Ｍｉ－17がどうなったかを知った。ダンの放った機関銃弾が命中するところも見ていなかったし、Ｍｉ－17が地面に激突するのも見届けていなかったが、墜落音とダンの送信から察しがついた。あとのふたりとともに、階段を昇り、二階の窓のそばを通ったときに、左肩に熱と光を感じ、Ｍｉ－17と乗っていた連中が悲運に見舞われたことが実感された。

三人は狭い通路を進み、屋根から梯子《はしご》をおりてきたダンと合流した。ブラッドとダンがミロを支え、ザックは先頭に立って、敵と最後に交戦した場所から、できるだけ遠ざかろうとした。

「ワンからファイヴへ」機関銃弾でかなり被害を受けている、さまざまな店がならぶ通路を用心深く移動しながら、ザックは呼びかけた。紙切れ、編んだ籠、瀬戸物の花瓶など、四方であらゆるものが砕け、ずたずたになっていた。

「ワンからファイヴへ。感明度は、ファイヴ？」応答はない。「ワンからファイヴへ、スペンサー？」

チームのヘッドセットは、沈黙していた。

ジェントリーは、草葺《ぶ》き屋根の家にはいり、グロックを構えて五秒で安全を確認した。壁はおもに麻布で、五五ガロンのドラム缶を叩いて平らにしたものがドアだった。タイヤのトレッド部分を流木、ベニヤ板などの廃品とつなぎ合わせ、麻布の壁を補強してあった。なかは暗く、蒸し暑かった。よどんだ空気が濁り、食べ物と調理用の火のにおいがしないので、家の主はだいぶ前に出ていって、しばらくは帰ってこないだろうと考えられた。蜘蛛《くも》の巣を払い、隅のほうのゴミを蹴とばしてどけ、だれも隠れておらず、危険な生き物が這《は》い出してこないことをたしかめると、ナイフで麻布に穴をあけ、光と風が通るようにした。

この隠れ場所を、ジェントリーは運よく見つけ出した。ザックとの交信後、当初の予定どおり湿地帯へ行くのはやめることにした。ウィスキイ・シエラの隠密脱出を支援しなければならなくなった場合に備え、サワーキン近辺にいたほうがいいと考えた。そこで、幹線道路からはずれて、ひと気のない未舗装路をあてどなくさまよい、ロバの曳く荷車一台とすれちがい、小さな村を通って、車をとめ、しばらく邪魔されずにいられる場所を探した。その打ち捨てられた家は、丈の高い草に囲まれ、道路からはほとんど見えなかったので、役に立つとすぐさま判断した。とはいえ、叢《くさむら》に毒蛇やたちの悪い虫がわんさといることはまちがいない。

ジェントリーは、グロックをしまい、メルセデスにひきかえすと、トランクから生きた人間の荷物を出した。

アブブードは目を醒まし、注意力もしっかりしていた。目を丸くして、安堵《あんど》と軽蔑と薬物のもたらす満足を交互にあらわにしていた。水はすべて飲み干し、下着のシャツも破いて体から引きはがしていた。白いシャツのほうは汗にまみれ、文字どおり体にへばりついていた。大きな禿頭《はげあたま》ががくんと垂れた。

トランクには、すでに死臭が立ち込めていた。


「きみはアメリカ政府の手先じゃないな」家に連れていかれるときに、アブブードがきっぱりといった。「あの男の殺しかた。わたしを殴ったり、トランクに入れたりしたこと。金や暗殺の話。アメリカの兵士のやることじゃない」

「たしかに」

アブブードが足をとめ、ふりむいた。「きみは一攫千金を狙う傭兵《ソルジャー・オヴ・フォーチュン》だな」

ジェントリーは、アブブードの背中を押した。「経費を引いたら、中流層に甘んじる傭兵《ソルジャー・オヴ・ミドルクラス》というところだな」

「わたしを殺すためにきみを雇ったのがだれだか、知っているぞ」

「そうか」

「あたりまえだ。見え透いている。きみに金を払い、計画を立てるような資源があり、こういう企てをはじめるくらい、わたしを憎んでいる連中だ。アメリカ政府上層部は、わたしを敵視しているし、金もふんだんにある。何年もテレビでアメリカの政治家を見てきた。議会で演説し、嘘の映画を作り、それをドキュメントと呼ぶ。そういう不信心者が、いつかわたしの命を狙うだろうと思っていた」

ジェントリーは、雑談の相手をする気分ではなかった。背中の鏃《やじり》のせいで、あちこちの筋肉が縮み、ひきつって痛み、いまでは歩くのにも苦労していた。あいたままの戸口に近づきながら、ジェントリーはいった。「図星だよ。これが終わったら、おれはハリウッドで大物俳優になる。名声《ウォーク・オブ・フェイム》の歩道の星になるわけさ」

「それに、わたしを誘拐するために、きみを雇った連中がだれだか知っている」小さな家の入口で足をとめたアブブードの言葉がとぎれた。「ここはどこだ？　どういうところだ？」

「歩け」

「いったいなにをする――」

ジェントリーは、アブブードの頭の横を拳銃のグリップでしたたかに殴った。アブブードがよろけ、小屋のほうを向いて、もう質問はせずに歩いていった。なかにはいると、薄暗い部屋のまんなかまで行った。ふりむいたとき、まごついているのがアブブードの表情からわかった。

「きみはベドウィン族の手先か？」

「黙れ」

アブブードは、混乱をふり払い、売り込みをはじめた。ジェントリーは当然それを予測していた。「きみにもっと金を払うよう手配する。この仕事でもらうよりもでかい金額だ。約束する」

「黙れ」

「スーダンの銀行にある金じゃない。世界中に口座がある。欧米にもアジアにも友人がいる。きみがいま考えているよりも、はるかにでかい金融取引だ。きみがもらうはずの金の倍払って、それから――」

「黙れ。おれのいうことを聞け！」ジェントリーは、ふたたびグロックをホルスターに収めた。体に手をまわして、ショルダー・ストラップをはずすというやりかたで、そっとバックパックをおろすとき、顔に苦痛の色が浮かんだ。つぎにうめいたり顔をゆがめたりしながら、茶色いシャツを脱いだ。暗い小屋のなかに、上半身裸で立った。「これを取り除くのを手伝ってくれ」

「矢か？」

「ちがう。股間のコーヒーの染みだ。そう！　矢だ！」

アブブードが、濃い両眉をあげた。「手伝わないといったら？」

「殺す」

アブブードの頭のなかで歯車が回転するのが、目に浮かぶようだった。このずる賢い男は、誘拐犯に頼まれたことを利用して、自分が優位に立とうとしている。

「手伝ったら、なにをしてくれる？」

「殺さない。いまのところは」

それで、歯車の回転が遅くなった。

「なにをやればいい？」

「おれがうつぶせになる。おまえはおれの背中のまんなかに片脚を載せて、頭のちょうどうしろで矢を両手で握り、骨から引き抜く」

アブブードがまた目を光らせた。ジェントリーには、アブブードが考えていることが、手に取るようにわかった。「おれの背中に矢を押し込むか、それとも抜いてから首に突き刺そうと思っているな。そのつもりなら、即死するような場所を見つけないといけないぞ。いわれたとおりにしなかったら。おれは仰向けに転がって、おまえを十六回撃つ」

「どうして十六回なんだ？」

「この銃に十六発しかないからだ。いいか、サワーキンで薬をいっぱい飲まされたのを忘れるな。自分で思っているよりも、動きが遅くなってるし、力も弱くなってる。それに、頭も自分で思っているよりも半分しか働いていない。馬鹿なことをやるまえに、自分の行動についてじっくり考えるんだな。おまえが妙なまねをして失敗したら、おれはおまえのきんたまを吹っ飛ばして、血まみれでくたばるのを見届けてやるからな」

不愉快な暑さのように、沈黙があたりに漂った。頭のなかでおぞましい映像が踊っていることを、アブブードの表情が示していた。

ついにジェントリーは聞いた。「やる気はあるか？」

アブブードが、かなり長いあいだ黙っていた。ようやくいった。「きみはかなり痛い思いをするぞ」

「それが気になるのか？」

「手伝っているのに、殺そうとしていると思われたらかなわないからな」

「背中の痛みはあたりまえだと思うさ。矢が刺さっているところはな。べつのところに痛みを感じたら、スーダン大統領はきんたまをなくすことになる。つまり、独裁者の子孫はもう作れないってことだ。わかるな？」

アブブードがうなずいた。ジェントリーはグロックを抜き、ゆっくりと膝をついて、それからうつぶせになった。矢は肩胛骨《けんこうこつ》に刺さっている。簡単には抜けないだろうし、抜けばかなり出血するはずだ。外傷用の応急手当をするものはあるが、手が届かない見えない傷にちゃんと包帯を巻く方法はない。スーダン大統領に包帯を巻いてもらうのには、薄気味悪くて耐えられそうにない。

それに、アブブードは薬物のせいで無気力になり、拉致《らち》した側としてはやりやすいが、治療を受ける側としてはありがたくない状態だった。ひょっとして、その巨体が背中の上に倒れてきて、矢を引き抜いてくれるどころか、標本箱に蝶《ちょう》をピンで留めるみたいに、あばら屋の床に矢で釘付けにされてしまうおそれもあった。

いずれにせよ、どう考えてもひどいことになりそうだった。薬を飲みたかったが、大規模作戦の最中なのだ。中毒患者が考えるようなことが、いまの時点で頭に浮かんだこと自体に、がっかりした。

ジェントリーは、右手でグロックをまさぐっていた。しばらく、なにも聞こえず、なにも感じなかった。アブブードがドアからそっと脱け出したのかと思った。アブブードのよく響く声が、ようやく上から聞こえた。「手錠をはずしてくれないか。そのほうがやりやすい――

――」

「だめだ。いいからつかんで引き抜け」

大きな靴の底が、左右の肩胛骨のあいだに押しつけられるのがわかった。矢筈《やはず》が握られたとき、筋肉と骨のなかで矢が動いて痛みがひろがった。と、矢が引き抜かれると同時に、すさまじい激痛が襲ってきて、目から涙がこぼれ、かすれた悲鳴が喉から漏れた。激痛と涙がとまらなかった。攻撃されたと思い込み、ジェントリーはとっさに仰向けになり、相手にグロックを向けて、トリガーガードにかけていた指先を引き金へとずらした。

銃口と六〇センチしか離れていないターゲットに狙いをつけた。

アブブードが上に立ちはだかり、手錠をかけられた両手で目を覆っていた。血まみれの矢が、指のあいだからジェントリーの胸に落ちた。

抜いたのだ。アブブードは妙なまねはしなかったのだと、ジェントリーは気づいた。それなのに、すんでのところで、額を撃ち抜くところだった。

背中の痛みは和らがなかったが、それでもジェントリーは立ちあがり、長い矢をぶつけないように慎重に動かなくてもよくなったので、前よりも動きやすくなっていることに気づいた。

「よし」

「きみの名前は?」

「シックスと呼んでくれ」

「ミスター・シックス。それじゃわたしを大統領と——」

「なんでもおれの好きな呼び名で呼ぶ。おい、くそったれ、おれは電話を一本かけなきゃならないから、隅っこに座っていい子にしていろ。できるな?」

39

ザックと三人は、最後の殺戮《さつりく》地帯を脱していた。ヘリコプターを撃墜したあと、政府軍部隊は怖れをなし、なおかつ隊伍を整える必要があったために、いったん兵を引いたようだった。ザックと三人は、モール・アルファの二階通路をたどり、クリーニング店、絨毯店、パン屋、倉庫を通った。政府軍ふたりと交戦した。思いがけない出遭いで、ナイフで音もなく殺される最後の数秒前のあいだに、出遭ったことを悔やんだにちがいない。ブラッドとダンが、死体から81式アサルト・ライフルを奪った。ふたりともFA－MASの弾倉が、もう一本しか残っていなかったからだ。ミロが松葉杖代わりに使えるように、ブラッドが自分のFA－MASを渡し、それでウィスキイ・シエラの移動速度はだいぶ速くなった。モールの突き当たりでまた一階におりると、通りの政府軍歩兵部隊が二ブロック撤退していることがわかった。そこでザックは、遮蔽物《しゃへいぶつ》を出て、市場を抜け、水ぎわに一ブロック近づくよう命じた。モール・ブラヴォーと名付けた、もうひと棟のコンクリートの建物が、そっちにある。

大型ヘリコプターの墜落によって市場で火災が起き、燃えている燃料、布地、ゴム、木の黒煙が、消耗した四人が見通しのいい場所を横切るときに、煙幕の役目を果たした。撤退する政府軍部隊から銃撃を受けることもなく、どうやら移動したのを気づかれなかったようだった。高望みしてはいけないが、いまのところ、居所を知られた気配はなかった。

ザックは、豊富な戦闘経験から、敵の混乱が自分たちに有利に働いていることを承知していた。政府軍部隊は、敵がわずか五人だったとは気づいておらず、その五人が大統領を人間の楯《たて》に使っているわけではないということも知らない。岸辺の市場の横にある建物にいる敵のほかに脅威はないと悟ったら、兵力を集中し、モールを吹っ飛ばして、なかでうごめくものを皆殺しにするだろう。

いくら精鋭とはいえ、五人ではその手の強襲には太刀打ちできない。

しかも、いまは四人になってしまった可能性が高い。十分前にＭｉ‐17の注意を惹《ひ》くために窓を飛び出したあと、スペンサーからなにも連絡がない。無線機をなくしたか、それとも建物と建物のあいだの受信状態が悪かった可能性もある。だが、そうではなく、市場を横切った際に、向こう側の圧倒的な政府軍部隊とかち合ったにちがいないと、ザックは見ていた。

とはいえ、ザック以下四人は、行方知れずの仲間を探しながら、モール・ブラヴォーを用心深く進んでいた。

ザックの衛星携帯電話が震動した。ザックは応答ボタンを押し、戦術ヘッドセットで聞けるようにした。

「おい、シックス。マイタイでも飲みながらビーチでチラックス（〝落ち着く〟と〝のんびりする〟の複合語）してるのか？」

ジェントリーの声が聞こえた。「こっちは安全だ。あんたたちは？」

「膝までくそ壺にはまってる。水ぎわまで五〇メートルくらいだ。水路の三ブロック北にいる。まだ交戦は散発的だ。これまでのところは、政府軍の追撃をふり切って逃げてこられた。背中はどうした？　通商路《トレイル》でまたコマンチ族に出くわしたりしていないだろうな？」

「命に別状ない。おれの手助けがいるだろう？」

「オリックスの身柄はだいじょうぶだろうな？」

「だいじょうぶだ。縛って薬を飲ませる。どこへも逃げられない」

「わかった。それじゃ愛馬にまたがって、大至急こっちへ来てくれ。車がほしい。街の敵対《OPF》戦力《OR》の情報もくれ。西からこっそり接近して、おれたちを乗っけて、隠密脱出できる裏口へ連れてってくれ」

「くそ、ザック。それをやりながら〈マック〉でハッピーセットも買ってこいっていうんじゃないだろうな？」

ザックが、鍋やフライパンをこしらえて売る店のなかでしゃがみ、くすくす笑った。敵兵の死体から奪った81式アサルト・ライフルを持ったブラッドが、前方の戸口で安全を確認している。ダンはミロといっしょにうしろを護っていた。「おまえ、どこでそういう小賢しいしゃべりかたを憶えたんだ？」べつに返事を求めたわけではない。ザックは答を知っていた。

「このあたりで買えるハンバーガーは、ウィスキイ・シエラの肉のやつしかない。おまえが来てくれて、おれたちのケツをグリルから救いあげてくれないと、ミンチになるしかないんだよ」

　ザックの耳に溜息が聞こえたが、もとの部下のジェントリーがちょっと文句をいう程度で応援に来てくれることはわかっていた。「了解。そっちへ向かう。近くまで行ったら無線連絡する」

「頼むぞ。途中で〈ハナ〉に連絡して、大統領の隠し場所を伝えてくれ。おれたちがみんなやられちまっても、お迎えに行けるようにな」

「了解した。シックス、通信終わり《アウト》」


　アブブードを確実に拘束し、破れた血まみれのTシャツではないものに着替え、頭にターバンを巻き、駐車していたトラックからサイホンの原理で燃料をメルセデスに移し、サワーキンの街はずれに行くまで、三十分かかった。トラックを盗み、メルセデスを捨てようかとも思ったが、ディーゼル・エンジンを搭載した大型の旧式メルセデス・セダンは、これまでずっとよく働いてくれたし、敵に怪しまれにくい。それに、そのトラックは、この地域で自動車として通用しているものの水準に照らしても、すこぶるおんぼろだった。ターゲット地域に戻るとき、あちこちを走りまわっている軍用トラックや警察の捜査車両とすれちがった。あわてふためいている一般市民も、それに混じっていた。

　上空ではスーダン空軍が保有するアメリカの旧式戦闘機F－5二機が、よく晴れた青空に8の字形の飛行機雲を残していた。

スーダン政府軍の動きは、あまり統率がとれていないようで、ジェントリーはそれを吉兆と見た。このようすからして、スーダン側は敵対戦力の規模がまったくわかっていないらしい。広場の南東を目指したジェントリーの動き、広場付近の二カ所に配置されたウィスキイ・シエラふたりの攻撃、街中を走りまわったバンからの発砲、西で行なわれたＳＬＡの短い交戦があいまって、政府軍部隊の司令官たちはとてつもなく混乱した戦況を思い描いてしまったにちがいない。銃撃戦のすさまじい音が轟き、敵と交戦しているという報告が四方八方から無線で届くなかで、大統領が兵力百人の反政府勢力に拉致《らち》されたと勘ちがいしたのかもしれない。

二列の掘っ立て小屋のあいだの狭い通路を抜けるために、ジェントリーがメルセデスをシフトダウンしたとき、軍用ジープが右手から横丁を突っ切ってきて、前方を通過し、そのまま北へ走っていった。舗装路に出ると、兵士を満載した二トン積みトラックがすぐそばで車の流れに割り込み、東に向かうおなじトラックの横腹にあやうく突っ込みそうになった。

街中では撃ち合いはなく、ヘリコプターは姿を消していた。サイレンがうなり、東の港と水路の方角に黒煙が細く立ち昇っていた。

ここで戦闘が行なわれ、そしてその戦闘が終わった、というように見えた。

ジェントリーは、広場の四キロ西にあるサッカー場のひろびろとした地面にメルセデスをとめた。すぐさまカブを売っている男たちに取り囲まれた。第二次世界大戦のバルジの戦いなみの激戦が数ブロック先でくりひろげられてから、まだ一時間もたっていないこんなときに、いったいだれが夕食のスープに使うカブを買おうとするのか——と思いながら、ジェントリーは手をふって男たちを追い払った。顎鬚《あごひげ》とサングラスとターバンでできるだけ顔と頭を隠していた。サッカー場から一ブロック行ったところにあった狭い屋台で、長い白の寛衣を買い、路地にはいって、その新しい服を着た。

いまでは、いたるところに警官がいた。ほとんどは五〇キロほど北のブールスーダンから来たのだろうと思った。だとすると、到着したばかりで、現場の大混乱に直面し、情報をかき集めているところだろう。それに、管轄権も定かでないし、地元警察や軍やNSSとの縄張り争いもある。サワーキンできちんと仕事をやるには、きょう一日のうちでいまがいちばん難しい時間であるはずだ。だからこそ、急がなければならない。木と波型鉄板でできた長い差し掛け小屋が前方にあり、そのそばに雑然とした検問所があるのを、ジェントリーは見つけた。小屋には数百もの木の檻《おり》があって、それぞれに雌鶏や雄鶏がはいっていた。現地民が数十人群がっている。仕事をやっているものはほとんどおらず、たいがい立ち話をして、なにがどうなっているのか、噂を拾い集めていた。数人が検問所の警官に小突かれているのを見て、ジェントリーはべつのルートを通ることにした。

車の捲《ま》きあげる土埃《つちぼこり》がミニ砂嵐《ハブーブ》となり、道路はまったく視界がきかなかった。一五メートル先がやっと見える程度だった。警官や通りに出ている野次馬もおなじだろうと願いつつ、ジェントリーはいくぶん安心しながら目的の場所を目指した。

検問所を避けるために、左の路地に折れた。たちまち道に迷った。街には幹線道路がほとんどなく、何キロメートルもつづいている掘っ立て小屋のあいだで、いくつにも枝分かれしている迷路にはまり込みやすい。とはいえ、街は港に向けてゆるやかに傾斜している斜面にあるので、坂を下り、人込みから遠ざかれば、じきに広場に出られるはずだった。

明るい昼間に見ると、広場はずっと狭く見えた。汚れ、ごみごみしている。人間と家畜と乗り物でごったがえしていた。ラクダ、山羊《やぎ》、ロバが、軍用車や、政府のセダンや、トヨタのピックアップの荷台に機関銃を取り付けて兵士を満載した〝改造戦闘車《テクニカル》〟と混じり合っている。輸送ヘリが二機、エンジンをかけたまま広場に駐機し、それからおりた兵士たちが、早くも拉致犯と大統領を捜索していた。見通しのきく広場の四方から救急車のサイレンが聞こえ、男たちがどなり合い、甲高《かんだか》い声でいい合っていた。兵士五、六人の死体が、戦友たちによっていっぽうに積みあげられ、負傷兵がいたるところにいた。怪我をした一般市民向けの臨時救護所が設けられていた。遠目にも負傷者の一部が重傷であることが見てとれ、ジェントリーはあわてて目をそむけた。子供も怪我をしているかも知れない。子供たちが苦しんでいるのは、見るにしのびない。

「村を救うためには村を破壊するしかなかった（ベトナム戦争中、デルタ地帯のベンチェへの爆撃を正当化するためにそういう表現がなされたといわれている）」

ジェントリーは、暑苦しいターバンの下で、声を殺してつぶやいた。

寛衣の下で腰に付けていた〈スラーヤ〉衛星携帯電話が鳴った。通話は秘密ヘッドセットを通じてなされる。ジェントリーは現況を伝えた。「そっちまであとすこしだ、ワン。五分くれ」

「よかった。おまえをずっと待ってたんだが、先月の最初の家賃をくれって家主に責められそうなんだよ。街はどうだ？」

「混雑してる。あちこちの官憲が管轄権の問題を解決しないといけないだろうな。それに、死者と負傷者がいたるところにいて、混雑に輪をかけている。この混乱に乗じないといけない。移動するならいまだ」

「だめだ。まだ脱出できない」

ジェントリーは、はたと足をとめた。「どうして？」

「シエラ・ファイヴが戦闘中行方不明《MIA》だ。どうなったのか、たしかめないと」

「了解した。車を見つけて用意しておく。シックス、通信終わり《アウト》」


ザックと三人の部下は、ジェントリーが電話を切ってから、ほどなく出発の準備ができた。三十分前から、モール・ブラヴォーの北端で屋根に登っていた。Mi‐17が墜落したモールふた棟のあいだの市場から、東に四〇〇メートルと離れていない。しかし、屋根の上でも視界はそんなによくなかった。流木や針金で支えてある破れて腐りかけた防水布を見つけた。その下に、だれかが薪《まき》と空《から》の水タンクを保管していた。それで精いっぱい身を隠すために、ウィスキイ・シエラの四人はずっと奥まで潜り込んだ。そこにしゃがんで、血と汗を流し、手袋をはめた手でおたがいの体からサソリを払い落としながら、じっと待った。

四人とも、できる範囲で傷の手当てをしていた。ザックは前腕に包帯を巻き、出血をとめることができた。糧食に含まれていた塩をなめて、水を飲み、汗をふんだんにかいて失った水分を補った。残弾があった弾倉すべてから弾薬を抜いて、三十発入り弾倉一本にまとめ、残った半端な弾薬は予備弾倉に装弾してチェストリグに入れた。ブラッドは、弾倉にフルに装弾した81式アサルト・ライフルを持っていた。バンが衝突したときに、背中と膝を痛めていた。右側の肋骨《ろっこつ》が一本か二本、ひびがはいっているかもしれないと思ったが、自分は負傷者ですとザックに申告してはいなかった。ダンも、敵兵から奪った81式アサルト・ライフルを持っていた。負傷していないのは、四人のなかでダンだけだった。

クロアチア系アメリカ人のミロは、いまのところ容態が安定していた。ダンが大量のダクトテープを使い、自分のFA‐MASをミロの脚を固定する副木《そえぎ》としてくくりつけていた。ずたずたの傷口の包帯も巻き直してあった。しかし、ミロにはライフルがない。九ミリ口径のH&Kの拳銃だけで、動きやすいように、抗弾ベストや装備は、仲間に分け、あるいは捨てた。面倒をみてもらうたびにミロは抗議し、ちゃんと働けるといい張った。だが、そんな空威張り《からいば》は、年上の経験豊富な戦闘員たちには不愉快なだけだった。あとの三人は、本人よりもずっとたしかにミロの状態がわかっていたので、強がりもいいかげんにしろと叱りつつ、プロフェッショナルらしく手当てをした。

四人は戦術的な隊列を組んで屋根からおりた。暗くて狭い金属製の階段を二階下までおりると、東西にのびる路地に出た。階段でミロが二度つまずいた。そこでザックは、拳銃を右手に持ち、左手をダンの肩に載せるよう命じた。それでバランスがとりやすくなった。

港に向かう路地を、四人はゆっくりと進んでいった。木のドアの奥からひとの声が聞こえたが、その前で四人が隊伍を整えると、声は消えた。遠くのサイレンと、ラクダが腹の底から発する音や鳴き声が、混じり合った。戦術的に重要ではない物音をふるい落とすように、四人は注意を集中していた。ほどなく路地の出口に達し、そこから用心深く港の界隈《かいわい》に足を踏み入れた。

路地を最初に出たのは、ダンだった。そこは水辺の見晴らしのいい通りだった。あとの三人が、すぐうしろに近づいた。

ダンが、ぴたりと足をとめた。「前方に敵!」

40

路地の出口の正面五〇メートル、サワーキン旧市街の島の正面にあたる、澄んだグリーンの水面に、スーダン海軍の哨戒艇が一隻とまっていた。全長は約三〇メートル、一二・七ミリ機銃の蔭の甲板に、乗組員数人が立っている。大きな機銃の筒先が、たちまち目の前に現われた白人たちに向けられた。

ザックは、ダンの真横で立ちどまった。「散開！」とどなり、四人は左右に分かれた。ザックは負傷したミロの体をつかんで、右に押し、魚網を編んで売っている店に倒れ込んだ。

このときばかりは、調整された動きは皆無だった。掩護《えんご》射撃も、遮蔽物《しゃへいぶつ》を伝う交互躍進もない。四人とも必死で走り、這《は》い、障害物を跳び越えた。

哨戒艇の機銃が、背すじも凍るような咆号《ほうごう》を発した。ザックの頭の上の建物を、機銃弾がギザギザに切り裂いた。ザックは、オーストラリア製抗弾ベストの手掛けをつかんで、ミロをひきずり、店の奥にあった部屋を見つけた。部屋のドアは金属製で、へしゃげていた。ザックは土間で仰向けのまま体の向きを一八〇度変え、ブーツの底で錠前を思い切り押して、ドアを蹴りあけた。向こう側はべつの店で、廊下が南に通じている。ザックはミロをひっぱり、四つん這いでそっちへ向かった。

機銃がまた咆えて、頭の上で木や金属や石や布が粉々《こなごな》になった。上の棚にあった黒い潤滑油の油差しがまっぷたつになり、装備や服に生暖かいグリスが降りかかった。

三度目の連射が放たれ、しばらく静かになった。「ウィスキイ・シエラ、報告しろ」ザックが、マイクにささやいた。

「シエラ・スリー、異状なし。ツーといっしょだ。ヘッドセットがはずれたが、問題ない」

ザックは、つかのま安堵《あんど》の息を漏らした。「ワンとフォアもだいじょうぶだ。やつらは地上部隊をすぐによこすだろう。ここから逃げ出さないといけない、ブレーク。シエラ・シックス、このチャンネルを受信しているか？」

ジェントリーが応答した。「受信している、ワン」

「よし。こっちへ来るときには、モール・ブラヴォーの東は避けろ。合コンをやってるクルーズ船は、そっちにはいない」

「了解、シエラ・ファイヴの消息は？」

「わからない。しかし、水路にたどり着いたとは思えない。ベルト給弾式機関銃に攻撃されてる音を聞いた。これから二ブロック北に移動し、ようすを見る。全員に告げる。また集合するまで、見つかるんじゃないぞ」

ジェントリーは、それから十五分間、哨戒艇の機銃が四〇〇メートル東でけたたましい音をたてはじめたときにはじめていた企ての仕上げをしていた。広場から北西に向かう未舗装路を護っていた、若い政府軍歩兵四人から成る班と遭遇したのが、その企てのきっかけになった。その未舗装路の突き当たりは、サワーキンから西に向かう舗装された一本道とのT字路だった。その舗装道路は南北に走る幹線道路に通じていて、北へ進めばブールスーダンがある。南方面もスーダン国内をずっとのびている。未舗装路と一本道との交差点に、ガソリンスタンドがあった。サワーキンの街が素朴そのものなのと比べると、驚くほど現代的なガソリンスタンドだった。幹線道路にあるからだろうと、ジェントリーは判断した。それに、スーダンにはわりあいしっかりした長距離バス路線網があり、主要都市をつないでいる。

歩兵たちのジープが、ガソリンスタンドの舗装されていない敷地にとまっていた。その後部には、黒いプラスティックのカバーがかけられたロシア製のPKM汎用機関銃があった。街の中心部から避難してきた地元民がおおぜい、ガソリンスタンドの周囲に群がっていて、歩兵四人はその群衆をさばくのに手いっぱいだった。

ジェントリーは、ターバンで顔全体を覆うように気をつけながら、ジープに近づき、運転席を覗いた。キイが差してなかったので、どの歩兵が運転担当かを見定める必要があった。

頭のなかで計画がふつふつと煮えたぎっていたが、とにかくザックからの連絡を待たなければならなかった。

ふた棟のモールと、そのまわりの屋台やら店やらが、いまではあわただしい動きに包まれていた。武器をかざした兵士がいたるところで、邪魔だからどけと一般市民をどなりつけ、一般市民がそれにどなり返していた。ロバやラクダが横丁をふさぎ、痩《や》せ細った男たちがバケツ・リレーで、黒く煤《すす》けたヘリコプターの残骸《ざんがい》や建物内の焼け跡のまわりで、まだ燃えている市場の残り火に水をかけていた。兵士たちは、その連中も押しのけようとしたが、地元民はバリケードを組んで、懸命の消火作業をつづけていた。自分たちの店や品物がヘリコプターとともに燃えて黒煙と化すのを防ぎ、なんとか生活していけるだけの収入を守らなければならないからだ。

だが、ザック、ブラッド、ダン、ミロは、じっとしていた。逃げようともせず、安全な隠れ場所から跳び出そうともしなかった。モールふた棟の五〇メートル北で、低い壁に囲まれた日干し煉瓦《れんが》の二階建ての建物の二階にじっと伏せていた。四人とも、屋根のないアーチ形の通路ごしにバルコニーの外をじっと見ていた。バルコニーの先には壁があり、その先には道路があった。道路の向かいには東の港に通じる窪地《くぼち》があり、雨に流された砂が積もっている。窪地のさらに先の二〇〇メートルほど離れたところに、バス停留場があった。停留場の外に、地べたに座ったり、壁にもたれたりしている数十名の兵士がいて、負傷してはいるが生きていることはまちがいない筋肉隆々の黒人を取り囲んでいた。

シエラ・ファイヴ（スペンサー）。

ザックのTAR-21には、四倍の望遠照準器が付いている。光学機器付きの武器は、それしか残っていなかった。望遠照準器を通して、スペンサーがシャツを脱がされ、顔と首と肩から血が出て、茶色のズボンに血の染みができているのがわかった。上半身は汗でぬめぬめと光り、さらに血の深紅の輝きもあった。後ろ手に手錠をかけられ、意識はしっかりしていて、私服の男が前にしゃがみ、話しかけていた。男がときどきスペンサーの顔を自分のほうに向かせて質問し、平手打ちしたり、殴ったりしていた。少々手荒なことをされても、スペンサーがひとこともしゃべらないことは、ザックにもわかっていた。しかし、いまスペンサーが受けてるような乱暴が、すぐさま拷問に変わるだろうということも知っていた。

しかも、スペンサーを救う手立てはなにもない。

「シエラ・ワンからシエラ・シックスへ」

「どうぞ」

「脱出をやる準備はできたか？」

「できている。あんたたちの居場所さえわかればいいだけだ。ファイヴを見つけたら、すぐにやろう。待っていると、それだけこっちが発見される危険が大きくなる」

ザックは、精確な座標を教えてからいった。「ファイヴがやつらに捕まった。いま目視している。生きているが、助け出せない」

数秒のあいだ、ヘッドセットから応答が聞こえなかった。ようやくジェントリーがいった。

「わかった。照準線に捉えているということだな？」

ザックは、暗い部屋でうなずいた。目の前で、汚れた白いカーテンが熱風にはためき、一瞬スペンサーの姿が見えなくなった。ザックは、ジェントリーがなにを望んでいるのかを知っていた。ジェントリーはプロ中のプロだ。なにをやらなければならないかを承知している。

タヴォールTAR‐21のセレクター・レバーを安全から単射へと動かし、射撃できるようにした。「然《アファーマティヴ》り、シックス。照準線に捉えている。ファイヴは、ここの北のバス停留所にいる」

ジェントリーのつぎの応答が、短い沈黙を破った。「おれがやる。丘へ行ってようすを見る。あんたたちはじっとしていてくれ。おれが片をつける」

ザックといっしょにいた三人は、黙っていた。これからなにが起きるかを三人とも承知していたが、やると申し出たのはジェントリーだけだった。

コート・ジェントリーは、すごい男だ。

「否《ネガティヴ》、若造。ありがたいが、これはおれの仕事だ。そのために給料をもらってるんだと思う」

「いいのか?」

「然《アファーム》り。おれたちを拾う準備ができたら、いってくれ」

「こっちで陽動作戦をやる準備ができてる。三十秒で開始し、そのあと二分でそっちに着く」

「了解。用意はいいか。おれの合図ではじめる」

ダンがザックにいちばん近く、左肩から六〇センチのところにいた。手をのばしてボスの腕を叩き、気持ちはわかるというようにぎゅっと握り締めた。

ザックは、その手をふり払った。

これからなにが起きるか、その場の全員が知っていた。こういう不測の事態も含めたルールに則って動いているのだ。

「こんちくしょう」ザックが、低くささやいた。スペンサーを殴っていた男が、ちょうど射線をさえぎっていた。照準器の十字線は、秘密警察の捜査員とおぼしいその男の尻に重なった。ザックは引き金を引きたかったが、自分たちの位置がばれるのと引き換えにNSS捜査員をひとり殺すのは、割に合わない。

しかし、位置がばれても発砲せざるをえない理由が、ひとつだけある。シエラ・ファイヴが自分の身許や任務のことをスーダン側に明かすのを、防がなければならない。みずからしゃべることはなくても、かならず口を割るはめになる。それを阻止する方法はひとつしかない。

ザックが目を細めて照準器を覗いたとき、NSS捜査員の向こう側でなにか騒ぎのようなものが起きた。兵士たちが駆け出し、ひとりが地べたに仰向けに倒れ、もうひとりが体をよじって膝をついた。ザックの射線をさえぎっていたNSS捜査員が押しのけられ、シエラ・ファイヴの姿が見えた。血まみれで、上半身裸で、後ろ手に手錠をかけられている。

「シックス、五秒後に始末する」ザックはいった。「五秒後、了解」応答があった。

スペンサーが、とてつもないバランス感覚と体力を示して、男たちのスクラムから逃れた。べつの兵士に頭突きし、ザックの位置へ一〇ヤード近づいて、砂の窪地の縁まで進んだ。

「逃げようとしてる」肉眼で見ていたミロがいった。

「いや、ちがう」ザックがささやき、目をしばたたいた。「おれが撃ちやすいようにしてるんだ」

西のほうから拳銃の銃声と激しい爆発音が聞こえた。ジェントリーの陽動作戦だ。ザックは照準器を通して、スペンサーがひざまずくのを見た。血まみれの口が叫び声を発し、つぎの瞬間、遠い声がザックの位置に届いた。

「撃て！」

「撃つ！」ザックは、タヴォールの引き金を絞り、五・五六ミリ弾を銃身から送り出した。アーチ形の通路を抜け、窪地を越えた弾丸が、スペンサーの額に命中した。スペンサーの頭ががくんとうしろに折れ、そのまま地面に仰向けになり、手錠をかけられた腕の上で体が動かなくなった。

数秒後には、近くからの銃撃が部屋の壁に穴をうがち、白いカーテンがはためき、ちぎれ、ずたずたに避けた。弾丸が日干し煉瓦を砕いて、その埃がウィスキイ・シエラの四人の周囲で空気をくすんだ茶色に変えた。

41

「シエラ・シックスO・M《オスカー・マイク》! 到着予定時刻《ETA》、四十五秒後!」

ザックが、ジェントリーの送信に受領通知を返した。「シックス、移動開始《オン・ザ・ムーヴ》、了解」

ジェントリーは、オープントップのジープで、ガソリンスタンドから走り出した。うしろでは、ポンプを中心にして四方にのたうちながら、コンクリートの上でよじれ、跳ねまわっているガソリンのホースから、炎が二〇メートル上まで噴き上がっている。

歩兵ふたりがジェントリーの拳銃で射殺され、あとのふたりは死んではいないが、肝臓をナイフで刺されて通りに転がっている。一般市民は命からがら逃げ出し、自分勝手に目にはいるものすべてを燃やしている火炎放射器から遠ざかろうとしていた。ガソリンスタンドから逃げようとしたミニバンやバスが、何台も衝突していた。炎から逃れて道路にいた地元民は、大きなカーブを切って傾いている軍用ジープに轢《ひ》かれないように、飛びのかなければならなかった。この騒ぎを起こしたのはターバンを巻いた悪鬼のような白人《カワガ》で、ジープの車首をめぐらすと、坂を下っていった。

ジェントリーは、ジープを精いっぱい速く走らせ、東を目指した。うしろの台座に固定された機関銃のカバーが取れて、凹凸《おうとつ》の多い未舗装路のうねりのために上下に揺れているのが、バックミラーに見えた。

　脚をひきずっているラクダの群れが前方を横切り、ジェントリーはハンドルを右に切って、果物を売っている木の屋台を突っ切り、紐《ひも》に吊るしてあったバナナ十房ほどを宙に飛ばした。屋台の向こうへ突進すると、ウィスキイ・シエラの隠れ場所へ行ける道路の一ブロック南にいるとわかった。そのとき、軍用ジープが二台、前方の交差点に現われた。

　くそ！

　ジェントリーは、その横をあっというまにすり抜けた。二台が向きを変えて、追ってきた。

「T《タンゴ》（テロリスト）がケツにくっついてる、ザック！」

「了解した」

「一ブロック、南に来られるか？　それとも、そこまで行かなきゃならないのか？」

「路地で落ち合おう。ホテルの裏を左折だ。おれたちが乗ったら、席を代われ。ブラッドが運転する」ザックは、すこし間を置いた。「おまえの運転はへたくそだからな」

「了解した」ザックの批判をジェントリーは否定しなかった。

　家のあいだの通路や路地は、人間、動物、乗り物その他、車に乗った戦闘員の邪魔になるようなものでごった返していた。ジェントリーは、クラクションを鳴らしっぱなしにして運転した。あらたなルートは、水を入れた五五ガロンのドラム缶を積んだロバの荷車や輪タクに前方をふさがれていたので、ハンドルを切って右に一ブロック進んでから、つぎを左折した。その通りでは、子供と羊の群れを避けるために、急ブレーキを踏まなければならなかった。あとを追ってくる軍用ジープが、すぐうしろに迫っていることはわかっていた。すばやくハンドブレーキを引き、運転席に乗って、前転で後部に跳び込んだ。全身を駆けめぐる大量のアドレナリンが鎮痛剤の役目を果たしていたとはいえ、背中の傷が抗議して痛んだ。ジープ二台は角を曲がってきて、やはり横滑りしてとまり、濛々《もうもう》と土煙があがった。ジェントリーは、ＰＫＭ汎用機関銃をまわしてうしろのジープに向け、チャージングハンドルを引いて、初弾を薬室に送り込んだ。近いほうのジープの運転手が驚愕して目を丸くするのが見えるほど、距離が短かった。黒人の兵士はギアを鳴らしながら必死でシフトレバーを動かし、バックに入れようとしていた。ジェントリーは、ジープのボンネットに狙いをつけて、大きなロシア製機関銃の引き金を引いた。

カチリ。

装弾できていない。

ちくしょう！

ジェントリーは、グロック19を抜き、バックで角を曲がって逃げようとしているジープ二台に向けて、弾倉に残っていた全弾を放った。すさまじい射撃から必死で逃げようとするジープ二台のグリーンのボディが、なんどもぶつかり合った。ベルト給弾式の機関銃とは威力がちがうが、その口径九ミリの拳銃はじつに貴重な武器だった。

敵のジープが姿を消すと、ジェントリーは運転席に跳び乗って、ハンドブレーキをゆるめ、発進しようとした。

クラッチのつなぎかたが急だったせいで、エンストした。

頭のそばでフロントウィンドウに蜘蛛《くも》の巣状のひびがはいり、砕けた。ライフル弾が一発命中していた。

「くそ！」ジェントリーはエンジンをかけて、ふたたび前進した。

三十秒後、ようやく合流地点に達すると、ウィスキイ・シエラの生き残り四人が、熾烈な銃撃戦をくりひろげていた。東の横丁のはずれにある建物群に向けて、それぞれに発砲している。敵の手榴弾が四人に届かずに炸裂し、応射の銃弾がうなりをあげていた。ジェントリーは、ギアをニュートラルに入れ、うしろに跳び移った——またしても肩がジェントリーを憎悪した——容器にはいっていた弾薬を、すぐさま装弾した。シエラ・ツー（ブラッド）が運転席に乗った。もう拳銃しか持っておらず、フロントウィンドウごしに撃っていた。

数秒後にザックが助手席に乗り、前方射撃位置についた。ブラッドがハンドルの下に身を隠して弾倉を交換し、ジープのギアを入れた。大きな発電機の隣にならぶドラム缶の蔭から、シエラ・スリー（ダン）が出てきた。シエラ・フォア（ミロ）を背負い、右手にはスーダン製のマッラ（CZ-75のコピー）を持っていた。斃《たお》した敵から奪ったのだろうと、ジェントリーはあたりをつけた。ダンは負傷しているミロを、ジェントリーの横におろし、その上に伏せた。

ブラッドがアクセルを踏み、ジープを左に向けた。その勢いで後部のジェントリーはよろけたが、機関銃をつかんでいたので、倒れはしなかった。装弾した機関銃の遊底をあらためて引き、背後のドラム缶めがけて撃った。たちまち燃料に引火し、横丁で大きな爆発が起き、五人の撤退を黒煙が覆い隠した。

一分とたたないうちに、街から出る舗装道路に達していた。スラム街の横丁の迷路を抜けるあいだに、二度、歩兵のそばを通過したが、速度と混乱とあっというまの遭遇だったおかげで、いずれも流血には至らなかった。シエラ・スリーはジェントリーの足もとで、拳銃と目でジープの真うしろと左後方を警戒していた。拳銃ではジェントリーの機関銃のような効果は望めないが、脅威があれば指示して機関銃で交戦するのに役立つ。ジェントリーが後方を護り、ブラッドとザックが正面に向かって右側を護っていることもわかっていた。

シエラ・フォアも後部に乗っていたが、失血のために意識を失っていた。

ジェントリーは、ザックの頭のそばに首をのばし、猛スピードで走るジープの音よりひときわ高く叫んだ。「おい！　あそこを左折しろ。べつの車を用意してある！」

ザックは、一秒とためらわなかった。「曲がれ！」ジェントリーの指示に従うよう、ブラッドに命じた。坂の上で南に折れ、軍の検問所めがけて突き進んだ。住宅の土塀に左右を囲まれた道路のまんなかに、十数人以上の政府軍歩兵がいた。ジェントリーは、ＰＫＭで狙いを定めて、とまっていた改造戦闘車《テクニカル》を連射した。テクニカルが爆発し、乗っていた歩兵たちが、二〇メートル離れた地べたまで飛ばされた。時速八〇キロメートルで突っ走るジープめがけて、そのほかの兵士たちが発砲した。ブラッドは煙のなかを猛スピードで通り抜け、向こう側に出た。左手に負傷した兵士がひとりいて、あわてて折り敷き、銃を構えて、距離五メートルからオープン・トップのジープめがけて連射した。ジェントリーは反対側に向けて撃っていたので、その脅威に気づくのが遅れたが、ＰＫＭを銃撃の源にさっとまわして撃った。血しぶきが噴き出し、敵兵が茶色い土塀まで吹っ飛んだ。ジェントリーは、てっきり被弾したものと思い、無防備だった自分の体を見た。

奇跡的にも、被弾していなかった。

「つかまれ！」ブラッドが叫び、ジェントリーは機関銃を両手でつかんでしゃがんだ。それと同時に、道路の瘤《こぶ》を越えたジープが宙に浮かび、地面に激突してサスペンションがいっぱいに沈んでから、姿勢を取り戻した。

数秒後、ブラッドがチェストリグに手をのばし、上半身を右腕で抱えるようにして、左手だけで運転した。「くそ」

「どうした？」自分の守備範囲から目を離さずに、ザックがきいた。

「車がはずんだときに肋骨《ろっこつ》が折れたらしい」

「だいじょうぶなんだろうな？」ザックがきいた。

「ああ、だいじょうぶだ。ただ――」

返事がとぎれたので、ザックはブラッドのほうを向いた。ブラッドは左手でハンドルを握り、アクセルを思い切り踏みつけていたが、右手を顔の前にあげていた。

その指が、どろりとした濃い血に覆われていた。

「ちくしょ……」

ブラッドの手が膝にゆっくりと落ち、頭がぐらりと横に揺れてから、ハンドルの上に倒れた。

「スリー、運転しろ！」ザックは、ブラッドを運転席から自分の体の上にひっぱりあげた。ブラッドの胴体の左側は、血みどろだった。敵弾が腋と抗弾ベストのあいだを貫いていた。ジープが左にそれかけたとき、ダンがバックレストを乗り越えて運転席に座った。アクセルを踏み、ハンドルをまわして、道端の高い砂利の山にぶつかるのを、すんでのところで避けた。

その直後に、ジェントリーはダンのほうにかがみ、聞こえるように大声でいった。「おい、あんた、被弾してるみたいだぞ。ここは血だらけだが、おれはどこも怪我していない」

運転しながら、ダンが自分の体を探った。ややあって、ジェントリーがまたそっちへかがんだ。

「銃創《GSW》。左肩だ」

ダンが肩に目を向け、左肩の前を撃たれていたのに気づいた。上のほうで、頸動脈《けいどうみゃく》と五センチも離れていない。刺された豚みたいに血を流していたが、それでも運転をつづけていた。

まもなくジェントリーが先刻ムハンマドと会った家に着いた。庭にとめたシュコダの小型セダンは、ちゃんとそこにあった。地面に投げ捨てたキイを、二分ほどでジェントリーは見つけた。そのあいだに、負傷したダンがチームの最後の一挺になったライフルで門を護り、ザックがジープのそばの地面に寝かせたブラッドに心肺蘇生法《CPR》を行なった。

「ブラッドレー、目を醒ませ！　仮病はやめろ！」庭の離れたところから見ても、明らかに死んでいるとわかるのに、ザックはわめき散らしていた。だが、ザックはそれを認めたくないようだった。あの無駄な手当てで、シエラ・ツーとシエラ・ファイヴを生き返らせようとしているのだろうかと、ジェントリーはふと思った。

ザックは、五分近くあきらめずにCPRをつづけた。それまでに、ジェントリーは負傷したシエラ・フォアをシュコダのリアシートに乗せ、ダンにざっと包帯を巻き、その隣に座らせた。シエラ・ツーの遺体をザックがトランクに入れるのを手伝った。それから、ザックを助手席にまわらせた。ジェントリーがハンドルを握り、シュコダは門を出て、北へ向かった。

白人戦士四人の顔は、スモークを貼ったガラスに隠れて見えなかった。

42

二十分後、シュコダは、サワーキンの大騒動に対処するためにブールスーダンから出動したスーダン陸軍のヘリコプター四機編隊の下を走っていた。ヘリはそのまま飛びつづけて、ジェントリーのバックミラーから姿を消した。

ザックは、ひとことも口をきかなかった。体力を使い果たし、意気阻喪《そそう》し、意識を失いかけていた。負傷したミロはリアシートで意識を失っているし、ダンは肩の傷の中程度の出血に、それまでの疲労や悲嘆が重なって、すっかり打ちのめされていた。

しばらくすると、ザックがつらそうに身を起こした。運転しながらハンドルのほうに身をかがめるようジェントリーに指示して、寛衣をめくり、肩の矢傷を調べた。

「ひどい臭いがするぞ」

「ああ」ヘリがまたいないかと、前方の空に目を配りながら、ジェントリーはぼんやりと答えた。負傷者ばかりで、武器もろくにないこのチームは、どんな敵とも戦える状態ではない。鼻風邪よりも強い敵に出くわさないようにしなければならないと、眦《まなじり》を決していた。

「この国が不潔なのはわかってるが、傷口が四時間で腐臭を発するというのは、どういうわけだ?」

「さあ。抗生剤はあるか?」

「ない。簡単な外傷キットしか持ってこなかった。それも使い果たした。そうだよな、ダニー?」

「ああ、ボス」それでも、ダンは自分の肩から包帯の汚れていない部分をちぎって、ザックに渡した。

ザックが自分の医療品入れからテープを出して、そのガーゼをジェントリーの背中の穴にあてがい、止血した。やらないよりはましという程度のおざなりの処置だった。「死にやしない。〈ハナ〉に戻ったら、ちゃんと手当てする」

「そうか」ジェントリーは、その傷のことはさほど心配していなかったが、痛みはすさまじかった。

ザックの胸のケースで衛星携帯電話が鳴った。土と煤《すす》と油と血で真っ黒に汚れていたが、それでも機能していた。ザックは、シエラ・ツーを蘇生させようとしたときにヘッドセットをはずしていたので、スピーカーホンのボタンを押した。

「どうぞ」

デニー・カーマイケルだった。〝もしもし〟も〝元気か?〟もない。

「ホワイトハウスから電話があった。駐スーダン大使が——大使の言葉を借りれば、〝ブールスーダンでのブラックホーク・ダウン事件〟なるものに——CIAが関与しているのかと、問い合わせてきたそうだ。どう答えればいい？」

ザックが、にやりと笑った。ヘッドレストに頭を預け、目を閉じた。体中に浴びている血や汚泥《おでい》で、顔が黒と赤に染まっている。汚れていないのはゴーグルをかけた目のまわりだけだ。

「そうですね、わたしが本部長なら、国務省の情報はCIAスーダン支局の情報なみにくそあてにならないといいますね。われわれはブールスーダンの五〇キロ南にいますからね」

「肝心なのはそこじゃないだろう？　ブラックホーク・ダウン事件は起きているのか、あるいは起きたのか？」

「ぜんぜん起きてません。われわれは墜落《ダウン》するようなブラックホークを支給されてません」

「聞いたふうなことをいうんじゃない、ワン。オリックスは確保したか」

「確保してあります」

「〈ハナ〉に運んだか？」

「まだですが。きょうの仕事の順序では、つぎにやることになってます」

「シエラ・シックスが彼を捕らえているんだな？」

「エー、ちがいます。シックスはわれわれ、もしくはその生き残りといっしょです。敵の銃撃でふたり失いました。ところで、部下のことを気遣っていただいてどうも」ジェントリーは、首《こうべ》をめぐらして、ザックのほうを見た。この数時間、いろいろな出来事があったとはいえ、ザックが上司にそんな乱暴な口をきくというのは、大きな衝撃だった。

カーマイケルの返事は、ウィスキイ・シエラの五人の安否に興味はなく、ノクターン・シエラだけを考えていることを物語っていた。「オリックスにはだれが付いている？」

ジェントリーが、運転しながら答えた。「オリックスの身柄は確保してあります。どこへも逃げられません」

「どうしてきみはオリックスといっしょじゃないんだ？」

「ウィスキイ・シエラが敵に発見され、救援に向かったからです。ノクターン・サファイア作戦を危険にさらしてはいませんよ」

「きみが死んだら？」

「救援に向かう前に、オリックスの位置を〈ハナ〉に連絡してあります」

カーマイケルの怒りと焦りが、声に出ていた。「オリックスをスーダンから連れ出すのは、〈ハナ〉の要員の仕事じゃない。きみのご自慢の技倆《ぎりょう》を備えている戦闘員は乗っていない、シックス。もっとも、この一週間ずっと、きみの意思決定能力には言葉に尽くさないほど失望しているんだがね！　チームを救援する前に、オリックスを連れ出すべきだったな」

ジェントリーがいい返そうとしたが、ザックが衛星携帯電話を取り返して、口に当てた。

「チームは一〇〇パーセント負傷！　ふたりが戦闘中死亡《KIA》！　われわれは空中資産を有する数百人規模の歩兵部隊と四時間にわたり交戦してきた。いないとされていた歩兵部隊と航空部隊ですよ。現地の支援、いることになっていた支援は、姿を現わさなかった！」

「スーダン支局からの情報では、ちゃんと現われたそうだ。数分遅れで」

「スーダン支局は弾倉一本分を横丁に撃ち込むだけで逃げ出す能無しをロバの荷車一台分雇うのに四十万ドル払ったんだろうが、それ以上の支援はなにひとつ受けていない！」

意味深長な沈黙が流れた。詫《わ》びる言葉が聞こえるものとジェントリーは思ったが、なにもなかった。「それでも敵に発見されるようなことはすべきではなかった。シックスも、きみたちがみずから掘った墓穴からきみたちを救い出すために任務をほうり出すべきではなかった。危険は承知のうえだったはずだ」衛星通信から、いらだたしげな溜息が聞こえた。「まあいい……自力で脱出し、ノクターン・サファイアを続行しろ。こっちの政治的余波はこっちでなんとかする。以上だ」接続が切れた。

ザックは、膝に衛星携帯電話を落とした。それが脚を伝い、フロアに転げ落ちた。拾ってチェストリグのケースに戻すこともできないくらい、疲れ切っていた。

ジェントリーはいった。「くそ、ザック。あんたのボスはケツの穴野郎だな」

「おまえにいわれたくないね」

一時間後、ジェントリーはシュコダを、ミクリの茂みに隠れた小屋の前にとめた。おりると、拳銃を真正面に構えてなかにはいった。暗い小屋は、さきほどあとにしたときのままだったが、暑さと息苦しさは増していた。

アブブードは、ジェントリーが置いていったときのままの状態だった。ほぼ二時間意識を失う分量の鎮静剤を注射し、小屋のまんなかの太い柱に腕をまわして、後ろ手にプラスティックの手錠をかけておいた。いまも胡坐《あぐら》をかいて、首《こうべ》を垂れ、眠っている。またのあいだにキャップをあけた水のペットボトルを置いておいた。どうせ飲めなかったかもしれない。だが、結局、ずっと眠っていたのだとわかった。

三十分後、ジェントリーはウィスキイ・シエラの生き残りと、死んだふたりのうちひとりの遺体を、サワーキンの二五キロメートル北にあたる海沿いの揚収地点へ運んだ。ザックたちはすぐさまブラッドの遺体といっしょに、マングローブが茂る沼地に身を隠した。ザックがジェントリーに小さな受信機を渡した。通信がなんらかの原因でとぎれたときも、〈ハナ〉の送信する電波で位置がわかるようになっている。

当初の計画では、〈ハナ〉からゾディアックが発進して、岸まで迎えにくることになっていた。だが、昼間なのでそれは無理だった。そこでCIAのヨットの乗組員が、ふたり乗りの小型潜水艇で沼地へ来て、一度にひとりずつ運ぶことになった。その方式だと半日かかるが、負傷した三人が胸まであるどす黒い水に浸かり、ゾディアックによる揚収を夜まで八時間待つよりはずっとましだと、全員が判断した。

ジェントリーは、隠れ場所にひきかえし、アブブードを連れていつでも出発できるようにしておけと指示された。スーダン大統領とグレイマンを運ぶ最後の二往復は、夜間になるはずだった。だが、揚収地点がなんらかの理由で発見された場合は、自分であらたな適地を探さなければならない。

ジェントリーは、アブブードを柱から解き放ち、仰向けにしてから、そばに水のペットボトルと、バックパックにはいっていた袋入りの干し葡萄《ぶどう》を置いた。

「食べろ」と命じた。

アブブードは、動かなかった。

「意識はあるだろうが、クソ野郎。おれが注射した鎮静剤は切れたはずだ」

アブブードは、なおもじっと横たわっていた。

「おい、遊んでる気分じゃないんだよ」

アブブードは動かない。

ジェントリーは、その上にかがみ込み、肉付きのいい左腕の手首をつかんで持ちあげた。脈をとるようなふりをしてから、アブブードの顔の上で手を離した。意識がないのであれば、鼻にぶつかるはずだが、手はゆっくりとおりて、脇にどさりと落ちた。

「起きろ」ジェントリーは、腹立たしげにいった。それでもアブブードは反応しなかった。

ジェントリーは、バックパックから万能ツールを出し、ワイヤカッターをひらくと、冷たい金属の鋏《はさみ》でアブブードの小指を挟んだ。

アブブードがたちまち目をあけた。真っ黒な顔に白い歯を際立たせ、気後れしたような笑みを浮かべた。「患者の手を顔の上にあげて離すというのは、巧妙な手口だな」

「気に入ってもらえてよかった。さもないとこの指を切らなければならなかった。ICCに引き渡すときに指が十本そろっていようが、一本欠けていようが、おれにしてみればおなじことだ」

アブブードが、土間で上半身を起こした。水のペットボトルを取って半分飲み、もとに戻した。

「吐き気がする」

「薬のせいだ。すぐに治る。それに、けさのビッグ・バンで、軽い脳震盪《のうしんとう》を起こしたのかもしれない」

アブブードがうなずいた。「背中はどうだ？」

「馬鹿野郎に矢で射られたって感じだよ。どんな感じだかわかるか？」

「わたしの軍隊からきみの仲間を救うことはできたのか？」

ジェントリーは、アブブードの目を覗き込んだ。「何人かは」

アブブードが、ゆっくりとうなずいた。「きょうの戦いで双方の命が失われたのは残念だった」

「ずいぶんやさしいことをいってくれるじゃないか、ろくでなし」

アブブードが、まったく心外だという表情をした。それが消えないままでたずねた。「これからどうなる？」

「待つ」

「いつまで？」

「わからない」

「わからない？」

「なにも聞いていない」いいながら、ジェントリーはバックパックからいくつかの品物を出した。「いいから昼飯を食って、あれこれきくのはやめろ」

アブブードが肩をすくめ、干し葡萄の袋をあけた。思ったよりも落ち着き払っている。小さな粒をつまみながら、アブブードがいった。「ミスター・シックス、きみに面倒をかけていないことを認めてほしいね。どうしてわたしにつらくあたるのか、さっぱりわからない」

ジェントリーは、シャツを脱ぎはじめた。肩胛骨《けんこうこつ》の奥が灼《や》けるように痛く、そういう動きすらつらかった。「忘れたのか、おれはそもそもおまえの頭を吹っ飛ばしにきたんだぞ。そう悪くない扱いをしているつもりなんだがね」

「きみの言葉遣いのことだよ。サワーキンではわたしを殴ったし。きみの国が世界に売り込んでいる高潔な米軍兵士のイメージとは、かけ離れている」

「おれは高潔な米軍兵士じゃない」

「それじゃなんだ？」

「どこかのクソ野郎が高潔な扱いに値しないときに派遣される男だ」

アブブードは、干し葡萄をゆっくりと噛《か》みながら、闇のなかでジェントリーの顔を見た。

「しかし、これがきみの職業なんだろう。ダルフール地域で戦争犯罪が行なわれていると欧米が見なし、そのためにここへ来たんだろう。それはきみ個人には関係がないし、あえていうなら、きみの家族とも関係がない。まるで個人的な復讐をするみたいな態度に出る理由はない。いっしょにいるあいだ、おたがいの関係をプロフェッショナルなレベルでつづけるわけにはいかないのかね？」

ジェントリーは答えなかった。バックパックから出した消毒薬のキャップをあけた。前かがみになり、うしろに手をのばして、肩から傷口に流れ落ちるように注いだ。アブブードが語を継いだ。「車に乗っていたとき、きみは自分を抑えられなくなり、怒りにまかせてわたしを殴った。ダルフールの戦争のことで、きみは無法にわたしを裁き、有罪としているが、きみの怒りは原始的だ、退化している。わたしがあの戦争で冷静に理由付けをしているのとは、まったくちがう」

腫《は》れている背中の傷口に薬がしみて、ジェントリーはたじろいだ。だが、暗い家のなかで一メートル前にいるアブブードに、視線を返した。「おれが自分を抑えられなくて、おまえを殴ったと思っているのか？」

「むろんそうだ。きみの目を見てわかった。怯《おび》え、怒り、自分の感情に牛耳られていた。飛びかかって――」

「いまおれの目を見ろ。おれは自分を抑えているか？」

「ああ。いまは。だが――」

ジェントリーは、アブブードの顔を殴った。肉付きのいい顔ががくんと揺れて、また戻った。たちまち唇が腫れ、赤くなった。

「きみ、どこかがいかれてるのか？」アブブードが、顔を覆《おお》いながら叫んだ。

ジェントリーは、空《から》になった消毒薬の容器を、バックパックに投げ込んだ。「どこもかしこもいかれてるんだよ」

「正気じゃない」

「そうとも。それを忘れないようにしろ」

43

それから九十分、ジェントリーはアブブードに黙れといいながら、背中の痛みにのたうちまわっていた。その午後のみじめな状況に、猛暑と湿気が追い討ちをかけた。二度バックパックのなかを探って麻酔性鎮痛剤《ヒドロコドン》の錠剤を出そうとしたが、二度とも飲むのをやめた。痛いのは事実で、体をしばし楽にしてやる必要があったが、我慢してザックからの連絡を待つべきだとわかっていた。

午後四時に、ザックがようやく連絡してきた。ミロとともに〈ハナ〉に戻っていて、ダンも一時間後に潜水艇で戻ってくる。発見されていないので、おなじマングローブの沼地を揚収地点に使う予定だといわれた。迎えに来る時刻は午前零時。つまり、アブブードを水辺に連れていくまで、あと七時間、じっと待っていなければならない。

ジェントリーは、ザックとの電話を終え、アブブードのほうを見た。アブブードが見返した。黒い禿頭に汗の珠《たま》が噴いている。生暖かい風が破れた麻布をはためかせ、陽射しに照らされると、その珠がまるで装飾品みたいにきらきらと光った。両手には手錠をかけていない。

ジェントリーは、つぎにバックパックを見た。七時間、じっと座って苦しんでいるだけで、なにもやることがない……痛みと傷のまわりの筋肉の引き攣《つ》れのことを考えた。また、移動をはじめた瞬間から、肉体と筋肉ができるだけ機敏に動くようにする必要があることも考えた。それを実現する唯一の手段は、しばらく痛みを和らげることだ。

それ以上、自分を説き伏せるまでもなかった。

六十秒後、アブブードの右腕は小屋のまんなかの柱につながれていた。水を飲み、食べ物を口に入れ、用を足したければ一物を出して土間に小便できるように、左腕はつながなかった。武器や道具に使えるものがまわりにないことを、ジェントリーはたしかめた。アブブードは逃げられないし、自分の面倒を見られる、と判断した。

つぎに、バックパックをあけて、ヒドロコドンの錠剤よりも奥にはいっている、CIAが用意した強力なモルヒネが封入された注射器を出した。消毒済みのパッケージから出して、プラスティックの先端をはずし、針を出した。

アブブードが、怯《おび》えてあとずさった。

「心配するな」ジェントリーはいった。「これはおれのだ」

強力な麻薬を二〇ミリグラム、左腕に注射した。すぐさまアブブードには届かないところに座り、小屋の壁にもたれた。

一分半後に、まぶたが閉じはじめ、瞳孔が小さくなって、痛みが収まりはじめた。

注射の効果が現われているのを、アブブードが見てとった。「正気の沙汰じゃない。任務中の兵士だかスパイだかが、麻薬をやるなんて」

「黙れ」ジェントリーはいった。まわりで部屋がふんわりとぼやけてきた。つぎの言葉は、いささかいいわけがましかった。「いまくつろいでおかないと、あとで痛みのせいで動きが鈍くなる」

「ヘロインでは動きが鈍くならないというのか」

「ヘロインじゃない、馬鹿野郎」ジェントリーはどなり返したが、ヘロインとおなじような作用があることは知っていた。ハイになっている時間がそれほど長くないだけだ。

「きみはヤク中か」アブブードが、にべもなくいった。

「おまえはジェノサイドをやる独裁者じゃないか。やかましい」

　作戦中に強力な薬物を注射したことで自分を激しく責めさいなむ気持ちは、効きはじめの麻薬がもたらす幸福感に負けて、すっかり消え失せていた。注射してから十分後には、それまでの態度とは打って変わって、すっかりアブブードと話し込んでいた。

　だが、ジェントリーはまったく能力を失っていたわけではなかった。それから三十分、礼儀正しく話をするあいだ、アブブードが本名や住所をきき、電話を貸してくれと頼み、そのすてきな拳銃をもっとよく見せてくれとねだった。グレイマンは、気分をうきうきさせるアヘン剤の影響は受けていても、分別はなくしていなかった。そのたびに心からの笑みを浮かべた。銃を見せてくれといわれたときには、笑って、惜しかった《ナイス・トライ》なとまでいった。

　五時十五分前、ジェントリーは暗い小屋のなかで平安にひたっていた。化学物質のもたらす平安で、ジェントリーのような戦士にとってはいたって不都合な時間だった。アブブードとしゃべったり、ひとりごとをいったりしながら、この任務を行なっていることをとてつもなく誇りに思い、ウィスキイ・シエラの勇敢な男たちとともに送り込まれたことが得意でならなかった。死んだふたりのたましいよ安らかに。伝説的人物デニー・カーマイケルに信頼されたことも誇らしかった。

ジェントリーは、幸せで穏やかな気持ちで目を閉じ、うとうとと眠りかけた。強い鎮静作用が、抑制を失って捕虜と話し込むような作用をじわじわと押しのけていたのだ。頭がぐらりと揺れたとき、衛星携帯電話が鳴った。

ジェントリーは、それを見つめ、目を皿のようにした。アブブードのほうを向き、にやりと笑った。「しまった。まずいことになった」

電話に出た。「もしもし」

ザックがいった。「よし、シックス。予定を早めなければならなくなった」

「ああ、そうか、その……どうかな。船の上はどんなぐあいだ？」

「問題ないが、べつの揚収地点を下見してもらわなきゃならない。マングローブの北側なら引き潮でもだいじょうぶだと思う。そこへ行って、住民がいないかどうかたしかめてくれ。その近くにベドウィン族が家を建てて――」

「つまり……いまから？」

「いや。のんびりやってくれ。馬鹿、もちろんいますぐにやるんだよ」

「ああ、わかった。いや、だめだ。怒らないでくれよ……もうちょっとここにいないといけないんだ」

「なにをやるためだ？」

ジェントリーは、天井を仰いだ。屋根が複雑に編んであるのがわかる。暗いなかでも、太い草を編んだ束のひとつひとつに特色や目的があり、一本一本が束のなかでそれぞれの道をたどり、たくし込まれ、出てきては――。

「なにをやるためだ、シックス？」

「おい、ザック。怒らないでくれよ。おれはただ……」ジェントリーの声がとぎれた。

「どうしたんだ？」

「なんでもない。だけど、この家の天井をあんたにも見せたいよ。すごくきれいだ。葦《あし》を乾かして、小さな束に撚《よ》り合わせ、それを結んでもっと大きな束にして――」

「なんてこった、コート！　ラリってるのか？」

ジェントリーは、電話に向かって笑った。

「オリックスはどこだ？」

「ここに座っている。話がしたいか？」

「冗談じゃない。話なんか――」

「ほら、出るぞ」

ジェントリーは立ちあがり、アブブードのところへ電話を持っていった。アブブードが拘束されていない手をゆっくりとのばして、受け取った。

「バクリ・アリ・アブブード大統領だが、そちらは？」

ザックは、はじめは答えなかった。口をひらいたときには、ためらいがちなのろのろとした口調になっていた。「おれの配下は、どうしたんだ？」

「きみの配下は、鎮静剤のようなものを注射した」

「誤って、ということだな」

アブブードが、ジェントリーのほうを見た。壁ぎわに戻り、もたれている。麻布と流木の壁に頭をくっつけ、目をあけて小屋の天井を眺めている。

「意図的にだ。というより、熟慮のうえだ」

ザックが言葉を失っているのが、ありありとわかった。「わかった。そうか……よく聞け。こっちには付近にいくらでも資産《アセット》がいる。この隙に乗じようとしたら――」

「心配するな、ミスターＣＩＡ。きみの部下は、お楽しみの前にわたしの体を拘束した。作戦は遅れるだろうが、わたしは逃げられない」

「電話を返せ」

アブブードは、〈スラーヤ〉の衛星携帯電話を見て、にやりと笑った。赤いボタンを押して、通話を切った。シックスの目は、なおも天井を向いている。焦点が合わず、まぶたがおりそうになっている。アブブードは、自分の執務室や警護班の電話番号を、必死で思い出そうとした……だれでもいい。そうだ、ハルトゥームの大統領宮殿の秘書がいる。その電話番号が、ふっと頭に浮かんだ。秘書がいまどこにいるかはわからないが、電話一本で、サワーキンの北、ブールスーダンの南、海岸線の西、紅海丘陵の東に、部隊をすべて配置することができる。それでも、拉致作戦が実行不可能になったとシックスが考えたら、殺そうとするだろうし、殺される可能性が濃厚だ。だが、シックスがしばらく無能状態でいれば、救出が間に合うかもしれない。

アブブードは、親指でボタンをまさぐりはじめた。

誘拐犯のほうを見て、衛星携帯電話を耳に押し当てた。

小さな黒い拳銃のサプレッサー付きの銃口が、眉間に向けられていた。「そいつを返せ」

「ああ」

「だが、惜しかったな」と、ジェントリーはいった。

ジェントリーは二時間眠り、夕暮れに目を醒ました。まだモルヒネの効果が残っていて、背中の痛みはだいぶ楽になっていたが、多幸感は消え、つぎのザックとの会話に怖れをなしていた。暑さのなかでアブブードも居眠りしていた。ジェントリーは静かになったのでほっとして、水を飲み、〈ソルジャー・フューエル・バー〉を食べた。口を動かしながら、衛星携帯電話を取りあげ、ザックが二時間に六度、電話をかけてきたことを知った。

衛星携帯電話を土間に置いて、食事を終えた。それから、草と小枝とそこいらに転がっていた流木で、小さな焚《た》き火をおこした。暖をとる必要があったわけではないが、スーダン東岸から闇が忍び寄ってきたので、明かりがあるほうがありがたかった。

「気分はどうだ?」小屋のまんなかから、アブブードがきいた。ジェントリーがそちらを見ると、背を向けて立ち、自由なほうの手を使って小便をしていた。

「背中はいい気分だそうだ。体のあとの部分は最高の気分だといってるがね」ジェントリーは、自分の軽口にほほえんだ。

「電話が何度も鳴っていたぞ」

「ああ。もうじきこっちからかけないといけない。二時間後には沿岸へ連れていく。一日か二日したら、おまえは檻《おり》のなかだ」ジェントリーは、アブブードに笑みを向けた。「自国民を四十万人も殺したら、まずいことになるとは思わなかったのか?」

「きょうきみが殺した人数のほうが、わたしが殺した人数よりも多い、友よ」

「おれたちは友なんかじゃない」

アブブードが座って顔を拭《ぬぐ》い、光る汗が額にひろがった。漆黒の顔の汗に濡れた部分に、やわらかな火明かりが踊った。「友だちよりも親密だと思う。きょうだいに近い」

「自分の顔を鏡で見たほうがいいぞ」

「つまり、感受性が似ているといいたいんだ。選ぶ行動の道すじもだ。われわれはどちらもひとを殺し、それを気にもかけない」

「おまえはひとつの民族を根絶やしにしそうになった。おまえとおれは——」

「それじゃ、きみが気にかけるのは、ひとを殺すこと自体じゃないんだな。殺人の規模なんだな。だが、わたしは自分の行為について反論できる。自分の手ではなく、政治的な政策を通じて殺す。法律や宣戦布告で人間を殺すのではなく、面と向かって殺すには、ずっと残虐でなければならないと思う。国や情報機関を動かしていたら、どれだけ殺さなければならないか、想像はつくだろう。反対する人間は、すべて殺すんだ」

スーダン大統領バクリ・アリ・アブブードは、燃えている木のすぐ上まで身を乗り出していた。顔の汗がぎらぎら光っている。「わたしのように……きょうだい」にやりと笑った。「きみとわたしは、ミスター・シックス、同類項だよ。人類の屑《くず》を撲滅《ぼくめつ》する人間なんだ」その言葉を、しばらく闇のなかに漂わせた。「ただ、わたしのほうがきみよりも巧みだから、もっと邪悪だと見なされる。ひとりの人間のものの見かたが、正邪の概念を自由に動かすのだから、おもしろいものだな」

ジェントリーは、長い枝で焚き火を掻《か》きたてた。話し相手になっているのは薬の影響だと気づいた。「たしかにおまえのほうがおれよりも巧みだが、パーティは終わった。これから一生檻《おり》のなかにいることになる」

アブブードが、ふたたびにんまりと笑った。

ジェントリーは、火明かりのなかで、アブブードをじっと見た。「死ぬまで檻のなかで暮らすのを心配していないように見えるな」

「ああ、ほんとうにそうなる運命なら、あわてふためくところだがね。しかし、死ぬまで檻のなかということはないだろうな」

「おれが考えを変えてここで撃ち殺さなかったら、そうなる」

アブブードが笑った。律動的な低い笑い声だった。「その状態では、銃を扱うのは無理じゃないかな」

「ためしてみるか」

「滅相《めっそう》もない」アブブードが手をふった。「よろこんでヨーロッパまできみに付き添ってもらう」

「刑務所まで」ジェントリーはいった。

「まあ、二、三カ月はそこにいるだろうな。しかし、提案が持ち込まれていてね。これまでは断わってきたんだが、第三国へ亡命させてくれるという条件なんだ。コートジヴォワールならそう遠くないが、いまのところは、勧められているカリブ海の島がいいんじゃないかと思っている。ときどき葉巻を吸いたいね。女房には内緒にしておいてもらいたいが」

インド人みたいに壁にもたれてしゃがんだまま、ジェントリーは背すじをのばした。「嘘だな」

「外交ってやつだよ」アブブードが、笑みを浮かべて答えた。

「ヨーロッパ人たちが、おまえを自由の身にするというのか？」

アブブードが、ゆっくりと首をふった。歯をむき出して笑った。「ヨーロッパ人だけじゃない、アメリカ人もだ」

ジェントリーは、びっくりした。まだ薬が効いていて、アブブードの大脳が生み出す細かな顔の動きが読めるほど敏感ではなかった。嘘をついているかどうか察知できない。しかし、自信に満ちていることだけはたしかだ。

アブブードの笑みは消えず、アメリカ英語を気取って笑いながらいった。「さっききみが自分でいったように、なにも聞いていないんだな、え、ミスター・シックス？」

「理由をいえ」ジェントリーの声はかすれていた。

「世界の利益のためさ」アブブードが、またくすりと笑った。「わたしが故郷の町でSLAに暗殺されたら、いったいなにが起きると思う？　いまの内戦が十倍の規模になり、もっとひどいことが起きる。中国は石油がほしいから、わたしの後継者を引きつづき支援するだろう。だが、ロシアは市民派の軍事クーデターを支援し、西の隣国を後押しする。チャドが侵攻し、ダルフール北部を乗っ取り、見返りとしてその地域の石油の大部分をロシアに渡す。国内難民キャンプは危険にさらされ、UNAMIDは撤退せざるをえなくなる。なぜなら、わたしとの合意はあっても、チャド政府との合意はないからだ。中国はわたしの後継者の背中を押して、チャドとの全面戦争に踏み切らせ、ブロック12Aを奪回する。それに、わたしの後継者は、もともと弱い男だ。わたしが首を縦にふらないようなことでも、やつらのいいなりになるだろう。武器と力と金で、中国は彼を好きなように動かせる。

わたしの死後、一年たったら、アフリカ東部は超大国の紛争の中心になり、何万人もが死に、数百万人もの難民が生まれるだろう」

「拉致《らち》してもおなじ影響があるんじゃないのか？」

「短期的には混乱するだろうが。三年前からひそかに要求されてきた条件にわたしは同意する。わたしがスーダン国内でのロシアの違法行為の詳細を明かし、ロシアが対スーダン戦争を煽《あお》っていることを、支持者たちにじかに力強く訴えれば、ロシアのスーダン国民への影響力は弱まり、これ以上の内戦は起こらなくなる。内戦がなければ、チャドも侵攻できない。中国が拉致に関与したという話もする。それによりスーダン国内での中国の権益は破却され、スーダンの鉱物資源はスーダン人のものになる」

「中国は拉致とはまったく関係がないぞ」

アブブードが、肩をすくめた。「支持者はわたしのいうことを信じるだろう。裏付けになる証拠もある。中国の特殊部隊はこれまでずっと、ブールスーダンでわが軍をひそかに訓練してきた。チャド国境に近いブロック12Aの警備強化のためだ。ロシアがそこの石油をほしがっていることを、中国はじゅうぶんに承知している。ロシアがわたしを殺したがっていることも知っている。わたしと意見の食いちがいがあったために、中国がわたしを拉致して取り除こうとしたのだと、国民を納得させることができる」

「じつにすばらしい」いいながら、ジェントリーは吐き気をおぼえた。

「きみの同僚のおかげさ。これはすべてCIAの陰謀の一部なんだ。わたしを自主的にICCに出頭させるためのね。いまもいったように、亡命の提案をいったんは蹴ったんだがね」

気さくに肩をすくめた。「そこできみが提案を無理やり実行するために来たというわけだ」

「つまり、おまえを殺すよりも生かしておいたほうが大きな利益になるというんだな」

アブブードが肩をすくめた。「そういうことだな。わたしを無事に脱出させてくれれば、自分の役割を果たすよ。けさきみがサワーキンでいったように、きみとわたしはチームを組むわけだ。ただ、あのときのきみは、その言葉に真実が含まれているのを知らなかったんだがね」

〈スラーヤ〉衛星携帯電話が鳴った。

44

「やあ、ザック」

「やっと地上に戻ってきたか。それともまだキリンの首みたいに上のほう《ハイ》にいるのか？」

「もうだいじょうぶだ。さっきはすまなかった。ものすごく痛かったせいで、鎮痛剤をまちがえて――」

「もういい。問題が起きた。作戦自体がひっくりかえった」

「なにがあった？」

「CIA本部《ラングレー》は、おれたちが中国人を殺したといってる」

「なんだって？」

「おれたちは中国人を殺した」

ジェントリーは、アブブードがいったことを思い出した。「戦闘員だな」

「それはまちがいない。だが、まだそいつは禁句だ」

ジェントリーには、何者か見当がついていた。「特殊部隊。ブールスーダンでスーダン軍を訓練している」

「ああ、デニーもそう見ている。おそらく〝飛龍〟特殊大隊だろう。スーダン支局は、それが駐留していることも知らなかった」

「くそ、ザック。状況はどれぐらいひどいんだ」

「どうもかんばしくないようだぞ。ラングレーがいまホワイトハウスと交渉している。ホワイトハウスは、超大国と悶着《もんちゃく》を起こすような作戦を認可したおぼえはないと」

ジェントリーは、目にはいった汗を拭った。背中の傷は薬のせいでましになっていたが、まだ痛んでいた。「あんたらが殺した中国人の数は？」

「三十人近いようだ。ダンが撃墜したMi‐17の搭乗員と兵員がそうだったんじゃないかと思う。死者の人数と一致する。しかし、はっきりいって、どうということのない数字じゃないか。中国の人口は二十億だっけ？　いなくなっても惜しくはないだろう」

「ダンはそう思っただろうな」

「ふん。まあ、そうだな」

「それがどう影響してくる？」

「おまえにわからないことが、おれにわかるか。三十分後に、デニーから連絡がある。最悪の場合、おれたちは逃げる」

「アブブードを連れて、ということだな？」

「連絡があるまで待つしかない《アウト》」

「了解。シックス、通信終わり」

その晩、九時過ぎにザックから連絡があった。それまで四十五分、ジェントリーはアブブードと、欧米からの提案について話し合っていた。受刑せず自由な人間としてキューバに行くために、アブブードはどんな手でも使うつもりらしかった。

不愉快な話だったが、最悪の結果がずらりとならんでいるなかでは、疑問の余地なくいちばんましな結果だとわかっていた。

ザックがいった。「シックス、おまえの声がオリックスに聞こえないところまで、離れてもらわないといけない」

「了解した。待て」ジェントリーは、小屋の柱につながれたアブブードのようすを見てから、向きを変えて、ちっぽけな小屋を出た。夜になって涼しくなった表で背中を丸め、シュコダのリアバンパーの前に座り込んだ。「よし。独りになった」

「おまえの作戦命令に大幅な変更があった、シックス。覚悟はいいか？」

「ああ。いってくれ」

ザックが間を置いた。「中国は、スーダンにおけるけさの交戦で非戦闘員の民間人顧問二十六人が死んだといっている」

「でたらめだ。民間人などいなかった」

「もちろんそうだ。やつらは麺《めん》をすするその口で嘘をついている。だが、やつらは嘘がうまい。だれもがそれを信じるだろうな」

「その先をいえ」

「ホワイトハウスは、公式に半ズボンに糞を漏らした。この作戦とはなんの関わりも持ちたくないというわけだ。中国と内密で大規模な通商条約の交渉をしていたらしい。それが来月に北京で発表される予定だった」

「それで？」

「それで、ホワイトハウスが国家情報長官に命じ、長官がデニーに命じ、デニーがおれたちに、ただちに隠密脱出しろと命じた。くそはすべて捨てて逃げろ、と。スーダンの作戦の近くにCIAの足跡を残したくないのさ。交渉が台無しになるのが怖いから」

「おれはどうする？」

「潜水艇で迎えにいく。午前零時に、マングローブの沼地に行ける。それまでに行けるな？それとも、パーティ・ドラッグの売人のところへ行かなきゃならないのか？」

「行けるが、ノクターン・サファイアのほうはどうなる？」

「ノクターン・サファイアは存在しない。おれたちはみんな、それが存在したことすら忘れないといけない。おれたちは梯子《はしご》をはずされたのさ。スーダン領海を出て、エリトリアへ行かなきゃならない。発見されるわけにはいかない。スーダン支局は、万事をSLAのせいにする」

ジェントリーは、夜風になぶられている草を眺めた。「しかし……アブブードはどうするんだ？」

「永久におねんねしてもらえ」ザックが、にべもなくいった。

ジェントリーはいいよどんだ。「しかし……ロシアがやろうとしていることを国民に教えられるのは、アブブードしかいない」

「おれたちはここにいないことになってる。いまさらアブブードをICCに引き渡すわけにはいかないんだ。考えてもみろ！　ヨーロッパにアブブードを引き渡したら、中共《チコム》に嗅《か》ぎつけられる。そうしたら交渉は中止になる」

「でも、アブブードは殺さないで生かしておいたほうが値打ちがあるわけだろう。ホワイトハウスの考えはずっとそうだったはずだ」

「ああ、だが中国ヘリを撃墜したことで、ゲームの流れが変わったのさ」

ジェントリーは、信じられないという顔で首をふった。「たかが通商条約だ。全体像から見たら、ひとつの通商条約になんの意味がある？」

「政治家がいい顔ができる」

「アフリカのジェノサイドを終わらせて、いい顔をすればいい！」

「そのために超大国と戦争をする危険を冒すのか！　アメリカの平均的な国民は、泥の小屋に住んでる野蛮人のことでおれたちが中国と撃ち合いをしたなんていう話は聞きたくないだろうよ」

「これで中国が戦争を起こすことはない」

「分際をわきまえろ。おまえは政治学教授か？　おまえは外交官じゃなくて戦闘員だ。外交官には外交官の仕事、おまえにはおまえの仕事がある。アブブードには死んでもらわなきゃならないんだ！　やつを殺せ！　命令だ！」

　だが、ジェントリーは譲らなかった。「現状を変えるたったひとつの手段は、アブブードだ。カメラの前に立たせ、ロシアと中国がこの国の国内問題に干渉していることを、国民に説明させる。それがノクターン・サファイアの当初の狙いだったはずだ。うまくいく方法がそれしかなかったからだ。べつのやりかたではだめだ」

「まあ、それは望めないな。おまえはやつを始末し、マングローブの沼地の北端へ行って揚収を待て。おまえ、どうかしたのか？　やつの脳みそにホローポイント弾一発を撃ち込むのを、よろこんでやると思っていたが」

「頼む、ザック！　アブブードを連れ出して、ハーグのＩＣＣに引き渡し、戦争を食いとめよう！」

「戦争を食いとめるのは、おれたちの仕事じゃない！　自分たちの仕事をやるのがおれたちの仕事だ。アブブードを始末し、道端に死体を捨てて、さっさとここを離れるのが、おれたちの仕事なんだよ！」

　ジェントリーは、口を一文字に結び、頭を反《そ》らせて、シュコダのリアバンパーにもたれた。

「よく考えさせてくれ」

「考える？　おまえ、何様のつもりだ？　いわれたとおり——」

「こっちから連絡する、シックス、通信終わり《アウト》」ジェントリーは、通話を切った。叢《くさむら》に衛星携帯電話を落とし、両手で頭を抱えた。

ちくしょう。立ちあがって小屋に戻り、容赦のかけらもなくスーダン共和国大統領の頭に九ミリ弾を撃ち込むのは簡単だとわかっていた。アブブードはひとでなしだ。常軌を逸していて危険だ。

やつを殺せ。立ちあがって、殺しにいけ。

だが、アブブードの力を残虐行為とは逆に向けて、善行を行なうことができる、という理屈もわかっていた。たしかに、最後に笑うのがアブブードだというのは、まったくもって馬鹿げている。殺人と腐敗の半生を送ってきたというのに、娼婦を抱き、葉巻を吸って悠々と暮らすことになる。

だが、それは今後の課題だ。いつの日か自費でキューバに行って、片をつければいい。アブブードの犯罪の代償として命をもらい受けるのは、アブブード後のスーダンで起きるはずの混乱を最小限に抑えてからにする。

それには、アブブードを生かしておく必要がある。

ジェントリーはロシアに操られ、嘘をつかれて、すんでのところで開戦のきっかけをこしらえるところだった。そしていま、アブブードを殺すのは、ＣＩＡに操られておなじことをやるのとおなじだと気づいた。

だめだ。アブブードは殺さない。殺せない。ひとつの戦争を終わらせ、つぎの戦争を回避するために、ＩＣＣに引き渡す。

それをやれば、〝目撃しだい射殺〟の制裁措置が復活することはまちがいない。しかし、なんの罪もない多くのスーダン人にとっては、それが唯一の希望なのだ。ジェントリーは頭を膝のあいだに垂れて、両手で抱えた。小屋に駆け戻りたいと思っていることに気づいた。アブブードを撃ち殺すためではなく、またモルヒネを注射するために。

モルヒネの作用が、急速に薄れていた。この十分間の出来事のせいで、神経を集中するのに苦労する必要がなくなっていた。

ジェントリーは、〈スラーヤ〉衛星携帯電話を拾いあげ、ザックを呼び出した。

ザックがすぐさま出た。激怒しているにちがいないが、それをうまく隠している。「プログラムに戻るんだろう、きょうだい？」

長い沈黙。「できない、ザック」

電話の向こう側の緊張が感じられた。グーン・スクワッドにいた五年のあいだ、ザックに逆らったことは一度もない。もちろん、万事が奈落の底に落ちたあの日はべつだが。ようやくザックが口をひらいた。軽い口調だったが、はっきりと脅しがこめられていた。「いいか、若造。きょうはものすごく優秀な部下をふたりも失った。おまえまで失いたくない。苦渋の決断をしていい結果を出せ。野郎を撃ち殺し、おれが迎えにいけるところまで行き、おれといっしょに夕陽に向かって帆をあげようじゃないか。ラングレーは〝目撃《S》しだい《O》射殺《S》〟を取り下げるだろう。報告聴取を受け、糞をして、髭を剃《そ》り、シャワーを浴びる。七十二時間後には、ベセズダ海軍病院のロビーのバーで、一本おまけ付きのバドワイザーを飲んでるだろうよ。一本は自分のため、もう一本は戦友のためさ。悪くないだろう？」

「最高だけどね、ザック、それは実現しない。おれはたった独りでやらなければならなくなっても、アブブードを生きたままＩＣＣに引き渡す」

ザックの声にこめられた怒りが膨《ふく》れあがり、言葉がひとつ出るたびに憤懣《ふんまん》が急激に高まっていった。「どうやってそれをやる？　船か飛行機か軍隊でもあるのか？」

無気味な沈黙が流れ、静かな答があった。「なにもない」

「なにもないだと？　おまえにあるものをいってやろう。肥やしを積んだ荷車にとまるハゲタカも気絶しそうなくらい臭い背中の穴。あるのはそれだけだ！　この緑の惑星で最高に憎まれている男をワンマン十字軍よろしく救うことよりも、医者に診《み》てもらうことのほうがよっぽどだいじだ。おまえが自分のことをローン・レンジャーだと思ってるのはわかってるが、骨折り損に決まってる。ここにいたってわかることだが、おまえの目標を達成するには四つ必要なものがある。仲間、装備、銃、度胸だ。コート、おまえに度胸があるのは認める。だが、あとの三つはなにもないじゃないか。単独の工作員が、やつをスーダンから連れ出せるわけがない！　スーダン政府軍、ＮＳＳ、無数の無名の大衆に追われているんだぞ。大統領を拉致したやつを探してぶっ殺そうと、だれもが血眼《ちまなこ》になってる……おまけにおれを怒らせたいのか？」

「あんたがおれを追ってくるのか？」

躊躇《ちゆうちよ》せずにザックがいった。「ああ、追うとも。神に誓ってもいい。おまえがたったいまオリックスを殺《や》らなかったら、デニーに報告する。そうしたら、だれがおまえを追うことになるか、おたがい承知しているはずだ。そんなことはおたがいに避けたいだろう、コート」

また長い間。「またな、ザック」

ふたたび間があり、こんどはザックのほうが沈黙した。やがてこういった。「いや、ジェントリー、おれはレミントン700の望遠照準器《スコープ》を通しておまえを見るだけだ。おまえの頭がピンクの霧となる前にな。おれたちは、おまえをもう一度チームの仲間にしてやろうと思ったのに、どうしてこうなったか、教えてやろう。おまえは独りでずっとやってきたせいで、他人とうまくやれなくなっていたんだ。こうなるのは避けられなかったんだろうよ」

ザックが、電話を切った。

ジェントリーは、それまでずっともたれていたシュコダのバンパーから身を起こした。のろのろと小屋のなかに戻った。アブブードはむろんそこにいた。暗い部屋のまんなかに立っていた。電話のやりとりの具体的な内容は聞こえなかったはずだが、声音《こわね》は多少聞きつけたにちがいない。

「どうなってる?」

「なんでもない。移動しないといけない」ジェントリーは、小屋の位置を〈ハナ〉のCIA工作員に教えていた。ザックかだれかがやってくる前に、ここを離れなければならない。

「教えてくれ、シックス。なにを口論していたんだ?」

ジェントリーは、小さな折りたたみナイフで、中央の柱にアブブードの手をつないだ結束バンドを切った。なにも答えずに刃を閉じて、ナイフをポケットに入れた。

「これからどうなる?」アブブードは、かなり動揺していた。体内に薬が残っていなければ、自分のほうがよっぽど強いストレスに襲われていただろうと、ジェントリーは思った。どれだけその影響を受けているのだろうと思った。運転できるのか? いま大統領と自分を探しているおおぜいの人間に出くわさずに、あらたな隠れ場所を見つけられるだろうか?

アブブードが、また電話の内容についてきいた。ジェントリーは、バックパックから新しいプラスティック製手錠を出して、体の前でかけようとした。その前に、肩をすくめた。どうでもいいといいたげに。「あんたを殺すよう命じられた」

「アメリカ政府上層部に命じられたんだな」問いかけではなかったが、たしかめようとしていることは明らかだった。両手をうしろに隠した。

「ちがう。CIAもあんたを殺したがっている。現時点では、満場一致の同意だ。さあ、手を出せ」

アブブードの顔が、衝撃のあまりゆがんでいた。アイスバケットの水を浴びせられたとでもいうような感じだった。「ありえない! 合意がある。わたしを生かしておく必要があるはずだ。ヨーロッパも——」

「黙れ! おれたちはここから逃げ出さなければならない。そういうことを心配しているひまは——」

「わたしは手助けできる。彼らの――」

「落ち着け！　手をよこせ！」

「そういう取り決めを撤回できるわけが――」

ジェントリーは、グロックを抜いた。薬物で動きが鈍っていて、銃を持つ腕がこわばり、揺れた。銃口をアブブードの喉に押しつけた。

「落ち着けといってるんだ！」

アブブードの両手が、降参すると見せかけて上にあがり、拳銃のほうにのびた。

45

アブブードは大男で、身長も肩幅も肉付きもジェントリーをしのいでいたが、六十六歳で、ジェントリーのような戦闘員が鍛錬で身につけた知力や筋力や気力は、ほとんど備わっていない。勝負にはならないはずだった。

だがそれは、モルヒネの影響がなければの話だ。アブブードは一撃でグロックを叩き落とし、肥った手でジェントリーの両手首をつかみ、体を引き寄せた。ジェントリーの動きは鈍くてぎこちなく、最初の数秒は、攻撃されたことにも気づかないほどだった。アブブードはCIAの支援がなくなったらしいということに動揺し、むずかる子供のように殴りかかっただけだと思っていた。

だが、巨漢のスーダン大統領にのしかかられ、地面に倒れて傷ついた背中をしたたかに打ったときには、いくら薬物で五感が鈍くなって現実がぼやけていても、危険きわまりない状況だとはっきりわかった。薬の効果は、肩の傷の激痛が電撃のように脳に伝わるのをさえぎるほど強くはなかった。ジェントリーは悲鳴をあげ、上からはたてつづけにパンチの雨が降っていた。ジェントリーは顔を覆《おお》い、背中の痛みに神経を集中してアドレナリンを分泌させ、筋肉の記憶に活を入れて、大男を上からどかそうとした。

小さな焚《た》き火の明かりで、ジェントリーの鋭い目がつぎのパンチの位置を捉えた。右フックが、すでにふりおろされようとしていた。ジェントリーは、カウンターパンチでその機先を制した。アブブードの鼻を殴りつけた。アブブードのフックが四分の一秒後に届いたが、力が弱く、狙いもずれていた。アブブードは、たちまちその拳をひらき、顔を覆って、仰向けに倒れた。

折れた鼻を押さえ、腫《は》れた鼻腔《びくう》からどくどくと流れる血を拭《ぬぐ》った。

ジェントリーは、アブブードを蹴ってどかし、転がって、這《は》いずりながらグロックを探した。壁ぎわで見つけると、拾いあげ、立ちあがって、アブブードのシャツの襟をつかんで立たせた。うめいているアブブードにすぐさま後ろ手に手錠をかけ、一分後にはシュコダで高い草のあいだを抜け、幹線道路を目指していた。


ジェントリーは、選択肢を考えた。あまりにもすくないので、決めるのに長くはかからなかった。行くあてはないし、新しい隠れ場所を見つけて計画を練るしかなかった。血を拭うのに両手が使えないので、アブブードはリアシートの布地に顔をこすりつけていた。うめき、スーダン方言のアラビア語で悪態をついていた。

電話が鳴った。ザックに命令に従えと口説かれるのはごめんだったが、とにかく電話には出た。小屋で揉《も》み合ったときの怒りと興奮がまだ残っていて、かなり感情的になっていた。

ジェントリーはいった。「おしゃべりをしているひまはないんだ、くそったれ。おれを付け狙うんならやってみろ。あんたをさっさと片づけたら、隠れ場所から出てこっちのやるべきことをやれるからな！」

だが、電話をかけてきたのは、ザックではなかった。デニー・カーマイケルだった。「若いの、シエラ・ワンから目下の問題について説明を受けた。調整できないかと思って電話しているんだがね」

配下のひとりが離叛して勝手に任務をやっているせいで、カーマイケルは不安と怖れにさいなまれている。

ジェントリーはそれを声音《こわね》から聞きつけた。

「申しわけありませんが、現時点でオリックスを殺すと、大惨事が起きます。そんなことに手を染めたくはないんです」

「きみの気持ちはわかる。わたしもノクターン・サファイアの立案者のひとりだ。オリックスを生きたままで拉致したほうが、われわれとスーダンの両方にとって有益だと、これまでは判断してきた。しかし、あいにく、きのうサワーキンにCIAやアメリカ人工作員がいた形跡を残すわけにはいかなくなった。証拠が見つかったら、超大国同士の国際的紛争が起きるだろう。はっきりいって、発展途上国の内戦よりもそちらのほうがはるかに重大だ」

「つまり、戦争が起きるという点では、おなじ意見ですね。中国とロシアが後押しする内戦が」

「短期的には、たしかに内戦があるだろう。しかし、超大国が積極的な役割を果たすとは見ていない」

「現地にそちらの資産《アセット》がないために、実情がわかっていないのかもしれない」

「スーダン政府上層部のかなり上のほうと、緊密に連絡をとっている」

「どれほど緊密に？」

「きわめて緊密に」

「どのぐらい上のほうですか？」

「きわめて上のほうだ」

「そうですか、おれの車のリアシートには大統領が乗っているんですよ。それよりも上の情報源があるというのなら、ご意見を拝聴しましょう」

長い沈黙が流れた。「重要な通商条約の交渉中だ」

ジェントリーの知ったことではなかった。「そうですか。中国人のアッパーカットをくらうかもしれませんね。不愉快だが、乗り越えられるでしょう」

「それを決めるのはきみではない」

「いや、おれなんですよ。おれが大統領を抑えている。生きたままＩＣＣに引き渡そうと思っている。おれは正しいことをやりますよ。この国のおおぜいのひとびとが、それに左右される。あんたたちは正しい発想をした。ノクターン・サファイアは、正しい作戦だった。そう、スーダン支局が自分たちのケツの穴と地べたの穴の区別もできないくらい無能だったせいで、とんでもない事態を招いたものの、おれたちはほとんど成功する手前までいっていた。おれが最後までこれをやります。ラングレーのあんたたちは、おれがやっていることが正しいというのを認識して、考え直したほうが――」

それまでのやりとりでは落ち着きを保っていたカーマイケルのいらだたしげな声が、金切り声に急変した。「おまえのような虫けらの説教をきいているひまはない！　事情をすこし教えてやろう。この四年間、おまえは楽をしてきたんだよ。ここにもコート・ジェントリーに同情的な人間がいたんだ。おまえはほとんど称揚もされずに長年いい仕事をしてきて、SADではかなり尊敬されていた。〝目撃しだい射殺《SOS》〟指令が出たときも、その根拠やおまえを抹殺する原因となった作戦に疑いを持って、抗命ぎりぎりの態度をとった人間がいた。

だが、これからは、ジェントリー君、これからは、おまえの肩を持つ人間はCIA《エージェンシー》にはひとりもいなくなるだろう。わたしはSOSを復活させるだけではなく、最優先事項にする。エシュロンの生半可な追跡や、省庁間の連絡文書や、インターポールへの監視要請程度のものではすまされない。第一階層（一線級）の索敵殺戮《ハンター・キラー》チーム多数を調整して動かす。特殊活《SA》動《D》部特殊作戦グループ《SOG》軍補助工作員、戦闘適応群《コンバット・アプリケーションズ・グループ》（デルタ・フォースの一名称）、賞金稼ぎの代理追跡チーム、あらゆるSAD資産《アセット》をおまえに集中するように、わたしがみずから手配する。

今後、おまえが下に這い込めるような岩はどこにもなく、おまえを支援するような馬鹿な調教師《ハンドラー》はどこにもおらず、おまえを入国させるようなあつかましい国はどこにもない。

ザックがおまえを追いつめるだろう。ザックがおまえを阻止し、そして殺す。おまえはまだ息をしているかもしれないが、ジェントリー君、たったいま、この瞬間に……おまえの命は終わったのだ」

カーマイケルは、ほかにはなにもいわなかった。ジェントリーも黙っていた。捨て台詞《ぜりふ》がいいたかった……だが、この問題について、もうなにもいうことはないという気がした。どんな小ざかしい警句も、カーマイケルの長広舌の衝撃を鈍らせることはできない。カーマイケルがいったことは脅しではない。それをすべて発動する権限が、カーマイケルにはある。

ものすごく長い沈黙のあとで、CIA本部にいるカーマイケルが、そっと言葉を発した。いいながら受話器をおろしているのだろうという気がした。

「以上だ」

46

エレン・ウォルシュは、火曜日にハーグの狭いオフィスに戻った。スーダンに発《た》ってから五週間が過ぎていた。国際刑事裁判所《ICC》検察局の上司は、アフリカから戻ったあとで一週間休養することを勧めたが、三十五歳のエレンは、日焼けした顔の手当てのために地元の皮膚科へ行き、ディッラーに向かう路上でのトラック爆発が原因の偏頭痛の処方薬をもらうために総合診療所へ行って、一日休んだだけだった。

エレンがエレベーターをおりてオフィスに姿を現わすと、同僚たちは驚愕の色を浮かべた。エレンの大冒険の情報が、ぽつりぽつりと伝わっていた。スペランツィア・インテルナツィオナレの輸送縦隊《コンヴォイ》が攻撃され、世界的名士のマリオ・ビアンキと現地スタッフふたりをジャンジャウィードの武装勢力が殺したことを、国際メディアが報じていた。ほかに欧米人がいたことに言及はなかったが。エレンが検察局の上級管理職に報告したため、床の割れ目から水がしたたるように、下の階へと情報が染み透っていった。上級管理職のアシスタントが友人にしゃべり、友人の友人へとそれが伝わって、ビル内の全員に知れ渡った。ひどい日焼けと悲しげな遠い目が、噂に真実味をあたえている。それに、じきにみんなにメールを送るはめになるだろうと、エレンにはわかっていた。心配してくれてありがとう、でもプライバシーを尊重してほしいし、まだダルフールで目にしたことを話す気にならないの、といった文面のメールになるはずだ。

目の前のコンピュータの画面に、まだ書き終えていない報告書二通が表示されていた。一通は、ダルフールでロシアのロソボロネクスポルトの輸送機について知ったことを、搭乗員、名前、裏付けてくれる承認、その他、こまごました事実を、記憶を掘り起こしてできるだけ詳しく書くようにと指示された報告書だった。定型文書を呼び出し、偽の身分でダルフールへ行ったときの当初の計画について、情報を記入するところまでしか、進んでいなかった。書類のその部分すら、書くのが厄介だった。ハルツームへ行き、さまざまなNGO事務所を嗅《か》ぎまわり、ダルフールへ行く手段を探したときから、ずいぶんいろいろなことが起きたせいで、そのあたりの経緯は、脳の遠い記憶を保存する場所に追いやられてしまったようだった。

もう一通は、ロシア機でアルファーシルに来た身許不明のアメリカ人が、負傷して抵抗できない武装勢力戦闘員を殺したことについての報告書だった。こちらはほとんど書き終えていた。エレンはあの出来事を意識から追い出すことができなかった。しかし、その残虐行為への思いを浄化するために書いているのかどうか、自分でもよくわからなかった。それに、報告書を提出し、あの男の捜査を開始することになるかどうかも、定かでなかった。職責とあの見知らぬ男への気持ちの板挟みになっていた。彼に命を救われ、邪悪な人間ではないと納得した。しかし、彼が正邪のあいだを綱渡りしているのではないかという不安があった。また悪行をしでかす前に、阻止する必要があるのではないかと思った。

それに、スーダン東岸で反政府勢力との大規模な戦闘があり、そのさなかに大統領が拉致《らち》されたというニュースは、どう解釈すべきなのだろうか？　シックスと名乗った男が、なんらかの形で関わっていたのか？　タイミングとしては考えられるが、シックスはスーダンの反政府勢力を動かすことができるような男には見えなかった。

自分を動かすのも精いっぱいだった。

エレンのデスクの電話が鳴った。「エレン、〝シックス〟っていう男のひとから電話よ」

「出るわ」ややあって、「もしもし」

「三日たった。もうおれを捕まえてもいいころじゃないか」

「どこにいるの？」

それには答えず、シックスがいった。「話をする必要がある」

「この……スーダンの非常事態だけど、あまり情報がないのよ……戦闘があったのはわかっている。大統領が行方不明。なにかが起きるとあなたがいった直後の出来事だから、最初はあなたがなんらかの関わりが――」

「アブブードはおれが抑えている。いまここにいる」

エレンの低い声には、激しい感情がこもっていた。「なんですって」

「正気の沙汰じゃないよな」

エレンは、電話口で不安げな息を漏らした。オフィスのドアのほうを見て、急いで立ちあがり、ドアを閉めた。その拍子に、デスクの電話をひっぱって落としそうになった。「なに……あなたは何者なの……どうする気……どうしてわたしに電話してきたの？」

しばらく返事がなかった。エレンには、自分の鼓動が聞こえた。

「やつがほしいか？」

「ええっ？」

「アブブードだ。ほしければやるぞ」

「わたしに？」

「そうだ。それから、念のためにいうが、おれは中国人を殺していない。きょうのニュースになっているんだろう？」

「ええ、そうよ」

「おれじゃない。おれはアブブードを拉致したが、こいつをどうしたものかと思っているんだ」

エレンの声は、まだ低いささやきのままだった。「あなた……拉致する前に考えなかったの」

「考えたさ……計画が変わった。取り引きがおじゃんになった。ほら、よくあることだ」

「そうね」なんの話か、エレンにはさっぱりわからなかった。

「いいか。アブブードは、ロシアと中国のことで情報を握っている。自分が阻止する手を打たないと、中露がスーダンをめぐって代理戦争をはじめるといっている」

「ええ、ずっとそういう噂があった」

「きみの意見は？」

「その……わたしの専門外なのよ。わたしは武器——」

「いまおれが電話で意見を聞ける専門家のなかでは、きみが最良なんだよ。きみの意見が聞きたい」

「アブブード大統領の見かたは、まったく正しいと思う」

ジェントリーは、自分が知ったことをエレンに説明した。一部はすでに知っている情報だったが、情報がスーダン大統領本人から引き出されたことにエレンは驚きをおぼえた。

「自分をICCに引き渡す取り引きが整っていたと、アブブードがいっている」

エレンは咳払いをして、ざっくばらんにいった。「わたしみたいな安給料の下っ端は知らないことよ、シックス」

「それなら、これはどうだ？　きみの組織の大物に、おれとアブブードを紅海沿岸まで迎えに来る手段があれば、引き渡してやるといってくれ。そうすれば、給料もすこしはあがるだろう」

エレンはむっとした。「お金のためにここにいるわけじゃないわ」

「わかった。その分は慈善団体にでも寄付しろ。どうでもいい。ただ、こっちの状況がもっと悪くなるのをとめたいだけだ」

「それがあなたの動機？」

「そうだ」

「どうして信じられるの？」

「おれはやつを殺すよう命じられた。殺してもいっこうにかまわない。ほかならぬきみのことだから、それはわかるだろう。だが、殺すつもりはない。おおぜいの命を救うのに、やつが役立つと思うからだ」

エレンはダルフールでの体験のショックからまだ脱け出していないのだろうと、ジェントリーは察した。信用されないことはわかってはいたし、この電話もエレンの脳が処理しかねる現実離れした出来事にちがいない。だから、長いあいだエレンがいいよどんでいても、ジェントリーは意外には思わなかった。ようやくエレンが咳払いをした。「これから上に行くわ。検察官に話をする。アブブードを迎えにいく方法を考えるわ」

「いいぞ」

「あなたもいっしょにハーグに来る？」

ジェントリーは、鼻を鳴らした。「ＩＣＣがまた実りのない人間狩りをしなくていいように」

エレンが、くすくす笑った。喉の奥からあけっぴろげに声を漏らす。感じのいい笑い声だった。ジェントリーは、こんな笑い声は聞いたことがないと思った。エレンがようやく返事をした。「あなたを起訴する手続きは、まだはじめていないのよ」

「まだ、といったね」

また間があった。言葉がとぎれたのは、この問題で葛藤があるからだろうと、ジェントリーは察した。

「あなたには善良なところもある、シックス。硬い殻の隙間から、それが見えるの」

「こんどは精神科医か？」

「残念ね。精神科医でなくても、殻の隙間がわかるのよ」

「おれをよく知らないくせに」

エレンが、鉾先《ほこさき》を変えた。「あなたがＣＩＡじゃないのは知ってる。何本か電話をかけたの。情報源によれば、ダルフールにはだれも派遣されてないそうよ」

「おれがいったとおりだろう」

「でも、ＣＩＡじゃないとしたら、何者なの？」

「それは重要じゃない」

「重要よ、シックス。ＩＣＣは、何者を相手にしているのかがわからなかったら、あなたを手助けしない」

「おれは民間に雇われている」

「大統領を拉致してＩＣＣに引き渡すために、民間の当事者があなたを雇ったというの？」

「そうだ」

「それから、殺せと命じたと」

「そのとおり」

エレンはだいぶ長いあいだ黙っていた。信じていないのだろう。とうとう口をひらいた。

「民間の当事者というのは?」

「いえない」

「いわないとだめよ」

結局こうなることが、ジェントリーには読めていた。衛星携帯電話で話をしているとはいえ、素知らぬ顔をよそおって説得しようとした。「いいだろう。アメリカ国民の集団に雇われていた。おもに芸術や娯楽産業の連中だ」アブブードが映画についていったことから思いついた嘘だった。

「芸術と……そう……映画スターが金を払ってやらせたというの?」

「まあ、そうだ。そういうことだろうな」

「それが、あなたの脚本っていうわけ?」

ジェントリーは、にやりとした。頭のいい女だ。頭がよすぎて、信じてくれない。しかし、大統領をICCに献上するという提案も、頭がいいせいで拒めない。話に乗ってくるはずだ。

「脚本どおりにやるつもりだ」と、ジェントリーは答えた。

「わかった」不安げな声だった。この途方もない話を上司に伝えても、シックスの説得よりも上手に上司を説得できるかどうかわからないと思っているようだった。「こっちから電話するわ。いまのところは安全なのね?」

ジェントリーは息を吐いた。「ああ、居心地よくしているよ、エレン」

「急いでやるわ」

47

ジェントリーがシュコダを駆って、ブールスーダンからエジプト国境に向かう沿岸の幹線道路を走らせるうちに、紅海の静かな水面から夜明けが昇ってきた。運転席側のサイドウィンドウからは、紅海丘陵が見える。オリックスの傷ついた無表情な顔の向こうで、真っ黒い闇が夜明け前のやわらかな色に変わるのを、ジェントリーはちらりと見やった。

四時間前、闇にまぎれてブールスーダンの西を迂回し、シュコダはいま平坦な道路を一台で占領していた。軍の検問所があるのではないかと心配だったが、一カ所もなかった。何時間も前に警察の車を何台か見かけたが、車内は暗いので、危険にさらされているという感じはしなかった。

沿岸道路は数キロメートルのあいだ西に曲がって内陸部にはいり、山に近づいたが、東の海岸線からそう遠ざかりはせず、やがてまた北向きに戻った。午前七時、ジェントリーは幹線道路をそれて砂と土と珊瑚《さんご》の道をたどり、海を目指した。左右の道端にある小さな町をいくつか通った。道よりも高い岩場の台地が海までのびていて、そこに町があった。

アブブードの身柄を受け取る計画をＩＣＣがまとめるまで、丸一日かかったし、ジェントリーには詳細はあまり教えられていなかった。エジプト国境の三〇キロメートル手前の海辺にあるオランダ人経営のダイビング・リゾートまでアブブードとともに車で行き、ギリシャから来る迎えのICC捜査官チームを待つようにといわれただけだった。エレン・ウォルシュは同行しない。エレンを危険にさらしたくはなかったが、残念だとジェントリーは思った。

ジェントリーは、ICCチームに同行するつもりは毛頭なかった。滅相《めっそう》もない。アブブードを出迎えの高速モーターボートかヘリコプターかあるいはSUVに乗せて、自分はちがう方向に行く。ダイビング用の小船をリゾートで手に入れて、北のエジプトを目指せばいいと考えていた。国境を越える前に燃料が切れるだろうが、そうしたら上陸してヒッチハイクで北へ進み、親切なベドウィン族といっしょに夜間、越境地点を越える。

背中の感染症をかかえ、抗生剤も痛み止めもなしで、そういったことすべてをやらなければならない。昨夜、二カ所目の隠れ家をアブブードとともに出るときに、残りの消毒薬をすべて傷口にかけ、十五分後には麻薬性の薬物をすべて溝に捨てた。それを飲みたいという欲求があまりにも強かったからだ。痛みを和らげるものなしでやっていくしかない。それに待ち受けている危難に対して、そのほうがより強靭《きょうじん》に、鋭敏に、そしてじゅうぶんな身構えで臨めると、自分にいい聞かせた。

だが、総じて、もっとみじめな思いをしただけだった。

〈ハナ〉の位置を報せる受信機は、いまも持っていた。万能ツールを使い、時間をかけて分解し、ザックや〈ハナ〉に位置情報を送る追跡用発信機が隠されていないことを確認してある。受信機によれば、〈ハナ〉はいまも南東の公海上にいる。ザックの長い沈黙が、ジェントリーは気がかりだった。〈ハナ〉にいるのか、アメリカに帰ったのか、それとも道路の先で対戦車兵器をかかえて待ち構えているのか、まったく予想がつかなかったからだ。政府軍やNSSよりも、そして、むろんICCよりも、ザックのほうがずっと恐ろしい。

未舗装路は北に折れてなおもつづいていたが、そこから海とリゾートに向かう私道が見つかった。しだいに明るさを増す暁光《ぎょうこう》のなかで、管理棟らしい中くらいの大きさの建物が見えた。その両側のビーチに、客用の小さなバンガローが建ちならび、紅海の水平線から三分の一出ているオレンジ色の太陽に裏から照らされていた。だが、私道にはたわんだ太い鎖が張られ、左右のまっすぐな支柱につないで錠前をかけてあった。ことに頑丈そうな鎖ではなかったが。小さな黒いシュコダでは、それを突き破ってなお走るのは無理だった。

私道は二〇〇メートルにわたり低い砂山に左右を囲まれ、温かい風を受けて海辺の草がそっと揺れていた。あとは歩くしかない。

ジェントリーは、シュコダを道ばたにとめた。

「おりろ」とアブブードに命じた。

「ここに来たことはない」アブブードがいった。「だが、どういうところかは知っている。退廃した場所だ。五年前に、アルコール類が見つかった。罰金を課しただけで、ヨーロッパ人の夫婦をそれ以上罰することはできなかった。夏のあいだは閉めていたと思うが」傷ついた鼻で、においを嗅《か》いだ。「不信心者め」

「おりろ」ジェントリーは、もう一度命じた。運転席からおりて、すばやく反対側にまわり、助手席側のドアをあけ、アブブードのシャツをつかんで立たせた。

「迎えはいつ来る?」

「知らない」

「沿岸警備隊の艦艇をどうやって避ける?」

ジェントリーは、バンガロー群のほうへアブブードを押した。「知らない」

「ここを出発したら、船はどこへ行く? ヨーロッパの港か、それとも――」

「知らない」

「ミスター・シックス、ちゃんとした計画があるのか? 欧米の知り合いに連絡させてくれ。だれもが満足のいく取り決めを結べる」

「だめだ」

「わたしたちは、友よ、がっちりチームを組んでいるんだ。それはわかるだろう? 長年ビジネスをやってきた相手と連絡する。わたしに忠実な連中と――」

「それがおれには心配なんだがね」ジェントリーは、うわの空でいった。アラビア語の看板の向こうの砂にまみれたドライブウェイにアブブードを押しやりながら、目は早朝の薄闇に沈んでいる右手のだいぶ先のほうに向けていた。六〇〇メートルか七〇〇メートルほど離れたそこに、急に高くなっている地物《ちぶつ》があった。岩の台地の上にあたり、南の海岸線の五〇〇メートル手前だった。角ばった低い建物がそこに群がり、窓やトタン屋根が薄暗がりのなかで朝陽を反射していた。動きは見られず、生き物がいる気配はまったくなかったが、それでも自分が無防備に思えた。

アブブードが逆らうこともなく、そこまでの半分を進むことができた。と、唐突にアブブードがふりむいた。ジェントリーは南に目を向けていたが、すぐにそちらを見た。

「約束してほしいことがある。ここにあすもいるとしたら、われわれふたりにとってきわめて危険な事態になる。ことにきみのほうが危険だ。きみとはちがい、わたしにはここにまだ味方がいる。わたしを探し、救い出そうとしている。これから二十四時間、ここにいるとしたら、従業員か経営者か、それともべつのだれかが、ビーチに向かっている車を見ていて、通報することはまちがいない。そのうちに彼らが来る。〝彼ら〟というのは、あらゆる勢力のことだ。敵も味方も押し寄せる。わたしは大統領になる前は将軍だった。きみが選んだここは、防御にはまったく適さない場所だ。うしろは海、前方はだだっぴろい砂山。戦うにはあまりにも不利な場所で――」

「黙れ」

「――しかもきみは、迎えがいつ、どういう手段で来援するかということすら知らない。もっとましな場所を――」

「黙れ！」ジェントリーは、アブブードを小突いて進ませた。いつも以上にアブブードに対して腹を立てていたのは、いまの話がすべて正論だったからだ。

こんなひどいやりかたはない。敵地でたったひとりで揚収を行ない、迎えのチームのことはまったくわからない。

ジェントリーは、またアブブードを押した。自分以外のだれかに怒りの鉾先を向けると、多少は気分がよくなった。

電話が鳴った。

あと七〇メートル。

ジェントリーは電話に出た。エレンが詳細を伝えてくれることを願った。そうすれば気分が直る。「はい」

「どうした、コート？　人生行路のあんばいは？」

くそ。ザックだった。いまザックと話をするのは、気分直しにはならない。

とはいえ、ザックからすこしは情報を聞き出せるかもしれないと、ジェントリーは思った。電話してきたということは、背後から忍び寄ろうとしているのだ。「これ以上ないくらい順調だよ、ハイタワー。お気遣いありがとうよ」

六〇メートル。

「そうか？　やっと分別を働かせて、お友だちの喉をナイフでかっさばいたんだな？」

「そうした」

「どうして信じられないのかな？」

「この世には、信じられることなんかほとんどないからだろう」

「ああ。まったくもって残念だな。おい、きょうだい、おまえに明るい報せを教えてやろう。

どうしてかというと、おまえの嘘っぱちにもかかわらず、それが役に立ちそうだからだ」

ジェントリーが話をしているあいだに、アブブードがふりむき、電話の相手がだれかをきこうとした。だが、ジェントリーはまたアブブードを押して進ませた。

「明るい知らせ？　まあいいだろう。聞いてもいいぞ」

「やっぱりな。さて、こういうことだ。相棒、きょうはおまえの幸運の日だ」

五〇メートル。

「わかった。餌に食らいつくとしよう。どうして幸運の日なんだ、ザック？」

長い間があった。ザックの顔が送話口《マウスピース》をこすり、のびた顎鬚《あごひげ》がマイクをひっかく音が聞こえたような気がした。ようやくザックが返事をした。「きょうがおまえの幸運の日なのは、おまえがおれの二番目のターゲットだからだ。一発撃つ時間しかないことは、はっきりしてるからな」

四〇メートル――なんだと？

ジェントリーは、足をとめた。南にさっと首《こうべ》をめぐらした。六、七〇〇メートル離れた遠くの建物群のほうへ。早朝の深い影のなかで、台地のもっとも高い建物の屋根で、小さな光がひらめいた。

二分の一秒以内に、ジェントリーはアブブードに目を戻し、歩いている相手めがけて突進し、両手をのばした。衛星携帯電話を落とし、その瞬間にひとつの言葉を発した。

「伏せろ！」

背後の叫び声にびっくりしたバクリ・アリ・アブブード大統領が、肩をそびやかした。そのとき、首の右側が平手打ちされたように小さくふるえた。首の左側が裂け、血と組織が私道の北側の砂山へと飛散した。たちまち、皮膚と筋肉の一部を残して首が斬り落とされたようになった。残された部分を軸にして首がまわり、うしろに曲がると同時に、上体がぐんにゃりして、砂にまみれた私道にそのまま倒れ込んだ。

血が噴き出したときに、ジェントリーは死体の上に覆いかぶさる格好になった。つぎの瞬間、アブブードが死んだと悟り、横に転がって私道に伏せた。

「だめだ！」空に向かって叫んだとき、スナイパー・ライフルの銃声が砂山を渡っていった。アブブードにぶつかり、さらに地面に伏せたせいで、背中に痛烈な痛みが走った。だが、背中の痛みなど、些細《ささい》なものでしかない。アブブードを死なせ、任務の目的を失い、内戦を阻止する機会を失って、侵攻が差し迫っていることのほうが、ずっと重大だと思った。

地べたに伏せたままで、ジェントリーは建物群のほうを見た。スナイパーが銃弾を放った屋根は、道路脇の砂山の頂上に隠れている。だが、初弾のあとでザックが移動することはまちがいないし、台地のもっと高いところへ行けば、私道のここも射線にはいる。だから、ジェントリーはよろよろと立って駆け出し、砂山に向かいながら〈スラーヤ〉衛星携帯電話を拾いあげた。私道の脇の小さな雨裂に跳び込んで、右に転がり、シュコダのほうへひきかえしながら、また伏せた。

腹立ちまぎれに血まみれの拳を何度も砂地に叩きつけた。朝の熱気が服にまとわりつき、アブブードの血でべっとりと汚れた皮膚に砂や土埃《つちぼこり》がこびりついた。

「最高だぜ！」ジェントリーの手の衛星携帯電話から、ザックの声が響いた。ジェントリーはすばやく衛星携帯電話を耳に当てた。「距離六九〇メートル、秒速三メートルの斜めからの横風、薄明。シエラ・シックスなみの狙撃の腕だと認めろよ！」

ジェントリーは、額を土と砂の地面に押しつけた。疲労や感染やあらゆる物事に、生気を奪われようとしていた。涙を流し、ふるえた。

小さなスピーカーから、ザックのどら声がなおも響いていた。「まったくはしっこい野郎だな。背中の傷が化膿して調子が悪くなけりゃ、おれの三〇八ボートテイル弾の弾道に跳び込んで、かわいい大統領の代わりにそいつをくらっていたはずだ。じつにすばらしいね、コート。去年のクリスマス、おまえはナイジェリア大統領をばらした。こんどはおれがスーダン大統領を的にした。おれたちに任せてもらえれば、このろくでもない大陸を大掃除できるというものだ。どうだい？　待て。前言取り消し。おまえはだれかを殺せるほど長くは生きられない。感染症で死ななくても、政府軍の間抜けどもが数千人追っているから、いずれおまえをひっとらえる。あるいはおれがひっとらえる」

ジェントリーは、厳寒にさらされて肉体も精神も衰弱しきったみたいに、なおもそこに横たわってふるえていた。体も服も鈍く光る血の色の砂にまみれていた。しばらく空気を求めてあえいでから、口をひらいた。「あんたは、おれに殺されずにすむたった一度のチャンスを逃した。おれを照準器に捉えていたときに、選択した。まちがった選択をしたのさ、ザック」

電話の向こうが沈黙した。不安が伝わってくる。「なんとでもいえ。おまえはその穴のなかで死ぬんだ。おまえが歯に挟まったアブブードの脳みそのかけらを爪楊枝《つまようじ》で取る前に、おれはこの国を脱け出す。よしんばおまえがスーダンから出られたとしても、おまえを追いつめるタスク・フォースを指揮しろと、おれはデニーに命じられている」

「手間を省いてやろう。いまこっちへ来い。待っている」

「そうしたいのは山々だがね、警官が現われて死んだ大統領の血がおまえのシャツをピザソースみたいに汚しているのを見る前に、おれはここを離れなきゃならないんだ。だが、遠くへは行かない。ミロ、ダン、〈ハナ〉に乗っていたほかのやつらは、もう戦域を離れた。残っているのはおれとおまえだけだ」ザックが、くすりと笑った。「そうそう、スーダン政府軍五十万人もいるな」

「おれはそいつらをひとりひとり撃ち殺して、おまえのところへ行く。シックス、通信終わり《アウト》」

ジェントリーが電話を切ろうとしたとき、ザックがいった。「コート。シエラ・シックスはおれたちの仲間だった。おまえはもう仲間じゃない。おまえの暗号名はシエラ・シックスじゃないぞ。違反者《ヴァイオレーター》に変更された。また敵になったんだ。おまえが得点を記録しているといけないから、教えておく。ワン、通信終わり《アウト》」ザックが電話を切った。

ジェントリーは、胸がむかむかした。味方もなく、強力な武器もなく、策略にかかって、雨裂に半死半生で横たわっていた。海辺のバンガローのあいだから太陽がすっかり姿を現わすまで、じっと砂地に横たわっていた。ゆっくりと膝をつき、ザックがまだ台地にいて望遠照準器を覗いていた場合に備え、頭をあげないようにして、リゾートに向けて這《は》っていった。

48

その晩もまた、月のない夜だった。紅海が無数の星の光を捉えて増幅していたが、遠い〈ハナ〉がジェントリーに見えるほど明るくはなかった。手にしたGPS兼位置情報受信機の表示を頼りに、南東に目を凝らした。一海里以下に近づいていたので、四人乗りの複合艇《RIB》（グラスファイバーなどの硬い船体と膨張式の部分から成るボート）の船外機を切った。

GPSによれば、岸からの距離は四海里だったが、暗くて陸地は見えない。エンジンを切ると、四方はすべて無になり、手の届かない無窮の空以外は、どこもかしこも闇また闇だった。

海はじっとしていない。音もなく盛りあがっては沈む。砕け波や白波は立たず、ゆるやかならねりがグレイマンとその船を数階の高さまで持ちあげては、また下におろしていた。それが体に感じられたが、闇のなかではほとんどなにも見えない。それでもときおり水面からの反射で、周囲の波の背や底——紅海の潮流につれてうねる黒い水の山や谷が見えた。

長い一日だった。ダイビング・リゾートへ歩いていくと、経営者の夫婦がいるだけでがらんとしていた。わずかばかりいた欧米人の客はすべて集められて、トラックでプールスーダンに運ばれ、長時間の事情聴取を受けていた。大統領拉致犯捜索と称して、NSSが関連性のなさそうなことまで調べているのだ。ジェントリーは、経営者のオランダ人夫婦をかばうために、精いっぱい演出をした。グロックを頭に突きつけて、施設のダイニングルームで縛りあげた。近くにある大統領の死体をスーダン側が発見することは必定だし、年配のオランダ人夫婦はかならず訊問されるはずだった。どのような形であれ、ふたりを事後従犯にしてしまったら、供述に食いちがいが出たり、有罪にできるような証拠が見つかるかもしれない。それに、欧米系のリゾートには、当然ながらNSSが盗聴器を仕掛けている可能性が高い。

そこで、ジェントリーは血に飢えた殺人鬼の役割をとことん演じ、怯《おび》えている夫婦をどなりつけ、命令した。お辞儀ひとつさせずに、食物、水、医療品、ピックアップ、ダイビング器材を積んだ船外機付きの小さなRIBを奪った。ピックアップで一五キロメートル南まで行き、暗くなるまでマングローブの沼地に隠れて、GPS兼位置情報受信機を頼りに、〈ハナ〉を目指した。

ウィスキイ・シエラの生き残りのうち、ザック以外のふたりは、そのほかの要員とともにすでに撤退したことがわかっている。ザックがまだ陸地にいてこちらを捜索していれば、そのほうがありがたいが、〈ハナ〉に戻っている可能性もある。小型潜水艇があるので、ヨットと陸地を行き来するのは簡単だ。ジェントリーは、スーダンから逃げ出すのに〈ハナ〉を使いたかった。陸路で越境するという当初の計画は、もう夢物語になってしまった。アブブードの死体が発見されたら、その方面は完全に通行が不可能になる。

そこで、真っ暗な海で錨泊している〈ハナ〉を探しあてて盗み、安全なところに逃げるつもりだった。もっとも、ヨットを操船するための知識はまるきりなかった。

ジェントリーのRIBは、海のゆるやかなうねりとともに進んでいった。受信機によれば、〈ハナ〉までの距離はそう遠くないので、まわりのうねりよりも高いうねりの背に乗るのを待って、目で探そうとした。

四〇〇メートル先に、消炭色《けしずみいろ》の海よりもさらに黒いシルエットがあった。艇内には明かりがひとつも見えない。

だれもいないのか？

ジェントリーは、メッシュバッグを腰に取り付けた。弾薬が七発しか残っていないグロック19、折り畳みナイフ、防水のポリ袋に入れた衛星携帯電話がはいっている。

つぎに、肩に手をのばし、BCD（浮力調整装置）のボタンを押して浮力を調節した。エアータンクは、すでに背負っている。シュノーケル付きのマスクをはめ、フィンをつけた。ためしにレギュレーターで何回か呼吸し、生ぬるい海に音もなくはいった。

泳ぐとき、いっかな消えない左肩の激痛から気をそらすために、任務に神経を集中しようとしたが、フィンでキックするたびに、痛みが意識の最先端に躍り出た。

じきに任務のことが頭を離れ、シドの資料やザックの資料などからかき集めた、数百もの雑多な戦域情報のうちのひとつが浮かびあがった。

オオテンジクザメ。口もとが白く、体は灰色、頭が平たい。紅海に多い四種類のサメのうちのひとつ。

飢えた魚に食われるかもしれないという考えを頭から追い出せないことに腹を立てつつ、ジェントリーは泳ぎつづけた。

水面のすぐ下を進み、方向が正しいことをたしかめるために、時計のコンパスをときどき見た。十分後に浮上し、体が持ちあげられて、遠くが見える瞬間を待った。すぐにそうなり、六〇メートル前方にヨットが見えた。

ふたたびうねりの谷に落ちる前に、ヨットの艇首が目に留まった。黒い船体の艇首に、黄色か白で船名が描かれていた。

アラビア文字で。

どういうことだ？

〈ハナ〉は一度も見ていないが、アラブ諸国の船に偽装するはずはない。それには強い確信があった。ザックは、オーストラリア人をよそおったといっていた。アラビア語の船名のヨットに乗っていたら、そんなことが通用するはずはない。

ジェントリーは手で水を掻いて接近し、暗いなかで船名を読もうとしたが、アラビア語の読み書きは、会話よりもずっと苦手だった。

一字ずつ読んだ。〝ファ・ー・ティ・マ〟。〈ファーティマ〉。

〝ハナ〟ではない。

だが、そのヨットから位置情報を報せる電波が発信されていた。つまり、何者かが〈ハナ〉から発信機を持ってきて、このヨットに置いたのだ。

何者かが？　いや、わかりきっている。

ザック・ハイタワーの仕業だ。

それはもうひとつのことを意味する。

ちくしょう！　ジェントリーはつぶやいた。

これは罠だ。

暗い海をふりかえった。十分前に広い海のまんなかに残してきた小舟を見つけられる可能性はゼロだ。

このまま強行するしかない。

またマスクをかけて潜降《せんこう》しかけたが、そこで動きをとめた。音が聞こえたような気がした。耳から水をふり落とし、首をかしげた。

男が叫んでいる。

バーン！　まちがいなく銃声だ。静かな夜の海で、近くから響いてきた。見つかったのかと怖れ、ジェントリーは潜降した。

だが、そうではなかった。潜ってもまた聞こえた。ふたたび銃声。一挺の銃が応射し、それにまた応射があった。ショットガンの音も混じっているのを、ジェントリーのよく訓練された耳は聞き分けたが、拳銃の銃声も聞こえた。すばやい、抑制のきいた射撃。

ふたたび叫び声。どうなっているのか見きわめようとして、ジェントリーは浮上した。

生ぬるい海で体が浮きあがるのがわかり、うねりに乗って星のほうへぐんぐん上昇した。ヨットが視野にはいる前に、その上の空に閃光がほとばしるのが見えた。つづいて見えた。ヨット。だが、甲板には人影はない。

ふたたび銃撃がはじまり、舷窓で光がまたたいた。どうやら、戦闘は全長二四メートルのヨットの船内で行なわれているようだった。

一瞬、静まり返ったが、始動された小さな船外機の音が静寂を破った。数秒後、木造の小型モーターボートが〈ファーティマ〉の艇尾から姿を現わした。乗っているひとりが、船外機を操り、スロットルをめいっぱいあけて、猛スピードで闇に呑まれた。

いったいどうなってるんだ？　ザックが〈ファーティマ〉に乗っていて、兵士の一団に不意討ちされたのだろうか。

甲板とその上の構造物を注意深く見守りながら、あとはずっと浮上したままで泳いだ。遠ざかっていったモーターボートの起こした波がファイバーグラスの船体をそっと叩く音のほかに、なにかが聞こえないかと耳を澄ましたが、なにも聞こえなかった。

だが、艇尾の梯子《はしご》に達したときに聞こえた。小口径の拳銃が、甲板下で乾いた銃声を発した。すぐさまもっと口径の大きい拳銃の応射があった。

ふたたび静寂。波の叩く音しかしない。

ジェントリーは、フィンをはずし、ダイビング器材を脱ぎ捨てて海に流した。梯子をつかみ、できるだけ音をたてないように、用心深くそろそろと昇っていった。手摺を越えて、チーク材の甲板に裸足であがり、肩の痛みがぶりかえしたので顔をしかめて、海水に浸かってもなお信頼できるグロックを前に構えた。明かりのないヨットの甲板下に通じる昇降口を、注意深く進んでいった。

最初の死体二体は、階段の上にあった。戦闘服姿の黒人で、胸に銃創がある。スーダン海軍の水兵には見えないが、それは意外ではなかった。スーダン海軍は取るに足りない規模だし、沖にいるすべての船艇を何度もくりかえし調べるという本日の任務は、あまりにも膨大だから、陸軍が船や船の持ち主を徴用して、臨検の兵士をヨットや貨物船や漁船に運ばせていたのだろう。

死体のそばに、折り畳み式銃床の81式アサルト・ライフルがあった。それを取りたかったが、音がするのを怖れてためらった。

マホガニー張りの昇降口は、血で汚れていた。ジェントリーは、グロックを構えておりていった。

甲板下のサロンにはいると、壁ぎわの水槽のやわらかなグリーンの光が惨状を照らしていた。また黒人がふたり倒れて死に、床のまんなかに、ジェントリーと階段に足を向けて仰向けに倒れている白人がいた。

武器は持っておらず、胸が血まみれだった。

だが、死んではいない。

ジェントリーは、その男を拳銃で狙ったままで、サロンの天井の明かりをつけた。離れたところから呼んだ。「ザック」

「胸の傷は〝むかつく〟っていうのは、なぜだかわかるか？」ジェントリーのほうを見ずに、ザックがきいた。

　ジェントリーはゆっくりとうなずいた。「〝胸が悪くなる〟からだろう」

　ザックが、眠たげにうなずいた。きのう撃たれた右腕の肘の上と下に、厚く包帯を巻いている。

「なにがあった？」ジェントリーはきいた。

「予備の銃だ。〇六年におまえにデリンジャーでしてやられたのに、懲《こ》りもせずに」

　ジェントリーは、階段の下のふたりをもう一度見た。ふたりともショットガンを持っていたようだが、小さなセミ・オートマティック・ピストルが、ひとりの手のそばにあった。

　死んでいるのは明らかだったが、それでもジェントリーは首のうしろに一発撃ち込み、グロックを腰のメッシュバッグに戻した。「これはだれの船だ？」

「知らん。政府軍が沖の船すべてに乗り込んで、乗っている人間をかたっぱしからブールスーダンに連行した。大統領拉致について知っているやつがいないか、調べるためにな。だれもいないヨットに乗り込んでも、政府軍がもう一度調べにくることはないだろうと思った。こいつらがここに来る理由はなにもなかったんだ。たぶん盗みにきたんだろう。おたがいに鉢合わせしたのが不運だった」

「潜水艇はどうした？」

つぶりかけた目で、ザックがしばしジェントリーのほうを見た。「沈めた。デニーの命令だ。おれはこの船でエリトリアまでいくはずだった」

ジェントリーは、数秒のあいだもとのチーム指揮官の顔を見た。「その傷は止血できる。容態を安定させることができる。いっしょに脱出しよう」

「いや、結構だ」

「好きにしろ。助けがないと、あんたは死ぬぞ」

「数分後にスーダン海軍の哨戒艇がやってくる。こいつらを運んできたボートを操縦してたやつが、もう海軍に通報してるだろう」

「それなら急がないと。だが、手当てしてやる前に、答えてもらいたいことがある」

「やめろよ、コート」

「おれはどうして解雇された？　〝目撃しだい射殺〟指令はだれの差し金だ？　おれがいったいなにをした？」

「哨戒艇が来たら、臨検なんかやらないぞ。このちっぽけなヨットは地獄まで吹っ飛ばされる。セクシーなコート・ジェントリー、おかまの忍者グレイマンも、哨戒艇の機銃が火を噴いたら手も足も出ないだろうよ」

「おれに死んでもらいたいんじゃないのか」

「おい、おれの希望じゃない。それは仕事だ。おれの手に拳銃を持たせてくれたらおまえを撃ってもいいが、それは望めないだろう。だから、玄人筋《くろうと》の助言をありがたく受けて、泳いだほうがいい。このヨットは二五ノット出せるかもしれないが、スーダン海軍の沿岸哨戒艇は三五ノット出せる。あっというまに追いつかれる」

ジェントリーは聞いていなかった。聞きたいのは、さっきの質問の答だった。「だれがおれを解雇した？　マット・ハンリーか？」

ザックは目がかすんでいたが、それでも腹立たしげに目を剝《む》いた。「知らない」

「ロイドか？」

ザックが眉根を寄せて、目をあげた。「ロイドって、何者だ？」

ジェントリーは、肩を落とした。やがて、肩をすくめた。「ちょっといってみただけだ」

49

「ザック！　よく聞け。あんたはまだ逝《い》ってない。手当てできる。無事に切り抜けられる。おれを殺す命令を出したのはだれで、理由はなんだ？」

「くそくらえ、シックス。おれは切り抜けられないし、しゃべらない」

「あんた、いったいどうしたんだ？」

「おれは優秀な兵士なんだよ、コート。おまえを殺せっていう命令を受けた。おまえに救ってもらわないかぎり、その命令を果たせない。しかし、救われたら、おれの任務は説得力を失うんだよな。いいか、おまえはいいやつだ。おまえを応援してやりたいと本気で思ってる。だが、おまえの脱出に手を貸すつもりはない。できない。作戦命令に反する」

「頭がどうかしてるんじゃないのか？」

ザックが、にやりと笑った。顔に苦痛の色が浮かんでいるのがわかった。「おれは自分の仕事をやるだけさ。みんなにもちゃんとやってもらいたいもんだよ。悪く思うな、ヴァイオレーター」

「馬鹿野郎、ザック！」ジェントリーは、腹立ちまぎれにどなった。もとの上官の上に立ちはだかり、しばらく考えていたが、サロンを出て、二層上の操舵室へ行った。そこで救急用品を見つけた。すぐにひきかえして、ザックのそばにしゃがんだ。

ザックがのろのろと首《こうべ》をめぐらし、ジェントリーのほうを向いた。「なにをやる気だ?」

「わかっているはずだ。あんたは嫌なやつだが、死ぬのをじっと見ているわけにはいかないんだよ」ジェントリーは、ザックのシャツを引き裂いて、傷口を見た。小さな射入口が、右乳首の五センチ下にあった。弾丸は肺を貫通したにちがいないとわかった。背中を手探りし、射出口を探した。

「おれを手当てしたら、おまえを殺す!」

「いや、そうはならない」

ザックが、半分閉じた目で天井を見あげ、信じられないというように首をゆっくりとふった。「おまえの性格診断はまちがってるよ」

「あんたにいわれたくない」


五分後、ジェントリーはザックの容態をひとまず安定させていた。射出口はなかった。つまり、弾丸かいくつかにちぎれた破片が、傷ついた胸腔《きょうこう》内に残っている。書棚の雑誌のブックカバーと救急用品のなかにあったダクトテープを使い、胸の傷の上に弁を取り付けた。息を吐くときには肺から空気が逃げ、吸うときには胸郭に空気がはいらないようにするためだ。いまできる処置は、それが精いっぱいだった。

そのあと、ザックをそこに残し、二層上の操舵室へ行った。数分のうちにすべてのシステムをオンにした。機関、コンパス、舵輪、自動操縦装置以外のものには、ほとんど目を向けなかった。甲板に駆けおりて、錨をおろしていないことを確認した。操舵室にいてもわかることなのだろうが、自分の目で見るほうが、コンピュータのモニターにその貴重な情報を呼び出すよりもずっと早い。灯火はいっさいつけなかった。全長二四メートルの豪華ヨットを、隠密裏に最大速力で公海へ航走させなければならない。しばらくは航路にぶつからないはずだ。マホガニーと真鍮《しんちゅう》の操舵装置のまんなかにある大きな多機能ディスプレイにレーダーを表示させる方法は、まったくわからなかったが、闇のなかを航海する民間の船舶にはレーダーがあるはずなので、それをあてにしていた。よその船と衝突するようなことは避けたかった。

スロットルをゆっくり押すと、大きなヨットが前進した。二〇ノットに達したところで、現在の針路を維持するよう自動操縦装置を設定し、急いで下におりた。

サロンにはいると、ザックが横向きになって這《は》い、隔壁に取り付けられた折り畳み式テーブルの下に半分潜っていた。ザックの視線を追うと、隔壁の前にチタン製の短銃身のリヴォルヴァーが転がっていた。手がとどく場所にある。サンクトペテルブルクでザックがジェントリーの額に突きつけたのとおなじ拳銃だった。ザックの左腕が床の上をゆっくりとのびて、その銃をつかもうとしていた。

急ぐまでもなかった。ただそこへ行って、拳銃を蹴とばせばよかった。

ジェントリーはいった。「そんなことをやる心臓はないくせに」

ザックがうなずき、また目を閉じた。「いまのところ、おれの心臓にはもっと差し迫った問題があるんだ」痛みにひるんだ。「気胸《ききょう》。胸膜《きょうまく》に空気がはいって心臓を圧迫してる」

「おれを殺そうとするのをしばらくやめると約束すれば、助けてやろう」

「約束しない」ザックはそういったが、仰向けになり、そのときに苦しげな叫び声をあげた。息が浅く、つらそうだった。ジェントリーは急いで折り畳みナイフの刃を出し、ザックの右胸の第二肋骨《ろっこつ》と第三肋骨のあいだを探し当てて、皮膚と筋肉を貫く細い穴をあけた。ザックが悲鳴をあげた。たちまち、かすかな口笛のような音とともに、穴から空気が漏れた。ジェントリーは隅の水槽へ行って、ゴムチューブとフィルターを水から引き出し、ザックのそばに戻った。チューブをナイフであけた穴に通し、フィルターをチューブの反対側の先端に差し込んで、ザックの腕のそばに置いた。「これを切り抜けたら、おれたちはふたりとも、欧米のありとあらゆる抗生剤が必要になるぞ」

ザックが咳き込んだ。口からすこし血が漏れた。「まじめな話、哨戒艇がいまにも来る。いったいどこへ行くつもりだ?」

ジェントリーは、ザックのそばに座った。疲れ果て、傷だらけで、背中の感染のせいで吐き気がしていた。衛星携帯電話をポリ袋から出した。「ロシア人のケツにキスする潮時だな」

三度目でシドレンコにつながった。「やあ、シド。グレイだ。済んだよ」

「ああ、ニュースでさかんにやってる。アブブード大統領は死んだ。モスクワではみんなおよろこびしている」

「死体は発見されたんだな？」

「ああ、サワーキンの一〇〇キロメートル北のリゾートで。妙なことに」

ジェントリーは、ためらいがちに安堵《あんど》の息を漏らした。「まあな。会ったときに万事説明するよ。しかし、引き揚げを早めてもらわないといけない。いますぐここから脱出しないと」

「そうか？」

「そうなんだ。当初の計画のように身を潜めていられないくらい、やばくなっている」

「そうなのかね？」シドの声には、先日のような興奮が感じられなかった。ジェントリーは異変を察した。

「そうなんだ。負傷した」

「負傷？」

「おい、シド！　きき返してばかりいるのはやめろ。そう、負傷しているんだよ。助けがほしい」

「あいにく、きみの特約には健康保険は含まれていないんだよ、ミスター・グレイ」

ジェントリーは黙っていた。あごの筋肉がひくついた。

シドが語を継いだ。「アブブードは死んだ。それはわかっている。だが、きみが殺したのではないこともわかっている。アブブードは、きみに護衛されているときにスナイパー・ライフルで殺《や》られた。脱出させ、ICCに引き渡そうとしていたときに。きみはわたしの作戦を利用して、アブブードに近づき、生きたまま拉致するようにと、他の当事者に指示されていた」

くそ。「どこでそんなでたらめを仕入れた？」

それに答えて、シドが不意に金切り声でわめき散らした。サンクトペテルブルクのなまりが強くなり、なにをいっているのか聞き取りづらかった。「わたしを馬鹿だと思うのか！　いいか、コートランド・ジェントリー、グレイマン、わたしは馬鹿じゃない。おまえはそこで裏切りの報いを受けて死ね！」

「あんたを殺してやる、シド！」

「わたしの助けがないと生き延びられないといったばかりだろうが。それなのにわたしを殺すと脅すのか？　ふん。おまえは危険な男だ、ジェントリー。だから気に入っていた。しかし、独りきりで負傷して怯《おび》えているようでは、たいして危険じゃない。興味を失ったよ。問題を抱えた男がここにいる。じきにその男も問題もなくなっちまう！」シドが、笑いながら電話を切った。

「こんちくしょう」ジェントリーはいった。そばの床に衛星携帯電話をほうり出し、サロンの隔壁にもたれた。感染症が、残っていたエネルギーを最後の一滴まで吸い取っていた。

意識を失っていたように見えたザックが、ゆっくりと顔を向けた。目を閉じたままできいた。「シドはなんていった?」

「さんざん非難の言葉をならべて、〝くそくらえ〟といった」

ザックの乾いてひび割れた唇が、かすかな笑みをこしらえた。声がか細かった。「くそ、おまえのボスのほうがケツの穴野郎じゃないか」

「ああ。そうかもな」

「現実を見ろ。だれも助けにこない。おれは関係を否認され、おまえは敵だ。どつぼにはまる条件が出揃ってる。ビーチまで泳いで戻るという手があるぞ。それがたったひとつの方策じゃないか」

ジェントリーは、上のバーに手をのばして、水のペットボトルを取った。それをやるだけでも背中が痛みに悲鳴をあげた。キャップをはずし、何度かごくごくと飲んだ。頭にもかけた。ペットボトルをぼんやりと指で叩き、ひらいた脚を上下に揺れる甲板にのばしていた。

ふたりは丸一分、ひとことも交わさなかった。ジェントリーは、その一秒一秒を感じていた。ヨットがすこし右にひっぱられるのを感じたが、それを意識から締め出した。自動操縦装置を設定してあるから、針路に狂いはないはずだ。

「提案があれば聞くぞ、ワン」ジェントリーはぼんやりといった。だが、返事はなかった。

ザックは意識を失っていたが、チューブを刺して胸腔の空気が増えないように処置したおかげで、呼吸はだいぶ回復していた。それでも、早く病院に運ばないと、失血死するおそれがある。

ジェントリーは、救急用品を取り、鎮痛剤がないかと探した。この高級ヨットの持ち主は、そういう微罪も控えるような人間なのだろうかと思った。

ジェントリーは、両眉をあげた。不意に思いついたことがあった。

その手があったか。

ジェントリーは、ふたたび衛星携帯電話を持ち、サロンのチーク材の隔壁に頭をもたせかけた。親指でボタンを押し、耳に電話を押し当てた。

呼び出し音がひとつ、ふたつ——五つ鳴った。腕時計を見た。

相手が出たとき、カチリという音がした。バッテリーの残量表示が、まもなく切れることを示していた。

「チェルトナム・セキュリティ・サーヴィスです」女の声。

「ドン・フィッツロイを」

「どちらさまですか？」

「コートだ」

「かしこまりました。お待ちください」

間は短かった。電池がまもなく切れる。ザックも〈スラーヤ〉を持っているかもしれないが、疲れていて探す気にはならなかった。

グリゴーリー・シドレンコに雇われるまで、サー・ドン・フィッツロイは、何年ものあいだジェントリーの調教師《ハンドラー》だった。昨年の十二月にふたりは袂《たもと》を分かち、たとえ切羽《せっぱ》詰まっても、生きているあいだは、かつてイギリスのスパイの親玉だったフィッツロイには近づくまいと、ジェントリーは誓った。

　だが、追いつめられたときには、破れかぶれの手段を使うしかないと、いま悟った。

　フィッツロイの低いぶっきらぼうな声が聞こえた。「ああ、こんにちは。元気かね？」

「これまではずっと元気だった。まったく」

「それは気の毒に。どうした？」

「ニュースを見ただろう？」

　落ち着かない笑い声。「わたしのような人間が興味を持つニュースは、紅海の西の海岸で起きていることだけだ。あの大騒動にきみがからんでいなければいいがね」

　ジェントリーは、溜息をついた。「どうやらその大騒動の核のあたりにいるみたいなんだ」

　間を置いて、返事があった。「なんということだ。CIAの仕業だとささやかれている。それじゃ、CIAに復帰したのか？」

「非公式に」

「どう非公式なんだ？」

「それがその……じつは、連中はおれを殺そうとしている」

「だったら、とんでもない非公式な関係だな。それどころか、〝復帰〟の逆じゃないか」

「ちょっと込み入っているが、そうだ」

フィッツロイがすかさずいった。「わたしになにができる？」

「いいのか？　おれはどつぼにはまってるんだ、ドン。なんならなにも出なくなるまで搾《しぼ》ってもいいんだぜ。頼める筋合いじゃないし」

「それはあとで話し合おう。きみは約束を守る男だ。とにかくそこからなんとか脱け出す算段をしよう」

ジェントリーはすこしためらってからいった。「この地域になにか資産《アセット》はあるか？」

「電話を何本かかける必要がある。わたしのネットワークにはなにもないが、エリトリアやエジプトに知り合いがいる。あすの午後には――」

「だめだ。待てない。もっと早いものでないと」

フィッツロイは、ちょっと狼狽《ろうばい》しているようだった。ジェントリーはすこし明るい気分になっていたが、たちまち落ち込んだ。目を閉じて、また頭をもたせかけた。すぐに目をあけた。

「船に乗っている。二〇ノットで公海を目指している」

「船？　それは好材料だぞ」

「しかし、スーダン海軍が追ってくる。逃げ切れない」ジェントリーは、だいたいの座標をフィッツロイに教えた。フィッツロイが、あわててそれを書き留めた。

「スーダン海軍からなんとか逃げろ」

「戦えるような武器があるか、それとも大型船でも小舟でもブイでも、つかまれるようなものがあれば、もっと気が楽になるんだが」

フィッツロイがいった。「遭難信号を発信する携帯VHF／FM無線機があるはずだ。すぐにそれを見つけろ。ロンドンのロイズ保険組合の海上保険業者に知り合いがいる。電話をかけて、きみのところへ三時間以内に行ける船舶かヨットを探す。船主や船長に知り合いはいないが、やってくれる人間をなんとか見つける。いまの位置から真東に進み、できるだけ速く、できるだけ沖に出ろ。公海に出て、スーダン海軍に攻撃されるおそれがなくなったところで、遭難信号を発信しろ」

「わかった。ありがとう、ドン」

「礼はあとでいえ。海軍を撒《ま》かなければならないんだ」ジェントリーは電話を切り、速力をあげるために操舵室へ駆け戻った。

50

ジェントリーは、遭難時用の携帯VHF／FM無線電話装置を操舵室で見つけて、腰のメッシュバッグに入れ、操縦台のところへ行った。スロットルをいっぱいまで押し込んだ。夜明けまで一時間もない。舳先《へさき》は温かなオレンジ色の太陽が出てくるはずの方角に向けていた。生きてお天道様が拝めることを祈るしかない。

突然、操舵室がまばゆい光に照らし出された。ジェントリーはとっさに首をすくめ、目がくらむような強い光線の源を探して、四方を見た。右後方にそれがあった。一〇〇メートルも離れていないところから、探照灯を向けられていた。

一秒後に、沿岸哨戒艇《しんちゅうう》の二連装一二・七ミリ機銃が火を噴き、操舵室に飛び込んだ弾丸が、マホガニーと真鍮とガラスを撃ち砕いた。

ジェントリーは、操縦台の横に跳び込み、蛇みたいに身をよじらせて、ワックスでつるつるになっているチーク材の甲板を滑り、主甲板に通じる階段を目指した。頭から先に階段を滑り落ちた。背中の激痛はすさまじかったが、超音速の弾丸をくらう怖れが、なによりも先立っていた。

たえまない銃撃が熄《や》む一瞬を主甲板で待ち、昇降口の死体のそばにあったアサルト・ライフルを二挺とも取った。古くて手入れも悪そうだった。それで哨戒艇を撃つのは無謀すぎるとわかっていたが、攻撃しなかったら敵は好きなように接近し、不運なヨットを探照灯で照らして、機関が停止し、ヨットが黒い海に沈むまで、思う存分、機銃弾を浴びせることができる。

そんなにやすやすとやられるつもりはなかった。

哨戒艇から見えないように、舳先へ這い進んだ。けたたましく咆えている一二・七ミリ機銃は、操舵室、水線（船側と水面が接しているところ）、艇尾に射撃を集中しているようだった。公海へ逃げられないように、操縦装置やスクリューを破壊するとともに、艇内にいる人間を殺そうとしている。だが、舳先はまだ、上部構造と操舵室のこしらえる濃い影に包まれていた。ジェントリーはその暗がりにまぎれて動いた。セレクター・レバーを連射に入れ、81式アサルト・ライフルのアイアンサイトを哨戒艇の探照灯に合わせ、指をトリガーガードのなかに入れた。発砲の直前、五感を集中するために一瞬の間を置いたとき、足もとの甲板がまっすぐに進んでいないことに気づいた。全長二四メートルのヨットは、かなり強い力で右にひっぱられていた。

原因はわからなかった。機銃で舵が損傷したのだろうと思った。

それを頭から追い出し、引き金を絞った。探照灯が火花を散らして炸裂《さくれつ》した。突然、〈ファーティマ〉は闇に包まれ、水面の向こうの哨戒艇が、明るく浮かびあがった。窓から漏れる明かりや照明で、甲板にいる水兵たちの姿がさらけ出された。

ジェントリーは、一挺目のアサルト・ライフルの残弾を水兵たちめがけて連射し、ふたりを殺した。あとの水兵は、全長四〇メートルの哨戒艇の甲板に伏せた。弾倉が空《から》になると、ジェントリーはアサルト・ライフルを投げ捨て、左舷へ走っていった。明るい発射炎は注意を惹《ひ》いたはずだから、舳先からできるだけ遠ざからなければならない。下の甲板におりる階段に達すると同時に、機銃がふたたび熱い弾丸をヨットに浴びせはじめた。階段のところから、ヨットが左に傾いて沈みかけているのが見てとれた。だが、まだ推進力があり、なぜか右舷側にひっぱられている。

ジェントリーは、下のサロンに戻り、四つん這いになった。そこは水線よりも下なので、機銃弾の直撃をくらうおそれはほとんどない。ザックが前とおなじ場所に横たわっているのが見えた。裸の胸が間に合わせの包帯とてらてら光る汗に覆われている。目はあいていて、しきりと瞬《まばた》きをしていた。

「海軍のやつらか」ジェントリーがそばに這っていくと、ザックがいった。機銃の薙射《ていしゃ》が通り過ぎるときに、木っ端やガラスや海水が頭のすぐ上を飛び散った。数秒後には機関がとまり、〈ファーティマ〉は漂いはじめた。

だが、銃撃は熄《や》まなかった。そのなかで聞こえるように、ジェントリーはわめいた。「甲板に出ないといけない」

「日焼け止めを忘れるな」

「沈みかけている。左舷に行こう。すこし待って、やつらが行ってから、VHFで遭難信号を発信しよう」

「だめだ。公海まで距離がある。スーダン海軍が信号を受信し、戻ってきて、仕事の仕上げをするだろうよ」

「哨戒艇を撃沈させる手段がない。ほかに手立てはないんだ」

ザックが、頭を甲板にあずけた。「なんでもやらなきゃならないことをやれ。おれはここにいるよ」

機銃の射撃が、不意に熄《や》んだ。ジェントリーは、あたりを見まわした。さっき床に置いたペットボトルが、左舷側に転がっているのが見えた。すぐにほかのものも、鏡みたいに磨き込まれた甲板の表面を滑りはじめた。

「行き足を失った」ジェントリーはいった。「機関室が浸水したにちがいない。でも、どうして撃ってこないんだ？」

ザックは黙っていた。

「すぐに戻る」ジェントリーは階段を四つん這いで昇った。ヨットはどんどん沈みかけていた。早くも左舷に一〇度傾いている。甲板に出ると、ジェントリーは伏せて、持ちあがっている右舷側を楯《たて》にした。手摺へ這っていって、そろそろと覗き、哨戒艇を探した。哨戒艇はヨットから遠ざかり、その水域を離れようとしていた。わけがわからなかった。ジェントリーはすばやく空を仰いだ。爆弾を抱えた戦闘攻撃機かなにかが襲来し、哨戒艇が逃げなければならなくなったのかと思った。だが、星空にはなにも見当たらなかった。

昇降口へ滑って戻ろうとしたとき、それに気づいた。水線のすぐ上、手摺の真下にあった。闇のなかでぬめぬめ光り、大きな濡れた腫瘍《しゅよう》みたいに、〈ファーティマ〉の船体にへばりついていた。

ケーブルと吸盤によって船体に固定され、ヨットが左舷に傾く前には右舷の水線の下にあったはずだった。

葉巻の形で、オニキスのように真っ黒で、長さは六メートル。艇尾のカバーにスクリューと舵が収められ、上には透明なプラスティックのキャノピイがある。

小型潜水艇。

ジェントリーは、信じられないというように首をふり、薄い笑みを浮かべてつぶやいた。

「ザック、こすっからいやつめ」

右にぐいぐいとひっぱられていた理由がわかった。

ザックがそれをごまかしたのは、第一の任務がグレイマンを殺すことだったからだ。第二の任務は、自分の命を救うことだったのだ。

腹は立ったが、シエラ・ワンが任務にとことん神経を遣っていることに、計り知れない敬意をおぼえた。

ジェントリーは、スーダン海軍の哨戒艇に視線を向け、あっちからも見えているはずだと気づいた。だが、大型魚雷のたぐいだと思い、機銃弾で爆発するのを怖れて遠ざかったのだ。

ジェントリーは向きを変え、斜めになった甲板を昇降口のほうへひきかえし、サロンに戻った。ザックはまだ仰向けのままだった。

「潜水艇のことをいうのが、そんなに嫌だった《キル・ユー》のか？」

「いわないでいたら、おまえを殺せる《キル・ユー》だろうと思ってね」

「操縦を教えてくれるか？」

「小型潜水艇《ミニサブ》を操縦したことがないのか？」

「操縦したことがあるやつがどこにいる？」

ザックがにやりと笑い、なにも答えなかった。

「操縦マニュアルがそこいらにあるとは思えないな」

あいかわらず返事がない。

「そのチューブをむしり取ってやりたいよ」

返事はない。

「そうか、あんたを救ったあとで必ず殺してやる」ジェントリーは、膝をつき、矢傷のあるほうの肩にザックをかついだ。痛みに悲鳴をあげた。

包帯を巻いた右腕を抱えあげられたせいでザックが悲鳴をあげたが、ジェントリーは相手が楽になるようなことはなにもしなかった。

51

　ジェントリーは、小さなキャノピイを閉めた。閉鎖機構がなかなかうまく動かず、プレキシグラスの内側に手掛けもないことから、ボタンかノブで自動的に閉じて密封する仕組みなのだろうと思った。だが、暗くて目の前の計器盤も計器も見えないので、指先でひっぱって閉めるしかなかった。

　ザックを潜水艇に乗せるとき、本人はまるきり協力しなかった。甲板に出たときには、傾きは二五度になっていた。ジェントリーはちゃんと使えるほうの腕の力を精いっぱい使ってザックを手摺の上に押しあげた。濡れた舷側をふたりいっしょに滑り降りるとき、衛星携帯電話がポケットから飛び出して、海に落ちた。ジェントリーはキャノピイをあける掛け金を見つけた。それをはずすと、キャノピイが勢いよくあいた。ザックの力の抜けた重い体を後席に押し込んだ。車に子供を乗せるときのように座席ベルトを締めてやり、自分は前の席に滑り込んだ。

　狭いコクピットに収まると、一気に疲れが出て、回復するのにしばらくかかった。それから、非協力的なうしろの乗客に声をかけた。「おい、相棒《バディ》！　ヒントぐらいくれ！　なにをすればいいんだ？」

「手を貸したいのは山々だが、おまえを始末しろっていう命令を受けてる。目的を果たすにはまわりくどい方法だが……」頑固な態度はあいかわらずだが、無理して動かされたために、声がかなり弱々しくなっていた。

「命令なんかどうでもいい。出発しよう！」

ザックは答えなかった。

ジェントリーは、ふたたび操縦装置をまさぐりはじめた。

突然、甲高《かんだか》い轟音があたりに響き、潜水艇から二五メートル離れた水面に砲弾が落ちた。ちっぽけな潜水艇が激しくふるえ、頭上をミニハリケーンが通過したみたいに、泡立った海水がプレキシグラスにふりかかった。

「連中の煙草《たばこ》休憩が終わったみたいだな」後席でザックがつぶやいた。

「くそ！」ジェントリーは目の前の計器盤を手探りしたが、はじいたり、ねじったり、押したりできるようなものが見つからなかった。あらゆるものを作動したかった。ありていにいえば、恐怖のあまりそうしようとしていた。自分が乗っているもののことがまったくわかっていなかったが、沈みかけている船に乗ったまま、哨戒艇の砲から発射される榴弾から逃げまわるよりはましだった。

さらに必死で操縦装置をまさぐり、電源ボタンのようなものはないかと探した。闇のなかでこれまでに指先が触れたものよりも、ずっと大きくて、目につくところにあるはずだ。つぎに左右に手をのばし、ビニールの肘掛けの外側の壁沿いを探った。左側で、壁から水平に突き出している長さ八センチのレバーを見つけた。丸い球が先端にあるレバーは、〝上〟の位置にあった。ほかになにも適当なものがないので、レバーを下げた。

たちまち、潜水艇の前部が、ヨットの船体に取り付けられた吸盤のケーブルから離れた。艇首が水面めがけて下がり、ジェントリーはコクピットの操縦装置に叩きつけられた。

後席のザックには座席ベルトを締めてやったのに、自分は締めるのを怠《おこた》っていたのだ。痛みのあまり、悲鳴をあげた。渾身の力でうしろに体をのばし、さっき引いたレバーのうしろ寄りにあるレバーを探った。それをつかみ、下げた。

後部のケーブルもはずれて、潜水艇は〈ファーティマ〉の傾斜した舷側を滑り落ち、一メートル半下の黒い海に艇首から突っ込んだ。

水面に落ちたとき、潜水艇が一瞬、姿勢を回復したので、ジェントリーは操縦席にもどろうともがいた。かなり厄介だったが、なんとか座り、座席ベルトのバックルをはめたとき、右側に重力がかかるのを感じた。プレキシグラスが不透明なダークグリーンの水に囲まれていたので、方角が見定められるように潜水艇が浮上するのを待った。

五秒のあいだ、水面に出るのを待っていたが、その間ずっと、右に重みがかかる感覚が増すばかりだった。まるで横転しているみたいに。

十秒後、じっさいに横転しているとわかったが、右への重力はなくなっていた。まだ潜航したままだった。

ジェントリーは、ポケットから小さな折り畳みナイフを出して。膝に置き、手を離した。ナイフが上に飛び、顎と鼻をかすめて、キャノピイに当たり、前方に滑っていった。転覆して沈んでいるのだとわかった。

「ザック！　ザック！」気圧の増加で鼓膜が内耳に押し込まれて耳が痛くなり、ジェントリーはパニックの波と闘った。暗い海のなかで動かない潜水艇に閉じ込められ、状況把握力をまったく失っていた。

ザックは答えない。

砲弾がヨットに命中し、その音が二段階の爆発音となって水面から伝わってきた。最初は砲弾の炸裂音、つづいて燃料タンクの爆発。衝撃波が潜水艇の下腹を叩いた。

ジェントリーは、もうじっとしていられなかった。両手を前にのばし、右人差し指がボタンを見つけた。どれでも好きなボタンを選べる。ボタンは数十あり、書いてある文字はおろか、色もわからないからだ。

くそ。ボタンを押した。

なにも起こらない。鼓膜への圧迫が増し、また耳が痛くなった。ここの水深がどれほどあるのかはわからないが、沈みつづけるのも海底にぶつかるのもまっぴらごめんだった。キャノピイが先にぶつかることになる。

つぎのボタンに手をのばし、押した。さらにつぎのボタン。四つ目のボタンも押した。燃料を捨てているのかもしれないし、カーゴドアをあけたり、自爆手順を開始したりしているのかもしれない。

潜水艇のことなど、これっぽっちも知らないのだ。

五番目のボタンを押すと、たちまち温かみのある赤外線照明がキャビンを照らし出した。頭痛がひどくなり、消化器から首のうしろまで吐き気で引き裂かれそうだった。

明かりがついたので、すばやく数十の選択肢に視線を走らせ、オンにするものを探した。HUDと記されたボタンの上で指をとめ、すかさず押した。レーザー・ヘッドアップ・ディスプレイが起動し、目の前の風防にさまざまなデータが映し出された。速力と潜航深度の数字が一秒ごとに増し、人工水平儀が時計回りにゆっくりと回転している。コンパスの針は、目盛りを追って着実にまわっている。

望んでいた状況把握力が得られた。そう、きりもみ状態で死に向けて沈降していることを、搭載コンピュータが教えてくれた。つまるところ、そんな情報は知りたくなかったと気づいた。

頭痛が一段とひどくなった。水と胆汁を吐き、一部が鼻から出て、重力の法則に従い、目に流れ込んだ。ひりひりする目を汗まみれの手で拭い、右のジョイスティックを握って、潜水艇の姿勢を回復させようとしたが、なんの効果もなかった。スロットルとおぼしいレバーを左で押した。やはりなにも変わらない。裸足のままの足を左右ともばたつかせてラダーペダルを探したが、なにもなかった。

潜水艇が、深度一八メートルを超えた。

ジェントリーは、ふたたびこみあげた吐き気と、高まるパニックを抑えようとした。

そこで、操縦装置をいじくるのをやめて、両手を膝に置いた。

「ザック、起きているか？」ジェントリーの声は落ち着いていた。パニックの気配も、破滅に向かって沈んでゆく潜水艇の後席の男への脅しも感じられない。

「ああ。曲乗りを楽しんでるぜ、きょうだい」ザックの声は、ひどく弱々しかった。こっちの身がどうなろうが、ザックはまもなく死にそうだと、ジェントリーは気づいた。それでも、ザックのことはよくわかっていた。見かけほど冷静ではないはずだ。

ザックも死にたくないと思っている。

「おれは、潜水艇の操縦のほうはてんでだめなんだが」ジェントリーは、グロック19を抜いて、後席のザックに見えるように、赤い光のなかにかざした。「こういうものの扱いは得意なんだよ」

「そうかね。おれを撃つって脅してるのか。そんな手しかないのか。苦しい手立てだな」

ジェントリーは耳を貸さなかった。「おれは深度四〇メートルから無酸素で浮上できる訓練を受けている。一分以内にキャノピイを吹っ飛ばして浸水させ、浮上すれば、ヨットの残骸《ざんがい》が浮いているのを見つけられるだろう。それにつかまって、運がよければ夜までに岸へ行ける」

「そのあとは？」

「スーダンから脱出する」

「そうか。そうしろよ」

ジェントリーは、間を置いてからいった。「忘れたのか。おれはグレイマンだ。やってのける」

後席はすっかり静まり返っていた。

「だが、それだとあんたを連れていけない。わかるよな、きょうだい？」ザックのいいまわしをまねた。

やはりザックは答えなかった。脈があると、ジェントリーは判断した。ザックはだいたい言葉に詰まるほうではないのだ。

「それで、おれは生き、あんたは死ぬ。つまり、あんたはどじったことになる。潜水艇を動かすのを手伝ってくれれば、ふたりとも生き延びられる。つまり、あんたは生きて、いつの日かおれを殺せる。任務遂行の決意をしばし棚上げにして、最後には任務を成功させるわけだよ。デニー・カーマイケルだって、いかにも優秀な兵士らしい有効な戦略だと認めてくれるだろう。申し分のない取り引きだというのがわからないようじゃ、あんたの知力も高が知れているな」

うしろからは、依然として返事がない。

「キャノピイをあけるいい方法があるとは思うんだが、このバスタブのなかでおれの手が扱えるものは、この銃の引き金しかない。あんたが溺《おぼ》れる前に自殺できるようにグロックを置いていってやりたいが、陸地でも役に立つだろうし」

ザックは沈黙を守っていた。意識を失ったのではなく、考えているのならいいがと、ジェントリーは思った。

頭痛がすさまじくなっていた。酸《す》っぱいゲロと圧力のせいで、鼻腔《びこう》がいまにも破裂しそうだ。

「深度三〇メートルを超えた」ジェントリーは、肺を空気でいっぱいにした。深呼吸をつづけると、肺の能力が高まる。呼吸しながらつづけた。「あんたの下で働くのは、たいがい楽しかったよ、ザック。CIA本部《ラングレー》に手紙を出して、あんたが潜水艇と運命をともにしたことを伝えよう」

ジェントリーは、プレキシグラスのキャノピイにグロックの銃口を押しつけ、その下で身を縮めて、顔をそむけた。

ザックが、弱々しく咳をした。

くそ、ジェントリーは思った。こいつ、話に乗ってこないのか。

「あばよ」ジェントリーは、一瞬の間を置いてから、指を引き金にかけ、艇内の空気を胸いっぱいに吸い込んだ。

よし、やるぞ。

「右膝の下のほうに、BALと書かれたダイヤルがある。それをめいっぱい左にまわし、バラストを浮力ゼロにしろ。つぎにPROCONと書かれた四角いボタンを押せ。それが推力制御だ。早く押せ」ザックの声は弱々しかったが、言葉が矢継ぎ早に出てきた。

ジェントリーは、銃をおろしてダイヤルを見つけ、まわした。四角いボタンも見つけて押した。すぐさま頭痛に悩まされている頭に、大きな金属音が響いた。潜水艇の二次元画像がHUDに表示された。最初は葉巻の形をしていたが、金属音がとまると、翼と尾部フィンがある単発戦闘機のような形に変わっていた。

「推力をあげろ。ほんのすこしでいい」

ジェントリーは、スロットルを押した。エンジンのかすかな震動が伝わってきて、ゆるやかに前進しているのを感じた。そっとスロットルを押すと、それまでずっとゼロだったHUDの表示が、五パーセント、一〇パーセント、二〇パーセントというぐあいに増えていった。

「こんどはジョイスティックを使って、水平に戻せ。フライ・バイ・ワイヤ・システムだ。縦揺れ《ピッチ》、偏揺れ《ヨー》、横揺れ《ロール》をすべてジョイスティックで制御する。飛行機みたいなもんだ」ザックが咳をした。「おまえ、一度墜落《クラッシュ》させたことがあったな」

「不時着《クラッシュ・ランド》させたんだ」ジェントリーは訂正した。パニックのあと、死を目前にしてあきらめていたのが、生き延びる見込みが増えたので、喜びにあふれ、得意の絶頂になっていた。

「キエフだったよな?」

「タンザニアだ、ザック。あんたもいた」

「いや、キエフでもやっただろう？　そこでもクラッシュさせた。ちがうか?」

「ノーコメント」

すぐに沈降を抑えて、潜水艇を水平にもどすことができた。さらに数秒後には、コンパス針路を東に定めていた。

「ヘッドライト」ザックがうしろから指示した。

「どこだ?」

「車に乗ったことがないのか、阿呆。おなじ場所だ」

ジェントリーは、左前に手をのばし、自分が運転してきたたいがいの車とおなじところにあるスイッチを見つけた。

スイッチをはじき、ヘッドライトをつけた。

驚愕のあまり叫んだ。「まずい!」

潜水艇は、砂地の海底を猛スピードで航走していた。海底から三メートルも離れていない。

ジェントリーは、過呼吸を起こしかけていた。ジョイスティックを引いて、スロットルを四〇パーセントまで押し込んだ。

「いいだろう。こんどは左、十一時の方向にある、四つ目盛りがあるダイヤルだ」

暗い赤い光のなかで、探すのが難しかったが、ジェントリーの指がダイヤルにかかった。

「めいっぱいまわせ。空気清浄機だ。おれたちはいま、おたがいの吐く二酸化炭素を吸ってる。それで空気がきれいになる」

「了解」

ザックのくたびれた声の指示に従って、ジェントリーは酸素供給システムをオンにし、レーザー衝突回避装置を作動し、東に向けてさらに一分進むうちに、操縦の感覚がわかっていた。コツをおぼえたという自信が出てくると、うしろのザックに声をかけた。「どんなもんだ？」

「ひどいもんだ。おまえは車の運転も飛行機の操縦もできない。そのうちにこいつで鯨のケツに乗りあげるだろうよ」

胸を負傷したザックの説教に潜む安堵《あんど》を、ジェントリーは聞き取った。


二時間後、公海上に出てかなりたつと確信した。うしろからときどきうめき声や苦しげな息が聞こえた。一度、意味不明のことを口走っていた。たとえザックが一時間以内に最高の治療を受けたとしても、傷か感染症のせいで死ぬおそれがあることを、ジェントリーは知っていた。ふたりとも救われるには、サー・ドナルド・フィッツロイに大がかりな救援をよこしてもらわなければならない。

皮肉なめぐり合わせだと思わずにはいられなかった。数カ月前、ジェントリーはフィッツロイの命を救い、二度とあんたを信用しないといい放った。そしていま、太っちょの騎士サー・ドナルドが、ジェントリーの最後の頼みの綱になった。

午前八時十五分にようやく浮上した。小さな潜水艇の艇首のまっすぐ前方で陽が昇っていた。明るい陽射しがコクピットを照らし、HUDが読めないので、ジェントリーは位置関係を見定めるのに太陽を使った。VHF／FM無線機で遭難信号を発信し、待った。

見晴らしのきく海に浮き、上下に揺れていた。

十時過ぎに船が見えた。巨大なタンカーで、潜水艇の近くにぬっと現われると、水線とおなじ高さのジェントリーの頭のはるか上に聳《そび》え立ち、高層ビルなみの高さに見えた。漆黒の船体が、いかにも恐ろしげだった。姿が見えてから、潜水艇に向けて乗船梯子がおろされ、ジェントリーがキャノピイをあけるまで、三十分かかった。助けを呼ぶと、べつの梯子でふたりがおりてきて、ザックを縛帯《ハーネス》でしっかりと固定し、三階上の手摺へ引きあげた。

ジェントリーは自力で梯子を昇ったが、そのせいで背中が灼《や》けるように痛んだ。梯子にしがみついていると、タンカーが上下に揺れ、熱気のなかで吐いた。昇り切る手前で、左舷船首に描かれた大きな文字のそばを通った。自分を救ってくれた船の名を読むのに、背をそらし、梯子から体を離さなければならなかった。

〝ローラングループ・シェルブール〟

「完璧だな」ジェントリーはいった。巨大多国籍企業のローラングループとは、ちょっとした経緯がある。去年、ローラングループは、ジェントリーを殺そうとした。その会社の船にみずからの意志で乗り込むことになろうとは、夢にも思っていなかった。だが、追いつめられたときには、破れかぶれの手段を使うしかない。

ジェントリーは、梯子を上まで昇り、インドネシア人乗組員に引きあげられた。

ザックは車輪付き担架《ストレッチャー》に載せられ、あわただしく運ばれていった。ジェントリーは甲板に倒れ込んで、両脚と両腕を持って運ばれ、上部構造の涼しい通路に連れていかれた。すぐにモルヒネを頼み、注射されて、すぐに意識を失った。

目が醒めると、すでにべつの船に移されていた。ウェールズ人のメディア王が所有する背の高いヨットで、メディア王がサー・ドナルドの友人だということが、あとでわかった。ジェントリーは、自分といっしょにタンカーに救われた男の容態をきいたが、四トン乗組員はなにも知らされていなかった。

四日後、ヨットはアレキサンドリアに入港し、ジェントリーはひそかに上陸して姿を消した。ジェントリーが下船するところを、乗組員は見ていない。

乗組員たちが朝に目を醒ますと、ジェントリーはいなくなっていた。

エピローグ

ロソボロネクスポルトが武器を売却している世界各地の八十カ国のうち、Il-76のシニア・パイロット（勤務十年・飛行時間千八百時間を超えたパイロットの等級）のゲンナジーが寄航をもっとも満喫する国は、ベネズエラだった。夜のお楽しみがあるからではない。その方面は数年前から、ウーゴ・チャベス大統領の厳しい共産主義デマゴーグによって痛手をこうむっている。野性的な自然の美しさのためでもない。折り返しロシアへ帰るまでに、たいがい一日の余裕しかなく、五百万人が住み、スモッグに煙るアスファルト・ジャングルのカラカスを離れる時間はない。

ゲンナジーがベネズエラを満喫するのは、ひとりの女のおかげだった。たったひとり――ゲンナジー・オルロフのような享楽的な男にしてはめずらしい。ボリビアへ行くときには、打って変わって三人のうちからひとりを選ぶ。キューバには七人いるが、ふたりはだいぶ薹《とう》が立っていて、ゲンナジーの好みには合わなくなっていた。ベトナムには、一夜の愉悦をともにする女が十数人いて、ドン紙幣かクレジット・カードでサービス料を受け取るのはその半分だが、ホーチミン市での滞在が四十八時間あるときに、ゲンナジーの浮気性を抑えられる女はひとりもいない。

だが、ミス・ベネズエラは、格別だった。ベネズエラでは、ゲンナジーはほかの女には目もくれない。妻子持ちの四十四歳のロシア人にとって必須のインターネットで、彼女と知り合った。この十八カ月、ゲンナジーは月に一度はカラカスに赴いていた。ミサイル、軍艦のパーツなど、ロシア製武器カタログの主要品目のほとんどを輸送した。カラシニコフ・ライフルだけはべつで、ＡＫ-47を発展させた輸出型のＡＫ-103が、ベネズエラのマラカイにある工場でライセンス生産されている。ゲンナジーがカラカスに来るときはいつも、二十九歳のタニヤ・デル・シドが、ベネズエラでもっとも豪華な五つ星クラスのホテル、〈グラン・メリア・カラカス〉のジュニアスイートで待っている。タニヤはレクサスのディーラーの現金出納係で、女友だちがこのホテルのコンシェルジュだった。ふたりはそれぞれの雇い主の商品とサービスを、ひと晩だけひそかに取り替える仕組みをこしらえていた。タニヤは威勢のいいロシア人パイロットとジュニアスイートでひと晩楽しみ、コンシェルジュのマリアはディーラーから〝借りた〟ＳＣ-10コンバーチブルで、メルセデス大通りを流す。

アルファーシル行きのフライトから二週間後のその日、ゲンナジー・オルロフと搭乗員たちは、シモン・ボリバル空港の貨物取扱所で別れた。翌日の午後に集合し、帰途につく予定だった。搭乗員四人は、夕立のなかを走って、空港近くのホテルへ行くシャトルバスに跳び乗った。ゲンナジーはタクシーに乗り、〈グラン・メリア〉に急いで行くよう命じた。

三十五分後、雨でぐしょ濡れになったゲンナジー・オルロフの靴が、ホテルの七階の美麗な廊下でぐしゃりという音をたてた。年季のはいったカンバスのフライトケースとナイロンのオーバーナイトバッグを転がしていた。不安と欲望が入り混じり、まるで学生に戻ったみたいに緊張していた。七〇九号室へ行くと、ドアが細目にあいていた。不思議に思ったが、心配もせずにドアをすこし押しあけた。

リビングの広い通路に、薔薇《ばら》の花びらが散り、蠟燭《ろうそく》の明かりの廊下から寝室へとつづいていた。ソフトなラテン音楽、マリア・テレサ・チャシンの愁いを帯びたセレナードが、ステレオから流れていた。

ゲンナジーはにっこり笑った。いつもとおなじだ。

部屋にはいると、ゲンナジーは荷物をドアのそばに残し、ドアを閉めてロックした。濡れた靴を脱ぎ、びしょびしょの靴下をひっぱって脱ぐと、コーヒーテーブルの活《い》け花から、茎の長い白薔薇を一本抜いて、廊下を進んでいった。ドアの前で立ちどまって、つかのま雰囲気を味わった。蠟燭のラベンダーの香り、爪先に湿った花びらが触れ、タニヤの香水が、あたりにふんわりと漂っていた。

ゲンナジーはドアをあけて、撒《ま》かれた花びらをベッドのほうへと目でたどった。

タニヤは、服を着たままで、ベッドに腰かけていた。両腕はうしろにまわされて、肘のところを縛られ、パンティストッキングで猿轡《さるぐつわ》をかまされ、怯《おび》えて見ひらいている目が、泣いたために赤く、腫《は》れぼったくなっていた。

頭のうしろで拳銃の撃鉄が起こされる音を、ゲンナジーは聞いた。薔薇を落とした。

英語。「両手を高くあげろ。廊下をひきかえせ。ゆっくりと」

ゲンナジーは、指示に従った。怯えた目でタニヤと視線をからめた。タニヤがなにかをいおうとしたが、甲高《かんだか》いか細い音と大量の唾《つば》がパンティストッキングから漏れ出しただけだった。

リビングに戻ると、音楽の音量が下げられた。ゲンナジーは数秒のあいだ命令を待ったが、なにもいわれなかったので、精いっぱい男らしい声でいった。「ゆっくりふりむかせてもらう」

スーツ姿の男が、奥の壁に背を向けて、革の椅子に座っていた。レインコートを畳んで、脇に置いてある。もう両手にはなにも持っておらず、膝に置いていた。男に向かって左側の窓から、荒れ狂う雷雨が見える。男の顔が稲光に照らされ、窓ガラスを雨が流れ落ちて、まるでその顔がゲンナジーの目の前で解けていくように見えた。

その顔。ゲンナジーの知っている顔だった。

スーダンに運んだアメリカ人刺客《アサシン》。その男のせいで、厄介に巻き込まれた。ゲンナジーは、不安を顔に出すまいとした。「なにか変わったことでも《シトー・ノーヴァヤ》？」

「どうということはない《ニチェヴォー》」

「なにが望みだ《シトー・トゥイ・ホーチェシ》？」

「まず、英語で話そう。座れ」

ゲンナジーは、アメリカ人の向かいに用心深く腰をおろした。だが、革の椅子に座っている顎鬚《あごひげ》の男に、脅すような気配はなかった。スーダンにいたときよりも痩《や》せているように見えた。顔もげっそりと肉が落ちているようだったが、雷雨と稲光のせいで、しかとは見届けられなかった。

ゲンナジーは、英語に切り換えた。「わかった。なにが望みだ？」

「おまえと話し合いたい」

「アルファーシルを発《た》ったあと、おまえのせいでだいぶ厄介なことになった」

アメリカ人が肩をすくめた。「もう落ち着いたようじゃないか。あいかわらずロソボロネクスポルトの武器を運んでいるんだろう」

「あたりまえだ。シトー・トウイ・ホーチエシ なにも悪いことはしていない」

「制裁措置に違反していることを除けば、という意味だな」

ゲンナジーは、いくぶん緊張を解いた。顔から蠅《はえ》を追い払うみたいに、片手をふった。

「政治だよ。おれはそういう決定になにも関係ない。ただのパイロットだ」

アメリカ人が、肩をすくめた。「だれにでも専門技能がある」

ゲンナジーは生唾《なまつば》を呑み込み、あんたの専門技能はなにかときくのを控えた。殺し屋だと知っている。それを持ち出したくはなかった。

「おまえ……タニヤになにかしたのか？」

〝なにか〟の定義による。顔に銃を突きつけた。縛りあげた。お漏らししそうなほど怖がらせた。じっさい、文字どおりお漏らししたんだがね。そう、〝なにか〟したともいえる」

男は一瞬、べつのことを考えているようだったが、視線は片時もゲンナジーから離れなかった。「それはそうと、あの女はスパイだよ」

「なんだって？」

「そう。ＧＩＯだ」

ゲンナジーは、目を丸くして見返した。話が呑み込めなかった。

「ベネズエラ総合情報局だよ」

まだなにをいわれているのか、理解できていなかった。

アメリカ人が、いらだって溜息をついた。「ベネズエラのスパイだといっているんだ。これを体からはずした」濡れたスパゲティくらいの太さのアンテナがついた小さな盗聴器を、ゲンナジーの目の前でぶらぶらさせ、コーヒーテーブルごしにほうった。

ゲンナジーはそれを受けとめて、眺め、テーブルに置いた。「嘘だ」

「いや……ひとは殺すが、嘘はつかない」

ゲンナジーは、それを信じた。一瞬、目の前のアメリカ人のことを忘れかけた。立ちあがって寝室へ行き、腕を縛られているのをいいことに、嘘つきの南米人の売春婦を叩きのめしたかった。

だが、このアメリカ人は？　こいつの狙いはなんだ？

「おまえはグリゴーリー・シドレンコの手先だな。おまえが姿を消したことについて、FSBに事情を聞かれたときに、そういわれた。ベネズエラの情報機関からおれを護るために来たのか？」

「ちがう」

「それじゃなんだ？」

「おまえの女房は、浮気のことを知っているのか？」

ゲンナジーの目が鋭くなった。「これは知らない。だが、わかってくれるさ。女にもてるのは知ってるからな」

「ことに売春婦にな」

ゲンナジーは溜息をついて、肩をすくめた。「おれは女房を愛している」

「おれがおまえの結婚生活のことを気にするような男に見えるか？」

「それじゃ、これはどういうことだ？」

「おまえから得た情報をベネズエラがどう使うつもりなのかは知らないが、しゃべったのがFSBにばれるとまずいようなことを、美人のタニヤ・デル・シドに寝物語で話したことがないかどうか、自分の胸にきいてみたほうがいい。ロシアの悪口はいわなかったか？　仕事のことは？　FSBに知られたら自分の身が危なくなるような重大なことは、なにもいっていないか？」

ゲンナジーは、肩をすくめた。「おれはただのパイロットだ。祖国を誇りに思っている。

心配になるようなことはいっていない」

「たしかだな?」

ゲンナジーは、ゆっくりとうなずいた。それほど確信はなかったが、アメリカ人になにかを打ち明けるつもりはなかった。

アメリカ人は動じていないようだった。「おれのためにやってもらいたいことがある。大金を払う用意がある」

「なにをやれというんだ?」

「これまでおまえがさんざんやってきたことだ。話をしろ」

「なんの話だ?」

「輸送機でダルフールへ行っている話だ。ロシアの国家安全保障のためにロシア・マフィアが用意した刺客《しかく》を、そこへ運んだ話だ。スーダンへ輸送した武器の種類と量。積荷目録に載っていない武器のことだ。ロシア政府の犯罪について話をして、スーダン大統領をロシア側が殺したことをスーダン国民に話せ」

「それでなにが証明される?」

「おおぜいの人間が推理していたとおりのことが証明されるだけだ。しかし、それによって、ロシアが圧力を受け、スーダンから追い出される。影響力が弱まる。それで戦争が防げるかもしれない」

「そんな馬鹿なことをおれがやるわけがないだろう? そんなことをしたら、FSBに殺される」

「捕まらなければ、殺されない」

ゲンナジーは首をふった。この話し合いは正気の沙汰じゃない。論外だ。「家族がいる。家族が捕まる。女房と子供三人が――」

「ほんとうは五人だろう」アメリカ人の声には、恫喝《どうかつ》がこめられていた。「養うのもたいへんだな。モスクワ中心部にいる女房のマリナとのあいだに三人、タイの女工員ミーナとのあいだに六歳の女の子、チュニジア人フライトアテンダントのエルミーラとのあいだに十二歳の男の子」

「ああ」この危険な男に私生活を知り尽くされていることに怯え、ゲンナジーはゆっくりと答えた。「しかし、家族はモスクワにいるんだ。たとえおれがFSBに捕まらなくても、スーダンのことをしゃべったら、四人ともシドレンコかFSBに殺される」

「いま、ICCのチームがモスクワにいる。おまえが女房に電話して事情を伝えれば、チームが迎えにいって、四人をロシアから出国させ、安全なところへ連れていく。一時間以内に」

ゲンナジーは、ためらわずに首をふった。「だめだ。出ていってくれ、アメリカ人。これは通報しない。だが――」

「おれの提案にイエスといえば、家族は安全だ。それに、金持ちになれる。欧米に移り住んで、出直せる。前よりもましな人生だ。だが、ノーといったら……」アメリカ人が身を乗り出した。雨水の反射から顔をそむけ、表の稲光の明かりを失うと、顔がどす黒い影に包まれた。「おまえの人生はない」

「殺すと脅しているのか？」

アメリカ人が、首をふった。「そんな単純なことならいいんだ。しかし、おまえが必要だ。重要人物だからな。重要なことをおまえは知っている。戦争を阻止するのにおまえが必要だ」

「それじゃ、なにを――」

「ＩＣＣに話をしろ。さもないと、おまえはいちばん大切なものを奪われることになる」

ゲンナジー・オルロフの顔がたるんだ。腹ぐあいがおかしくなり、便を漏らしそうな心地がした。目の前の男は冷血で非情な殺し屋だ。「子供たちのことか？」

それから三十秒、ひとつも言葉は交わされなかった。ようやくアメリカ人が座り直し、すこし態度を和らげた。「だが、そうはならないだろうと見ている」

「おまえを殺してやる！」

アメリカ人の刺客が、ゆっくりと首をふった。「無理だな」

ゲンナジーは、激怒のきわみに達していた。だが、目の前の男への恐怖も、それとおなじくらい激しかった。襲いかかる度胸はなかった。自分は殺し屋ではなく、パイロットだ。だから、子供たちや自分の苦境のことを考え、やがて気がくじけた。暗い部屋のそばで、長いあいだ泣いていた。静寂を破るのは、すすり泣きの声と雨だけだった。アメリカ人の刺客は、静かに座っていた。

二十分後、ジェントリーは〈グラン・メリア〉から一ブロック離れたレセロ大通りの公衆電話ボックスにいた。雨が奔流となって降り注ぎ、レインコートがぐっしょり濡れ、狭い電話ボックスのガラスの内側が曇っていた。カフェやコンサートやホテルやバーに向かうひとびとが傘をさして歩き、まわりの舗道はごったがえしていた。ジェントリーの目の前の下水溝を勢いよく流れる水とおなじように、群衆が前を通り過ぎていった。

ジェントリーの目が下水溝に焦点を絞り、水に浮かんで電話ボックスのそばを下流へと流されてゆくゴミを追った。脅威がないかどうか、周囲の群衆に目を配るべきだというのはわかっていた――戦闘態勢にあるのだ――しかし、血管を流れる薬物のせいで、なんの役にも立たない、どうでもいいようなことへと、意識が漂っていった。つぶれたジュースの空き缶が流れ過ぎるのを目で追い、それがくるくるとまわって下水溝の鉄格子に落ちてゆくのを見守った。流れるのをたどれるべつのゴミを探し――。

「エレン・ウォルシュです」

ジェントリーは一瞬、受話器を耳に当てていたのを忘れていた。すぐに注意を取り戻して、返事をした。「やつは同意した。おれの部屋、四二二号に移した。女といっしょにしておくのはまずいからな」

「すぐに家族を迎えにいかせるわ。ホテルで今夜、事情聴取する」

「こっちに来ているのか？　カラカスに？」

「一時間前に着いたの」

ジェントリーは、通りを流れている雨水の小さな川を眺めながら、つぎの言葉を慎重に選んだ。「ゲンナジー・オルロフを捕らえるために来たのか？　それともおれを捕らえるために？」

長い沈黙が流れた。「オルロフが目的よ。ディッラーへ向かう途中の出来事は、そこに残しておくことにしたの。あそこで起きたことであなたが起訴されることはないわ」

「ありがとう」

「シックス、あなたのことが心配なの。ＩＣＣに証拠を提供するようオルロフを説得するのに、なにをいったのかは知らないけど、わたしが了承できないようなことではないでしょうね」

「おれ自身が了承できるようなことでもない。だが、目的が手段を正当化する」

「あなたがそう信じられるのならいいんだけど。前にもいったように、あなたが自分のもっとも憎んでいるたぐいの人間になりはしないかと、心配なのよ」

「だいじょうぶだ」ジェントリーはそういったが、エレンと自分を納得させられるような口調ではなかった。

「あのね。これからちょっと会わない？　ロビーで。オルロフは、わたしのチームを先に行かせて、しばらく気を揉《も》ませておきましょう。一杯飲んだら、わたしがあなたに手錠をかけにきたんじゃないってわかるわ。わたしが心配したひびが大きくなっていないかどうか、じかに会ってたしかめたいし」

ジェントリーは、かすかな笑みを浮かべた。気持ちは晴れなかったが、すこし心が安らいだ。

「お願い」エレンが、なおもいった。

「十分後。その前にかける電話がある」

「よかった。シャワーを浴びてきれいな服を着ているから、きっと見ちがえるわよ」

ジェントリーは、また笑みを漏らした。「あいにくこっちはあまり変わりがない」

エレンが、くすくす笑った。「それじゃ十分後に」電話が切れた。ジェントリーは声から本心を読み取るすべを知っている。エレンはうれしそうで、興奮していた。

一杯ぐらい飲んでも、さしつかえないだろう。

電話にまた硬貨を入れて、ポケットから出した小さな紙切れに書かれた番号にかけた。相手が出ると、紙切れを口に入れて飲み込んだ。

「やあ、ドン。済んだ」

サー・ドナルド・フィッツロイがいった。「女が情報部員だという話を、そいつは信じたか？」

「信じた」

「名案だったな。FSBの恐ろしさを梃子《てこ》にしたのか？」

「いや、びくついていなかった。隠すようなことはないんだろう」

間があった。「なるほど。それじゃ、手伝わせるのに、べつの手を使ったんだな？」

「そうだ」

フィッツロイの声は力強く、いつもより真剣だった。「うれしそうじゃないな？」

「うれしいわけがない。子供を狙うと脅したんだ」

また長い沈黙が流れた。電話の相手に批判されているのを、ジェントリーは感じていた。

やがて返事があった。「きみは戦火を阻止するのに協力したんだ」

ジェントリーは黙っていた。

「ソーセージを作っている現場はだれも見たくないが、だれでもソーセージは好きだ。他人の家族を脅かすのは、汚い仕事だ。わたしも身をもって知っている。しかし、きわめて効果的だ。それに、やらなければならないことだった」

「ああ」ジェントリーは、やはり心もとない声でいった。

電話ボックスのガラスに額を押し当て、また雨水の流れを見た。雨が激しくなるにつれて、流れも速くなっている。

電話を切ってエレンに会いに行きたくてたまらなかった。もう二杯目のことまで考えていた。タクシーに乗って、ホテルを出てもいい。小さな店を見つけて食事をする。地元の静かな酒場で、エレンに仕事とこっちへの気遣いを忘れてもらう。それがいい。ぜひそうしよう。

「休暇がほしい」電話の相手にではなく、自分に向けてそうつぶやいた。

「休暇などというものでは不足だろうね。これからわたしがいうことを、よく聞くんだ。世界中で、やつらがきみを探している」

「だれが？」ジェントリーは、ガラスから顔を離した。

「あらゆる勢力だ。全面的な人狩りだ。ロシア政府、アメリカ政府、シドレンコのネオナチ。これまでとはわけがちがうぞ。CIAは世界各地に斥候《せっこう》を放っている。その連中が、だれかれかまわず手を組み、金に糸目をつけず、きみを探している。わたしの忠告どおりにしろ。いまどこにいて、なにをやっているかは知らないが……逃げろ。立ちあがって逃げに逃げ、ぜったいに足をとめるな。頼むから、居所をわたしに教えないでくれ。やつらはきみを捕まえるために、わたしのところへ来るだろう。だれにもいうな。やつらはもう近づいている。まっしぐらに逃げないと、やつらに見つかる」

「ICCは？」

「ICC？ICCがきみを追っている気配はない。追っていればわからないはずはない。そういう国際組織は、笊《ざる》のように情報を漏らしている。いや、ICCはきみを追っていない唯一の組織かもしれない」

ジェントリーは、プレキシグラスを濡らす雨を透かして、通りの先にある〈グラン・メリア〉の明かりを見た。「わかった」

フィッツロイが、不安のにじむ早口でつづけた。ジェントリーではなく自分が、狩られている獲物でもあるかのようだった。「それから、隠し金のことは忘れろ。銀行口座にアクセスするな。いま自分のポケットにある現金以外には、目もくれるな。やつらはスイスの銀行にも圧力をかけて、きみの財務情報を手に入れようとしている。スイスの銀行は、商売柄しばらくは渋るだろうが、すぐに屈するだろう。それも商売だからだ。金を手に入れるためになにをしてもいいが、インターネットはぜったいに使うな。逃げろ、逃げつづけろ。どんな小さなことにも妄想を働かせる、それが生き残る唯一の見込みだ」

「そうだな」ジェントリーの頭が回転をはじめて、通りのあちこちに目を配った。アドレナリンの分泌で、脳内の薬物が消滅したようだった。

「六カ月後か、九カ月後か、どうしても必要なときには、わたしに電話せず、わたしを知っていて、接触する手段を心得ているだれかに連絡しろ。そうしたら、こっちから連絡する。仕事がほしければ、仕事をやる。金が必要なら、なんとか届けて手助けする方法を算段する」

「ありがとう、ドン」

「わたしはなにもしていない。きみへの借りは、この程度では返せない。さあ、走れ。逃げろ。ふりかえるな」

「本気だ。ほんとうに感謝――」

「逃げろ！　電話を切って、行け！」

「行く」ジェントリーはそういって、受話器をかけた。電話ボックスを出て、ホテルの明かりが輝いているほうをちらりと見たが、それはほんの一瞬で、すぐに目をそむけた。

闇のほうへ。

そして、歩行者の群れに溶け込み、排水溝を流れる生暖かい雨水とおなじように、夜の人込みの流れにまぎれた。

解説

文芸評論家
北上次郎

それにしても、マーク・グリーニーのデビュー長篇『暗殺者グレイマン』（伏見威蕃訳／ハヤカワ文庫）はすごかった。物語の構造はシンプルだ。主人公ジェントリーは、元CIAの特殊活動部に所属。ところが解雇されて命を狙われはじめる。そこで裏街道にもぐり、暗殺稼業でしのいでいたが、ナイジェリアの大臣を暗殺したら兄の大統領が怒り、復讐のためにジェントリー抹殺を決意する。そのために雇われたのが各国の暗殺チーム。CIAにも狙われているのに、各国の暗殺チームまで相手にしなければならなくなるから大変だ。しかも義理ある人が捕らわれて、罠と知りつつ、その救出に向かわなければならない。遠くに逃げて、ずっと隠れていればいいというものではない。生きるためには敵を、それも膨大な敵を倒さなければならない。

というわけで、ジェントリーの戦いが始まっていくことになるが、いやあホントにすごい。たたみかけるアクションの迫力が半端ないのだ。まったく息つぐ暇がない。しかも同じことの繰り返しではなく、鮮やかなアクションが緊張したままずっと持続していくのもびっくり。途中で、だれるということがないから驚く。

どれほど鮮烈なアクション・シーンがあったとしても、それがずっと続いていくことはありえない。それが一シーンだから強く印象に残るのであり、ずっと続いたら必ずパワーダウンするものだ。それはアクション小説の宿命といっていい。ところが、マーク・グリーニーの『暗殺者グレイマン』は、そういう常識に反するのである。こんなアクション小説、読んだことがない。何なんだこれは！　特に、一家救出のために戦うラストにくらくら。満身創《まんしんそう》痍《い》、というよりもほとんど生きているのが不思議、という体で敵地に乗り込むクライマックスが圧巻だ。八〇年代に冒険小説に熱中していた読者には絶対のおすすめである。未読の読者がまだいるかもしれないので書いておく。さあ、書店に急げ。

となると当然、トム・クランシー&マーク・グリーニー『ライアンの代価』（田村源二訳／新潮文庫全四巻）も読むことになる。クランシーは、一九八五年十二月に翻訳の出たデビュー長篇『レッド・オクトーバーを追え』から、私の求める冒険小説の対極にある作品を書きつづけてきた。それを一言で言うならば、はりぼての謀略小説と言う。いや、正しく言うならば、一九八七年九月に翻訳の出た第二作『レッド・ストーム作戦発動』を最後に、この作家の作品は一作も読んでいないので、その後作風に変化があったことも考えられる。たぶんそういうことはないと思うけれど、万が一のことがあるので、ずっとはりぼてだとは断言しないでおく。およそ二十七年ぶりにクランシー作品を手に取ったのは、共作者がもちろんグリーニーであったからだ。

この『ライアンの代価』、『国際テロ』『デッド・オア・アライヴ』に続く、ジャック・ライアン〈ザ・キャンパス〉シリーズ三部作の最終篇らしい。少しだけ説明を加えておくと、この〈ザ・キャンパス〉というのは、対テロ民間秘密組織で、この面々が国際的な謀略と日々戦っているということだろう。ジャック・ライアンといえば、『レッド・オクトーバーを追え』の主人公で、あれから二十七年もたっているのにまだ頑張っているのかよと思ったら、父親も出てくるけれど、対テロ民間秘密組織で戦っているのは息子のほうだった。前二作を未読なのにこの第三部だけ読んでもわかるかと心配したが、それは心配いりません。

いやはや、すごい。パリ市街戦からインド高速道路における戦闘、最後はロシアとパキスタンでの死闘と、緊密なアクションが連続するのである。「むろん戦闘場面もいやというほどある。そしてその鮮烈なことと！　今回、それらの場面を担当したのは、〝助っ人〟のマーク・グリーニーだろう」と訳者あとがきにあるように、アクション担当グリーニーの筆が冴《さ》え渡っている。しょせんはクランシーの小説であるから物足りない点は否めないが（グリーニーが全部書いたほうが絶対にいい）、これだけ迫力満点のアクションが展開するなら一読の価値はある。次作もクランシー＆グリーニーのコンビが続くようなので、要注意だ。

しかし、グリーニーのファンとしては、そんな共作をしているよりも単独作品を読みたいところだ。これからもクランシーとの共作が続くようなら断固反対する。という読者に贈るのが本書だ。前述の『ライアンの代価』を共作で発表した時点で、すでに三作の著作を持っていたグリーニーだが、本書はその第二作。さあ、お待ちかね、グリーニー劇場の始まりだ。

　今回は、ロシア・マフィアの大親分シドから、主人公コートランド・ジェントリーがスーダン大統領アブブードの暗殺を依頼されるのが発端。ロシア政府の依頼だとシドは言う。背景には、スーダンの地下資源をめぐる中国とロシアの対立がある。現大統領を倒して、中国を追い出すための暗殺のようだ。ボディガード多数に囲まれ、国家警察部隊、情報機関、陸軍、空軍、海軍を牛耳《ぎゅうじ》り、スーダン全土を支配している大統領を暗殺することがはたしてできるのか。報酬は四百万ドル。

　そこに現われるのが、昔の上官ザック。CIA特殊活動部特殊作戦グループのチーム指揮官だ。

「身長は一八五センチ、体重は九〇キロ。余分な脂肪はまったくない。広い胸で空気をかきわけるように、自信たっぷりの歩きかたをする」「頭がよく、不屈で、自信があり、女性にかなりもてるし、男にも人気がある」

　という四十代半ばの男である。ザックは、「アブブードを暗殺するふりをして、どたんばで拉致《らち》する」ことを提案してくる。アメリカは、アブブードを国際刑事裁判所に送ろうと考えているというのだ。ジェノサイドのただひとりの首謀者だから。特殊作戦グループも、これに成功すれば大統領に自らの価値を証明できる。もしもジェントリーがその仕事に成功すれば、「目撃しだい射殺」というCIAの指令も取り消して、今後はむしろ仕事をまわすと提案。かくて、ジェントリーはスーダンに潜入していく。

ようするに、パターンとしては敵地潜入ものの冒険小説といっていい。したがって思わぬことが次々に起きて、それを主人公が次々に克服していくということになる。これはこのパターンの常套《じょうとう》だ。これまでに何度も読んできたパターンだが、しかしグリーニーの小説はまるで初めて読む小説であるかのように新鮮だ。それはおそらく描写が濃いからだ。細部へのこだわりが全篇を貫いているからだ。読み始めたらやめられない面白さがぎっしりとつまっているからだ。

国際刑事裁判所の捜査員で、海外からの武器密売買を含む経済制裁違反を捜査するためにスーダンに潜入していたカナダ人女性エレンが絡んできて、彼女を連れて逃げまわる逃避行と戦闘もたっぷりと読ませるが、353ページにこうある。

「数秒後、下のロビーで両開きの扉があいた。／第三次世界大戦にようこそ」

ここからラスト190ページがすごい。迫真の戦闘が、凄《すさ》まじい迫力で展開するのである。グリーニーの小説を読むことの喜びがここにあふれている。それがいったいどういうアクションであるのか、読書の醍醐味《だいごみ》を削《そ》がないようにここでは紹介しない。読者諸君がご自分で確認されたい。私がここに書くことができるのは、いまこれほど緊密なアクションを書くことができるのはグリーニーしかいない、ということだけだ。

急いで書いておくが、グリーニーはアクションだけに特化した作家ではない。その迫力満点のアクション場面は特筆に値するが、けっしてそれだけの作家ではない。前作『暗殺者グレイマン』では、あまりにアクション場面が凄《すご》すぎて、そこのところが見えにくかった。しかし本書では、グリーニーという作家の素晴らしい才能が全開している。

本書の後半の展開を見られたい。スーダン大統領の暗殺を望むのはロシア政府の意向であり、拉致してきて国際刑事裁判所に送るというのはアメリカ政府の意向であった。しかしそれらは政治状況というやつであり、政治状況である限り、いつ変わるかわからない。そしてもし変わってしまうと、それで動いてきた人間はどうなるのか。チェスの駒のように動かされるのではかなわない。その変転する状況と、現場の人間たちの思いを、巧みなプロットを積み重ねて描くうまさに留意。グリーニーはただの鼠《ねずみ》ではないということだ。

まだまだ書き足りないことがある。冒頭にアイルランドのケチな殺し屋を暗殺する挿話がなぜ必要だったのか、ということはその一つだろう。「正当とされる殺しか、道義的中立というカテゴリーで正義の側にどうにか収まっている殺ししか引き受けない」というジェントリーの独自基準を冒頭に掲げた意図と絡むことだが、もう紙幅が尽きた。そうか、ザックとの敵対物語についても触れたかった。

本書は、一九八〇年代にヒギンズなどの冒険小説に熱中していた読者に贈る奇跡のプレゼントである。まさか、こういう小説をふたたび読むことができるとは、私も思ってもいなかった。そして、一九八〇年代の冒険小説ムーブメントを知らない若い世代の読者には、こう言っておこう。これが、血湧き肉躍る現代の冒険小説だ。これこそがアクションだ。

二〇一三年二月

暗殺者グレイマン

The Gray Man

マーク・グリーニー
伏見威蕃訳

身を隠すのが巧みで、〝グレイマン（人目につかない男）〟と呼ばれる凄腕の暗殺者ジェントリー。ＣＩＡを突然解雇され、命を狙われ始めた彼はプロの暗殺者となった。だがナイジェリアの大臣を暗殺したため、兄の大統領が復讐を決意、様々な国の暗殺チームが彼に襲いかかる。熾烈な戦闘が連続する冒険アクション

ハヤカワ文庫

不屈の弾道

Kill Zone

ジャック・コグリン&ドナルド・A・デイヴィス
公手成幸訳

アメリカ海兵隊の准将が謎の傭兵たちに誘拐され、即座に海兵隊チームが救出に赴いた。第一級のスナイパー、カイル・スワンソン海兵隊一等軍曹は「救出失敗の際、准将を射殺せよ」との密命を帯びて同行する。だが彼はその時から巨大な陰謀の渦中に。元アメリカ海兵隊スナイパーが放つ、臨場感溢れる冒険アクション

ハヤカワ文庫

窓際のスパイ

Slow Horses

ミック・ヘロン
田村義進訳

ミスをした情報部員が送り込まれるその部署は〈泥沼の家〉と呼ばれている。若き部員カートライトもここで、ゴミ漁りのような仕事をしていた。もう俺に明日はないのか？　だが英国を揺るがす大事件で状況は一変。一か八か、返り咲きを賭けて〈泥沼の家〉が動き出す！　英国スパイ小説の伝統を継ぐ新シリーズ開幕

古書店主

The Bookseller
マーク・プライヤー
澁谷正子訳

パリのセーヌ河岸で露天の古書店を営む年配の男マックスが悪漢に拉致された。アメリカ大使館の外交保安部長ヒューゴーは独自に調査を始め、マックスがナチ・ハンターだったことを知る。さらに別の古書店主たちにも次々と異変が起き、やがて驚くべき事実が浮かび上がる。有名な作品の古書を絡めて描く極上の小説

ハヤカワ文庫

鷲は舞い降りた〔完全版〕

The Eagle Has Landed

ジャック・ヒギンズ

菊池 光訳

〔**映画化原作**〕チャーチル首相を誘拐せよ！ ヒトラーの密命を帯びて、歴戦の勇士シュタイナ中佐ひきいるドイツ落下傘部隊の精鋭はイギリスの片田舎に降り立つ。使命達成に命を賭ける男たちの勇気と闘志を謳う戦争冒険小説の最高傑作——初版刊行時に削除されていたエピソードが追加された完全版！ 解説／佐々木譲

寒い国から帰ってきたスパイ

The Spy Who Came in from the Cold

ジョン・ル・カレ
宇野利泰訳

〔アメリカ探偵作家クラブ賞、英国推理作家協会賞受賞作〕任務に失敗し、英国情報部を追われた男は、東西に引き裂かれたベルリンを訪れた。東側に多額の報酬を保証され、情報提供を承諾したのだった。だがそれは東ドイツの高官の失脚を図る、英国の陰謀だった……。英国と東ドイツの熾烈な暗闘を描く不朽の名作

ハヤカワ文庫

訳者略歴　1951年生，早稲田大学商学部卒，英米文学翻訳家　訳書『暗殺者グレイマン』グリーニー，『ブラックホーク・ダウン』ボウデン，『ねじれた文字、ねじれた路』フランクリン（以上早川書房刊）他多数

HM=Hayakawa Mystery
SF=Science Fiction
JA=Japanese Author
NV=Novel
NF=Nonfiction
FT=Fantasy

暗殺者《あんさつしゃ》の正義《せいぎ》

〈NV1281〉

二〇一三年四月十五日　発行
二〇二一年十二月十五日　七刷

（定価はカバーに表示してあります）

著者　マーク・グリーニー
訳者　伏《ふし》見《み》威《い》蕃《わん》
発行者　早川浩
発行所　株式会社　早川書房

郵便番号　一〇一 - 〇〇四六
東京都千代田区神田多町二ノ二
電話　〇三 - 三二五二 - 三一一一
振替　〇〇一六〇 - 三 - 四七七九九
https://www.hayakawa-online.co.jp

乱丁・落丁本は小社制作部宛お送り下さい。
送料小社負担にてお取りかえいたします。

印刷・信毎書籍印刷株式会社　製本・株式会社明光社
Printed and bound in Japan
ISBN978-4-15-041281-4 C0197

本書は活字が大きく読みやすい〈トールサイズ〉です。